KB085432

변경

3

변경

이문열 대하소설

邊境

RHK
알에이치코리아

1부 불임(不姙)의 세월 **3**

차
례

추억의 세 기둥

무엇이 한 어린 영혼을 들쑤셔, 말과 글의 그 비실제적 효용에 대한 매혹을 기르고, 스스로도 알 수 없는 모방의 열정과 그 허망한 성취에 대한 동경으로 들뜨게 한 것일까. 자신의 문학적인 재능에 대한 과장된 절망과 또 그만큼의 터무니없는 확신 사이를 오락가락하며 소중한 젊은 날을 탕진하게 한 뒤, 마침내는 별 가망 없는 언어의 장인(匠人)이 되어 남은 긴 세월 스스로를 물어뜯으며 살아가게 만든 것일까.

이따금씩 독자나 청중 또는 문학 담당 기자들로부터, 왜 당신은 말과 글을 당신의 도구로 선택하게 되었는가 하는 질문을 받으면 나는 젊은 날 내 재능과 자질에 대해 그토록 자주 느꼈던 것보다 더 캄캄한 절망을 느끼곤 한다. 실로 그 무엇이 일찍이 내 눈앞에 펼쳐져 있던 그 숱한 가능성 중에서, 투입(投入)과 산출(産出)의 균형이 현저하게 깨져 있는 이 감정적 생산을 나의 일로 결정하게 한 것일까. 문단 한 모퉁이에 이름 석 자를 얹은 지도 이미 여러 해가 지났건만, 그리고 그동안도 거듭되는 그 질문에 그토록 괴로워하면서 답을 마련하려 애썼건만, 아직도 나는 여전히 다른 사람이 벌써 말했거나 이런저런 문학 이론서에 이미 실려 있는 술회와 추정 말고는 한마디도 더 해 줄 말이 없다.

뒤틀리고 부풀려진 언어가 연출하는 이 기묘한 성취의 분야에 관한 한 어이없게도 내가 먼저 품었던 것은 희망이나 동경이 아니라 불길한 예감이었다. 뚜렷한 이유는 모르지만, 일생 쓰며 산다는 이 길을 걷다 보면 무언가 범상치 않은 저주에 걸리게 될지도 모른다는 예감이 일찍부터 나를 사로잡아, 나는 오히려 젊은 날의 많은 부분을 그 운명을 거부하기 위한 싸움으로 보냈다.

따라서 오히려 내게 더 익숙한 것은 문학이라는 언어의 그 별난 전용(轉用)에 대한 비판과 부정의 논리였다. 나는 힘들여 그런 생산의 허구성을 공격하고, 그 효용성과 가치를 부인했으며, 그런저런 논리를 바탕으로 정교하기 그지없는 반문학(反文學)의 주장들을 짜 맞추었다. 스스로를 설득해 보다 유망한 가치의 길로 접어들게 하려 함이었는데 그때의 내 노력은 자못 진지하고 치열한 데까지 있었다.

하지만 그렇게 하여 버리고 떠난 말과 글의 세계로 되돌아가기 위해서는 따로이 나 자신을 설득하거나 권유할 필요가 없었다. 날 저문 길 위에서 나그네가 고향 집을 그리워하듯이, 장한 결심으로 떠났던 새로운 길에 작은 좌절의 징후만 보여도 나는 두고 온 그 세계를 참회하듯 떠올렸으며, 비록 주관적인 것에 지나지 않더라도 그대로는 더 나아갈 수 없다는 판단만 서면 무슨 권리처럼 그 세계로 당당하게 되돌아가곤 했다.

그 때문에 사람들은 종종 나를 이 오늘로 이끈 것이 피 또는 기질에서 비롯된 어떤 힘이 아닌가 묻는다. 나도 때로는 그런 의심에 동조하는데, 거기에는 확실히 약간의 근거가 있다. 직계 조상들이 남긴 부피 큰 문집(文集)도 그렇거니와 어머니의 추억에 따르면 어울리지 않게도 공산주의자로 월북한 내 아버지까지 그런 방향으로의 경사(傾斜)를 보여 주고 있다. 곧 자신이 말려든 그 어림없는 싸움에 몰려 지치고 고달플 때 그는 이따금 대학 시절 한동안 탐닉했던 말과 글의 세계에 그대로 주질러앉지 못한 걸 한탄했으며, 그와는 달리 그 싸움이 잘 풀려 기가 나고 자신에 차게 될 때도 승리의 날이 오면 혁명 투쟁의 장엄한 서사시를 남기리라는 따위 가당찮은 희망을 말하곤 했다고 한다.

결국 그 비슷하게조차 삶을 채우지 못했지만, 내 형님 또한 죽는 날까지 그 성취를 갈망하고 동경했던 것 중의 하나는 시(詩)였다. 소년 시절의 끄트머리에 어쩌다 한 번 미소를 보낸 적이 있을 뿐, 끝내 그를 받아들여 주기를 거부한 그 비정한 마음의 연인에 대한 형님의 절절한 그리움은 지금도 때 묻고 찌든 한 권의 필사(筆寫) 시집으로 어설픈 소월풍의 가락을 전해 준다.

하지만 그렇다고 그런 피나 기질만으로 나의 본능과도 같은 문학

지향성을 설명하기에는 너무 많이 모자란다. 일찍이 그렇게나 나를 앞뒤 없이 휘몰아댔고, 아직도 의연히 무시 못 할 힘으로 나를 충동질하는 여러 비문학적 열정이나 야망과 견주어 보면 그게 얼마나 무리한 설명인가는 금세 드러난다. 내 그런 피나 기질이 틀림없이 예사로운 것은 아니지만, 그렇다고 내 모든 세속적인 열정과 야망을 온전히 압도해 버릴 만큼 대단한 것은 아니었다.

말과 글은 생각이나 느낌을 담는 그릇. 말과 글의 장인은 먼저 생각과 느낌에서 장인이어야 한다. 그런데 내 삶의 과정에 특히 생각을 키우고 느낌을 넉넉하게 만드는 어떤 부분이 있어, 마침내는 나로 하여금 말과 글로 그 생각과 느낌을 펼쳐 내지 않고는 못 배기게 만들었다고 추측할 수도 있다. 역시 근거 있는 추측이다. 어머니로서는 밝혀 주기 싫었거나 바로 설명하기 어려웠던, 그리고 초자아의 결여라는 말로는 그 의미를 다 담을 수 없는 아버지의 부재, 알지 못할 불안에서 나중에는 피해망상으로까지 발전해 간 연좌제의 그늘, 작은 파산(破産)에서 파산으로 이어지는 것과 다름없던 가계, 한곳에서 3년 이상을 머무른 적이 없을 만큼 떠돌이에 가까웠던 소년 시절, 불규칙한 데다 중단되기 일쑤였던 학업, 그러면서도 스스로 밥벌이를 해야 할 만큼의 곤궁은 아니어서 학교에 묶여 있던 또래의 아이들보다는 상대적으로 많았던 시간 여유…… 이런 것들은 한 말과 글의 사람을 길러 내는 토양으로 매우 그럴듯해 보인다. 특히 학교를 다니지 않으면서도 빈둥거리며 책을 읽거나 몽상에 잠길 시간이 많았다는 것은 나 자신도 내가 오늘에 이르는 데 거의 결정적인 계기를 주었으리라고 추정할 때가 있다.

아직 머리가 여물지 않은 여남은 살의 나이에 적절한 충고나 이끌어 주는 스승도 없이 하는 마구잡이 책 읽기는 틀림없이 가볍고 달콤한 얘깃거리가 중심이 되었을 것이다. 그러나 시간이 지나고 점점 읽기에 익숙해지면서 갈증은 점점 고급스러워지기 시작했을 것이며, 거기서 마침내 나는 일찍부터 문학과 대면하게 되었으리라는 짐작이 든다.

하지만 아직도 그것만으로는 부족하다.

모든 아비 없는 아이, 가난뱅이, 떠돌이가 다 말과 글의 사람이 되는 것은 아니며, 독학의 끝장이 반드시 한 작가 지망생을 만들어 내는 것도 아니다. 분명히 그런 내 성장 환경이 이 오늘에 중요한 몫을 한 것은 사실이지만 바로 그 때문에 내가 이 쓸쓸하고 하염없는 쓰기를 내 일생의 일거리로 정했다고 단정하기에는 아무래도 무리가 있다.

너무 일찍 왔고, 또 그만큼 허망히 끝났는데도 가슴속에서는 남달리 오래 끈 내 첫사랑 또한 한 번쯤은 이 오늘로의 길잡이로 의심해 볼 수 있다. 그 뒤의 길고 외로운 세월 동안 추상화되고 마침내는 이상화에 이르는 그 첫사랑은 틀림없이 나를 땅 위에 없는 것을 사랑하는 데 익숙하게 했다. 하지만 비록 특별하다 해도, 사랑이 곧 말과 글의 사람을 만들어 낸다고 하는 설명 역시 무리하기는 앞서와 크게 다르지 않다. 만약 그렇다면 세상은 시인과 작가로 넘칠 것이다.

이제쯤은 종합의 미덕을 끌어대, 앞서 말한 모든 것이 서로의 모자람을 메워 가며 나를 오늘의 이 길로 들어서게 했다고 설명해 봄 직도 하다. 성급한 사람들은 그걸로 모든 것이 풀렸다고 볼지 모르나, 그래도 아직은 부족하다.

차라리 그 모든 조건보다 내게 더 절실하게 느껴지는 것은 앞서 말했던 그 예감이다. 까닭은 모르지만, 일찍부터 무슨 각성처럼 나를 사로잡았던 그 불길한 예감, 내가 결국은 한 몽롱한 언어의 조종사로서 끝장을 보게 될지도 모른다는 불안 그 자체가 오히려 어떤 거역 못할 암시의 힘으로 나를 이끌어, 오늘날의 이 헤어날 길 없는 말과 글의 진창에다 나를 내팽개친 것은 아닐까.

듣기로 방울뱀은 나무 위에 앉은 다람쥐를 잡기 위해 나무 위로 오르는 법이 없다고 한다. 나무 아래서 방울 소리와 함께 독기 품은 눈길로 가만히 올려보고만 있으면 불안에 미친 다람쥐가 공연히 이 가지에서 저 가지로 뛰어다니다가 제 김에 방울뱀의 턱 아래로 떨어진다는 관찰 보고가 있다. 동물학자들은 그걸 어떻게 설명하는지 모르지만, 혹 그 다람쥐는 삶의 긴장을 견디다 못해 오히려 스스로를 죽음으로 내던진 것은 아닐까. 실은 그것도 한 선택이며 나의 선택도 바로 그런 것은 아니었을까. 피니, 기질이니, 환경이니, 사랑이니 하는 것들은 다만 그 불길한 예감을 절망적인 자기 투척으로 몰아간 자질구레한 동인들에 불과하지 않을까…….

뒷날 어떤 자전적인 글에서 철은 스스로를 그렇게 분석했다. 군데군데 과장의 혐의와 한 중견 작가로서의 '~체'가 섞인 대로 그를 이해하는 데는 도움이 되는 글이다. 그러나 한번 열두 살의 그로 돌아가면, 비록 거짓말을 한 것은 아닐지라도, 그의 문학이 그 첫사랑에 진 빚을 그가 지나치게 줄여 말하고 있음이 금방 드러난다. 그 자신이 의식했건 못 했건 초기 습작의 태반은 바로 그 첫사랑에 바쳐지고 있을 뿐만 아니라, 그가 처음 '말과 글의 비실제적 효용'에 대해 매혹을 느끼게 된 것도 바로 열두 살 그 나이의 첫사랑에서 비롯됐기 때문이다.

그해 연말이 다 돼 가는 어느 날 철은 아무도 없는 방 안에 엎드려 소설책을 읽고 있었다. 뱃다리거리에 있는 헌책집에서 빌려온 『좁은 문』이었다. 이것저것 닥치는 대로 읽는 사이에 동화는 물론 학원사 소년소녀문고도 시들해져 어떤 여고생 누나가 빌려 갔다 돌려 놓은 그 책을 큰맘 먹고 집어 온 날 오후의 일이었다.

그 읍뿐만 아니라 어디고 그랬겠지만, 그 시절의 아이들에게 집 안은 그리 좋은 놀이터가 못 되었다. 세 끼를 굶지 않고 넘길 수 있는 게 유복한 편에 들 만큼 보편적인 가난은 오늘날처럼 흔하게 군것질거리를 집 안에 있게 하지 못했고, TV는커녕 만화나 장난감도 홀로 놀기에 넉넉할 만큼 가질 수 있게 해 주지 못했다. 거기다가 아직도 어른들의 의식 속에 진하게 남아 있는 전쟁 뒤의 각박한 분위기는 아이들의 호전성 또는 공격성을 사내다움으로, 영악스러움은 똑똑함으로 여기게 해 도대체 아이들이 집 안에서 꼼지락거리며 노는 걸 참아 주지 않았다. 따라서 정상적인 아이들의 놀이터는 언제나 바깥이 되었고, 거기에 걸맞게 놀이들도 다양하게 개발되었다. 설령 공부를 위해서라 할지라도 아이가 지나치게 방 안에만 틀어박혀 있으면 오히려 어른들의 걱정거리가 될 정도였다.

그런 뜻에서 철이 그 무렵부터 부쩍 더 깊이 빠져들기 시작한 책 읽기는 그 나이에는 좀 유별난 짓에 속했다. 그것도 만화나 동화가 아니라 아이들을 위한 배려라고는 조금도 없는 외국 소설의 번역판을 읽고 있음을 그때의 어른들이 알았다면 틀림없이 호된 꾸중거리가 되었을 것이다. 하지만 철을 이해하려고만 들면 그게 꼭 어려운 일은 아니다.

철이 처음으로 교과서 외의 읽을거리를 대하게 된 것은 국민학교 2학년 말 안동에서 서울로 갓 이사했을 무렵이다. 야반도주와도 같은 이사, 전학이 아니라 편입을 해야 되는 바람에 아직 학교에도 가지 못하고 이웃에 이렇다 할 동무도 없이 두 달 가까이를 보냈는데, 그때의 지루함이 먼저 누나 영희가 구해다 둔 책에 손을 대게 했다.

"야, 너 정말로 그거 읽고 있는 거야? 재미있어?"

어느 날 철이 방바닥에 떨어져 있는 학원사 판 『걸리버 여행기』를 정신없이 읽고 있는 걸 보고 영희가 신기한 듯 물었다. 재미있을 것 같아서 빌려 왔지만 자신에게는 별 재미 없어 팽개쳐 둔 책이라 더욱 철이 신기하게 느껴졌는지도 모를 일이었다. 누나뿐만 아니라 어머니와 형 명훈도 놀라기는 마찬가지였는데, 그런 그들에게는 은근히 기특하게 여기는 기색까지 섞여 있었다. 거기 힘을 얻은 철은 다음부터는 약간의 노력까지 보태 책 읽기에 젖어 들기 시작했다. 그러다가 나중에 다시 학교로 돌아가고 동네에 새로운 동무가 많이 생겨난 뒤까지도 한 취미로 길러 가게 되었다

그 시절의 아이로서는 좀 별난 철의 그런 취미는 밀양으로 옮겨 와서 더욱 강화되었다.

이번에는 실제적인 필요에서였는데, 특히 그것은 명혜와의 만남과 깊은 관련을 맺고 있었다. 별 목적 없이 읽은 여러 가지 이야기가 바깥에서의 놀이가 불가능한 때에도 그들을 자연스럽게 마주 앉을 수 있게 해 주었을 뿐만 아니라, 그 사랑스럽고 맑은 영혼의 지속적인 관심을 끄는 데도 뜻밖으로 효과적임을 알게 된 까닭이었다.

하지만 그 무렵 철이 빠져 있는 책 읽기는 그 목적이 또 달라져 있었다. '추억의 두 번째 기둥'이라 이름한 사라호 태풍 때의 어느 밤 일 뒤로 왠지 명혜를 만나기가 부끄럽고 어색해지면서 그의 책 읽기는 온전히 자신만을 위한 것으로 돌아갔다. 그저 무료함을 달래거나, 은근히 어른들에게 자신의 지력(知力)을 과시하거나, 슬프고 애틋한 줄거리로 남의 마음을 사로잡기 위함 같은 이전의 목적에서, 순수하게 읽는 즐거움으로 바뀌기 시작한 셈인데, 그런 철을 이끌어 가고 있는 힘은 이제 완연히 모습을 갖춰 가고 있는 바로 그 첫사랑이었다.

남달리 조숙하고 또 어느 정도 책 읽기에 단련돼 있다고는 해도 이제 겨우 열두 살인 철에게 『좁은 문』은 아무래도 무리였다.

그저 책 앞머리부터 예감되는 제롬과 알리사의 사랑에 이끌려 어려운 말이 섞인 감정 묘사나 지루한 풍경 묘사 따위를 건성으로 뛰어넘으며 줄거리만 대강 읽어 나갈 뿐이었다.

그럼에도 불구하고 얼마 가기도 전에 철은 이내 묘한 종류의 장애에 부딪혔다. 어떤 젊은 중위가 줄리엣 어머니의 손을 잡고 속삭이는 대목이었다.

"뷔콜랭, 뷔콜랭, 내게 한 마리 어린 양이 있다면 그 이름을 뷔콜랭이라고 지어 줄 것을……."

이게 무슨 소린가. 한마디도 어려운 말이 없는데 철은 도무지 그 말뜻을 알 수가 없었다. 뷔콜랭은 줄리엣 어머니의 이름인데 왜 그 이름을 새끼 양에게 붙인단 말인가. 그 바람에 철은 다시 한 번 그 앞부분을 읽어 보았으나 알 수 없기는 마찬가지였다. 그도 그럴 것이, 남편 있는 여자가 바로 자기 집 안에서, 그것도 어린 남매를 침대 발치에 둔 채 외간 남자와 사랑을 속삭인다는 게 도무지 상상조차 되지 않았기 때문이었다.

한번 막히기 시작하니 그 뒤도 그랬다. 알리사가 왜 눈물을 글썽이며 제롬에게 아무에게도 말하지 말라고 그러는지, 또 그 자상한 외삼촌을 왜 불쌍하다고 표현하는지 알쏭달쏭하기만 했다. 다른 세상일에는 또래의 아이들보다 훨씬 닳고 닳은 편이지만, 그런 성년의 비밀들은 아버지의 부재로 체험이나 관찰이 불가능했던 까닭이었다.

그 바람에 책에서 마음이 떠 멀거니 천장을 바라보고 있는데 어딜 갔다 왔는지 옥경이가 수선스레 방 안으로 뛰어들었다. 바깥 날씨가 찬지 양 볼이 시퍼렇게 얼어 있었다.

"아이, 추워. 발이 다 젖었어."

옥경이가 젖은 양말을 벗고 깔아 놓은 이불 속으로 발을 디밀었다. 그 얼음장 같은 발에 건들린 철이 얼른 몸을 일으키며 짜증을 냈다.

"아얏, 차가워. 뭐야? 기집애가…… 어디 갔더랬어?"

"남천강에. 얼음 참 잘 얼었더라. 오빠는 스케이트 타러 안 가?"

옥경은 철을 놀라게 한 게 미안한지 무슨 큰 정보라도 전해 주는 양 그렇게 말했다. 의식을 자우룩이 감싸고 있던 문자(文字)의 안개를 걷어 내며 철이 다시 물었다.

"남천강이 얼었어? 한복판까지?"

"그래, 애들이 삼문동에서 내일동까지 썰매로 건너가는 걸 봤어."

그렇다면 그것은 확실히 큰 뉴스였다. 며칠 전부터 철은 멋진 썰매 하나를 장만해 두고 남천강이 얼기만을 기다려 오고 있었다. 가로 한 치 세로 두 치 굵기의 각목 가운데 톱으로 길게 깊은 홈을 파고 양동이 테를 잘라 끼워 날을 만든 썰매였다. 대장간에서 맞춘 썰매 날보다는 못하지만 보통 아이들의 굵은 철사로 날을 대신한 썰매와는 비교가 안 될 만큼 잘 나갔다. 철은 전날도 그 썰매를 가지고 강가에 나가 보았으나 아직 굵은 돌이 여기저기 불거진 가장자리밖에 얼지 않아 신나게 달려 볼 수가 없었는데 밤새

마저 얼어붙은 것 같았다.

"그럼 뱃다리거리 밑도 얼어붙었어?"

그 기막힌 뉴스에 『좁은 문』 따위는 잠깐 잊은 철이 그래도 못미더운 듯 물었다.

"아니, 거기선 아무도 썰매를 안 타는 것 같던데. 그렇지만 변전소 쪽 얕은 곳은 틀림없이 한복판까지 얼어붙었어. 가 봐. 애들이 강 이쪽저쪽으로 왔다 갔다 한다니까."

그러는 옥경의 표정이 거짓말을 하고 있는 것 같지는 않았다.

철은 다시 따라나서려는 옥경을 야단쳐 방 안에 가둬 놓고 집을 나섰다. 바로 전날이 삼한사온 중 삼한의 마지막 날이었던지 옥경의 호들갑과는 달리 밖은 그리 춥지 않았다.

골목을 나오면서 길바닥에 썰매를 밀어 썰매 날에 한 번 더 길을 낸 철은 서둘러 둑길로 올라섰다. 옥경의 말대로 변전소 쪽 넓은 느린목이 모두 얼어붙어 아이들이 얼음을 지치며 이쪽저쪽으로 오가고 있었다.

잘 얼어붙은 넓은 얼음판과 거기 모여 노는 아이들을 보자 철은 온전히 열두 살의 나이로 돌아갔다. 어둑한 방 안에서 은밀한 즐거움에 빠져들 때와는 견줄 수 없을 만큼 들떠 원래 자신이 있었어야 할 그 놀이판으로 뛰어들었다. 여기서 다시 그 시절에 대한 철의 회상 한 토막을 들어 보자.

……여름의 미역 감기나 고기잡이에 못지않게 겨울 남천강에서의

얼음 지치기도 밀양에서 자란 아이들에게는 빼놓을 수 없는 추억이될 것이다. 제법 큰 강줄기라 그랬겠지만 겨울의 남천강은 그 얼음부터가 다양하기 그지없었다.

먼저 물 흐름이 빠른 여울살의 얼음들. 물살의 움직임과 싸워 이긴 간밤의 추위가 물가 자갈에다 띠를 두르듯 남긴 희고 삐죽삐죽한 얼음들은 한겨울의 나뭇가지에 핀 설화(雪化) 못지않게 아름다웠다. 그리고 작은 만(灣)처럼 굽이져 흐름이 약간 느려지는 곳에는 또 해가 뜨면 녹기 시작해 한낮이면 온전히 없어지는 얇고 맑은 얼음판이 있었다. 떼어 낸 그 조각들은 기껏해야 입김으로 구멍 뚫기나 하다가 강변에 내던져지게 마련이지만, 그 맑고 투명함이 머릿속에 새겨 둔 깊은 인상은 그 뒤 잘 닦인 유리창만 보아도 느닷없이 그 겨울 남천강가를 떠올리게 하곤 했다.

국민학교 이하의 조무래기 패에게 주된 놀이터가 되는, 깊어 봤자 허리께도 차지 않는 느린목의 희고 두껍던 얼음도 남천강의 추억에서는 빼놓을 수 없다. 그곳에서 아이들과 겨루던 썰매 달리기며 팽이 치기도 재미있었지만 까닭 모르게 젖는 손발과 언 볼을 녹이기 위해 피워 두곤 했던 강변의 깡통 불도 잊기 어렵다. '고무 다리'라 해서, 멀쩡한 곳을 돌로 내리치고 쇠꼬챙이로 찔러 대 만든 별난 얼음판. 깨어지고 금이 가도 얼음의 두께 때문에 서로 맞물려 내려앉지는 않는 그 얼음판 위를 세차게 달려 지나가면 정말로 고무로 만든 다리를 지나는 것처럼 탄력이 느껴졌다.

그래도 아이들이 지나다니는 사이에 맞물려 있던 곳이 조금씩은 내려앉아 누군가 하나는 끝내 깨진 얼음과 함께 물속에 주저앉게 되지만, 아무도 그 고무 다리를 무서워하지는 않았다. 누가 빠져도 그는 다만 재수 없을 뿐인 작은 영웅이었다.

그러나 겨울 남천강의 참모습을 보는 것은 아무래도 뱃다리거리 위쪽 무봉산 발치의 깊고 넓은 강물이 얼어붙었을 때였다. 강물도 한 생명체처럼 곳곳에 숨구멍을 가지고 있어 그리로 겁 없는 아이들을 삼켜 댄다는 어른들의 말에 으스스해하면서도, 한겨울이 되어 그곳이 얼어붙기만 하면 아이들은 그리로 몰렸다.

어린 시야에는 끝없게만 보이던 그 넓은 얼음 벌판, 거기다가 그곳의 얼음은 어찌 그리 깨끗하고 맑던지, 쇠꼬챙이로 그런 얼음에 흠집을 내는 게 공연히 죄스러워 가만가만 썰매를 지치며 강심(江心)을 건너노라면 자신이 타고 있는 게 썰매가 아니라 작고 요동 없는 배처럼 느껴지곤 했다. 발밑에서 놀라 흩어지는 물고기 떼와 작은 산처럼 물속에 웅크리고 있던 바위들…….

너비는 몇백 미터밖에 안 되지만 길이는 2킬로미터가 실히 되는 얼음판이라 한겨울의 그곳은 꼭 아이들만의 놀이터는 아니었다.

중학생, 고등학생 형들도 나름대로 얼음을 지치러 나왔고, 때로는 어른들도 끼어들었다. 어느 병원집 아들, 아무개 극장 딸로 알려진 외지 유학생들이 대도회에서 산 번쩍거리는 스케이트를 신고 멋지게 얼음판을 지쳐 갈 때면 아이들은 감출 수 없는 부러움에 넋을 잃고 점점 작아지는 그들의 뒷모습을 눈길로 뒤쫓았다.

어떤 겨울인가, 읍내 중학교의 젊은 체육 교사가 그의 약혼녀와 함께 스케이트를 타러 나온 적이 있었다.

그때는 낯설기 그지없는 검은 빛깔의 몸에 착 달라붙는 스케이트
복에 털실로 짠 알록달록한 모자를 쓰고 서로 손을 잡은 채 춤추듯
드넓은 얼음판을 돌던 그들 남녀의 모습은 거기서 썰매 타던 아이들
에게 살아 움직이는 사랑과 행복 그 자체를 본 듯한 착각마저 불러
일으켰다…….

하지만 그것은 세월의 미화(美化)와 언어의 덧칠로 추상화된 기
억일 뿐, 현실에서의 놀이로서 그 강가의 썰매 타기가 언제나 기쁨
과 즐거움으로 일관되었던 것만은 아니다.

그날도 그랬다. 처음 얼음판으로 뛰어들 때의 기분과는 달리 철
은 한 시간도 안 돼 썰매 타기가 시들해졌다. 썰매 타기 자체도 따
지고 보면 단순한 놀이인 데다, 그날따라 동네의 동급생과 시비가
있어 일찌감치 흥이 깨져 버린 탓이었다. 집을 나설 때부터 흐릿
하던 하늘이 점차 검은 구름으로 짙어지기 시작한 것은 그런 철
이 슬슬 뜨뜻한 아랫목이 생각날 무렵이었다.

"야, 눈이 올라는가 베."

썰매를 타던 아이들 가운데 하나가 문득 하늘을 쳐다보며 그
렇게 소리쳤다. 철도 이미 시들해진 썰매 지치기를 멈추고 하늘을
올려보았다. 정말로 금세라도 눈이 쏟아질 듯 짙은 회색 구름으로
무겁게 내려앉은 하늘이었다.

눈을 생각하자 갑자기 철의 머릿속에 거의 잊고 지냈던 서울

거리가 떠올랐다. 조금 전 시비했던 아이의 욕설 중에 끼어 있던 "서울내기 다마내기"란 말이 어떤 자극을 주었음에 틀림없었다.

눈 덮인 안암동 골목길과 거기서 하던 여러 가지 재미났던 놀이며 정답게 지내던 아이들이 새삼 그리워지면서 그러잖아도 시들하던 썰매 타기는 더욱 마음에 없어졌다. 점심때가 가까워서인지 얼마 전까지만 해도 제법 우글거리던 아이들이 하나씩 둘씩 얼음판을 떠나고 있었다.

하늘에서 기어이 눈발이 하나둘 흩날릴 때쯤 하여 철이도 마침내 썰매를 쇠꼬챙이에 꽂아 어깨에 둘러멨다. 그런데 막 둑으로 올라서던 그의 눈에 멀리 강 건너 영남여객 댁의 정원수와 그 위로 솟은 양철 지붕이 들어오면서 그때껏 그가 후줄근히 젖어 있던 그리움의 대상이 느닷없이 바뀌었다.

그렇게 절실할 것도 없는 서울 안암동과 그곳 사람들 대신, 점점 더해 가는 눈발 사이로 작고 희미해져 가는 그 집과 어쩌면 그 시각 창틀에 붙어 서서 자기 쪽을 보고 있을지도 모르는 명혜가 무어라 형언할 수 없는 그리움을 불러일으켰다.

그러고 보니 사라호 태풍 뒤로 철은 거의 명혜를 만나지 못한 셈이었다. 새로 들어온 명혜네 가정교사가 전에 없이 그 애들 남매를 닦달해 공부방에 가둬 놓은 탓도 있고 영남여객 댁에 어머니의 발길이 전보다 뜸해진 탓도 있지만 그보다는 집수리가 있던 날 밤의 일로 공연히 쑥스러워진 철이 일부러 그녀를 피한 게 더 큰 원인이었다.

모두가 그날 밤의 일을 알고 있어 자신과 명혜를 유심히 살피는 것 같은 느낌에 둘이 마주 앉을 용기가 나지 않았기 때문이다.

　하지만 그래도 겨울방학을 하기 전에는 학교에서 먼빛으로나마 명혜를 볼 수 있었다. 여학생 반은 교사(校舍) 한끝에 따로 몰려 있어 복도 같은 데서 스치게 되는 행운은 흔하지 않아도, 등하교 때나 그 애네 반의 보건 시간 같은 때, 교실 창틀에 붙어 서 있다 운동장을 내다보면 하루 한두 번은 어렵잖게 그 애의 모습을 눈에 담을 수 있는 까닭이었다.

　그때 그 애는 아무리 비슷한 옷을 입고 비슷한 크기의 계집아이들 틈에 묻혀 있어도, 무슨 휘황한 빛무리에 싸인 듯 금세 다른 아이들과 분간되어 철의 두 눈 속으로 파고들었다.

　그런데 방학이 되면서 그렇게 명혜를 남몰래 훔쳐보는 것마저 어려워지고 말았다. 그 바람에 방학 후 며칠간 철에게는 일없이 영남여객 댁 주위를 맴도는 버릇이 생겼으나, 그것도 오래가지는 않았다. 명혜를 우연히 만나는 기쁨 대신 심술궂은 종숙이 누나에게 먼저 들켜 변명에 진땀을 빼야 하는 게 싫어서였다.

　'만약 눈이 온다면 오후에는 그 애네 집으로 놀러 가야지.'

　갑작스러운 그리움으로 저려 오는 가슴을 억누르며 철은 그렇게 마음을 다졌다. 휘날리는 눈발에 충동된 소년의 애틋한 감상이라기보다는 필사의 싸움터로 나가는 전사의 비장한 각오와도 같은 다짐이었다.

　그러나 집 대문간에 들어서면서부터 철은 자신의 계획이 어그러질 것 같은 예감에 빠져들었다. 저물어야 돌아오는 어머니가 벌써 돌아와 있었기 때문이었다.

그 무렵부터 어머니는 읍내 시장의 헌옷 가게로 날품 일을 나가고 있었다. 구제품 옷가지를 줄여 파는 곳으로 홀로 사는 여집사(女執事)가 교회와 고아원의 은밀한 지원 아래 꾸려 가는 가게였다. 구멍가게는 드디어 아무것도 남지 않게 되었고 근처 농부들을 상대로 하는 바느질도 벌이가 시원찮아, 품삯은 낮아도 고정적인 수입이 되는 그 가게 일에 어머니는 만족하고 있었다.

"어머니, 오늘 웬일이세요?"

철이 떨떠름한 기분으로 방문을 열기 바쁘게 물었다. 방금 돌아왔는지 돌아앉은 채 무언가 가져온 보따리를 풀던 어머니가 밝은 얼굴로 돌아보며 말했다.

"응, 손님이 올 끼라서."

"손님요?"

그러면서 방 안으로 들어서던 철은 어머니가 방바닥에 풀어 놓은 뜻밖의 물건들을 보고 놀랐다. 생과자라고 불리던 케이크점에서 만든 고급 빵이 여러 종류로 한 상자, 명절 때 영남여객 댁에서 한 움큼씩 얻어먹을 뿐인 외제 과자 몇 봉지, 굵고 싱싱한 사과와 배 들, 그리고 형이 미군 부대에 다닐 때 이따금 가져온 적이 있는 커피 한 병과 설탕 따위였다.

"그래, 조 선생이라꼬, 니 모르나? 거 왜 너 외가 쪽 아저씨 말이다. 내한테 8촌척 동생뻘이 된다 안 카드나?"

어머니는 눈이 휘둥그레져 보고 있는 철에게 전에 없이 세밀하게 그날 오게 되어 있는 손님을 설명했다.

듣고 나니 철도 그를 기억해 낼 수 있었다. 태풍이 나고 얼마 안 돼 영남여객 댁 아주머니와 함께 찾아온 적이 있는 남자였다. 얼굴이 희고 눈썹이 짙은 게 영화배우처럼 잘생기기는 했지만 옷차림은 추레한 편이었는데, 영남여객 댁 아주머니에게도 어머니에게도 누님, 누님, 하던 게 어색해 보였다.

"그럼, 영남여객 아주머니도 와요?"

철은 무엇보다도 그가 아주머니와 함께 올 게 마음에 걸려 물었다. 만약 그렇게 된다면 명혜네 집에 놀러 가기는 글러 버리기 때문이었다. 아무래도 거기 가기는 어머니와 함께가 자연스러운데, 금세 집에서 아주머니하고 함께 지낸 어머니가 다시 그 집으로 갈 리는 없었다.

"뭐라꼬?"

어머니의 얼굴이 묘하게 굳어지며 손놀림을 멈추고 물었다.

"니, 그게 무신 소리고? 우예서 조 선생 온다 카는데 그 아주무이 오는 걸 묻노?"

"그냥…… 접때도 같이 오지 않았어요?"

어머니의 표정이 굳어지는 데 찔끔한 철이 까닭 모르게 죄지은 기분이 들어 그렇게 더듬거렸다. 그런 철을 유심히 살펴보던 어머니가 이내 굳어 있던 표정을 풀며 굳이 대단하지 않다는 듯 말했다.

"아 참, 그랬제. 글치만 오늘은 몰따(모르겠다). 그때는 우예다 그래 된 기고……."

그래 놓고 곁에 있던 다른 보따리 하나를 풀며 덧붙였다.

"모르제. 우예믄 오늘도 아주무이가 올 동……."

철에게는 불안하기 그지없는 대답이었다. 하지만 어머니가 새로 푼 보따리에서 나온 것들이 다시 철의 주의를 그리로 끌었다. 무늬가 예쁜 커피 잔 세트에다 길쭉한 쟁반이 셋. 고기가 싸여 있는 듯한 종이 꾸러미와 네모진 양주 병 따위가 새로 푼 보따리에서 나온 물건들이었다. 이미 펼쳐져 있는 물건들과 그걸 더해 생각하니 앞으로 벌어질 것은 틀림없이 작은 잔치였다. 그 바람에 철은 이번에는 전혀 다른 쪽의 관심으로 물었다.

"그 조 선생…… 언제 오는데요?"

그것은 언제 그 고급한 과자와 빵이며 과일과 고기를 먹게 되느냐는 뜻이었다.

"이따가, 저녁때."

실망스럽게도 어머니의 대답은 그랬다. 그러나 어디선가 쪼르르 뛰어든 옥경이가 조르자 과자 한 움큼과 빵 한 개씩을 내줌으로써 어느 정도 그 실망을 달래 주었다.

거기다가 한 차례 퍼부을 것 같던 눈은 미처 땅바닥조차 덮지 못하고 그쳐, 거세게 철을 몰아대던 그리움도 조금씩 잦아들기 시작했다. 어쩌면 아직도 입안에 남은 케이크의 단맛이 그쪽에서까지 한몫을 한 것인지도 몰랐다. 어쨌든 철은 명혜를 못 만나게 된

게 아쉬운 대로 입과 배의 풍성한 잔치에 대한 기대에 더는 큰 불평 없이 그날 오후를 보낼 수 있었다.

그쳤던 눈이 다시 쏟아지기 시작한 것은 짧은 겨울 해가 져 어둑할 무렵이었다. 이번에는 목화송이 같은 함박눈이었다. 어머니의 재촉으로 이른 저녁을 먹고 무심히 방문을 열었다가 쏟아지는 눈송이를 본 철은 엉덩이를 무엇에 호되게 찔리기라도 한 사람처럼 펄쩍 뛰어 일어났다.

바깥에 나와 보니 그사이 세상은 온통 눈으로 하얗게 뒤덮여 있었다. 철은 자신도 그 의미를 모를 기묘한 환성을 내지르며 벌써 발 밑이 미끄러울 정도로 눈이 쌓인 골목길을 뛰어나가 둑 위로 올라섰다. 강변도 강둑도 어느새 눈으로 하얗게 덮이고 아직 얼지 않은 강심 쪽의 강물만 한 줄기 검은 띠처럼 구불구불 이어져 있을 뿐이었다.

눈이 오는 날, 좋아하는 사람이 그리워지는 것은 무엇보다도 그것이 연출하는 순백의, 그리고 거의 완전한 아름다움 때문일 것이다. 그 아름다움을 좋아하는 사람과 함께 즐기고 싶은 마음이 그리움으로 솟고, 또 그 아름다움이 이내 스러지리란 것 때문에 그 그리움은 더욱 강렬해지는 것이나 아닌지.

한동안 마음 한구석으로 밀려나 있던 명혜가 다시 머릿속 가득 떠오르게 된 것도 어쩌면 그런 심리에서였을 것이다. 눈 덮인 세상의 아름다움에 취해 있던 것도 잠시, 철은 이내 이제는 형체조차 잘 보이지 않는 강 건너 명혜네 집 쪽을 건너보며 그 나이에는 흔치 않은 열병 같은 그리움을 앓기 시작했다. 그 집 어름에서 하나둘 밝혀지기 시작하는 불빛들이 눈발 사이로 깜박이면서 묘한 정취를 자아내 더욱 철을 못 견디게 했다.

"아아아아아!"

마침내 북받쳐 오르는 감정을 이겨 내지 못한 철은 온몸의 힘을 모아 그렇게 소리쳤다. 그 알아듣기 어려운 외침에 숨은 것은 간절한 부름이었다.

'명혜야아 …….'

그런데 뜻밖에도 기적 같은 일이 일어났다.

"거기 철이 아이가?"

틀림없이 명혜의 목소리가 저만큼서 그렇게 물어 왔다. 철은 자신의 귀를 의심하면서 소리 나는 쪽을 돌아보았다. 하얀 둑길 위로 두 사람의 크고 작은 그림자가 뽀드득뽀드득 눈 밟는 소리까지 내며 다가오고 있었다.

날은 이미 어두워 얼굴을 얼른 알아볼 수 없었으나 틀림없이 영남여객 댁 아주머니와 명혜 같았다.

"참말로 철인가 베. 철이 니 저문데 거기서 뭐 하노?"

영남여객 댁 아주머니의 목소리가 그래도 아직 믿지 못하고 있는 철에게 한 번 더 스스로를 확인시켜 주었다.

그제야 철은 자신이 잘못 들은 것도 헛것을 본 것도 아님을 알았다.

'명혜가 왔구나. 정말로 명혜가 왔어…….'

이번에는 또 다른 감정으로 벅차 속으로만 그렇게 망연히 뇌까리며 서 있다가, 그네들이 몇 발짝 앞으로 다가든 뒤에야 퍼뜩 정신을 차려 꾸벅 절을 했다.

"안녕하셨어요?"

하지만 그 황급한 절과 짧은 인사말이 그때의 철에게서 짜낼 수 있는 숫기의 전부였다. 철은 아주머니가 무어라 인사말을 받기도 전에 후닥닥 돌아서서 집을 향해 냅다 뛰었다. 급하게 둑을 내려가다가 미끄러지고 자빠지는 모습이 우스웠던지 까르르 맑은 명혜의 웃음소리가 그런 철을 한동안 뒤쫓아 왔다.

철이 집으로 돌아가니 이미 방 안에 불이 켜져 있고, 어머니의 8촌척 동생뻘이 된다는 손님도 와 있었다. 전같이 추레한 차림은 아니었으나 텁수룩한 머리칼과 턱수염은 기억 속과 비슷했다. 어머니는 부엌으로 갔는지 그쪽에서 상 차리는 소리와 함께 고기 굽는 내음이 풍겨 왔다.

무엇에 쫓긴 사람처럼 쿵쾅거리며 철이 방 안으로 뛰어들자 먼저 조 선생이란 그 손님이 어리둥절한 눈으로 그를 보았고, 이어 부엌에서 어머니 곁에 붙어 있던 옥경이가 빼꼼히 문을 열고 들여다보며 말했다.

"오빠, 무슨 일이야?"

그러나 철은 대답 대신 부엌에 있는 어머니 쪽을 보고 소리쳤다.

"엄마, 와요."

"아니, 누가?"

어머니가 부엌에서 얼굴도 내밀지 않고 물었다.

"밀양 이모요."

철은 그렇게 대답해 놓고 이어 공연히 떨리는 목소리로 덧붙였다.

"명혜하고……."

그러나 어머니는 이렇다 할 반응이 없더니 한참 있다가 방문을 열고 조 선생에게 뜻 모를 눈짓을 하며 물었다.

"동생 보래이, 영남여객 댁이 오는갑다. 거 왜 알제? 전에 한 번 안 봤나?"

그러자 조 선생이 잠깐 얼굴을 붉히며 철을 쳐다보다가 우물우물 말했다.

"그래요……?"

그때 빠드득빠드득 발소리가 나며 영남여객 댁 아주머니와 명혜가 들어섰다.

"이 집에 누가 왔나? 우예 이리 시끄리하노?"

아주머니가 그런 소리로 방문을 열다가 조 선생을 보고 놀란 체했다.

"아이고 이거 조 선생님 아입니꺼?"

"네, 누님 댁에 놀러 왔다가……."

조 선생이 다시 얼굴을 붉히며 그렇게 우물거렸다. 그때 부엌

쪽으로 나 있는 방문이 열리며 옥경이 "어디야? 정말로 명혜 언니가 왔어?" 하고 뛰어들고 이어 어머니가 행주치마에 손을 닦으며 방 안으로 들어왔다.

"어서 들어오이소, 서로 못 볼 사이도 아이고……."

어머니가 자연스러운 목소리로 아주머니를 방 안으로 청해 들였다. 그러나 마주 앉는 두 사람은 우연한 마주침으로 보기에는 어딘가 어색했다.

신발이 젖었던지 명혜는 한참 뒤처져 방 안으로 들어섰다. 외투에 달린 모자 위에 눈이 한 줌 얹혀 있다가 어머니에게 까닥 인사를 하는 바람에 방바닥으로 우수수 떨어졌다.

"아이고, 이기 누고? 우리 이쁜이 아이가? 눈 속에 온다꼬 애먹었다."

어머니가 그렇게 말하며 가만히 명혜의 모자를 뒤로 젖혔다. 그런데 그 순간이었다. 엉거주춤 방 한구석에 서 있던 철은 갑자기 세차고 매서운 빛살에라도 찔린 듯 가벼운 따가움까지 느끼며 눈을 감았다.

불빛 아래 드러난 명혜의 얼굴이 뿜어내는 눈부신 아름다움 때문이었다. 물기로 더욱 검고 반짝이는 머리칼과 하얗게 빛나는 이마, 발그레한 볼. 그런 것들이 어우러져 내쏘는 어떤 아름다움의 빛이 이목구비의 단정한 선을 느낄 겨를도 없이 철의 시각을 아뜩하게 만든 것임에 틀림없었다.

"철아, 니는 야 첨 보나? 왜 그래 뻘주미 서 있기만 하노?"

어머니가 그런 철을 나무람 비슷이 일깨웠다. 철이 겨우 정신을 차려 더듬거리며 뒤늦은 인사말을 던졌다.

"명혜 왔어?"

"야는, 아까 봐 놓고."

명혜가 철을 돌아보며 살풋 웃더니 눈치 없이 한마디 더 보탰다.

"니는 참말로 이상터라. 요새는 놀러도 안 오고, 길거리에서 만나도 아는척도 안 하고 천장만장 달라 빼기만 하고……"

어른들은 이미 자기들끼리의 얘기에 들어가 명혜의 말을 지나쳐 들었으나 철은 다시 자신의 심장 뛰는 소리가 귓속에 가득할 만큼 당황하고 낭패에 빠졌다. 그 바람에 뒤이어 어머니가 내온, 오후 내내 군침을 흘리며 기다려 온 과자와 과일 들까지 모래 씹는 맛이었다. 철이 다시 제정신으로 돌아온 것은 조 선생이 술을 시작할 무렵이었다.

"집에 마침 좋은 술 있는데 좀 줄까?"

어머니가 조 선생에게 그렇게 묻자 왠지 거북해하던 조 선생이 흔연히 말했다.

"좋지요. 술이라면 뭐든지 사양 않겠습니다."

그러자 어머니가 일어나 부엌으로 나가다가 흘깃 철을 건너보며 뜻 모를 눈짓과 함께 슬쩍 한마디 던졌다.

"야들아, 너는 밖에 나가 안 노나? 눈이 저렇구롬 좋은데……"

사전에 달리 들은 말이 있었던 것도 아니었지만 철은 단번에 그 말뜻을 알아차렸다. 어른들이 우리가 여기에 있는 것을 거북하게 여기고 있다…….

"맞다, 명혜 니도 철이, 옥경이하고 놀러 안 왔나? 인제는 밖에 눈이 제법일 거로."

아주머니도 되도록 자연스러운 표정으로 명혜 쪽을 보며 그렇게 말했다. 그러나 먼저 쫄랑거리며 나선 것은 옥경이었다.

"그래 오빠, 우리 밖에 나가 눈사람 만들고 놀아. 패 갈라 눈싸움도 하고."

공연히 어른들과 함께 있기가 거북하고 숨 막히는 기분이던 철은 속으로는 반가우면서도 마지못한 듯 몸을 일으켰다.

"그럴까……."

"엄마야, 나는 장갑을 이자뿌고(잊어버리고) 안 끼고 왔는데."

명혜도 그렇게 말하며 따라나섰다. 마당에 나오니 눈은 어느새 발목이 빠질 만큼 쌓여 있었다. 거기다가 눈이 그치면서 하늘이 걷히기 시작해, 엷은 구름을 뚫고 우러난 달빛과 온 세상을 뒤덮은 눈빛은 밖에서 뛰어놀기에 꼭 알맞은 밤으로 만들었다.

집 뒤의 2백 평 남짓한 텃밭으로 달려간 셋은 먼저 눈사람부터 만들었다.

방을 나올 때만 해도 틈을 보아 명혜에게 무언가 뜻깊은 마음속의 얘기들을 털어놓으려던 철이었으나, 눈 쌓인 달밤의 정취가 금세 그를 나이에 알맞은 동심으로 되돌려 버리고 말았다.

셋은 처음 솜씨 자랑이라도 하듯 따로따로 눈사람을 하나씩 만들었다. 흰 솜을 펼쳐 놓은 듯하던 텃밭에 이내 거뭇거뭇한 얼룩이 졌다.

"우리 이번에는 아주 크단한 걸로 하나 만들자. 내일 아침에 사람들이 깜짝 놀라구로⋯⋯."

고만고만한 눈사람을 하나씩 만들어 세운 다음에 명혜가 다시 그렇게 제안하고 철과 옥경이 두말없이 따랐다. 셋은 다시 흩어져 눈을 굴리기 시작했다. 얼마나 됐을까, 이미 혼자서는 굴리기 거북할 만큼 커진 눈덩이와 씨름하고 있는 철을 명혜가 불렀다.

"철아, 여 온나. 암만 해도 혼자서는 안 되겠다. 우선 이거부터 같이 밀자."

철이 힐끗 그쪽을 보니 벌써 운동회 때 굴리는 공만큼이나 커진 눈덩이 뒤에서 명혜가 손을 호호 불며 소리치고 있었다. 철은 굴리던 눈덩이를 놓아 두고 명혜에게로 달려갔다.

"젖었지만 이거라도 껴."

철이 장갑을 벗어 명혜에게 내밀며 눈덩이에 붙어 섰다.

"니는 우짜고?"

명혜가 그런 소리와 함께 철을 빤히 보더니 그중에서 한 짝만 받으며 다정스레 말했다.

"그라지 말고 우리 한 짝씩 끼자."

이상하게 철의 가슴에서 아이다운 유희 기분을 흩어 버리는 목소리였다. 철은 말없이 그녀 곁에 붙어 섰으나 이제는 그저 눈이나 굴리는 열두 살짜리 머슴애가 아니었다.

두 사람이 밀자 눈덩이는 다시 움직이기 시작했다. 그걸 먼저 세워 둔 눈사람 곁으로 옮긴 철은 다시 자기가 굴리다 만 눈덩이 쪽으로 명혜를 데려갔다.

"야, 이것까지 구불려 가 눈사람을 맨들믄 굉장하겠다, 그지?"

몸을 맞대다시피 하며 곁에서 눈덩이를 밀던 명혜가 문득 철을 돌아보며 그렇게 말했다. 따뜻한 입김이 볼을 간질이는 듯한 느낌에 철이 펄쩍 놀라며 명혜 쪽을 돌아보았다. 뽀얀 얼굴이 부딪칠 듯 바로 코앞에 다가와 있었다.

"그럴 거야……"

철은 애써 침착을 가장하려고 그렇게 대답했으나 마음속은 벌써 엉뚱한 기원으로 가득 차 있었다.

'이대로 오래오래 눈이나 굴렸으면…… 이 애와 함께 영영 이대로……'

그렇게 되고 나니 더는 눈사람 만들기가 전처럼 재미있고 신 날리가 없었다. 명혜와 옥경이도 두 번째 큰 눈사람을 만들어 세우고 난 뒤에는 그 놀이에 시들해진 것 같았다. 이미 만든 눈사람의 눈코를 이리저리 옮기며 깔깔대다가 누가 먼저랄 것도 없이 다른 놀이를 제안했다.

"우리 인자 그마 숨바꼭질이나 하자."

조금 전부터 놀이하는 아이이기를 그만둔 철에게는 그 또한 그리 마음에 끌릴 리 없었지만, 명혜가 원한다는 것 하나만으로도 그 유치한 놀이를 할 이유는 충분히 되었다.

철은 꼭 철부지 어린애를 데리고 노는 어른처럼 적당히 속아도 주고 바보스러운 짓으로 명혜와 옥경이를 웃기기도 하며 숨바꼭질을 했다.

하지만 원래 그 놀이가 셋이서 하기에는 그리 알맞지 않았다. 텃밭에서 옮겨 새 기분으로 시작하긴 했어도 금세금세 술래를 바꿔 가며 서너 차례 돌고 나니 다시 시들해지기 시작했다.

뒷날 철이 '추억의 세 기둥'이라 이름 지은, 명혜와의 추억 가운데 소중한 세 가지 중 마지막은 그래서 바꾸게 된 눈싸움에서 완성된다. 숨바꼭질이 시들해져 제대로 숨지도 않게끔 되었을 때 옥경이 불쑥 말했다.

"오빠, 이제 우리 눈싸움이나 하자."

만약 그들을 기다리는 게 무언가 아이들이 들어서는 안 되는 이야기를 나누고 있을 어른들로 가득 찬 방이 아니었더라면, 철은 아마도 그 제안에 찬성하지 않았을 것이다. 아니 턱없이 놀이에 신명을 내는 옥경만 아니었더라도 명혜와 함께 어디 비어 있는 원두막 같은 데 찾아 들어가 벌써부터 마음속에 들끓고 있는 얘기나 나누었을 것이다. 자신이 얼마나 그 애를 좋아하는지, 또 그동안 얼마나 보고 싶어 했는지 따위를.

별수 없이 옥경의 제안에 따라야 하리라고 생각은 해도 마음이 내키지 않는 데는 도리가 없었다. 도대체가 명혜와의 눈싸움이라니. 명혜와 한편이 되어서는 공격할 상대가 없고, 명혜와 다른 편이 되어서는 공격할 마음이 일 리 없지 않은가.

"눈싸움? 셋이서 어떻게 눈싸움을 해?"

그 바람에 철이 그렇게 심통을 내 옥경이에게 쏘아붙였다. 그러나 옥경이는 눈에 마음이 들떠도 단단히 들떠 움찔하는 기색도 없이 우겨 댔다.

"왜 안 돼? 명혜 언니하고 나하고 한편이 되고 오빠가 딴 편이 되면 되잖아? 남자가 우리 둘도 못 당해?"

"참, 그렇네. 와? 혼자서는 안 될 것 같나?"

명혜도 어찌 된 셈인지 옥경이를 편들고 나섰다. 그렇게 되면 하는 수 없었다. 철은 다시 명혜와 옥경이를 상대로 마음에도 없는 눈싸움을 시작했다.

무엇이 그렇게 신 나는지 명혜와 옥경이는 쉴 새 없이 깔깔거리며 눈덩이를 던져 댔다. 철이 던지는 시늉만 하며 고스란히 맞아주어 더 신이 났는지도 모를 일이었다.

둘이서 워낙 재미있어 하는 바람에 철도 차츰 흥이 살아났다. 되도록 눈을 부드럽게 뭉치기는 해도 제법 상대가 될 만큼 둘을 향해 던지기 시작했다. 날아간 눈덩이가 그 애들에게 맞아 하얗게 부서지는 걸 보는 것도 꽤나 유쾌했다.

눈덩이를 맞아 봤자 별로 아프지 않다는 데 힘이 났는지 명혜와 옥경이는 더욱 적극적이 되었다. 눈을 던지다 말고 둘이서 무언가 수군거리더니 갑자기 어린애 머리만 한 눈덩이를 만들어 들고 다가왔다.

철이 일부러 느릿느릿 움직이며 무른 눈덩이를 던지는 사이에 바짝 다가온 둘이 각기 들고 있던 눈덩이를 철에게로 두 손으로 밀어 올리듯 던졌다. 옥경의 것은 철의 무릎을 맞히고 깨어지고 명혜의 것은 어깨에서 부서졌다.

맞은 곳이 아프지도 않고 맞았다는 게 분하거나 불쾌한 것도 아니었지만 철은 반격에 들어갔다. 그래야만 그 애들이 재미있어 할 것 같다는 순간적인 판단이 마침 뭉쳐 들고 있던 눈덩이를 쥐고 둘을 따라가게 만들었다. 둘은 너무 가까이서 들고 있던 눈덩이를 던져 버린 까닭인지 다시 눈덩이를 뭉칠 엄두도 못 내고 깔깔거리며 달아나기에 바빴다.

좁은 텃밭을 반쯤이나 가로질렀을 때였던가, 손을 잡고 뛰듯 하던 둘 가운데 명혜가 눈에 미끄러져 나동그라졌다. 그러나 옥경은 제 김에 다급했던지 그런 명혜를 버려두고 어두운 밭 모퉁이로 달아나 버렸다.

철은 내친김이라 넘어져 있는 명혜에게 덮칠 듯 달려갔다. 그런데 알 수 없는 것은 명혜였다. 다시 몸을 일으켜 달아날 생각은 않고 눈밭에 그대로 퍼질러 앉은 채 다가오는 철을 보고 깔깔거릴 뿐이었다.

그 깔깔거림이 문득 명혜의 자신감 또는 비웃음으로 느껴지면서 철은 슬며시 솟는 오기로 눈덩이를 든 손을 쳐들었다. 그때였다. 갑자기 달이 구름에서 벗어나면서 달빛이 눈밭 위에 쓰러진 명혜의 얼굴을 비추었다. 눈 빛이 거든 탓일까. 고른 치아며 자신을 바라보며 웃고 있는 맑고 평온한 눈길까지 또렷이 분간될 정도였는데, 그런 명혜의 얼굴을 바라보는 순간 철은 그대로 동화 속의 소금 기둥처럼 굳어 버렸다.

아주 오랜 뒤에야 깨닫게 된 것이지만, 그때 철의 몸과 마음을 함께 마비시킨 것은 바로 감탄을 넘어 묘한 신비감까지 자아내던 아름다움의 힘이었다. 뒷날 철은 거리낌 없이 그런 감정을 드러내도 되는 어떤 술자리에서 그때 그는 도저히 땅 위의 것이라고 볼 수 없는 아름다움, 또는 어떤 아름다움의 이데아를 명혜의 얼굴에서 보았노라고 과장스레 술회한 적까지 있다.

"철아, 니 와 그라노?"

그런 철의 얼굴이 어떻게 비쳤는지 명혜가 문득 웃음을 멈추고 걱정스레 물었다. 그제야 퍼뜩 정신이 든 철이 들고 있던 눈덩이를 힘없이 떨어뜨리며 갑자기 떨려 오는 목소리로 말했다.

"아니, 그저…… 암것도 아니야."

그러자 명혜도 마음이 놓인다는 것처럼 살풋 웃으며 두 손을 내밀었다.

"그럼 내 쫌 세와 도고."

철은 기계적으로 손을 내밀어 그녀의 손을 맞잡았다. 눈을 뭉치느라 장갑 한쪽마저 벗고 있었던 듯 장갑을 안 낀 철의 왼손에 잡힌 명혜의 오른손이 얼음장처럼 차가웠다. 그 차가운 느낌이 야릇한 연민을 일으키는가 싶더니 느닷없이 눈물이 솟구쳤다. 그러나 그 야릇한 연민과는 무관한, 스스로도 알 수 없는 눈물이었다.

"남자가 뭐시 이래 힘이 없노?"

몸을 휘청이며 간신히 자신을 일으켜 세우는 철에게 그런 핀잔까지 주며 일어선 명혜가 철의 두 눈에서 흘러내리는 눈물을 보았던지 화들짝 놀라 다가들며 물었다.

"엄마야, 니 와 그라노?"

"암것도 아니야. 눈에 뭐가 들어갔는가 봐……."

철은 그렇게 얼버무리며 얼른 눈물을 닦고 돌아섰다. 어디선가 옥경이 쪼르르 달려오며 호들갑을 떨었다.

"오빠, 명혜 언니, 무슨 일이야? 싸웠어?"

그러나 철은 아무 대꾸 없이 집으로 향했다. 명혜도 그런 철에게서 어떤 심상찮은 느낌을 받은 듯 말없이 뒤따라 걸었다. 옥경이 혼자서 이쪽저쪽을 번갈아 따라붙으며 흥겹던 놀이가 갑자기 깨지게 된 이유를 캐다가 기어이 철에게서 퉁명스러운 핀잔을 듣고야 입을 다물었다.

그럭저럭 밖에서 뛰어논 시간이 꽤나 되었던 것 같았다. 그들이 방문 앞에 이르렀을 때 방 안에서 흘러나오는 조 선생의 목소리에는 그새 술기운이 완연히 풍기고 있었다.

"……모나리자의 아름다움을 자부하는 겁니다. 꼭 들어주시는 거지요?"

철이 알아들은 마지막 말은 그랬다. 그러나 그게 낮에 그렇게도 잘 이해가 안 되던 "뷔콜랭, 뷔콜랭, 내게 한 마리 어린 양이 있다면 그 이름을 뷔콜랭이라 지어 줄 것을……" 하는 구절과 비슷한 말이라는 걸 깨닫게 된 데는 몇 년이 더 걸려야 했다. 그 이태

뒤 철은 중학교에 가서 미술 교사로 근무하는 조 선생을 만났는데, 그는 어머니와 한자를 달리 쓰는 조씨였다. 그리고 다시 이태인가 세 해인가 뒤 고향으로 돌아가 살 때의 어느 날 문득 그를 떠올린 철이 어머니에게 뒤늦게 그 이상함을 묻자 어머니는 잠시 머뭇거리다가 일러 주었다.

"그 아주머니와 조 선생은 의(義)남매를 정해 더러 만났제. 그때는 아매 그림 모델 쫌 서 달라꼬 부탁하는갑드라. 모나리자라 카든강, 지도 그런 그림 함 그리 볼 게라꼬. 그 사람 화가랬거든. 밀양 같이 쫍은 바닥에서는 서로 만나기가 만만찮으이 우리 집에서 만났던 긴데 뭐 글케 나쁜 일은 없었을 께라. 아자씨를 보나따나 그게 안 좋은 기믄 내가 우예 다리를 놔 줬겠노?"

그렇지만 그날 방문을 열었을 때, 어머니는 부엌에서 무언가를 떨그럭거리고 두 사람만 술상 곁에 호젓이 앉았다가 놀라 돌아보던 기억 탓인지, 철은 언제나 그 조 선생을 『좁은 문』의 젊은 중위와 같이 떠올리곤 했다. 그리고 그 때문에 추억의 세 번째 기둥은 피할 수 없는 운명의 예감까지를 곁들여 명혜와의 첫사랑을 한층 굳건히 떠받치게 되었다.

수렁에서

……민주당의 대통령 후보 조병옥 박사는 신병(身病) 치료차 미국으로 떠나기에 앞서 성명을 발표하고 …… 항간에 떠도는 자유당의 조기(早期) 선거 실시설에 대해 반대의 뜻을 분명히 했습니다……. 짖고 있네. 거 봐, 분에 넘치는 짓을 하니까 몸이 그 꼴이 나는 거야. 4년 전에 신익희 급살 맞는 거 안 봤어? 보아하니 저도 살아서 돌아오기는 힘들걸. 감히 국부(國父) 리 박사에 대항하려 들다니. 입의 혀같이 놀며 이화장(梨花莊) 들락거리던 게 언제 일인데……. 시꺼, 이 새꺄. 네가 뭘 안다고 나불거려. 상관없어. 자유당은 벌써 다 이기게 되어 있다고. 그렇게 모진 소리까지 할 거 없어……. 아이고, 돌개 형님, 오늘은 웬일이셔. 갑자기 민주당으로 돌았수? 살살이 저 새긴 아다마(머리)가 잘 돈다 싶다 보면 순 형

광등이라니까, 인마, 정치 얘기는 집어치워. 네가 뭘 안다고…….

명훈은 취기와 두통이 한 덩이가 되어 흐릿한 머리로 앉아 있었다. 술집을 그대로 점령하다시피 이리저리 오가면서 퍼마셔 대는 얼굴들이 모두 낯익다 싶으면서도 누가 누군지 분간이 안 될 만큼 눈앞이 흐렸다. 자, 받아. 오늘 정말 애썼어. 누군가 어깨를 툭 치며 잔이 두셋으로 겹쳐 보이는 막걸리 사발을 내밀었다.

명훈은 기계적으로 그걸 받아 마셨다.

그사이에도 열려 있는 귀로는 술집 안의 시끄러운 말소리가 왁자하게 흘러들었다. 그런데, 이건 또 웬일일까, 어찌 된 셈인지 그 자리에 있을 것 같도 않은 황과 김 형의 목소리도 그 소음 속에 끼어들었다.

이거 각급 기관장들에게 내무부가 내린 지시라는데 말이야, 첫째가 4할 사전 투표……. 선거 당일의 자연 기권 표와 선거인 명부에 허위 기재한 유령 유권자 표, 금전으로 매수하여 기권하게 만든 기권 표 등을 그 지역 유권자의 4할로 만든다, 그래서 투표 시작 전에 그걸 자유당 후보에게 기표하고 투표함에 넣어 둔다는 거지. 둘째는 3인 조 또는 5인 조 공개투표야. 미리 공작을 해 둔 유권자라도 그렇게 조를 지어 정말로 자유당에 표를 찍었나를 서로 확인하도록 하겠다는 수작이지……. 셋째는 완장 부대 활용, 곧 자유당을 지지하는 유권자들에게 '자유당'이라 쓰인 완장을 착용시키고 투표장 주위를 돌아다니게 한다는 거야. 마치 자유당 일색인 것처럼 보이게 하여 야당 성향의 유권자들에게 심리적인 압박을 주자는 거지……. 넷째는 야당 참관인의 축출이야. 민주당 쪽 참관인을 매수하여 참관을 포기시키거나 그게 뜻대로 안 될 때는 적당한 구실을 만들어 투표소 밖으로 쫓아낼 것……. 나도 들은 게 있어. 뭐 '공무원 친목회'라던가, 거기서도 이런저런 포섭 공작을 지시받았다더군. 이를테면, 관공서와 관련된 사업가라든가 인허가 대상업자, 행정 법규 단속 대상자는 이권과 관련시켜 포섭하고, 구진보당과 족청(族靑)계 인사 및 언론인, 요시찰자(要視察者), 월북자 가족, 무당, 점쟁이, 계주(契主), 선거 위원 등은 위협하며 회유한다는 따위지. 명예심이 강한 사람이나 정계 진출에 야심이 있는 사람에게는 거기 상응하는 행정기관장이나 위원에 임명할 듯 암시를 주고, 뭐 생활이 어려운 자는 돈으로 매수하라던가…….

하지만 그것은 환청이었던지 곧 깡철이의 취한 목소리가 김 형과 황의 목소리를 흩고 고막을 찔러 왔다.

그 새끼, 안 죽은 게 천행인 줄 알아. 당구 큐대로 골통을 까 버렸더니 켁 하며 뻐드러지더군……. 선거 얘기에서 다시 싸움 얘기로 돌아간 듯했는데, 명훈에게 막연하기는 앞서의 화제들과 크게 다르지 않았다. 속까지 뒤틀려 오면서 아물거리는 기억으로는 자신이 그 싸움에 끼어들었던지 아닌지는 물론, 지금 있는 곳이 어딘지조차 뚜렷하지 않았다. 곰보 그 새끼 악종이더만. 왼팔이 부러져 덜렁덜렁하는데도 아이구찌(짧은 칼)를 뽑아 들고 악을 쓰는 거야……. 간다, 쟤 왜 저러는 거야. 어이 간다, 어디 안 좋아. 펄펄

날 때는 언제고 왜 그리 우거지상이야…….

누군가가 자기 쪽을 보고 그렇게 떠들어 댈 때쯤 두통과 메스꺼움을 더 견디지 못한 명훈은 자리에서 일어났다. 취기도 한몫을 거들어 탁자 모서리를 잡지 않고는 발을 떼기 어려울 만큼 몸이 휘청거렸다.

변소간은 좁은 술집 마당을 지나 이웃 건물에 잇대어 있었다. 흐릿한 기억을 더듬어 어두운 마당을 가로지르던 명훈은 갑자기 온몸을 뒤트는 것 같은 구역질에 폭삭 고꾸라지듯 주저앉았다. 목구멍에 손가락을 쑤셔 넣을 필요도 없이 허연 막걸리가 굵은 줄기를 이루며 발 곁으로 쏟아졌다.

한 차례 토악질이 끝나자 조금 정신이 들며 두어 발짝 앞에 수도가 보였다. 명훈은 엉금엉금 기듯 수돗가로 가서 이번에는 손가락을 목구멍에 쑤셔 넣어 가며 서너 차례 더 토했다. 온몸에서 진땀이 솟았지만 위와 머릿속이 한층 개운해졌다. 그제야 토막토막 기억이 나며 자신이 어디 있는지도 알 듯했다.

"야, 너 언제까지나 기도 시다바리나 할 거야? 나도 살살이 그 새끼 없는 가오 세워 주기도 이젠 지쳤어. 우리도 애들하고 어디 한 골목 자리 잡고 앉아 보는 게 어때?"

대낮에 벌겋게 술이 올라 극장을 찾아온 깡철이가 그렇게 명훈을 꼬드긴 것은 그 전날이었다. 그러나 그때 명훈은 한창 깡철이에게 감정이 좋지 않았다. 안동 시절에 함께 일해 본 적이 있는 날치 녀석 때문이었다. 녀석이 난데없이 청산빌딩 근처에서 외따통(바람잡이 없는 뜨내기 소매치기)을 놀다가 살살이 패에게 걸려 초주검이 되는 걸 용케 알아 빼내 준 적이 있는데, 그때 날치에게 가장 독살을 떤 게 깡철이었다. 명훈이 안다고 나서서 말리는데도 깡철이는 몇 번이고 모질게 짓이긴 뒤에야 날치를 풀어 주었다.

안동 시절에 남달리 친했다고는 해도 다른 구미(組)의 나와바리를 건드는 일이라 무리해 구해낼 수는 없었지만, 그래도 며칠째 가까운 여인숙에서 끙끙대며 누워 있는 날치를 찾을 때마다 명훈은 깡철에게 원한과도 비슷한 분노를 느끼곤 했다.

"뭐 너도 벌써 형님 노릇 하고 싶으냐? 아서라. 학삐리(학생) 꼬리 뗀 지 며칠 됐다고 벌써 골목 타령이냐? 살살이 형 밑에서 술잔이나 얻어먹다가 곱게 군대나 다녀오는 게 어때?"

명훈은 자신의 감정을 애써 감추려 하지 않고 그렇게 빈정거렸다. 그러자 깡철이가 교활한 눈웃음을 치며 능쳤다.

"새끼, 옛날 동기생 때문에 그러는구나. 날치라 그랬어? 간도 크지, 여기가 어디라고 혼자서…… 맘 상했겠지만 이해해 주라. 그런 뜨내기들이 한 건 처 뛰면 골탕은 우리가 먹는단 말이야. 아예 발을 못 붙이게 해 줘야 한다 이거야. 게다가 애들이 보고 있었잖아. 아이구찌랑 꺽다리네 애들 말이야……"

그러고는 몇 마디 변명을 늘어놓더니 전에 없는 붙임성으로 명훈을 제 계획에 끌어들이려고 애썼다.

"그러지 말고 내 말 들어 봐. 내가 보아 둔 구석이 하나 있는데 말이야. 우리 그거 한번 어떻게 쓱싹해 보자. 씨팔, 이왕 야쿠자 물 먹을 바엔 쇠꼬리보담야 닭 대가리가 낫지 않겠어?"

명훈은 보아 둔 곳이 있다는 데 다소 관심이 일었으나 아직도 녀석과 무슨 일을 꾸미고 싶은 마음은 없었다. 그래서 다시 한 번 더 빈정거려 주려는데 녀석이 틈을 주지 않았다.

"그 골목 원래는 제법 깡다구깨나 있는 새끼가 대여섯 되었는데 최근에 두 놈이 빵깐으로 달려 갔대. 옆 골목 카바레를 넘보다가 한판 붙으면서 저쪽 칼잡이를 끝장내 버린 모양이야. 다른 한 녀석은 흔적 없이 튀고…… 지금은 용케 그 싸움에 빠진 녀석 둘이 똘마니 몇 데리고 버티는데 너만 있으면 우리 애들 가지고도 어떻게 될 것 같아. 생각 없어?"

"어디야, 그게?"

"나와바리로는 명동 쪽이야. 그렇지만 그쪽 큰주먹들이 관심을 둘 만큼 먹을 게 많은 곳은 아니고, 위치도 경우에 따라서는 종로 쪽이라고 우겨 볼 만하던데……."

"그래도 그렇잖을걸. 한번 그쪽 나와바리가 되었으면 자존심 때문에라도 끝까지 끼고 도는 게 그 사람들이야. 바꿔 생각해 봐. 아무리 죽은 골목이라도 창신동 귀퉁이에 청량리패가 자리 잡는다면 동대문 쪽에서 가만있겠어?"

명훈이 그제야 꼬투리를 잡았다는 느낌으로 그렇게 빈정거렸다. 그러나 깡철이는 별로 탄하는 기색이 아니었다.

"그것도 알아봤어. 명동 쪽은 이제 그렇게 힘을 못 쓴다는 거야.

뭐, 그쪽 최고 오야붕 이화룡(李華龍)인가 하는 치가 자유당하고 손잡기를 마다했다던가. 어쨌든 요즘은 경찰로부터 제 몸들 지키기도 바빠 모두 몸을 사리고 있다더군. 그런데 그까짓 찬바람 도는 골목 모퉁이 땜에 떼를 지어 나서 줄 것 같아?"

그 말은 그럴 법도 하겠다는 생각이 들었다. 몇 달 되지는 않았지만 명훈은 주먹 세계를 휩쓸고 있는 정치 바람을 배석구를 통해 실감하고 있었다. 배석구는 하루하루 사람이 달라져, 그 무렵에는 무슨 정부의 고관으로 들어앉은 듯한 태도였다. 그런 데 비해 명동 쪽의 주먹이 활기를 잃고 있다는 것은 뒷골목의 말단인 명훈에게까지 뚜렷이 느껴졌다.

명훈이 그런 생각으로 잠자코 있자 힘을 얻은 깡철이가 한층 더 적극적으로 나왔다.

"그러지 말고 나하고 돌개 형한테 가 보자. 너까지 거든다면 틀림없이 들어줄 거야. 말이야 바른말이지, 그렇게 되면 돌개 형도 좋지 뭐. 가만히 앉아 있어도 골목 하나가 거저 들어오는데 왜 마다하겠어?"

그러나 명훈은 그때까지도 그런 제안에 마음이 안 내켜 깡철이를 그대로 돌려보내고 말았다. 골목을 하나 가진다는 게 어떤 뜻인가를 또래의 누구보다 잘 알고 있는 명훈으로서는 그런 깡철의 제안이 제법 솔깃하면서도 한편으로는 너무 엄청나 보였다. 거기다가 깡철이와 함께 일을 벌여서는 성공한다 해도 그와 은근한 경쟁 관계에 떨어져야 한다는 게 까닭 없이 부담스러워 굳이 그의 제안을 외면해 버렸다.

그런데 저녁때 배석구가 갑자기 명훈을 '풍차'로 불렀다. 가 보니 깡철이가 이미 배석구 곁에 착 붙어 앉아 있었다.

"깡철이 얘기 들으니까, 한번 해 볼 만하던데 어때, 생각 없어? 명동 쪽이 움직이지 못하리라는 건 내가 보장하지. 아니, 어차피 이번 선거 끝나면 우리가 거기까지 도리(독차지)하게 될 거니까, 미리 그 한 모퉁이에 상륙해 두는 거라고 생각해."

명훈은 배석구까지 그렇게 나오면 어쩔 수가 없다 싶으면서도, 속은 여전히 떨떠름했다. 배석구가 그런 명훈의 기운을 돋워 주듯 말했다.

"실은 너희들에게 살살이 자리를 내줄까도 싶었는데, 이 바닥에서는 서열도 있고 해서…… 어쨌든 한번 해 봐. 애들은 너희 학교패 여섯하고 아이구찌네 넷 합쳐 열 명이면 될 거야. 그 밖에 지프 한 대를 내주지. 우리 반공청년단 깃발을 꽂아서 말이야. 경찰이 끼어들면 우리 단부에서 그 녀석들을 소환하는 거라고 말해. 그냥 까부숴도 되겠지만 합죽이(김희갑) 사건도 있고 해서 구색을 맞춰 두는 거야."

그렇다면 더 망설일 이유가 없었다. 희극배우 김희갑을 두들겨 팬 사건으로 그 위세 좋던 임화수가 모든 직책에서 물러난다고 항복을 한 일 때문에 경찰 쪽도 은근히 겁났는데, 배석구는 거기까지 배려를 해 주었다. 그래서…… 명훈의 기억이 거기까지 더 듬어 갔을 무렵, 누군가가 비틀걸음으로 나오다가 명훈을 보고 어깨를 치며 말했다.

"누구야? 여기서 뭐 해?"

혀가 약간 꼬부라져 있기는 해도 목소리가 틀림없이 도치였다. 명훈은 그 경황 중에도 녀석에게 약한 꼴을 뵈기 싫어 천천히 몸을 일으켰다.

"음, 속이 좀 거북해서……."

"야, 간다, 너 돌개 형님이 찾더라."

도치가 그렇게 말해 놓고 비척대며 화장실 쪽으로 갔다. 명훈은 입안이라도 헹굴 양으로 수도꼭지에 손을 댔다. 손이 수도꼭지에 척 달라붙으며 언 쇠붙이 특유의 한기가 명훈에게 비로소 그곳이 한겨울의 찬 마당임을 일깨워 주었다. 수도관이 아주 얼어붙었는지 힘들여 꼭지를 돌려도 물이 나오기는커녕 헛바람 새는 소리조차 들리지 않았다.

명훈은 마당 쪽으로 불빛이 내비치는 주방으로 가서 찬물 한 바가지를 얻었다. 그걸로 손을 씻고 입을 헹구니 정신이 한결 맑아졌다. 그동안 머릿속을 짓찧어 대는 것 같은 두통도 토물(吐物)과 함께 씻겨 나갔는지 제법 견딜 만해졌다.

다시 술집 홀로 돌아갔을 때 명훈은 그곳을 차지하고 앉은 얼굴들도 하나하나 분간이 갈 만큼 회복되어 있었다. 탁자 셋을 붙여 놓고 좌우로 깡철이, 호다이, 명구, 한칠이 같은 동창들과 아이구찌, 꺽다리, 돼지네 패가 마주앉아 있고 안쪽 끄트머리 상좌에는 배석구가 벌겋게 술이 올라 곁에 앉은 살살이에게 무언가를 떠들어 대고 있었다. 깡철이는 이마께에 아직도 말라붙은 핏자국이 있고 호다이도 눈두덩에 시커먼 주먹 같은 게 부풀어 있었다. 아이구찌의 오른손은 술잔을 잡을 만큼의 손가락만 내놓고 온통 붕대에 감겨 있었으며, 꺽다리는 아예 왼팔에 부목을 대 붕대로 목에 걸고 있었다. 그걸 보며 명훈은 새삼스레 낮의 싸움을 돌이켜 보았다. 모두들 어지간히 술이 올랐는지, 사람이 드는지 나는지도 모르고 하던 얘기에 열중해 있어 명훈은 아무런 방해 없이 기억을 더듬어 볼 수 있었다.

……배석구가 반공청년단의 깃발을 매단 검은 지프를 극장 앞으로 보낸 것은 오후 세 시께였다. 명훈은 미리 거기 와 있던 아이구찌네 넷과 호다이, 명구를 데리고 지프에 올라 깡철이와 만나기로 한 곳으로 달렸다. 깡철이는 도치와 한칠이를 데리고 미리 그쪽 패거리가 본부처럼 쓰고 있는 다방에 숨어 들어가 있었다.

명훈이 그 다방 한 골목 앞에서 지프를 세우고 내리자 입구에 나와서 기다리던 한칠이가 주르르 달려왔다.

"어디 있어?"

명훈이 애써 침착한 표정을 지으며 물었다. 한칠이가 가볍게 떨리는 목소리로 대답했다.

"다방에 둘, 위층 당구장에 셋. 깡철이가 그러는데 진짜는 당구장에 있는 새끼들이래. 딱새 찍새가 몇 더 있겠지만 그건 걱정할 거 없다고 그랬어."

그러나 명훈은 벌써 낯빛까지 핼쑥해진 녀석의 말만으로는 마음이 놓이지 않았다. 한 군데 몰려 있는 게 다섯이라면 자기들 열 명이 꼭 그리 넉넉한 머릿수는 아니었다. 뭐니 뭐니 해도 그곳은 그들이 몇 달 혹은 몇 년을 터 잡고 견뎌 온 제 바닥이기 때문이었다.

"너, 깡철이 잠깐 나오라고 그래. 수선 떨지 말고 슬며시."

명훈은 자신도 모르게 중간 오야붕 같은 명령투로 그렇게 시켰다. 한칠이가 아무런 이의 없이 다방으로 뛰듯이 되돌아갔다.

오래잖아 깡철이가 가죽점퍼 주머니에 손을 찌른 채 어슬렁어슬렁 지프 쪽으로 다가왔다. 애써 태연한 체하고는 있어도 긴장한 빛을 온전히 감추지는 못한 얼굴이었다.

"왜 그래? 왔으면 바로 쳐들어오지 않고……."

깡철이가 왠지 일을 서두르는 기색으로 먼저 그렇게 입을 열었다. 꼭 노련함을 과시하려는 것보다는, 깡철이가 그렇게 나오는 데 대한 반발로 명훈이 느릿느릿 말했다.

"우선 알아볼 게 있어. 지금 그 다방과 당구장에 있는 게 정말 대가리들이야? 공연히 피라미 새끼만 몇 놈 때려잡고 대가리들을 놓쳐 버리면 일은 글러 버리는 거야."

"틀림없어. 대가리라고 할 만한 새낀 당구장에 있는 두 놈뿐이고 나머지는 어차피 똘마니들이야."

깡철이가 그것만은 자신 있다는 듯 말했다.

"당구장 뒷문은 없어?"

"다방하고 한 입구를 쓴다니까."

"뛰어내릴 창문 같은 건?"

"뒤쪽은 딴 건물로 막혔어. 앞쪽은 바로 저거고. 그런데 왜 쓸데 없는 것만 묻고 어물거려. 눈치채고 튀면 어쩌려고 그래?"

깡철이가 다시 재촉했다. 그 턱없는 서두름에, 내가 너보다 낫다면 바로 이 점일 거다, 하는 기분으로 명훈이 간단한 작전명령 같은 걸 내렸다.

"어이, 호다이하고 도치는 차 옆에서 기다려. 차는 다방 입구에 바짝 들이대고. 만약 몰려오는 새끼들이 많으면 크락숀(클랙슨)을 울리고, 차 안에 있는 철봉과 도끼를 쓰며 버티는 거야. 이쪽 창문 에서 뛰어내리는 놈이 있으면 놓치지 말고……. 그리고 깡철이, 우리는 먼저 다방 출입구부터 막고 일을 시작해야 되겠어. 다방 안에 있는 두 놈부터 때려잡은 뒤에 2층으로 올라가는 거야. 되도록 당구장에서 눈치 못 채게 조용히 일을 끝내고 말이야. 어때?"

"당구장에 있는 두 놈만 단부로 끌고 가면 되는데 웬 수선이야?"

깡철이가 그렇게 구시렁거리면서도 명훈의 말을 따라 주었다.

저녁때라 그런지 별로 손님이 들 만한 길목이 아닌데도 다방 안은 사람들로 와자했다. 명훈은 거기에 자신들과 맞설 사람은 똘마니 둘뿐이란 걸 알면서도 다방 안으로 들이닥치는 자기들에게 보내는 다수의 눈길에 까닭 모를 위압감을 느꼈다.

"저쪽 모퉁이에 앉은 쌔끼들이야. 가죽잠바하고 머리에 찍구(포마드) 뒤집어쓴 새끼."

깡철이가 눈길로 한쪽을 가리키며 나직이 일러 주었다. 도치와 한칠이가 뻣뻣하게 굳어 앉아 있는 탁자 건너편이었다.

"어이, 너희들 좀 보자."

다섯을 데리고 성큼성큼 그들 앞으로 다가간 명훈이 허세 밴 목소리로 그렇게 말을 걸었다. 무언가 저희들끼리 시시덕거리던 두 녀석이 갑자기 긴장한 낯빛이 되어 명훈과 깡철이를 올려보았다. 찍구로 제임스 딘 같은 머리 모양을 낸 녀석은 스물을 많이 넘긴 것 같지는 않았으나 가죽점퍼를 입은 쪽은 함부로 말 놓기가 민망할 만큼 나이가 들어 보였다. 하지만 쳐다보는 눈길이 교활스럽기는 해도 표독해 뵈지 않은 게, 깡철이의 정보가 없었더라도 진짜배기 주먹이 아님은 금세 짐작할 만했다. 양아치나 뜯어먹는 조무래기 왕초거나 아직 영업시간이 안 돼 다방에 나와 앉은 고급 술집 주방장쯤으로 보였다.

"새끼들아, 사람이 좀 보자는데 왜 반응이 없어, 반응이."

깡철이가 자신의 가오를 세울 때는 바로 그때라는 듯 아직도 자기들이 빠진 상황을 가늠하지 못해 눈치만 보는 그들 중에서 만만한 찍구 쪽을 골라 가슴패기를 걷어차며 목소리를 높였다. 그 바람에 시끌벅적하던 다방이 갑자기 고요해지며 이번에는 그 고요함이 명훈에게 다시 까닭 모를 위압감을 주었다.

흑, 하는 비명과 함께 찍구가 가슴패기를 싸안으며 탁자에 엎드렸다. 얼핏 보아서는 급소를 맞아 그런 듯했지만 엄살도 상당히 섞여 있음에 분명했다. 가죽점퍼가 벌떡 몸을 일으키며 놀라 물었다.

"아니, 형씨들, 왜 이러시오? 형씨들은 어디서 왔소?"

벌써 낯빛이 변하고 목소리가 떨리는 게 짐작대로 주먹은 아니었다. 가늘게 떨리는 어깨로나마 그를 버티고 설 수 있게 해 주는 것은 틀림없이 나이였다.

"곰보하고 악어 어디 있어?"

명훈이 가볍게 손을 들어 깡철이를 말리는 시늉을 하며 짐짓 낮고 가라앉은 목소리로 물었다. 그러는 명훈의 속셈을 어떻게 알아차렸는지 깡철이가 간족거리는 목소리로 거들었다.

"똑바로 대. 쌩 까면 골통을 쪼개 놓을 거야."

"곰보하고 악어라니? 그게 누구요?"

가죽점퍼가 능청스레 되물었다. 단단하게 뭉쳐 있는 놈들이로구나, 명훈이 그렇게 짐작하며 한 번 더 그들을 떠보려는데 성미가 급한 깡철이가 주먹으로 을러메며 소리쳤다.

"야, 이 새꺄, 너 정말 오리발 내밀래? 니네 오야붕도 몰라?"

그러자 가죽점퍼는 그것까지 잡아뗄 수는 없다는 생각이 들었던지 머뭇머뭇 말했다.

"곰보라면 혹 삼식이 말하는 거 아뇨? 내 고향 후배 아인데 ……."

"삼식인지 사식인지 여기서 왕초 노릇하는 곰보 새끼 말이야. 그 새끼 지금 어딨어? 당장 불러와."

"발 달린 짐승이 이리저리 돌아다니는데 낸들 어떻게 알겠소? 그런데 왜 걔를 찾으시오?"

말로 둘러데기라면 자신 있다는 듯 가죽점퍼가 그렇게 명훈의 패거리가 몰려온 까닭부터 캐려고 들었다. 주먹은 없어도 꾀 하나로 뒷골목에 빌붙어 산 지 오래인 듯한 느낌이 드는 치였다.

"어, 저 새끼, 저 새끼 잡아!"

맞은편 탁자에 앉아 다방 입구 쪽을 보고 있던 도치가 갑자기 몸을 일으키며 소리쳤다. 명훈이 그쪽을 보니 뒷골목의 똘마니 같은 녀석 하나가 눈치 빠르게 자리를 뜨는 손님들을 헤집고 다방 입구로 달아나는 게 보였다. 명훈은 지프 차 앞에 기다리고 있는 호다이와 명구를 믿기로 하고, 침착을 과장하며 가죽점퍼 쪽으로 눈길을 돌렸다.

"뛰어 봤자 벼룩이지. 어때? 이제 곰보가 어디 있는지 말해 주지 않겠나?"

명훈이 그렇게 묻자 가죽점퍼의 얼굴에 잠시 망설임이 내비쳤다. 드디어 자기들이 떨어진 상황을 가늠하게 된 데서 온 동요인 듯했다. 그러나 그런 가죽점퍼에게는 끝내 선택의 기회가 주어지지 않았다.

"시간 끌 거 없어. 개새끼!"

깡철이가 그렇게 내뱉으며 무방비한 가죽점퍼의 턱에 모진 주먹 한 대를 날렸다. 가죽점퍼의 고개가 홱 젖혀지며 벌렁 자빠지듯 다방 의자에 엉덩방아를 찧었다.

"곰보하고 악어, 당구장에 있는 거 벌써 알고 있다, 이 새꺄. 어
떻게 나오는가 보려고 물었더니 끝까지 오리발이야."

깡철이는 그런 가죽점퍼를 노려보며 이를 갈 듯 쏘아붙이고는
도치에게 명령조로 말했다.

"너하고 한칠이는 이 새끼들 끌고 나와."

명훈에게 동의를 구하는 법도 없이 아이구찌네 패들을 데리고
다방 입구 쪽으로 달려가는 게 그 싸움에서는 자신이 반드시 주
도권을 잡아야겠다고 미리 작정한 사람 같았다. 그 바람에 명훈
은 하는 수 없이 아이구찌네 패와 함께 돌진하는 깡철이를 뒤따
르는 형국이 되고 말았다. 거기다가 앞서 빠져나간 똘마니를 바깥
의 호다이와 명구가 제대로 잡아 두었는지가 궁금해 잠깐 차 곁
으로 나가 본 게 깡철이와 아이구찌네 패거리가 당한 뜻밖의 낭패
에서 빠져나오게 했다.

"그 새끼 어디 갔어?"

다방 입구에서 지프에 붙어 있는 호다이와 명구에게 명훈이 그
렇게 묻자 호다이가 어리둥절해 되물었다.

"누구 말이야?"

"방금 똘마니 한 놈이 빠져나갔는데?"

그런 명훈의 말에 호다이가 어림없다는 투로 받았다.

"나오긴 뭐가 나와? 밖으로 나온 건 늙다리들 서넛뿐이었다
고."

그렇다면 바로 2층 당구장으로 튀었구나. 명훈은 퍼뜩 그런 생

각이 들자 갑자기 깡철이네 패가 걱정이 되었다. 그 똘마니 녀석이 곰보에게로 달려갔으면 당구장에 있는 저쪽 녀석들은 모두 넷, 그것도 아래층에서 일어난 일을 듣고 만반의 태세를 갖추고 기다리는 넷이었다. 그런데 깡철이가 데리고 간 것도 아이구찌네 패 넷뿐이었으니, 생각 없이 덮쳤다간 거꾸로 당하기에 꼭 알맞았다.

"쇠 빠이뿌하고 도끼 어딨어?"

명훈이 급하게 묻자 명구 녀석이 얼른 차 문을 열고 그것들을 꺼냈다.

명훈은 쇠 파이프를 받아 쥐고 도끼를 든 채 멀거니 서 있는 명구에게 소리쳤다.

"너도 따라와!"

명훈이 나무 층계를 쿵쾅거리며 뛰어 올라가 당구장 문을 열었을 때는 바로 걱정했던 광경이 벌어지고 있었다. 깡철이네 패 다섯이 한 덩이로 뭉쳐 문께로 밀려 나오는데, 어찌 된 셈인지 깡철이는 이마를, 아이구찌는 왼팔을 손으로 감싸 쥐고 있었다.

"서! 밀리지 마!"

이마를 감싼 손가락 사이로 흘러나오는 피를 본 까닭일까, 명훈은 자신도 모르게 흉맹한 살기를 내뿜으며 소리쳤다. 그때 뭔가 땅 하고 귀밑을 스쳐 갔다. 언뜻 보니 등 뒤 시멘트 벽에 맞았다가 꺽다리의 웅크린 등허리에 떨어지는 것은 붉은 당구공이었다.

그제야 명훈은 덩어리 진 깡철이네 패거리의 등 너머 상대편 쪽으로 눈길을 돌렸다. 세 녀석은 당구 큐대를 휘두르고, 한 녀석은 당구알을 집어 던지고 있었다. 그 기세에 명훈도 하마터면 돌아서서 달아날 뻔했으나, 안동 시절과 최근 대여섯 달의 경험이 어울려 간신히 그를 버틸 수 있게 해 주었다.

그가 보고 듣고 또 스스로 경험해서 알게 된 패싸움의 요령은 무엇보다도 기세에 달려 있었다. 한번 밀리면 웬만한 힘의 차이는 무시되어 버리고 마는 게 기세였다. 그런데 깡철이 녀석이 턱없이 서두르다가 머릿수와 질에 있어서 다 같이 우세한 패거리를 데리고도 상대편의 기세에 몰리는 중이었다.

바로 그 깡철이 녀석이 몰리고 있다는 게 이상한 오기로 명훈을 충동질했다. 나는 저래선 안 된다, 이제 본때를 보여 주겠다 ― 갑자기 그런 결의가 선 명훈은 손에 든 쇠 파이프를 획획 소리가 나게 휘두르며 멍청히 서 있는 명구에게 소리쳤다.

"새꺄! 정신 차리고 날 따라와."

뜻밖에 거센 기세로 맞부딪쳐 오는 명훈의 쇠 파이프에다 천방지축 휘두르기는 해도 명구의 손에 쥐어진 등산용 손도끼가 꽤나 위협적이었던지 곰보네 패거리가 주춤했다.

그러나 그대로 밀고 나가기에는 아무래도 명구 녀석이 미덥지 않아 명훈은 우선 깡철이네가 싸움 태세를 정비할 시간부터 벌어 보기로 했다. 냉철한 계산이라기보다는 거친 환경 속에서 살아가는 동안 절로 길러진 감각 같은 것에 의지한 순간적인 판단이었다.

"어이, 악어, 곰보. 너희 둘 중 누가 진짜 왕초야?"

명훈이 이제는 제법 몸에 익은 허세로 그렇게 묻자 낯모르는 사람에게 느닷없이 자신의 별명을 불린 두 녀석 중 하나가 그새 되잡은 공격의 자세를 멈추며 차갑게 되물었다.

"그건 왜 물어? 넌 누구냐?"

'저 녀석이 악어로구나,' 명훈은 녀석의 비어져 나온 턱과 여드름이 숭숭 난 얼굴을 보며 그런 단정을 내렸다.

"악어, 너냐?"

"그거야 어쨌건 도대체 너희들은 누구야? 어디서 왔어?"

그때쯤에야 겨우 정신을 차린 깡철이와 아이구찌네 패가 우르르 당구장 계산대 옆에 있는 큐대 걸이로 달려가 각기 큐대 하나씩을 빼 들었다. 명훈은 그들이 등 뒤로 와 서기를 기다리며 짐짓 목소리를 가라앉혔다.

"우리는 반공청년단 동대문 특별단부에서 왔다. 널 좀 데려가야겠다."

"동대문? 거기서 왜? 미안하지만 우린 명동지부 소속이야."

그렇다면 굳이 싸울 필요가 없을지 모른다는 생각에서인지 악어의 말이 약간 설명 조가 되었다. 명훈은 더욱 목소리를 차갑게 해 그런 악어의 기대를 흩어 버렸다.

"헛소리 집어치워! 여기는 동대문 나와바리(세력권)야. 꼭 명동지부를 하겠다면 명동으로 가. 여길 뜨란 말이야."

"뭐?"

"여긴 우리 지부의 반공청년단 활동에 꼭 필요한 곳이라 우리가 접수하러 왔다."

"무슨 소리야? 우리도 머리에 수건 쓰고 시가행진까지 한 어엿한 단원이라고. 거기다가 여기는 명동지부 나와바린데 동대문에서 함부로 빼앗아?"

"그건 우리 단부에 가서 따져 봐. 높은 사람들에게 따져 보라고."

명훈이 그렇게 잘라 말하자 악어의 표정이 험악해졌다. 그러나 이미 모두 무언가를 손에 든 일곱을 보자 갑자기 자신이 서지 않는지 바로 공격해 오지는 못했다. 그때 곁에 서 있던 곰보가 한 발 나서며 말했다.

"야, 이 새끼들, 이제 보니 순 날강도 아냐? 까놓고 말해. 우리 딱부리네 애들이 경찰에 달려 갔다고 얕보고 덤비는 거지? 대가리 수로 밀어붙여 이 골목 먹자는 거 아냐?"

그러면서 손바닥에 침을 뱉어 큐대를 고쳐 잡는 게 꽤나 위협적이었다. 그런데도 그 동작을 그저 허세나 엄포로 본 게 명훈의 큰 실수였다.

"의심나면 한번 내려가 봐. 네놈들을 곱게 모셔 가려고 우리 단부의 지프가 와 있어……."

명훈이 그렇게 말해 놓고 다시 이죽거림으로 그들의 기를 꺾어 놓으려고 하는데 딱 하는 소리가 나며 눈앞이 아뜩해졌다.

뒤이어 "비켜!"인지 "쳐!"인지 모를 소리가 들리며 눈앞에 사람이 어른거리는 듯한 것을 본 뒤에야 명훈은 비로소 자신이 지나치게 방심하고 있었던 걸 후회했다.

'당했구나……'

간신히 버티고 서 있기는 해도 갑자기 온몸이 굳은 듯 움직여지지 않았다.

그렇게 얼마나 서 있었을까. 명훈이 퍼뜩 정신을 되찾았을 때는 이쪽저쪽이 거칠게 뒤엉키기 시작하고 있었다. 그 자신은 꽤 오랜 시간으로 느꼈지만, 실은 잠깐 동안의 현기증 같은 것이었던 듯했다. 오히려 머리에 가해진 그 불의의 타격이 명훈의 맹목적인 분노를 건드렸는지 한동안 명훈은 그 자신도 기억 못 하는 난투에 몸을 맡겼다.

"어이, 간다, 너 혹시 어떻게 된 거 아냐?"

명훈의 기억이 마침내 당구장 바닥에 길게 누운 곰보와 악어의 피투성이 모습에 이르렀을 때쯤 누군가 다가와 어깨를 쳤다. 얼른 기억을 떨치며 쳐다보니 얼굴에 벌겋게 술이 오른 배석구가 제법 걱정해 주는 듯한 얼굴로 서서 내려다보고 있었다.

"아뇨. 그저……."

"머리를 된통 맞았다며? 그럴 땐 차라리 머리가 깨져 피가 나야 하는 건데……."

"괜찮습니다. 속이 좀 울렁거려 토하고 왔을 뿐이에요."

"네 주량에 벌써 토했어? 정말로 머리가 상한 거 아냐? 언젠가 나도 한번 각목으로 머리를 된통 맞은 적이 있는데 자꾸 속이 울렁거려 치료까지 받은 적이 있지. 병원으로 가 보는 게 좋겠어."

"그 정도는 아니라니까요. 술이나 한잔 마시면 괜찮을 겁니다."

명훈은 왠지 그와 얘기하는 게 싫어져 앞에 놓인 막걸리 사발을 들며 그리로 눈길을 돌렸다. 그가 시키거나 은근히 부추겨 힘든 싸움을 해치우고 난 뒤에는 꼭 느끼게 되는 묘한 감정이었다. 그의 인정을 받는 것에 우쭐했다가도 갑자기 자신이 그에게 조종되는 꼭두각시 같은 느낌에 처량해졌다.

한번 뒤틀린 속이어서인지 술은 잘 받아들여지지가 않았다. 겨우 한 사발을 들이켰으나 이내 속이 울렁거려 다시 토하고 나니 술자리에 더 앉아 있고 싶지 않았다.

"자, 1차는 이쯤으로 하고 2차로 가지. 청운각 어때? 거기 가서 맑은술이나 마시자고."

배석구가 그렇게 호기를 부리고, 녀석들이 환성을 지르며 자리를 털고 일어날 무렵 해서 명훈은 슬그머니 술자리를 빠져나왔다. 술을 받아 주지 않는 속뿐만 아니라 기분까지도 그날따라 이상하게 울적해 도무지 웃고 떠드는 그들 사이에 끼어 앉아 있을 수가 없었다.

……서양이 정치 현상의 일부로 뒷골목의 주먹 세계에까지 조직적인 관찰의 눈길을 돌리게 된 것은 아마도 20세기에 들어온 뒤일 거야. 그런데 동양은 벌써 2천 년 전부터 이 적법성 없는 정치적 영향력에 유의하고 있었던 듯해. ……또 무슨 거창한 오해와 독단이야? …… 사마천의 『사기(史記)』를 봐. 사마천은 장군, 대신

(大臣), 문사(文士) 들과 나란히 협객열전(俠客列傳)을 덧붙여 놓고 있거든……. 그건 역사가로서의 기록이잖아. 뭐 뒷골목 세계를 정치 현상의 일부로 파악하고 조직적인 관찰을 한 것 같지는 않던데……. 그렇지 않아. 어쩌면 중국의 왕조들은 그런 세력을 효과적으로 흡수함으로써 일어나고, 억제력을 상실하면서 사양길로 접어들었다는 공식을 만들 수도 있을 것 같거든……. 원인과 결과를 뒤바꾼 거 아냐? 왕조가 성공적으로 지배력을 획득했기 때문에 그런 세력을 흡수하고 억제력을 발휘할 수 있었으며 사양길에 접어들었기 때문에 그 억제력을 상실한 게 아니냐고? 그건 그렇고, 오늘은 또 무슨 얘기를 하고 싶은 거야? 무슨 얘기를 하려고 이렇게 엄숙하게 나와? ……왕조는 아니지만 이승만 정권과 정치 깡패들 말이야. 요즈음 부쩍 활발하거든. 해방 직후의 반공 주먹은 말하자면 왕조 창설기의 효과적인 흡수 같은 걸로 볼 수 있지. 그런데 10년이 지난 지금 다시 깡패들이 반공청년단 머리띠를 두르고 시가행진을 하다니 웬말이야? 명색 민주주의 나라로서는 정권 말기에 해당되는 지금 말이야……. 이왕 생각해 둔 게 있는 모양인데 계속하지 그래……. 실은 말이야, 어쩌면 지금 자유당 정권은 깡패를 이용하는 게 아니라 억제력을 상실한 게 아닌가 싶어. 정통성과 정당성의 빈 곳을 그들의 폭력으로 메워 오다 그 의존도가 억제력을 발휘할 수 없을 정도로 높아져 버린 것 같아……. 그래서 어떻다는 말이냐? 그들이 주인을 갈아 치울 궁리라도 하고 있다든? ……그런 뜻이 아니고 말기적 증상의 하나라는 거지. 지금은

충성 경쟁을 하고 있는 듯싶지만 결과적으로 그들이 어떻게 자유당 정권을 끝장내는 데 기여할까가 궁금해. ……결국 그 얘기야? 그 끝장에는 별 흥미 없어. 집권당의 이름이 바뀌고 정권 담당자가 갈릴 뿐 나머지는 아무것도 달라지지 않는 정권 교체에 너 같은 이상주의자가 뭘 그리 기대해……? 그렇지는 않을걸. 같은 뿌리에서 갈라진 보수정당이라 해도 민주당이 집권하면 우리 사회는 혁명적인 변화를 겪을 거야. 스스로 원해서가 아니라 시대의 흐름에 떼밀려 그들도 근본적인 개혁을 하지 않을 수 없어……. 만약 않는다면? ……국민적인 저항을 받고 붕괴될걸. ……국민적인 저항? 나는 그런 게 가능할 의식의 성숙도 확인할 수 없고 그들 역량의 결집 방안도 전혀 짚이지 않는데. 또 만약 그렇게 된다 해도 그들이 무너진 곳에 들어설 수권(受權) 단체는? ……시대의 필요가 산출하겠지. ……그런 막연한 거라면 더욱 암담하지. 기껏해야 미국의 지원을 받는 극우 반동의 대두뿐일걸……. 도대체 그럼 넌 뭐야? 자유당이 이승만이에게서 이기붕으로 바뀌어 가며 천년 만년 해 먹으란 얘기야? 이 부정과 부패가 언제까지고 계속되는 게 옳다는 얘기야? ……미안, 미안. 나는 그저 너희 모임의 사람들이 철저하지도 못하면서 성급하기만 한 게 걱정이 돼서…….

배석구의 말대로 정말 뇌를 다친 것인지, 아니면 다시 들이켠 두어 사발의 막걸리 때문인지, 찬바람 부는 밤거리에 나와도 명훈의 의식은 정상으로 돌아오지 않았다. 이상하게도 한자리에 앉아서 듣고 있을 때보다 더 뚜렷하게 황과 김 형의 대화가 길게 떠오르는가 하면, 난데없이 배석구가 나타나 어깨라도 치며 얘기를 건네듯 그의 말소리가 머릿속을 윙윙거렸다.

……대학은 말이야, 어차피 간판이니까 주간이고 야간이고 시시하고 아니고 가릴 것 없이 과(科)만 그럴듯하면 원서를 내라고. 등록금은 걱정 마. 단부에서 나올 거야. 안 되면 내가 대지. 옛날 빨갱이 때려잡을 때도 학교 주먹은 중요했어. 주먹 쓰기는 마찬가지라도 학생이라면 한풀 접고 봐주거든. 들은 얘기지만 그때 학련(學聯)패는 대구 10·1 폭동까지 진압하러 나갔다고……. 너 요즘 이상하게 기죽어 뵈는데, 혹 여기 발 들여놓은 걸 후회하고 있는 거 아냐? 스물이 넘어 삼류 고등학교 야간부에 나가는 둥 마는 둥 하면서도 공부해서 출세할 꿈을 아직도 못 버리고 있는 거 아니냐고? 아서라, 말아라, 더군다나 그 잘 드는 솜씨 가지고…… 여기도 출세의 길이 없는 건 아니야. 요새 한창 설치는 김두한이, 뭐 배운 거 많고 공부 잘해서 출세한 줄 알아? 이 회장(이정재), 임 단장(임화수)이 열 장관 안 부러운 것도 마찬가지야. 주먹이야, 다 주먹 덕분이라고. 그 사람들 말이라면 물불 안 가리고 뛰어 준 우리들 주먹 덕분이란 말이야. 우리라고 맨날 응달에서 마뜩잖은 푼돈이나 만지라는 법은 없어. 두고 봐, 이 배석구, 돌대가리에 똥배짱뿐인 치들하곤 다르다고. 넌 나만 믿으면 돼…….

그 소리에 이어 이제는 아예 정신적인 스승 노릇을 하려 드는 황의 목소리가 들려오는 것으로 보아 명훈의 의식은 틀림없이 그들과 연관된 어떤 문제로 갈등을 겪고 있었다. 그러나 그에게는 그걸 정리해서 자신이 괴로워하는 게 무엇인지 알아낼 힘이 없었다.

……어이, 명훈이, 현인(賢人)은 시장에 숨어 있다더니 정말로 그렇더군. 독각 선생(獨脚先生) 알지? 거 왜 책방 주인 아저씨. 알고 보니 대단한 사람이더라. 거기 언제 한번 같이 가 보자고. 들을 만한 게 많아…….

독각 선생이라 흠, 그럴듯하게 들리는 이름이군. 외다리라고 하면 대뜸 병신이 연상되는데, 그걸 한문으로 바꿔 놓으니 꼭 뭐같이 들리는구나. 출신이 뻔해 뵈는 젊은 마누라에게 쥐어 사는 그 알코올중독자가, 겨우 중학생들에게 방인근이 소설이나 빌려 주는 책방 주인이 우리 혁명가 황 아무개의 사부님이라…… 잠시 그쪽으로 모아졌던 명훈의 생각이 회상인지 환청인지 구분 안 가는 목소리들 속에 흩어졌다.

"젊은 사람이, 초저녁부터…… 정신 차려요!"

비틀거리며 걷다가 발등이라도 호되게 밟았는지 한 중년 부인네가 앙칼지게 명훈에게 쏘아붙였다. 퍼뜩 정신을 가다듬은 명훈은 주위를 둘러보았다. 한없이 걸은 듯한 느낌이었으나 겨우 골목길을 벗어나 종로로 접어들고 있었다. 3가와 4가 중간쯤이었다.

습관적으로 버스 정류장을 향해 가던 명훈은 거기서 갑자기 생각을 바꾸었다. 마침 몇 발 안 되는 곳에 멈추어 선 시발택시가 그를 일깨웠는지도 모를 일이었다.

"택시, 택시이."

명훈은 주머니도 확인해 보지 않고 택시를 불렀다. 왠지 머뭇거리는 것 같던 택시가 몇 걸음 다가와 명훈 앞에 섰다.

"용두동 쪽으로 갑시다."

자리에 앉아 그렇게 갈 곳을 일러 준 뒤에야 명훈은 점퍼 주머니를 뒤져 보았다. 다행히도 천 환짜리 한 장에 백 환짜리 몇 장이 집혀 나왔다.

"못하는 술을 억지로 마셨군."

나이 지긋한 운전사가 명훈을 힐끗 돌아보며 한마디했다. 명훈이 얼른 그 말을 알아듣지 못해 그쪽으로 고개를 돌리자 운전사가 다시 지나가는 듯한 목소리로 덧붙였다.

"술 냄새가 나는데 안색은 금방 쓰러질 사람처럼 창백해."

"아, 네. 원래 술은 좀 하는 편인데 오늘은 통……."

명훈은 그렇게 대답하고 창밖으로 눈길을 돌렸다. 시선이 산란되어서인지 그날따라 밤거리가 유난히 휘황스러워 보였다.

'집으로 돌아가고 싶구나. 가족들이 있는 집. 할머니와 아버지, 어머니가 다 있는, 영희와 철이와 옥경이가 반가워 매달리는…….'

명훈이 문득 그런 생각에 빠져들기 시작한 것은 차가 신설동 로터리를 지날 무렵이었다. 아무튼 자신이 헤어나기 힘든 수렁에서 헤매고 있는 듯한 느낌과 함께 갑작스러운 피로가 가정적인 휴식을 그리워하도록 만든 게 틀림없었다.

명훈이 자취방이 있는 언덕으로 이르는 골목길을 제쳐 놓고 박치과로 차를 돌리게 된 것도 그런 감정 때문이었을 것이다. 느닷없이 영희가 보고 싶어져 명훈은 막 차를 꺾으려는 운전사에게 다급하게 말했다.

"아저씨, 바로 쭈욱 가서 저쪽 사거리에 세워 주십쇼."

운전사가 쓰다 달다 말도 없이 명훈이 시키는 대로 해 주었다.

실망스럽게도 박치과는 벌써 불이 꺼져 있었다. 진료야 겨울철은 일곱 시면 끝난다는 건 명훈도 알고 있었지만 영희가 숙소처럼 쓰는 대기실마저 불이 꺼져 있다는 게 좀 뜻밖이었다. 학교는 아직 방학 중이었고 자취방에도 황과 김 형이 오고 나서는 발길이 뜸해진 영희였다.

'벌써 잠들었나……'

명훈은 가로등 불빛에 시계를 비춰 보았다. 생각보다는 오래돼서 아홉 시 반이 넘었으나 아직 잠자리에 들기에는 이른 시간이었다.

그래도 혹시나 싶어 치과 출입문으로 다가간 명훈은 가볍게 창을 두드리며 영희를 불러 보았다.

"영희야, 자니? 나야, 오빠다."

그렇게 이름을 불러 놓고 보니 새삼스러운 살가움으로 콧마루가 시큰했다. 객지에서 홀로 고생하는 어린것에게 너무 무심했다는 후회가 일며 그 어느 때보다 진한 혈연의 정으로 누이동생이 보고 싶어졌다.

짐작대로 안에서는 대꾸가 없었다. 어쩌면 초저녁잠에 빠졌을지 모른다는 생각에 두어 차례 더 창문을 요란하게 두들겨 보았으나 마찬가지였다.

명훈은 하는 수 없이 자취방으로 돌아섰다. 그러나 보고 싶은 마음이 간절해서인지, 몇 발짝 떼어 놓기도 전에 영희가 어디선가 금세 나타날 것 같은 생각이 들었다. 그 바람에 명훈은 서너 발짝 뗀 후에 되돌아보고, 여남은 발짝에 한 번은 멈춰 서서 기다리는 식으로 느릿느릿 걸음을 옮겼다.

　그런데 참으로 이상한 일이 일어났다. 명훈이 아직 치과 앞 사거리를 벗어나기도 전에 치과 안에서 불이 켜졌다. 그렇게 자주 돌아보았건만 사람이 들어가는 기척을 전혀 느끼지 못했는데도 안에서 불이 켜진 게 한편으로는 신기하면서도 까닭 모를 불안을 일으켰다.

　'영희에게 무슨 일이 있다⋯⋯.'

　그 불안은 이내 단정으로 변해 명훈의 발길을 치과 쪽으로 돌리게 했다.

　"영희야, 영희 있어? 오빠다."

　뛰듯이 치과 출입문께로 다가간 명훈이 다시 유리창을 손가락으로 두드리며 소리쳤다. 그렇게 느껴서 그런지 안에서 새어 나오는 잘 들리지 않는 수런거림이 딱 그치며 잠결에서 막 놓여난 것 같은 영희의 목소리가 들렸다.

　"으응, 오빠? 잠깐만 기다려."

　그리고 옷을 걸치는지 잠시 꾸물대던 영희가 이윽고 슬리퍼를 길게 끌며 출입문께로 다가와 문을 따 주었다.

　얼른 명훈의 눈에 들어온 실내의 광경은 영희가 자다가 일어난 것임을 잘 말해 주고 있었다. 눈에 익은 군용 야전침대가 펼쳐져 있고, 그 위에 폈던 담요도 구겨진 채 흐트러져 주인이 방금 빠져 나갔음을 일러 주고 있는 듯했다. 영희도 그랬다. 아무렇게나 급하게 걸쳐 그런지 목이 긴 스웨터는 목깃이 가지런히 접혀 있지 않았고 몸 옆쪽으로 나 있어야 할 스커트 단추도 몸 앞쪽으로 돌아와 있었다.

"오빠, 웬일이야?"

영희가 잠에 취한 듯한 실눈으로 명훈을 맞으며 물었다. 조금 전 방 안의 은밀한 술렁거림을 느끼면서부터 긴장으로 예민해진 명훈의 눈에는 어딘가 억지로 꾸민 데가 있는 듯 느껴지는 눈길이요 목소리였다.

"너, 왜 아까 문 안 열었어?"

"아까? 응, 그게 오빠였어? 꿈결에 누가 문을 두드리는 것 같았는데……."

"그럼 그렇게 깊은 잠에서 지금은 어떻게 깨어났지?"

"그거…… 음, 목이 말라서."

영희는 천연스레 둘러대고 있었으나 무언가 수상쩍은 분위기가 끊임없이 명훈의 직감을 건드려 왔다. 명훈은 영희에게 캐묻는 대신 다시 한 번 찬찬히 실내를 살폈다. 오래 걸리지 않아 명훈은 이상한 것을 찾아냈다. 야전침대 옆 의자 등받이에 남자용임에 분명한 갈색 머플러 하나가 걸려 있었고, 의자 발치에도 틀림없이 남자용인 가죽 장갑 한 짝이 떨어져 있었다.

"저 마후라 누구 거야?"

명훈은 우선 그것부터 물으며 노려보듯 영희를 살폈다.

"그거? 아, 원장 선생님 거야. 퇴근하실 때 두고 가신 모양인데……."

영희는 여전히 그렇게 둘러대고 있었으나 낯빛은 이미 전 같지 않았다.

불그스레하던 영희의 볼에서 핏기가 싹 가시는 걸 보자 명훈은 갑자기 온몸의 피가 거꾸로 치솟는 듯하며 긴장으로 잠시 맑아졌던 머릿속이 다시 윙윙거리기 시작했다.

"이것도 너희 원장이란 작자 거냐? 내 보기에는 바늘로 찔러도 피 한 방울 안 나올 작자 같던데 도대체 어떻게 된 거야? 이 추운 날 마후라도 안 하고, 장갑까지 한 짝은 떨궈 놓고."

"참, 그렇네……. 그렇지만…… 하기는 오늘 급한 일이 있었어. 집에……."

이미 말까지 더듬거리면서도 기를 쓰고 그렇게 꾸며 대는 영희가 명훈을 더욱 못 참게 했다.

"못된 것, 바로 말해! 누구야? 누가 여기 있다 갔어?"

명훈은 들고 있던 가죽 장갑으로 영희의 얼굴을 후려치며 소리쳤다. 영희는 가죽 장갑에 맞아 흐르는 코피를 닦으면서 오히려 그녀 특유의 억셈을 되찾아 버렸다.

"오빠, 왜 이래? 있긴 누가 있어? 어디서 술에 취해 와 갖곤 나한테 이래?"

영희가 그렇게 나오면 억지로 입을 열게 하기는 틀린 일이었다. 어려서부터 한번 뻗대기 시작하면 성정이 불칼 같다는 말을 듣는 어머니도 손을 들고 마는 게 영희의 고집이었다. 하지만 일이 일인 만큼 명훈은 이를 사리물었다. 초주검을 만들더라도 그 일만은 밝힐 작정이었다.

그러나 끝내 그렇게까지 할 필요는 없었다. 숨소리 하나 들리지 않았지만 틀림없는 인기척이 갑자기 명훈의 육감을 건드려 왔기 때문이었다. 진작부터 어딘가 수상쩍던 헝겊 칸막이 저편의 진료실 안이었다.

"누구야? 나와."

명훈은 이상한 불길까지 뿜는 눈길로 뻗대고 선 영희를 버려 두고 그 칸막이 쪽으로 가서 소리 나게 휘장을 걷어치우며 소리쳤다.

무슨 괴물처럼 버티고 앉아 있는 치료용 의자 곁에서 급하게 양복 윗도리에 팔을 꿰다가 그대로 굳은 채 명훈을 마주 보고 선 것은 바로 박 원장이었다. 그새 넥타이까지 매 단정한 정장 차림과 그가 병원의 원장이란 사실이 앞뒤 없이 다가들던 명훈을 멈칫하게 했다.

하지만 그것도 잠시였다. 아직 양말도 신지 못한 하얀 맨발과 그 곁에 가지런히 놓인 잘 닦인 구두가 견딜 수 없는 혐오감과 분노로 명훈을 돌게 했다.

"이 새끼, 정말로 너였구나. 이 나쁜 새끼!"

명훈은 거대한 탄환처럼 온몸을 날려 그를 받아넘겼다. 무방비한 상태로 굳어 있다가 그대로 반듯이 넘어가는 그가 무슨 가벼운 짚단 같았다. 명훈은 이어 캄캄한 의식의 밤을 헤매듯 그 저항 없는 몸을 두들기고 짓이겼다.

　무어라고 찢어지는 듯한 외마디 소리를 질러 대며 매달리는 영희가 꼭 어지럽고 사나운 꿈속의 나찰녀(羅刹女) 같았다.

그 겨울의 끝

날이 희붐히 새면서 기차 안은 더욱 썰렁해졌다. 원래도 제 구실을 다 못 하던 스팀 장치였지만, 대구에 이를 때까지만 해도 빈자리가 없을 만큼 들어찼던 사람의 온기로 기차 안은 견딜 만했다. 그러다가 대구에서 객석까지 듬성듬성 빌 만큼 승객이 내려 버리자 그 빈자리를 채우려는 듯 늦겨울의 새벽 추위가 슬금슬금 스며든 것이었다.

초저녁 술에 취해 가까운 승반대(열차 시렁) 위에 기어 올라가 자던 청년이 술 한기라도 들었는지 이를 덜덜거리며 되내려오는 것을 보며 영희도 갑작스레 옷깃을 파고드는 추위에 몸을 웅크렸다. 대구역에서부터 기차에서 내리는 사람들의 와작거림에 수잠에서 깨어난 그녀였다. 그러나 곁에 앉은 오빠 명훈은 초저녁의 자세 그대로인 듯했다. 물들인 미제 야전잠바만으로는 영희가 걸친 목 긴 털스웨터보다 나을 게 없는데도 전혀 움직임이 느껴지지 않는 걸로 미루어 무언가 모진 결심을 되풀이 다짐하고 있거나 추위를 이겨 낼 만큼 큰 충격에서 아직 깨어나지 못한 것 같았다.

그 바람에 새삼 겁이 난 영희는 가만히 눈길을 돌려 명훈을 살펴보았다. 명훈은 나무로 깎은 사람처럼 이제 막 희뿌옇게 밝아 오는 차창 밖을 골똘히 쳐다보고 있었다. 그대로 굳어 버린 사람 같아 영희는 하마터면 그런 명훈을 건드려 볼 뻔했다.

"영희야, 우리…… 집으로 가자. 어머님께로……."

전날 경찰서에서 풀려나면서 금방 허물어질 듯한 표정으로 한 그 한마디를 마지막으로 갑자기 실어증에라도 걸린 사람처럼 말이 없는 명훈이었다.

오빠는 무슨 생각을 하고 있는 것일까. 영희는 마치 남의 일처럼 그렇게 막연한 의문에 빠졌다가 문득 모든 게 자신 때문이란 걸 기억하고 섬뜩함 속에 그 전날 하루를 떠올렸다.

잊어버리려고 애썼고, 어느 정도는 그 노력의 효과를 보아, 가수(假睡)와도 흡사한 상태에서 한동안이나마 잊고 있었던 사람과 사건들이었다.

그날 밤 명훈이 미친 사람처럼 박 원장을 짓밟고 두들길 때 영희는 거의 제정신이 아니었다. 그저 고통이 아닐 뿐 아직은 쾌락과는 거리가 먼 박 원장과의 육체적 맺음이 낳은 감정 때문일까.

영희는 몸을 웅크린 채 진료실 바닥을 뒹구는 박 원장보다 더 격심한 아픔을 느끼며 명훈에게 매달렸다.

그러던 영희가 찬물이라도 뒤집어쓴 듯 제정신을 되찾은 것은 메스라도 집어 명훈을 찌르고 싶은 충동을 간신히 억누르고 바깥으로 뛰어간 그녀가 지나가던 사람에게 신고를 부탁하고 다시 치과로 뛰어 들어왔을 때였다.

"꿇어앉아, 요 쥐 같은 새끼야!"

영희가 진료실로 되돌아가니 명훈은 어느새 마구잡이 주먹질을 멈추고 그렇게 으르렁거리고 있었다. 얼굴을 알아볼 수 없을 만큼 터지고 부은 박 원장이 흘금흘금 명훈의 눈치를 보며 정말로 시멘트 바닥에 꿇어앉았다. 그 참담한 모습이 갑자기 거센 성정 속에 숨어 있던 나약과 비굴에 대한 경멸과 혐오감을 불러일으키면서 영희를 앞뒤 없는 보호 본능에서 끌어냈다.

"어떻게 된 거야? 똑바로 대. 똑바로 안 대면 죽여 버릴 거야!"

명훈이 겁먹은 국민학교 생도처럼 무릎을 꿇고 앉은 박 원장에게 다시 그렇게 고함을 질렀다. 박 원장이 몸을 부들부들 떨며 더듬거렸다.

"자, 잘못했어. 영희 오빠가 용서를……"

영희는 명훈이 더는 주먹을 휘두르지 않을 것 같아서가 아니라 이제는 그가 어떻게 대답하는가를 알고 싶어 그런 것들을 방해하지 않았다. 박 원장은 곁에 영희가 있다는 걸 전혀 알지 못하는 사람처럼 명훈만 바라보고 있다가 자신의 대답이 만족스럽지 못한 듯 명훈의 표정이 한층 험악해지자 재빨리 덧붙였다.

"어쩌다 보니…… 죽을 죄를 지었어."

"뭐? 어쩌다 보니라고? 언제부터야?"

명훈이 다시 광기 섞인 고함으로 물었다. 그러나 영희는 벌써 그 때부터 더 듣고 싶지 않은 기분이었다. '순진하고 때 묻지 않은 사랑에 대한 동경'이나 '잃어버린 젊은 날에 대한 불 같은 향수' 같은 말들은 다 어디 가고 어쩌다 보니라니…….

"얼마 되지 않았어. 저 정말이야. 학생이 이해해 줘……."

"뭐, 이해? 새꺄, 이게 이해하고 안 하고의 문제야? 얼마 되고 안 되고의 문제냐고? 그래, 이제 어떡할 거야?"

"최대한으로 보상하겠어. 물질적이든 정신적이든……."

거기서 영희는 진심으로 자신을 위해서 경찰이 빨리 와 주기를 빌었다. 나중에 잡아떼더라도 박 원장이 책임진다든가 결혼하겠다는 소리를 해 주기를 그녀는 속으로 간절히 빌었다. 최소한 진심으로 사랑했노라는 말이라도.

그러나 경찰이 온 것은 주먹질에 질린 박 원장이 영희가 들을 소리 못 들을 소리를 넋 나간 사람처럼 다 털어놓은 뒤였다. 이어 파출소에서의 그 악몽과도 같은 하룻밤……. 그 어떠한 고문보다 더 괴롭던 이죽거림과 욕지거리 속의 신문, 연락을 받고 달려온 박 원장의 아내와 처족들의 악다구니와 협박…….

명훈에 대한 고소를 취하한다는 조건이 아니었더라도 영희는 혼인빙자간음으로 박 원장을 고소하지 않겠다는 각서에 지장을 찍어 주었을 것이다. 그만큼 그 하룻밤 하룻낮 동안에 박 원장이 직접 간접으로 보여 준 그의 실상에 대한 환멸은 컸다. 한때는 그가 정말로 자신을 사랑하고 있다고 믿은 게, 그리고 자신도 그를 사랑하고 있다고 느낀 게 스스로도 이상할 지경이었다.

하지만 그 오후까지도 영희의 가슴속에 남아 있던 한 가닥 미련마저 무참하게 끊겨 나간 것은 박 원장이 입원해 있는 병원에서였다. 여기저기 살갗이 터지고 멍든 것 말고도 이가 셋이나 부러지고 갈빗대에 금이 가 가까운 병원에 누워 있는 박 원장을 영희는 마지막 오기로 만나러 갔다. 금세 깨물어 뜯을 듯 표독을 부리는 그 아내의 악다구니보다는 말끝마다 '천한 것' '무식한 것'을 되풀이하는 장모의 깔보는 눈길이 영희의 억센 기질을 자극해 그 지옥 같은 상황에서도 각서에 도장을 찍기 전에 박 원장부터 만나야겠다고 뻗댄 성과였다.

"네가…… 어떻게……?"

방문을 열자 박 원장이 나직한 신음과 함께 그런 말로 영희를 맞아들일 때만 해도 영희는 하마터면 눈물을 쏟을 뻔했다. 그동안 길러 왔던 혐오와 경멸에도 불구하고 흰 붕대에 감긴 찢기고 터진 그의 얼굴이 너무도 애처롭게 느껴진 까닭이었다. 거기다가 그의 눈길도 어쩔 수 없이 그녀를 부인해야 했던 자신의 비굴과 나약을 괴로워하고 있는 듯했다.

"원장 선생님, 괜찮으세요?"

그렇게 나직이 물으면서 박 원장에게 다가가던 영희는 갑작스럽고도 모진 복수감에 휘몰려 쌩긋 눈웃음까지 보냈다. 씩씩거리며 병실로 뒤따라 들어오는 그의 장모 때문이었다. 그에게서 애정에 찬 말 한마디만 끌어내도 그 밉살맞은 여자에게는 훌륭한 앙갚음이 될 것 같았다.

박 원장의 말소리에서 이미 어떤 심상찮은 느낌을 받았는지 장모의 눈길은 드러나게 실쭉해져 있었다. 그러나 반듯한 이마에 깊게 팬 주름을 보며 일순 영희가 느낀 복수의 쾌감은 너무 짧고 허망하게 끝났다.

"나가, 이 못된 것. 술 취한 사람에게 꼬리를 쳐 낯을 못 들게 해 놓고 또 무슨 수작을 부리려고……."

갑자기 박 원장의 격분에 찬 고함 소리가 날카로운 송곳처럼 영희의 심장을 찔러 왔다. 영희에 대한 미움보다는 뒤따라 들어온 장모를 보고 놀라 지른 비명에 가까웠는데, 그러나 그의 눈길에 번쩍이는 것은 틀림없이 궁지에 몰린 들짐승의 눈에서 뿜어져 나오는 비열하고도 절망적인 살기 같은 그 무엇이었다…….

"영희야."

보지 않아도 조금 전의 움직임에서 그녀가 자지 않고 있었음을 알았다는 듯 명훈이 메마른 목소리로 영희를 불렀다. 영희가 움찔해 돌아보자 명훈은 애써 그 눈길을 피하면서 말을 이었다.

"우리, 이 기차가 철교를 지날 때 함께 뛰어내리든지 싸이나(청산가리) 한 덩이 사서 나눠 먹을까?"

하지만 거의 열두 시간 가까운 침묵의 무게에도 불구하고 영희는 그게 터무니없는 감정의 과장으로만 들렸다. 솔직히 영희는 자신이 한 짓이 죽을 만큼 큰 잘못이라곤 느끼지 않고 있었다. 아니, 전쟁 뒤의 황폐한 도회 언저리를 떠돌며 채운 열아홉 살의 문턱은 아직 그 일이 앞으로의 삶에 어떤 불리(不利)로 작용할지 가늠조차 하지 못했다.

"그러면 넌 영원히 사랑스럽고 순결한 내 누이로 남아 있게 될 텐데……. 언제나 가엾고 보고 싶은 누이일 수 있을 텐데……."

아닌 게 아니라, 명훈에게도 어느 정도는 감정의 과장이 있는 듯했다. 어쩌면 그가 점점 깊이 빠져들고 있는 질척한 수렁 같은 삶에 대한 우울한 전망이 그런 식으로 의식에 투영되고 있는지도 모를 일이었다.

"오빠, 잘못했어. 그 사람이……."

겨우 그런 말을 생각해 낸 영희가 짐짓 울먹임 섞어 그렇게 말하다가 문득 자신의 말투가 박 원장을 닮았다는 걸 깨닫고 황급히 입을 다물었다. 그 말을 들었는지 못 들었는지 명훈이 점점 감정이 배어드는 어조로 혼잣말처럼 중얼거렸다.

"그렇지. 죽고 싶지는 않겠지. 아니 죽을 수도 없어……. 어떻게 살아온 우린데……."

그러다가 무슨 큰 결심을 발표하듯 명훈이 이렇게 말한 것은 차창 밖이 완전히 밝아졌을 때였다.

"그래, 낙끝(낭떨어지 끄트머리, 벼랑 끝)을 기억하자. 돌내골의 낙

끝……. 기억나지? 전쟁이 난 그해 겨울, 영천 외가에서 돌아가다가…… 할머니가 어머니를 닦달하던 곳……. 다 잊고 다시 출발하는 거야. 이쯤에서라도 네가 빠져나온 걸 다행으로 여기고…… 너는 이제부터 죽은 듯 움츠리고 집에서 쉬는 거야. 내 상처가 회복될 때까지. 아니, 그냥 기다려. 우리의 해가 뜰 때까지. 서울은…… 나 혼자면 돼. 나는 반드시 우리의 날을 앞당겨 오게 하마……."

자신이 빠져든 불행보다는 오히려 그게 슬퍼 영희의 눈시울이 화끈해질 만큼 쓸쓸하고 공허하게 들리는 목소리였다.

명훈과 영희가 여름의 기억을 되살려 밀양 집으로 찾아갔을 때 인철과 옥경 남매는 아직 늦잠에 빠져 있었다. 윗목에 밥상이 차려져 있고, 이불 발치께 밥그릇이 묻혀 있는 걸로 보아 어머니는 벌써 시장으로 나간 듯했다. 편지에서 읽은 그 헌옷 가게로.

방학 중이니 굳이 깨울 것도 없다 싶어 언 몸이나 녹이려고 이불 속으로 발을 들여 넣으려는데 그동안의 수런거림 때문인지 인철과 옥경이 차례로 깨어났다.

"어? 형, 누나."

"으응, 큰오빠, 언니."

놀라움과 반가움으로 눈을 비비며 번갈아 안겨 오는 인철과 옥경의 따뜻하고 보드라운 몸을 부둥켜안으면서 영희는 비로소 집에 돌아왔다는 느낌이 들었다. 그리고 아울러 자신이 그 집에서 너무 먼 곳을 헤매고 있었다는 새삼스러운 깨달음이 그 어떤 질

책보다 그녀를 참회스러운 기분에 젖어 들게 했다.

인철과 옥경이 뛰어가 알렸는지 어머니는 점심때도 되기 전에 돌아왔다. 지난 여름방학 뒤로 여섯 달 만에 사 남매가 나란히 앉아 아침밥을 나눠 먹고 식곤증과 이틀 동안의 부실했던 잠 때문에 곯아떨어져 있는 영희의 귀에 어머니의 목소리가 먼 하늘 위에서 들리는 천둥소리처럼 울려 왔다.

"아이고 야들이 우얀 일이고? 우예서 전보 한 장 없이 남매가 다 왔노? 설도 아인데……."

그런 어머니의 목소리에는 아직 놀라움보단 반가움이 더 크게 느껴졌다. 그러나 영희는 왠지 그 반가움 뒤에서 의심의 칼날이 번득이는 것 같아 선뜻 눈뜰 용기가 나지 않았다.

명훈은 영희보다 훨씬 깊이 잠에 빠져 있는 듯했다. 어머니가 다가가 이리저리 흔들고 쓰다듬으며 잠에서 깨우려 애쓰는데도 나무토막처럼 반응이 없었다. 영희는 명훈이 정말로 간밤 한숨도 눈 붙이지 못한 것 같아 그게 미안스러우면서도 한편으로는 다행으로 여겨졌다.

어머니는 곧 깨우기를 단념했다.

"야들이 밤차를 타고 와 억시기 피곤한 모양이네. 아침들은 묵었나……."

그러면서 오히려 인철과 옥경을 밖으로 내몰고 자신도 따라 나가는 것이었다.

"엄마, 어디 가?"

"장 쫌 봐 올라꼬. 큰오빠하고 언니가 왔으이 점심이나 따스분이 해 믹여야제."

부엌 쪽에서 옥경이와 이머니가 그렇게 소리 죽여 주고받는 말을 들으며 영희는 다시 아슴아슴 잠 속으로 빠져들었다. 하지만 결국 영원히 깨어나지 않을 수 있는 잠은 아니었다. 얼마나 더 잤을까. 이번에는 철이와 옥경이가 뛰어 들어와 수선을 떨며 명훈과 영희를 깨웠다.

"야들아아, 이제 그만 일어나거라. 그만하면 엉간히(어지간히) 잤다."

부엌문을 통해 그런 어머니의 목소리까지 가세하고 있었다. 이제는 별수 없이 일어나야겠구나, 영희가 그렇게 생각하면서도 아직 어머니를 바라볼 자신이 없어 눈을 감은 채 망설이고 있는데 명훈이 툭툭 털고 일어났다.

"철이하고 옥경이구나. 이리 와."

그러는 명훈의 목소리는 어느새 다정하고 부드러운 큰형, 큰오빠의 것으로 돌아와 있었다.

인철과 옥경이 응석 섞인 환성을 지르며 명훈의 무릎을 다투는 걸 보고 영희도 몸을 추슬러 일어났다. 방 안의 기척으로 명훈과 영희가 모두 깨어난 걸 알았는지 어머니가 부엌문으로 대뜸 상부터 들이밀었다. 부엌 천장 어디엔가 뚫린 구멍으로 한 줄기 햇살이 새어 들어와 김이 피어오르는 상 위에 희고 긴 장대처럼 엇비스듬히 꽂혀 있었다.

"아침에는 장캉 밥캉(된장하고 밥하고만) 먹니라꼬 힘들었제? 배가 고파 그랬는지 그릇은 다 비웠드라만……."

어머니가 뒤이어 방으로 들어오며 그렇게 말했다. 그 말이 아니라도 마음먹고 차린 상인 것은 한눈에 알 만했다.

양미리라고 부르는, 말라 꼬부라진 손가락 굵기의 생선과 넓적하고 두툼하게 썬 두부가 뒤섞인 찌개 냄비를 가운데로 하고, 김·구운 꽁치 토막·시금치 나물 같은, 시장을 보아야 마련될 수 있는 반찬들이 좁은 상을 뒤덮어 된장과 김장 김치는 한구석으로 밀려나 있었다.

그 밥상머리에 앉아 어머니가 기도를 시작했다. "일용할 양식을 주셔서 감사합니다."란 구절이 되풀이되는 것과 다름없는, 10년이 지나도 별로 늘지 않는 기도 솜씨였다.

"자, 뜨실 때 어서 먹자. 아이들이 깝쳐(재촉해) 밥이 설지나 안 했는지 모리겠다."

기도가 끝난 뒤 그렇게 수저 들기를 권하던 때만 해도 어머니는 아직 객지에서 고생하다 돌아온 자식들에 대한 반가움으로만 들떠 있는 듯했다. 밥상을 물린 뒤 거들겠다는 영희를 굳이 마다하고 부엌에서 설거지를 하며 흥얼거리던 찬송가도 틀림없이 그 반가움이 변한 감사의 표시였고, 이어 들고 들어온 사과 광주리에서 굵고 잘 익은 것만 골라 명훈과 영희에게 하나씩 권할 때도 아직은 오랜만에 곁으로 돌아온 자식들을 맞는 어머니의 마음뿐이었다.

"자, 모두 세수하고 영남여객 댁에 가자. 해도 바뀌었고 하이 아자씨 아주무이한테 인사 디려야제."

그렇게 명훈과 영희를 앞세우고 영남여객 댁을 다녀올 때도 마찬가지였다. 영희를 그 아침 잠결에서 소스라쳐 깨어나게 한 의심의 칼날 같은 것은 전혀 느껴지지 않았다.

하지만 어머니의 본능적인 감각이라 할까, 진작부터 그들 남매의 돌연한 귀가가 어딘가 불길한 예감을 건드리고 있었음 또한 분명했다. 어쩌면 오히려 그것 때문에 캐묻기를 미루었는지도 모를 일이었는데, 그런 어머니가 드디어 명훈에게 묻기를 시작한 것은 목사관까지 들렀다가 집으로 돌아온 뒤였다.

"자, 인자 쫌 물어보자. 아까 니는 그냥 내려왔다 캤지마는, 내가 보기에는 암만 캐도 그게 아인 동싶다. 틀림없이 무슨 일이 있었던 것 같은데, 함 말해 봐라. 도대체 무신 일고? 무신 일 때매 겨울방학도 다 끝나 가는데 남매가 전보 한 장 없이 이래 짜들고(이것 저것 다 버려두고) 왔노? 영희도 글코 니도 글타. 더구나 모도 형용이 말이 아이다. 뭐로? 무신 일고?"

여기저기 다니는 사이 짧은 겨울 오후가 다해 어둑해진 방 안으로 들어서기 바쁘게, 어머니가 갑자기 사람이 변한 것처럼 그렇게 물었다. 명훈이 왠지 굳어진 얼굴로 움찔했다가 떠듬떠듬 입을 떼어 놓기 시작했다.

"아무래도…… 영희는 집에 내려와 있어야겠어요. 내가 바빠서 돌볼 틈이 없고…… 나이 찬 기집애가…… 객지에 혼자 있는 건

안 좋은 것 같아서……."

"그거야 첨부터 내가 안 캤나? 그런데 니가 우짜든지 학교를 해야 한다며 쎄와(우겨서) 서울에 놔뚜고 온 기제. 글치만 각중에(갑자기) 와? 거기다가 일껀 시작했는 학교는 또 우야고? 인자 2학년도 다 마쳤으이, 한 학년만 더 하믄 고등학교 졸업이 되는데."

"학교도 좋지만 먼저 사람이 성해야지요. 사람 잘못되면 학교는 해서 무슨 소용이겠어요?"

명훈은 아마도 서울에서의 일은 어머니에게 묻어 둘 작정이었던 듯했다. 그것은 또한 감히 그에게 물어보지는 못해도 영희가 마음 속으로 간절히 바라는 것이기도 했다. 영희는 내려오는 기차 칸에서만도 몇 번이나 불에 달군 인두로 자신의 종아리를 지지던 어머니를 섬뜩하게 떠올렸다. 서른셋에 홀로 되어 거의 10년 동안이나 아직 다 시들지 않은 몸과 그 몸이 마지막 안간힘으로 호소해 오는 욕망을 상대로 그토록 끔찍한 싸움을 벌이던 어머니를.

어머니가 이 세상에서 용서 못 할 일이 있다면 그것은 바로 성적인 타락, 곧 불륜한 남녀관계일 것임에 틀림없었다. 따라서 어머니가 자신과 박 원장의 관계를 알게 된다면 영희의 귀가는 애초부터 잘못된 셈이었다. 그 점은 명훈도 잘 알고 있어 되도록 그걸 숨긴 채 영희를 어머니에게 맡길 작정이었던 듯했다. 그렇지만 태연히 거짓말을 해치우기에는 스스로가 받은 충격이 너무 컸던지 명훈이 이내 허점을 드러내기 시작했다. 어머니가 날카롭게 그 허점을 파고들었다.

"먼저 사람이 성해야 한다이? 그럼 영희 쟈(저 아이)가 어디 성 찮단 말이가? 어디 병이라도 났나? 말해 봐라, 무신 병이고?"

"병이 난 게 아니라 어자가 객지에…… 꼭 병이 난 것만 성치 않은 건 아니죠……."

반드시 거짓말에 서투른 것도 아니었으나 명훈은 더욱 드러나게 허둥댔다. 그러잖아도 죄어드는 것 같던 영희의 가슴이 거기서 철렁했다. 아니나 다를까, 어머니는 벌써 일의 진상을 반나마 알아챈 눈치였다.

"뭐시라? 그라믄 저게 벌씨로 무신 서방질이라도 하고 댕긴단 말이가?"

그렇게 다그쳐 놓고 갑자기 곁에 옥경과 인철이 있는 걸 깨달은 듯 둘을 보고 소리쳤다.

"옥경이하고 철이는 좀 나가 있거라."

"밖은 벌써 어두운데……."

인철이 오랜만에 돌아온 형과 누나 곁을 떠나는 게 싫었던지 어머니의 눈치를 보며 머뭇거렸다.

그러면서도 아이답지 않게 어두운 표정을 짓는 게 한편으로는 어쩌면 어머니와 형의 말을 다 알아듣고 걱정하는 것같이도 보였다.

"어머니는 무슨 그런 소리를…… 누가 영희더러 그랬다고 했어요? 이제 나이도 열아홉에 들고 하니까 그쪽으로 걱정이 돼서 집에 데려다 놓겠다는 뜻이지……."

그제야 자신의 실수를 깨달은 명훈이 부인을 대신한 짜증까지 섞어 그렇게 잡아뗐으나 소용없었다. 한 번 더 탐색을 시도하고는 있어도 어머니의 의심은 이미 그쪽으로 기운 뒤였다.

"봄에 내가 아이들 하고 같이 데리고 내려올라 칼 때는 괜찮고, 인제 겨우 열 달도 안 된 지금은 그게 그래 걱정이 된단 말이제? 갑자기 왜 그래 됐노? 우째서 갑자기 걱정이 돼 편지 한 쪼가리 없이 밤차로 만사 제폐(除廢)하고 내려왔노? 둘 다 모도 죽구재비(죽을상)가 돼 가지고 말이따."

"그때는 한집에 있었으니 그렇지만, 가을부터는 따로 있게 됐다고 편지하지 않았어요? 거기다가 내가 바빠 자주 재한테 가 보지도 못하게 되어 집에 데려다 놓기로 한 겁니다."

침착을 되찾은 명훈의 거짓말이 한층 조리 있게 되어 갔지만 어머니는 용케 거기서 또 다른 암시를 찾아낼 뿐이었다.

"옳다. 가을에 뭔 일이 있었구나. 그런데도 거다 하나뿐인 동생은 쳐매삘어 둬 놓고 쏘댕기다가 인제야 겨우 그걸 알았구나? 그래서 밤차로 천둥지둥(허둥지둥) 끌고 오는 길이제?"

그러더니 갑자기 일어나 벽에 걸어 둔 구제품 오버를 벗기며 명훈에게 차갑게 말했다.

"이래도 알고 저래도 안다. 그러이 옷 뜨시게 입고 따라 나온나. 아이들 날 춥고 저문데 밖으로 내쫓을 수도 없고, 집 안에서 큰 소리 내 이웃 부끄럽게 할 거도 없고……."

명훈이 제법 화까지 내며 뒤늦게 강경한 부인을 거듭했지만 끝내 어머니의 고집을 꺾지 못했다. 아무 대꾸 없이 목도리에 머릿수건까지 덮어쓰고 방 밖으로 나가 어떻게든 방 안에서 버텨 보려는 명훈을 재촉해 불러낼 뿐이었다.

명훈이 마지못해 따라나서자 어머니는 비로소 영희에게 한마디 던졌다.

"아아들 저녁해 멕여라. 쌀은 윗목 쌀자루에 있고, 반찬은 낮에 먹다 남은 거 뎁히문(데우면) 될 끼다."

이상하게도 낯설게 들리는 어머니의 목소리였다. 벌써 얼마 전부터 오빠가 끝내 견뎌 내지 못하리란 예감에 온몸의 힘이 쑥 빠져 멀거니 앉아 있기만 하던 영희는 그 소리에 무언가 날카로운 것에 찔린 듯 화들짝 놀라며 일어났다.

그러나 돌아보지도 않고 방을 나가는 어머니의 차갑게 굳은 뒷모습에 절로 입이 얼어붙었는지 대답조차 나오지 않았다.

어떻게 할까. 어머니와 오빠가 방을 나간 뒤 영희는 옥경과 인철이 겁먹은 눈으로 자신을 훔쳐보고 있다는 것도 느끼지 못한 채 한동안 막연한 생각에 잠겼다. 어머니가 그 일을 아는 한, 한 지붕 아래 있기는 글렀다는 생각이 들며 갑자기 자기 앞의 삶이 막연한 희망과 불안의 교차가 아니라 구체적인 공포로 그녀를 짓누르기 시작했다. 찬 겨울 들판을 의지가지없이 떠도는 자신의 모습이 엉뚱하게 떠오르며, 그때껏 느껴 본 적이 없는 비감(悲感)에 느닷없이 젖어 들기까지 했다. 여자로서는 좀 고집이 세고 격정적이기는 하지만, 그리고 벌써 남다른 성년의 비밀을 경험하기는 했지만, 영희는 그때까지만 해도 아직은 혼자만의 삶을 결행하기에는 이른 열아홉 초입의 여자아이에 지나지 않았다.

"누나, 왜 그래?"

영희의 눈에 괴는 눈물을 보았는지 전등불을 켜고 앉던 철이가 걱정스레 물었다. 그 유순하고도 생각 깊은 눈길이 황급히 눈물을 닦아 낸 영희에게 굳이 명훈을 집 밖으로 데리고 나간 어머니의 분별을 흉내 내게 만들었다.

'그래, 이 아이들에게까지 알려지게 해서는 안 된다……'

"응, 아무것도 아니야. 쌀자루 어디 있지? 저녁 해 줄게."

영희는 그렇게 철의 주의를 돌리고 부엌으로 내려가 저녁밥을 지었다.

그러나 쌀을 안치고 제재소에서 나온 피쪽나무로 불을 때는 동안 영희는 다시 그녀만의 생각에 빠져들어 갔다. 이번에는 어쩌다가 자신이 그렇게 몰리게 되었는지에까지 생각이 이르게 되었으나 이상하게도 절실한 후회나 죄책감 같은 것은 거의 없는 회상에 가까운 것이었다. 그 일과 관련된 감정이 있다면 기껏해야 박 원장에 대한 깊이 모를 미움과 원한 정도였을까.

어머니와 오빠 명훈은 저녁 설거지를 마치고도 두어 시간이 되도록 돌아오지 않았다. 원래가 오래 깊은 생각에 잠겨 있지 못하는 체질인 데다, 타고난 억센 성격이 될 대로 되겠지란 결론과 함께 이끌어 낸 여유로 영희는 그 막막한 기다림의 시간을 아이들과의 시답잖은 얘기로 죽여 나갔다.

"나는 작은 오빠의 야망을 안다. 일기에서 보았거든."

영희가 여유를 되찾은 걸 보고 이내 평소의 까불거림으로 돌아
간 옥경이 이런저런 얘기 끝에 불쑥 그렇게 말하고, 갑작스레 상기
된 철이, "기집애, 너 함부로, 나불거리면 죽어." 하면서 주먹을 들
어 보임으로써 방 안에는 갑자기 작은 소동이 일었다.

"첫째, 우리나라를 정복하는 것. 둘째, 명혜 언니와 결혼하는
것."

옥경이 '우리의 맹서'를 외듯, 잘 이해하지도 못하는 야망이니
정복이니 하는 말을 그렇게 천방지축 떠들고 영희의 등 뒤로 숨자
철이 벌겋게 달아 주먹으로 을러메며 옥경에게 덤벼들었다. 영희
가 가운데서 그걸 말리며,

"명혜, 명혜가 누군데?"

하고 옥경에게 묻고 있는데, 갑자기 방문이 열리며 어머니가 들
어왔다. 새파랗게 굳어 있는 얼굴이 반드시 바깥의 추위 때문만
은 아닌 듯했다.

"너도 좀 나가자."

어머니는 영희를 본 척도 않고 방구석에 있는 반짇고리로 다가
가 무언가를 찾으며 차디차게 말했다.

'오빠가 다 말했구나……'

영희는 어머니의 그런 목소리만으로도 그걸 알아차릴 수 있었
다. 이미 어느 정도는 각오하고 있었으나 막상 그렇게 되자 영희는

새삼스러운 공포로 온몸이 뻣뻣이 굳어 왔다.

"아이들 놀래키기 전에 나가자 카이 뭐 하고 있노? 귀꾸마리(귓구멍)까지 막했나?"

드디어 필요한 걸 찾아냈는지 가벼운 쇠 부딪는 소리와 함께 무언가를 돌아선 채 오버 깃 속으로 감추며 어머니가 한 번 더 재촉했다. 눈길을 맞대기도 싫다는, 그래서 네가 나가야 나도 돌아서겠다는 듯한 뒷모습이었다.

"어머님 말대로 나와."

마당의 어둠 속에서 침울하게 가라앉은 명훈의 목소리가 그런 어머니를 거들었다.

영희는 어떤 저항할 수 없는 힘에 내몰리고 이끌리듯 비틀거리며 방을 나섰다. 명훈이 말없이 돌아서서 앞장서고 이어 방문을 거세게 닫은 어머니가 고무신을 끌며 뒤따랐다.

어머니와 오빠 사이에 미리 맞춰 둔 말이 있었던지 둘은 한마디 말도 없이 앞뒤에서 끌고 밀듯 영희를 데리고 골목길을 벗어났다. 벌써 겨울밤은 깊어 골목길에는 나다니는 사람이 아무도 없었다. 멀리서 들리는 개 짖는 소리만 아니라면 정말로 마을 한가운데의 골목길을 걷고 있는가조차 알 수 없을 만큼 캄캄하고 조용한 밤이었다.

영희의 눈이 어느 정도 어둠에 익숙해졌을 무렵 골목이 끝나고 희끄무레한 강둑이 나타났다. 거기서 확인하듯 힐끗 뒤돌아본 명훈이 성큼성큼 강둑으로 걸어 올라갔다. 그때까지만 해도 영희는 기계적으로 그 뒤를 따랐다.

그러나 강둑으로 올라선 명훈이 다시 강바닥 쪽으로 내려서자 영희는 문득 덮쳐 오는 새로운 종류의 공포로 오싹했다.

'어쩌면 어머니와 오빠는 나를 죽이기로 작정했는지 모른다. 오빠가 기차칸에서 한 말은 나를 의심 없이 이곳으로 끌어내기 위한 것이었는지도 몰라…….'

퍼뜩 그런 생각이 들자 갑자기 명훈의 뒷모습이 무시무시한 거인처럼 느껴지며 발이 얼어붙은 듯 걸음이 떼어지지 않았다. 그런 영희의 등을 어머니의 차갑게 가라앉은 목소리가 매운 채찍처럼 후려왔다.

"와 안 가고 섰노? 빨리 가자."

그 바람에 영희는 다시 걸음을 떼어 놓았으나, 명훈이 얼어붙은 강심 쪽으로 걸어 들어가자 더는 따를 수가 없었다. 심장에 얼음 가루를 퍼부은 듯이나 온몸을 얼어붙게 하는 싸늘한 공포가 영희를 차츰 미칠 듯한 위기감 속으로 몰아넣기 시작했다.

"오, 오빠. 어딜 가?"

영희는 비명이라도 질러 구원을 청하고 싶은 마음을 간신히 억누르며 그렇게 물었다. 명훈이 뒤도 돌아보지 않고 저벅저벅 자갈밭으로 걸어 들어가며 음산하게 대답했다.

"그냥 따라와."

"싫어! 더는 못 가. 여기서 말해."

영희는 갑자기 발작 직전의 심경이 되어 강하게 소리쳤다. 어머니와 오빠가 억지로 끌고 가려 들면 발버둥이라도 쳐서 버텨 볼 작정이었다.

"그래, 멀리 갈 거 없다. 여다서 마 결판 냈뿌자."

뒤따라오던 어머니가 불쑥 그렇게 말하며 명훈을 되돌아서게 했다. 그러자 명훈도 더 고집부리지 않고 저벅거리며 되돌아왔다. 어머니는 명훈이 그들 곁에 와 나란히 서기를 기다려 귀기(鬼氣)까지 느껴지는 목소리로 영희에게 말했다.

"니 얘기는 오래비한테 다 들었다. 긴 말은 놔두고 앞일이나 결정짓자. 자, 어쩔래? 고마 내하고 같이 얼음 깨고 저 강물로 뛰들래? 아이문(아니면) 우예 니는 한 번 죽은 걸로 치고 다시 태어나 새사람 될래?"

"잘못했어요. 어머니, 오빠, 살려 주세요."

영희는 자신도 모르게 턱을 떨며 그렇게 애원했다. 그전에도 그 뒤로도 두 번 다시 써 본 적이 없는 가장 진실한 굴복의 언어였다. 그만큼 그녀는 공포에 짓눌려 있었다.

"하지마는 새사람으로 태어난다는 게 쉬울 택이 없다. 우예문 니 억대구(억대우: 여기서는 억대우같이 거센 성격)로는 죽기보다 더 할 끼다."

"아니에요. 뭐든지 할게요. 살려만 주세요."

영희는 조금도 비굴함을 느낌이 없이 진심으로 빌었다. 그 또한 앞서와 마찬가지로 어쩌면 일생에서 단 한 번 한 말 그대로의 애원이었을 것이다.

"정(정희) 글타면 한번 속아 주꾸마. 여 앉거라."

어머니가 여전히 변함없는 어조로 그렇게 말하고 품 안에서 무언가를 꺼냈다. 여기저기 남아 있는 눈더미와 강바닥이 반사한 빛 때문일까. 어둠 속에서도 그게 가위라는 걸 금세 알 수 있었다. 그러나 영희는 어머니가 그걸로 무얼 하려는지를 짐작해 볼 겨를도 없이 강가의 마른 풀밭에 앉았다.

"어머니, 꼭 이러셔야겠어요?"

그때껏 장승처럼 굳어 있던 명훈이 감정을 가늠할 길 없는 목소리로 물었다. 명훈에게 손이라도 잡혔는지 어머니의 목소리가 갑자기 높고 날카로워졌다.

"놔라. 이래야 야(이 아이)도 살고 나도 산다."

그리고 영희의 긴 머리칼을 감아 쥐는가 싶더니 싹둑 하는 가위 소리와 함께 영희의 정수리 쪽이 섬뜩해졌다.

긴 머리칼 한 줌이 발 곁에 떨어지는 걸 보고서야 영희는 비로소 자신에게 일어나고 있는 일이 어떤 것인지를 알아차렸다. 그러나 어찌 된 셈인지 몸과 마음이 한꺼번에 마비되어 버리기나 한 듯, 손가락 하나 움직일 힘은커녕 머릿속에조차 아무런 생각도 떠오르는 게 없었다.

어머니는 영희의 잘린 머리칼이 발치에 제법 수북한 더미를 이룬 뒤에야 가위질을 멈추었다. 그리고 들고 있던 가위를 갑자기 어두운 강변으로 내던지더니 흑, 하는 소리와 함께 영희 옆에 퍼질러 앉았다. 가위가 자갈밭에 떨어지는 소리에 이어 통곡 섞인 어머니의 넋두리가 아직도 마비 상태와 흡사한 영희의 의식을 천천히 헤집고 들어왔다.

"아이고, 이 야속한 양반아, 이래도 살아 있기만 하믄 되나? 이것도 사는 거라꼬 칼 수 있나? 갈라꺼든 총이라도 놔 한 구뎅이에 묻어 주고 가지. 그래 놓고 혁명이든지 건국이든지 해 보고 싶은 대로 하지……. 이기 뭔 일고? 인자 나는 우짜꼬? 3대(代) 만에 난 딸이라 카디, 사파(私派, 종가가 아닌 큰집) 종녀(宗女)가 어째고 캐쌌디……."

잠과 마비

인간의 의식, 특히 정치적·사회적 의식은 어떻게 형성되고 자라나는 것일까. 뒷날 성년이 되어 인간의 의식과 깊은 관련이 있는 작업을 자신의 일로 삼게 된 철은 오랫동안 진지하게 그런 물음에 골몰한 적이 있었다.

의식의 산물인 말과 글을 다루게 되면서 이런저런 까닭으로 생겨난 그의 반대자들은 종종 그의 의식을 문제 삼았다. 적극적인 악의를 품은 이들은 그의 보수성을 거론했으며, 때로는 반동(反動) 성향으로까지 의심했다. 온건한 평자들은 그 의식의 파행(跛行)이나 어떤 특정한 부분의 마비와도 같은 둔감을 이상히 여겼고, 애정을 가진 이도 이따금씩 그의 미래에 대한 전망의 결여를 애석해했다.

그 바람에 처음 한동안 물 흐르듯 하던 그의 말과 글은 차츰 막히고 머뭇거렸으며 나중에는 무슨 강박관념처럼 그런 비판과 의심에 짓눌리게 되었다.

학자들은 흔히 인간의 정치의식, 특히 격렬하고 진보적인 의식의 바탕으로 유년기에 겪은 가치 박탈(價値剝奪)의 체험을 말한다. 원래 있었던 여러 생존의 필요조건을 적극적으로 빼앗겨 본 체험뿐만 아니라, 소극적인 결여의 인식도 한 인간의 의식을 역동적으로 변형시켜 간다는 그 논의가 근거 있는 것이라면 철이야말로 가장 풍부하게 가치 박탈을 체험하고 자란 정신이었다. 그는 빼앗기고 빼앗기던 나머지 청소년의 꿈조차 일그러지게 된 아픔을 일생 기억 속에 간직하고 살아야 했다.

또 어떤 이들은 초자아(超自我)나 부성(父性)의 결여에서 우리들 일부가 종종 사회나 정치에 품게 되는 어두운 열정과의 관련을 찾으려고도 한다. 그것이 극우이든 극좌이든 파괴적인 충동을 정당화한 변혁의 논리를 창안하고 실천한 사람들의 성장 과정에서 흔히 보이는 그러한 흠결(欠缺)에 착안한 듯하다.

그 또한 근거 있는 논의라면 철은 그런 점에서도 어두운 열정을 배양하기에 알맞은 성장 환경을 가졌던 셈이 된다. 몇 방울의 정액만으로 추상화되어 있을 뿐 기억에는 그대로 무(無)인 아버지는 말할 것도 없고, 국민학교 상급반이 되어서부터 이미 그에게는 집안에서 아무도 정신적인 권위가 되어 줄 사람이 없었다.

인간의 의식이 물질적인 환경의 소산일 뿐이라는 논의도 그렇다. 만약 어떤 인간이 성장기에 겪은 밑바닥 삶의 혹독함이 그의 의식을 한 사회의 구조나 제도에 반항적이고 도전적이 되게 만든 다면 철은 틀림없이 그런 인간으로 자라나야 했다. 그가 겪은 물 질적 결핍의 끔찍한 체험들은 그런 불공정한 분배가 가능하게 했 던 사회의 구조나 제도에 대해 분노와 원한을 키워 가기에 충분 한 것이었다.

교육이나 반복적인 의식화로도 뒷날 그를 지배한 의식의 형성 과정을 온전히 설명하지는 못한다. 그가 자신의 정신을 길러 나간 과정은 거의가 정규 교육 과정에서 일탈한 것이었고, 따라서 기성 의 권위와 체제를 승인하고 순종하는 것을 첫째로 삼는 제도 교 육의 목표 ― 그때는 흔히 국민 형성(國民形成)이란 말로 표현되었 다. ― 는 그에게 그리 효과적으로 전달되지 않았다. 오히려 그가 어두컴컴한 독학의 골방에서 더 자주 만난 사람들은 혁명과 유혈 의 휘황스러움을 상찬하고 용기와 아름다움의 극치로 대항엘리트 의 길을 권유하는 수상쩍은 정신의 소유자들이었다.

그렇다면 무엇이 뒷날의 그를 만들었을까. 무엇이 간교한 의회 주의(議會主義)를 믿지도 않으면서도 다른 권위주의적 지향에 진 저리치며 고개를 돌리게 하고, 무엇이 무지하고 끔찍한 극우에 본 능적인 증오를 품고 있으면서도 일쑤 좌경과 혼동되는 급진적인 주장들에 또한 펄쩍 뛰며 두 손을 내젓게 만든 것일까. 무엇이 그 를 이 시대에 걸맞지 않게도 한 이념의 미아 또는 정신적인 무정 부주의자가 되게 한 것일까. 그나마 허전함과 쓸쓸함을 이기지 못해 휴머니즘이나 민족주의 같은, 한 이념이기보다는 모든 이념의 보편적인 바탕이거나 우리 생존의 기본 윤리인 것들을 어정쩡하게 대체물로 끌어대기도 하는. 물론 철은 뒷날 어떤 대담에서 독기 어린 응수를 겸해 이렇게 스스로를 방어한 적이 있다.

당신들은 내 전망의 결여를 걱정하지만 나는 오히려 지나치게 무성한 당신들의 전망을 걱정한다. 당신들은 내 무이념(無理念)을 의심쩍어하지만 나는 또한 오히려 당신들의 이념 과잉이 못 미덥다.

우리는 분열된 세계 제국의 변경인(邊境人)이다. 이 두 세계 제국의 뿌리를 동서 로마제국의 분열에서 찾든, 너무 익은 서유럽 문명의 자기 분열로 보든, 우리는 오랫동안 그 제국의 판도 밖에 있었다. 그러다가 이 세기에 와서 겨우 그 제국에 편입되었으나 이번에는 단순한 주변이 아니라 변경이었다. 주변과 변경은 본질적으로 다르다. 하나는 그저 중심에서 멀리 떨어져 있을 뿐이지만, 다른 하나는 그 경계선 너머에 또 다른 적대 세력 또는 세계 제국이 존재한다는 뜻이다.

그런 변경에 제국이 가져올 것은 뻔하다. 그것이 변경의 확대를 위한 것이건, 유지를 위한 것이건, 제국이 가장 힘주어 그 원주민에게 주입시키려는 것은 적대의 논리다. 결국 당신들이 요란하게 떠드는 것도 따지고 보면 오늘날 아메리카와 소비에트로 표상되는 두 제국(帝國)의 적대 논리 내지 그 변형에 지나지 않으며, 또한 그것이 당신들이 이념이라고 부르는 것의 정체다.

때로 당신들도 그 실상을 꿰뚫어 봐 이번에는 이른바 제3세계를 빌려 온다. 그러나 내가 거기서 보는 것은 검은 피부나 갈색 피부를 빌린 제국의 정신이다. 간혹 그것이 자기가 속한 제국에는 이탈이거나 저항의 외양을 띠고 있어도 결국은 상대방 제국의 변경 확장을 돕는 이념 장치로 기능할 뿐인. 소르본에서 또는 옥스퍼드에서 공부한 아프리카 사상가 아무개씨며, 하버드에서 공부한 중남미의 종속이론가 아무개씨며 해방신학가 아무개씨, 그들이 과연 검은 아프리카의 정신이고 누른 아마존의 이념일까.

더군다나 일류의 정신은 앵무새처럼 되뇌기를 좋아하지 않는다. 특히 제국이 짓고 퍼뜨린 노래는. 다만 이류(二流)의 정신만이 기억과 지혜를 혼동하고 암송(暗誦)을 선각(先覺)과 착각하며, 즐겨 제국의 책상물림이 책임 없이 얽어 놓은 이념의 헌신적인 사도(使徒)를 자처한다…….

그런 그의 말에 전혀 들을 게 없는 것은 아니지만 아무래도 심술궂은 아이들에게 시달린 나머지 앙칼스러워진 길갓집 강아지의 과잉 방어 심리가 엿보인다. 따라서 그 자신의 말에서보다는 그 유년의 삶에서 뒷날의 그가 형성되는 과정을 살펴보는 쪽이 보다 온당할 것이다.

1960년 2월 16일은 몽롱한 유년의 날들 중에서 철에게 묘하게 뚜렷한 기억을 남긴 날이다. 물론 그 전날 오후부터 어른들 사이에서는 이상한 술렁거림이 느껴졌다. 주로 라디오가 놓여 있는 곳

주변으로, 어른들은 거기서 서로를 흘금거리며 뉴스를 듣다가 낙담한 표정으로 흩어지곤 했기 때문이다.

하지만 그 무렵 철에겐 그런 데까지 깊이 신경 쓸 만큼 여유가 있지 않았다. 한 스무 날쯤 전에 갑자기 서울서 돌아온 명훈 형과 영희 누나 때문이었다. 처음 형과 누나가 불쑥 내려왔을 때만 해도 자신과 옥경은 물론 어머니까지도 반가워하는 눈치였다. 그러나 그날 저녁 형과 어머니에게 어디론가 끌려갔던 누나는 자신의 상고머리보다 머리칼이 더 짧게 깎여 돌아왔고 무엇 때문인가 성난 얼굴이던 형은 그날 밤차로 돌아가 버렸다. 유난히 길고 암울하게 느껴지는 지난 스무 날은 그렇게 시작되었다.

영희 누나는 밥을 지을 때와 생리를 위해 꼭 필요한 때를 빼고는 하루 종일 방 안에서만 지냈다. 철은 처음 그게 방 안에서도 쓰고 앉은 수건 아래의 밤송이 같은 머리칼 때문인 줄만 알았으나 차차 보니 반드시 그런 것 같지도 않았다. 손으로 깍지를 껴 무릎을 싸안고 앉았을 때는 꼭 나무로 깎아 놓은 사람 같아도 다가가 그 얼굴을 보면 그녀가 입은 심상찮은 마음속의 상처가 어린 철에게까지 금세 느껴질 만큼 처참함과 억눌린 광기가 전해져 왔다.

그러나 집 안을 어둡고 무거운 분위기에 짓눌리게 만드는 것은 그런 누나뿐만이 아니었다. 오히려 언제나 철을 얇은 얼음판 위에 선 것처럼 조마조마하게 하는 것은 그런 누나를 대하는 어머니의 태도였다.

그날 — 누나의 머리를 깎아 버린 날 — 을 뒤로해서 어머니는 어찌 된 셈인지 누나와 말을 나누기는커녕 눈길이 마주치는 것조차 피했다. 어머니가 헌옷 가게에서 돌아와 있는 밤이나 일 나가시 않는 일요일 오후 같은 때 모녀는 한 방에 있게 되어도 마주 앉는 게 싫어 등을 맞대고 돌아앉을 정도였다.

그런 모녀의 의사소통은 언제나 인철과 옥경을 통해서였다. 어머니는 아침에 가게에 나갈 때 그날 할 일을 모두 인철과 옥경에게 일러 주었다.

"오늘은 수요일이니께는 거(거기) 가서 일하다가 저녁 한술 얻어 먹고 교회 갔다가 예배까지 보고 오꾸마. 날 기다릴 거 없이 저녁은 너그끼리 먹어라."

"내복 빨래는 매매(단단히) 삶으라 캐라. 어디서 올랐는 동 옷 솔기에 꼭 볼쌀(보리쌀)만 한 이가 굼실굼실 기 댕기드라."

"쌀이 다 됐을 테이 저녁답에 인철이 우리 점방에 왔다 가거라. 몇 되 팔아주꾸마(사 주마)."

"옥경이 학교 가기 전에 머리 좀 빗겨 보내라. 걸뱅이 아맨치로 쎄가리(서캐)가 하얗더라. 참빗이 당시게(반짇고리) 안에 있으이 매매 빗기믄 된다."

누나도 마찬가지였다.

"저녁에는 뭘 해 먹지? 김치도 떨어지고 간장밖에 없는데……."

"이불 홑청 그냥 삶아도 되는 거야? 양잿물은 벌써 그저께 떨어졌어."

"쌀집엔 무어라고 하지? 벌써 세 번째나 외상값 받으러 왔잖아?"

그렇게 뻔히 어머니에게 해야 할 말을 인철이나 옥경에게 하는
것이었다. 그럴 때 어머니가 바로 그 말을 받을 수도 있었지만 형
식은 역시 인철이나 옥경을 통해서였다.

"양잿물이 없으믄 꺼먼 비누 썰어 넣으믄 안 되나? 언제부터 양
잿물 없으믄 빨래 못 삶노?"

"쌀집은 월말에 보자 캐라. 쌀 서 말 값 있는 거 억시기도 쪼아
(졸라) 쌌는다."

하는 식으로.

철이 보기에 영희 누나를 지배하는 감정은 어딘가로 점점 비
뚤어지고 뒤틀려 가는 듯한 분노와 경멸이었고, 어머니를 지배하
는 것은 깊이 모를 증오와 공포의 뒤엉킴이었다. 둘 모두 서로에게
나 철에게 그런 자신의 감정을 표현한 적이 없었지만 이따금 서
로의 뒷모습을 흘깃 쏘아보는 눈길만으로도 철은 그런 감정을 느
낄 수 있었다.

철은 그녀들의 그런 반목 상태를 풀어 보려고 나름대로 애써
보았다. 그러나 그 첫걸음으로 까닭부터 알아보려고 하다가 양쪽
모두에게 호된 꾸중을 듣고는 찔끔해 물러나고 말았다.

"아아들이 몬댔구로(못됐게). 그런 거 알아 머 할라꼬? 니 공부
나 똑똑히 해라. 일은 무신 일."

"쪼그만 게 쓸데없는 눈치만 늘어 가지고, 알 거 없어. 못 본 새
철이가 아주 나빠졌어."

그게 철의 물음에 대한 그네들 모녀의 칼날 숨긴 대꾸였다. 그러나 침묵과 단절 중에서도 날이 갈수록 더욱 날카롭고 거세게 그녀들이 부딪치고 있는 듯한 느낌은 그를 안절부절못하게 했고, 그 바람에 그 겨울의 끄트머리는 뒷날 오래오래 기억될 만한 암울함 속에서 지나갔다.

그날 수업을 마친 철이 집 안에 있지 않고 만홧가게에 처박히게 된 것도 바로 그런 집 안 분위기 때문이었다. 무언가 무시무시한 형태로 터질 듯한 누나의 침묵을 마주하고 어두운 방 안에 처박혀 있기 싫어 철은 삼문동 삼거리 쪽에 있는 만홧가게로 갔다. 돈이랬자 10환짜리 지전 한 장이 전부였지만, 그걸로 두 권을 빌려 본 뒤 다른 애들에게 곁다리를 붙이면 오후는 그럭저럭 보낼 수 있지 싶었다.

나이가 나이라서 그런지 만화는 역시 재미있었다. 소설 쪽에 재미를 붙인 뒤로 발길이 뜸해지기는 했어도, 그 또한 새로운 권(券)이 나오는 대로 빼놓지 않고 읽는 연속물이 있었는데, 그날은 그 중에서도 벌써 2부로 넘어간 『라이파이』란 국적 불명의 만화 제8권이 나온 날이었다.

그 『라이파이』와 『철인 28호』 연속 만화 두 권을 후딱 읽어 치운 뒤에 다시 곁에 앉은 아이의 책을 곁다리로 보고 있던 철이 만화의 재미에서 빠져나오게 된 것은 오후 서너 시경 석간이 배달된 뒤였다. 그때까지 철에게는 꽤나 부담이 되는 감시의 눈길을 보내던 만홧가게 할아버지 — 20년 뒤에도 비슷한 모습으로 살아 있었던 것으로 보아 아마도 그때는 할아버지까지는 못 되었다. — 가 돋보기를 꺼내 쓰더니 이내 신문에 빠져들었다. 그래서 이제는 눈치 안 보고 여기서 저녁때까지 보낼 수 있겠구나 하는 생각으로 곁의 아이에게 바짝 다가앉는데, 갑자기 가겟문이 열리며 중늙은이 둘이 들어왔다.

"늦추위에 햇늙은이 얼어 죽는다 카디, 우수 경첩(경칩)이 메칠 남았다고 날이 이래 칩노?"

둘 중에 개털 모자를 쓴 중늙은이 쪽이 그렇게 수선을 떨며 아직 불을 지피고 있는 만홧가게의 톱밥 난로 곁으로 다가갔다. 꾀죄죄한 양복 차림도 말없이 뒤따라 들어와 톱밥 난로 쪽으로 손을 내밀었다.

"보자, 너어(너희)는 절로 쪼매 비켜 앉그라. 볼때기가 빨간 거 보이 엉간한(어지간한) 갑다. 아아들이사 본래 열물(熱物) 아이가?"

개털 모자 쪽이 다시 그런 소리와 함께 아이들을 한쪽으로 밀어붙이고 난로 곁 의자에 비집고 들자 비로소 만홧가게 할아버지가 눈길을 돌려 그들을 보았다.

"남의 손님은 와 쫓고 난리고? 아무 데나 대강 앉제."

신문을 그대로 펼쳐 든 채 코끝에 걸친 안경테 위의 맨눈으로 그를 보며 하는 소리였다. 개털 모자가 그런 그의 신문을 뺏으며 말했다.

"그눔의 신문 쫌 놔라. 벌써로 조간에 대문짝만 하게 나고, 라디오로 시간 시간이 불어 쌌는데 뭐 더 볼 게 있다꼬 눈까리 빠지게 봐 쌌노? 백지로(괜히) 역분(울화)만 난다. 말캉 죽은 자석 불알 만지기라."

"이 사람이 언제부터 민주당 했다꼬 이 야단이로? 뭐 내가 조병옥이 죽었다꼬 이래는 줄 아나? 앞일이 우예 될 동싶어 한번 훑어 보는 기다."

만홧가게 할아버지가 심드렁하게 신문을 거두며 말을 받았다. 그러자 개털 모자가 발끈했다.

"이건 또 무신 소리고? 아무리 돌아서는 못 할 말이 없다 캐도 조 박사 돌아가셨는데 뉘 집 아 죽은 거맨치로. 내사 민주당도 아이따마는 어제 첨 그 소리를 들으이 눈앞이 다 캄캄하더라."

"자네가 와?"

"참말로 몰라서 묻나? 지금 그 사람 가고 나믄 누가 이승만이를 갈아 치우노? 가로늦가(때늦게) 장면이를 대통령 후보로 세우나?"

"그 사람 살았다꼬 선거에 이긴다는 보장이 어데 있노? 자네가 삼천만 앞앞이 댕기며 물어봤나?"

"사람이 절타 카이. 그저 뭐든지 까구질랑해(배배 꼬여) 가주고……. 자네는 귀도 없나? 못 살겠다, 갈아 보자는 소리 듣지도 못 했나? 이승만이가 천년 만년 대통령질 해 묵는 게 옳단 말이가?"

거기서 갑자기 개털 모자 중늙은이는 시비조가 되었다. 그러나 철이 만화에서 눈길을 뗀 것은 그런 시비조가 몰고 온 긴장감 때

문만은 아니었다. 그보다는 오히려 전날부터 이상스레 어른들의
세계를 술렁거리게 하던 게 무엇이었는지를 알게 된 때문이라는
편이 옳았다.

조병옥 박사가 민주당의 대통령 후보가 되었다는 소리는 철도
들어 알고 있었다. 집에는 라디오가 없고, 신문도 보지 않았으며,
정치 얘기를 하는 사람도 없었지만, 지난 연말겐가 한동안 어른들
사이에 떠들썩해 흘려듣기라도 거듭하다 보니 알게 된 일이었다.

그러나 그가 대통령이 되는 것에 대해 철은 진작부터 부정적인
느낌을 가지고 있었다. 그 하나는 학교와 담임선생으로부터 온 것
이었다. 그 당시 아이들은 이승만이란 이름 앞에 당연히 국부(國
父)라는 호칭을 붙이도록 교육을 받았으며, 상급반이 되어서는 우
남(雩南)이라는 그의 호를 쉽지 않은 한자로까지 익히게 해 사회
생활 시험이나 국어 시험에 곁들여 내곤 했다. 또 철의 담임선생님
은 그 어떤 이유에서인지 모르지만 열렬한 자유당 지지파였다. 그
는 겨우 국민학교 5학년밖에 안 되는 아이들에게 조병옥 박사가
이승만의 형편없는 '졸병'이었음을 일러 주며, '감히 맞서려 한다'
는 식으로 말해 은근히 배신의 인상까지 심어 주었다.

철이 가진 부정적인 느낌의 다른 한 원인은 어머니에게서 온
것이었다.

"하이고, 그 사람이 대통령 되믄 우얍니꺼? 옛날에도 이승만이
보다 더 무섭던 기 한민당(韓民黨)이라요. 참말로 언성시럽제. 그
사람들이 정권 잡는다 카믄 우리매이(우리 같은 것)는 이래도 몬 살

낍니더. 명혜 어무이는 안 겪어 봐 모를 끼라요."

언젠가 — 아마 조 박사가 대통령 후보로 결정되고 며칠 안 되어서였는데 — 영남여객 댁 아주머니와의 얘기 끝에 어머니는 그렇게 말하며 가늘게 어깨까지 떨었다.

'그 사람들'이 누군가는 끝내 밝혀 말하지 않았지만, 그 대표가 바로 조 박사라는 건 짐작하고도 남았다.

물론 철도 그의 느낌과는 다른 공기가 사회의 구석구석을 떠돈다는 걸 어렴풋이 느끼고 있었다. '못 살겠다 갈아 보자'는 구호가 자주 여러 사람에게 되뇌어지고, 술 취한 어른들이 공공연히 자유당을 욕하는 게 자주 들린 까닭이었다.

거기다가 철에게는 오래되고 애매한 대로 정치적인 변화에 대한 사람들의 기대가 제법 선명한 기억으로 남아 있는 게 있었다. 안동읍의 시장 모퉁이 판잣집에 살 때 또 누군가 대통령 후보가 죽었는데(나중에 신익희라는 걸 알았다.) 웬 사람들이 옆집 대폿집에서 고래고래 같은 노래를 되풀이하다 경찰에 끌려가는 걸 본 적이 있었다.

가련다, 떠나련다, 해공(海公: 신익회) 선생 뒤를 따라아……. 대개 그렇게 시작하던 노래로 그 무서운 순경에게 끌려가면서도 혀 꼬부라진 호통을 멈추지 않던 게 어린 그에게 제법 깊은 인상을 남겼다.

하지만 그 두 가지 서로 다른 느낌에도 불구하고 철은 거기에 대한 혼란을 느끼거나 강한 의문을 느끼지는 않았다. 철이 그렇게 된 데 먼저 한몫을 한 것은 누구의 설명이나 가르침보다는 집안의 분위기와 자라난 환경에서 몸에 밴 어떤 마비였다. 언제부터인지 기억나지도 않고 따져 볼 수도 없는, 그래서 거의 본능적인 그런 쪽으로의 무관심, 또는 선험적이라고 표현할 길밖에 없는 혐오와 공포가 어린 의식에 안겨 준. 거기다 '추억의 세 기둥'이 완성됨과 아울러 점점 유년의 단순함과 변덕에서 멀어지고는 있지만, 어떤 면에서는 맹목 또는 의식의 잠이라고도 할 수 있는 첫사랑이 거들자 관심의 방향은 온전히 달라져 버렸다. 그 마비와 잠은 어쩌면 그 뒤로도 한동안 그의 의식 형성을 풀어 가는 열쇠가 될 수도 있으리라.

그런데 만홧가게의 중늙은이들이 어쭙잖은 시비로 철의 의식 깊이 묻혀 버렸던 그 사건이 다시 표면으로 떠오르게 되었다고나 할까. 철은 차츰 정신을 모아 그들의 얘기에 귀를 기울였다. 사뭇 시비조인 개털 모자에 비해 만화가게 할아버지는 담담하게 받았다.

"언제는 백성이 원하는 대로 됐나? 글타 카믄 분단은 왜 되고, 전쟁은 왜 났겠노? 젊은 아아들도 아이고, 낫살이나 먹은 기(게) 주척주척 나서기는⋯⋯."

"뭐시라? 그라믄 니는 조 박사가 잘 죽었단 말가?"

"내사 그런 소리는 안 했다. 니가 하도 나서이 하는 소리라. 저희끼리 손발 잘 맞아 해 먹을 때는 언제고, 인자 와서 이승만이만 나쁜 놈 만드는 기 앵꼽더라(아니꼽더라) 이기라. 죽은 사람 펌

하기사 안됐지마는 말 났으이 한분 해 보자. 그 사람이 설사 살아 대통령이 됐다 치자. 달라지기는 뭐가 달라지겠노? 그래 봤자이 나라 이 땅에 이 백성이고 미국 놈 밑에 눌려 살기도 맹한가질 낀데. 뭐 그 사람이라고 용빼는 재주가 있나? 거다가 벌써 10년 지났다고 다 이자뿌랬나? 갑자기 하늘에서 떨어진 활인불(活人佛)도 아이고…… 바로 그때 장택상이 조병옥이 카든 바로 그 조병옥이 아이가?"

"아, 인자 보이 무신 소린지 알겠다. 글치만 니사말로(너야말로) 10년이나 지났는데 아직 그 일 못 이자뿟나? 택도 없이 뽈뜨그레(불그레)해 가지고 촐랑거리고 설쳐 쌌다가 경찰에 잡히가 피똥 싸게 맞은 한이 여직 남았단 말이제? 나라사 독재가 되든 동 말든 동 국민이사 굶어 죽든 동 말든 동 조 박사 돌아가신 것만 잘됐단 말이제?"

"봐라, 서로 늙어 가미 막말은 하지 말제이. 택도 없이 촐랑대다이? 그래도 태극기 인공기 소매 속에 감춧고 요쪽조쪽 눈치 보다가, 이쪽이 시다(세다) 싶으믄 태극기 흔들고 쫓아 나가고, 조쪽이 시다 싶으믄 인공기 흔들미 쫓아 나가는 것보다 뽄새가 나을거로."

무엇이 심사를 건드렸는지 만홧가게 할아버지의 목소리에도 드디어 결기가 서렸다. 개틸 모자가 낯색까지 변해 발딱 일어났다.

"이 사람이 지금 무신 소리 하노? 인자 보이 참 몹쓸 사람이데이. 내가 언제 그랬노? 내 잘몬한 거는 니가 이쪽저쪽 패 갈라 촐랑거리 쌀(까불락거릴) 때 입 꾹 다물고 땅이나 판 죄뿐이데이. 뻘갱이 죽인 거라 카미 뱃다리거리에 사람 모가지 달아 놀 때 벌벌 떨미 대가리 처박고 기척 없이 지낸 죄뿐이라."

그대로 두면 삿대질이라도 해 댈 기세였다. 그때 음울한 얼굴로 둘이 하는 말을 듣고만 있던 양복 차림 쪽이 나섰다. 차림 때문만이 아니라 자세히 보니 나이도 둘보다는 젊어 보였다.

"형님, 각중에(갑자기) 와 이래 쌌소? 이 형님 불러내 술이나 한잔 묵자 카디 케케묵은 일로 쌈질이나 하로 왔소? 고마 앉으소. 참말로 심사 안 좋은 거는 내 쪽이라요."

양복 차림은 그렇게 개털 모자를 말려 놓고 만홧가게 할아버지 쪽을 향했다.

"형님, 가마이 보이 조 박사한테 별로 감정 안 좋았던 갑는데 함 물읍시다. 돌아가신 조 박사 빨갱이 잡은 거 말고 형님한테 잘못한 거 뭐 있소? 아이, 도대체 우리 조 박사가 뭣 땜에 그리 싫소?"

"니 민주당이라꼬 내한테 시비 거나? 왜 목소리를 착 깔고 사람 흘키며 따지노?"

목소리는 낮아도 양복 차림의 묻는 투가 개털 모자를 편드는 것으로 들렸던지 만홧가게 할아버지가 한층 소리를 높였다.

"꼴난 민주당이라꼬 카는(그러는) 기 아이라, 형님 말에 어폐가 있어 안 카요(그럽니까). 온 국민이 울고불고하는데 형님 혼차 꼬시(고소)한 표정이이(아니) 이상 안 하요? 사람이 유명을 달리하믄 애비 죽인 원수도 다 이자뿌는 법인데……."

"마, 이캐도 알고 저캐도 안다. 그라믄 내가 한분(한번) 물어보자. 빨갱이 잡은 거 그 사람 공이라 쳐도, 그 땜에 삼팔선 더 굳어진 거는 우쩔래? 그라고 빨갱이 잡았다 카지만 참말로 빨갱이만 잡았나?"

"내사 참말로 이상하요. 삼팔선이 우째 우리 조 박사 쥔교? 그라고 빨갱이만 안 잡았다믄 누굴 잡았단 말인교?"

"그라믄 한청(韓靑, 한국청년단), 김두한이 씨게(시켜) 마구잡이로 때려잡은 게 다 빨갱이란 말인가?"

"조 박사 누구 씨게 사람 잡았다는 것도 글치만 참말로 큰일 날 소리네. 나도 형님이 옛날에 좌익 쪼매 한 거는 알지만 아즉도 이런 줄은 몰랐소. 그래도 형님 오늘 이마이라도 살게 된 거, 다여다는 인민군 총알 하나 안 떨어지게 대구 사수를 주장한 조 박사 덕일 낀데."

"대구 사수, 낙동강 방어 다 좋제. 글치만 최능진(崔能鎭)이 죽인 것도 빨갱이이 개얀코, 보도연맹(保導聯盟)도 빨갱이이 개얀탄 말가? 지도 모리는 새에 면(面) 인민위원 명단에 드간 기 겁나 지발로 보도연맹에 가입한 사람을 생으로 구덩이에 파묻었뿐 게?"

"아, 인자 보이 그거구나. 대수(大洙) 보도연맹으로 죽은 거 못 잊어 그래는 모양입니더만, 그기 우리 조 박사와 무신 상관인교? 지지꿈 눈까리가 뒤집히서 골골이(골짜기마다) 일난 일이 우째서 조 박사한테 다 넘어가능교? 최능진이도 글코……. 그래다가는 잘못하믄 6·25 때 죽은 사람 다 조 박사한테 물래(물어) 달라 안 카겠나?"

양복 차림의 중년이 그렇게 대들자 갑자기 만홧가게 할아버지의 기세가 숙지기 시작했다. 조금 전까지도 평소 같잖게 번쩍이던 눈길이 힘없이 풀리며 이전의 만홧가게 할아버지로 돌아갔다. 코흘리개들과 한 푼 두 푼을 다투는 꾀죄죄한 영감쟁이에 어울리게 힘없이 말했다.

"뭐 그래까지 나설 꺼는 없고……. 자네들이 하도 조 박사, 조 박사 캐 싸이 해 보는 소리라."

"그냥 한번 캐 보는 것 같지는 않은 갑던데……."

"언중유골(言中有骨)이라꼬, 뭔 말을 그래 하노? 꼭 애맨 사람 빨갱이로 몰라꼬 드는 형사맨치로……. 그만 촤라, 내 잘몬했다. 하기사 아까운 인물 죽었제."

거기서 한창 달아오르던 그들의 말다툼은 흐지부지되었으나 그들의 말을 귀담아듣고 있던 철에게는 석연찮은 데가 많았다. 만홧가게 할아버지의 말투에는 공연히 쓸데없는 소리를 지껄였다는 듯한 후회 같은 게 서려 있었지만, 진심으로 자신의 말을 부인하고 있는 것 같지는 않았다. 무언가 두려움에 질려 갑자기 자신의 생각을 마음 깊이 감추기로 했다는 게 철의 짐작이었다.

이상한 일이다. 한 사람의 죽음에 대해 어른들은 어째서 그렇게도 다른 판단들을 하고 있을까. 철은 담임선생님과 어머니와 개털모자 늙은이와 만홧가게 할아버지의 말을 번갈아 떠올리며 퍼뜩 그런 의문에 잠겼다. 한번 그렇게 마음이 돌자 곁눈질해 보는 만화는 더욱 재미가 없어졌다. 원래도 순정 만화인가 뭔가여서 그다지 재미가 없었는 데다 어른들의 얘기에 귀 기울이는 사이에 몇 장인가가 넘어가 버려 더욱 그랬는지도 모를 일이었다.

"오이야(오냐), 그라믄 그 집에 가 있그래이. 쪼매 있다가 메눌아(며늘아이) 나오믄 나도 점방 넘굿고(넘기고) 글로 가꾸마."

그사이 더욱 급속한 화해가 이루어졌는지 만홧가게 할아버지는 그런 말로 개틸 모자와 양복 차림을 보내고 있었다.

철은 그런 만홧가게 주인에게 건성으로 들고 있던 만화를 되돌려 주고 그곳을 나왔다.

밖은 생각보다 훨씬 더 저물어 있었다. 집으로 돌아가는 강둑 길에서 보니 얼음 풀린 강물이 벌써 저녁 어스름 속으로 희미하게 잠겨드는 듯했다. 습관처럼 강 건너 명혜네 집을 바라보는 철의 눈앞에 하얀 명혜의 얼굴이 어른거렸다. 그러나 그날만은 철도 웬일인지 곧장 명혜 생각으로 빠져들 수가 없었다. 웬 사람이 술에 취해 비틀거리며 소리소리 부르는 유행가 때문이었다.

목이 메인 이별가아를 부울러야 오옳으으냐.
돌아서서 피눈무울을 — 흐을려야아 오옳으냐아…….

그 무렵 들어 새로 유행하는 노래였는데 이상하게도 철에게는 그게 단순한 이별 노래로 들리지 않았다. 그 또한 그의 예민한 감

각 중에 하나일까, 왠지 옛날에 들은 '가아련다아 떠나련다아 ― '
와 비슷한 가락이 느껴졌다.

　그 바람에 다시 조병옥이란 사람의 죽음으로 생각이 돌아간 철
은 집으로 돌아가기 바쁘게 영희에게 물었다.

　"누나, 저어 조병옥이란 사람 알아?"

　"조병옥? 그건 왜?"

　벌써 저녁밥을 다 지어 놓고 철이 돌아오기만을 기다렸던 듯
철이 방 안에 들어서자마자 부엌으로 나가려던 영희가 힐끗 철을
돌아보며 물었다.

　"그 사람이 죽었대. 그래서 어른들이 울고불고 난리야."

　철이 허풍 섞어 그렇게 떠벌려 놓고 다시 덧붙여 물었다.

　"그 사람 민주당 대통령 후보였다는 건 알겠는데, 정말은 좋은
사람이야? 나쁜 사람이야?"

　그래 놓고 나니 갑자기 자신이 한결 어른스러워진 것 같았다.
영희가 잠깐 생각에 잠겼다가 이내 흥미 없다는 듯 부엌문을 열고
나가며 말끝을 흐렸다.

　"어른들이 울고불고하더라며? 그럼 좋은 사람이었겠지 뭐……."

　하지만 철에게는 그녀가 무언가 알면서도 일부러 말해 주지 않
는 것 같은 느낌이 들었다. 그게 잠시 후 밥상을 들고 들어온 그녀
에게 다시 그 얘기를 꺼내게 했다.

　"그런데 말이야, 어른들 중에는 그 사람을 싫어하는 사람도 있
는 것 같던데? 나쁜 사람이래."

"뭐?"

누나의 얼굴에 약간 놀란 표정이 떠올랐다. 철은 그걸 보고 까닭없이 으쓱해져 말했다.

"사람을 많이 죽였대. 그리고 원래는 이승만 박사하고 한패였는데 나중에 원수가 되었대. 그래, 그 말 맞아?"

"건 잘 몰라. 하지만 아버지가 몹시 싫어하셨던 건 기억나."

"아버지가?"

아버지란 존재는 전혀 실감 나지 않았으나, 철은 그 말을 듣자 갑자기 조병옥이란 사람이 막연한 존재가 아니라 자신과도 관련이 있는 구체적인 인물로 느껴져 왔다.

"아버지가 왜?"

"그런 건 몰라도 돼, 밥이나 먹어."

영희가 갑자기 쓸데없는 소리를 했다는 표정으로 말머리를 돌렸다. 철도 아이다운 식욕에 몰리어 숟가락을 들고 허겁지겁 밥을 퍼 넣기 시작했으나 생각만은 여전히 조병옥이란 인물을 떠나지 않았다.

어머니가 돌아온 것은 그들 삼 남매가 막 밥상을 물리려 할 때였다.

"상 새로 차릴 거 없다. 밥이나 가주고 온나."

그날따라 일찍 돌아온 어머니는 놀랍게도 영희에게 바로 대고 그렇게 말했다. 상을 들고 부엌으로 나가려던 영희가 멈칫하며 어머니를 쳐다보았다.

"누가 올지 모르이 빨리 저녁상을 치아 뿌래야제. 수저하고 밥이나 들라라 카이."

영희의 시선을 받자 잊었던 불쾌감이 되살아난 듯 어머니가 짜증 섞어 말했다.

영희는 벙어리처럼 시키는 대로 했다.

낮 동안의 고된 일에 시장했던지, 보리밥에 먹다 남은 김치와 식은 된장뿐이었지만 어머니도 달게 저녁밥을 먹었다. 그 상머리에 앉아 있던 철이 불쑥 물었다.

"어머니, 아버지가 왜 조병옥 박사를 싫어했어요?"

"뭐시라?"

어머니가 흠칫 놀라며 숟가락질을 멈추고 철을 쳐다보았다. 자신의 말에 어머니가 놀라는 데 공연히 우쭐해진 철이 눈치 없이 덧붙였다.

"아버지가 몹시 싫어했다면서요?"

"뭐시라? 누가 카드노?"

어머니가 소리 나게 숟가락을 밥그릇에 걸쳐 놓고 엄한 눈길로 철을 쏘아보았다. 그제야 철은 무언가 잘못됐다는 걸 알았으나, 그 정확한 까닭을 몰라 얼른 대답을 못 했다.

"지가 뭘 안다꼬, 아아들한테……."

금세 철이 누구에게서 그런 말을 들었는지를 짐작한 어머니가 험악한 눈길로 영희를 흘긴 뒤 다시 철에게 되물었다.

"그건 뭣 땜이 알라 카노?"

"이승만 박사하고 조병옥 박사하고 누가 더 좋은 사람인지 알아보려고요……."

철은 어머니의 눈길에 질려 얼결에 자신의 마음을 털어놓았다.

"누가 옳고 누가 그르기는…… 똑같은 것들이제."

어머니가 불쑥 그렇게 말했다가 갑자기 도리질까지 치며 목소리를 높였다.

"아이따, 아이따, 이 박사가 훌륭하제. 이 박사 덮을 사람이 어데 있노? 이 박사가 대통령이 되야제. 그라이 하늘도 무심찮아 조병옥이가 죽은 기라."

그래 놓고는 누가 밖에서 엿듣기라도 하는 듯 문께를 흘금거리며 억지를 쓰듯이 했다.

"그라고 이 박사는 바로 우리를 살려 준 사람이라. 그때 이 박사 특명(特命) 아이랬으믄 옥경이는 세상 구경도 못 했을 끼고 나도 벌써 죽은 목숨이다. 우리 식구 죽을 목숨을 살려 준 기라. 그 은혜 때무이라도 우리는 이 박사하고 자유당 지지로 돌아야 한데이……."

어머니는 무슨 생각을 하는지 이따금씩 가는 진저리까지 치며 한동안을 철이 아닌 다른 누구에게 들으라는 듯 그렇게 큰 소리로 떠들었다. 그러나 철의 기억에 더 선명히 찍힌 것은 "똑같은 것들……." 하는 어머니가 처음 무심코 불쑥 뱉은 말이었다. 뒷날 그 어떤 논리와 상황도 좀체 수정할 수 없던 철의 야당에 대한 뿌리 깊은 편견은 어쩌면 그때 씨 뿌려진 것인지도 모를 일이었다.

무슨 영험 있는 주문이라도 왼 듯 한동안 이승만과 자유당에 대한 지지를 소리 내어 밝힌 뒤에야 좀 마음이 놓이는지 어머니는 다시 수저를 들었다. 하지만 그 숟가락질은 이미 조금 전처럼 달아 보이지 않았다. 한술 한술 밥을 떠 넣으면서도 생각은 딴 데 가 있는 사람처럼 한참씩 수저가 한자리에 머물러 있곤 했다.

"철아, 보자."

이윽고 밥상을 물린 어머니가 나직이 가라앉은 목소리로 철을 불렀다. 어머니가 무엇에 홀린 사람처럼 잘 알아듣지도 못할 말을 떠들어 댈 때부터 심상찮은 기색을 느끼고 움츠러들어 한쪽으로 비켜 앉아 있던 철이 움찔하며 어머니를 쳐다보았다.

"니 아까 그걸 왜 물었노? 이승만 박사가 옳은지 조병옥이가 옳은지 아직 어린기 알아 뭐할라 카노?"

"어른들이 자꾸 그 얘기를 해서요."

"그야 조병옥이가 죽어 뿌렀으이께는. 쪼매 안된 것도 있고……."

철의 얼굴을 뻔히 쳐다보던 어머니가 거짓말을 하고 있는 것 같지는 않다는 생각이 들었던지 그렇게 목소리를 풀었다가 갑자기 서슬 푸른 표정과 말씨가 되어 철을 을러댔다.

"글타 캐도…… 철아, 내 말 잘 듣거래이. 어느 쪽이 옳든 그르든, 어느 쪽이 이기든 지든, 우리한테는 매한가지라. 택도 없이 나서서 떠들 거도 없고오. 그저 가마이 보고 있다가 이긴 쪽만 편들믄 된다 말따. 어느 쪽도 우리를 곱게 보는 사람들은 아이이께는……. 아이(아니), 편이고 뭐고 도무지 거다는(그쪽으로는) 마음

쓸 것도 없다. 니도 인자 6학년이 되고 곧 중학생 고등학생이 될 께이 카는 소리다마는 정치란 애당초 우리하고는 아무 관계 없는 게라. 허뿌라도(어쩌다가라도) 그쪽에는 눈 돌릴 게 없다꼬. 니도 인자는 쪼매 알제? 우리가 왜 이 모양이 돼 떠댕기는지는. 천석 만석하던 친가 외가가 우예다가 절딴 나고, 느그 아부지하고 외아재(외삼촌) 둘도 우예다가 없어졌는지를. 큰일 나는 기다. 인자 또 그쪽(정치)으로 껍죽대다가는 터도 망도 없이 우리 모도 죽는 기라. 저어사 찌지든 동 뽁는 동 우리하고는 아무 상관없으이, 니는 우예튼 동 공부나 열심히 하믄 된다. 알겠나? 알아듣겠제?"

어머니의 나중 말은 거의 사정 조였다. 아마도 어머니는 잠깐 철을 그의 나이 이상으로 착각했음에 틀림이 없었다. 그러나 남달리 조숙하고 어휘력이 풍부한 철에게는 반드시 그런 것만도 아니었다. 그 같은 어머니의 말은 거의 그녀가 의도한 대로 철에게 전달되었다. 그리하여 그것은 '조병옥 박사 서거'란 사건으로 모처럼 오랜 마비에서 깨어난 그의 의식을 전보다 한층 깊은 마비로 되몰아넣었다. 본능적인 무관심 또는 선험적이라고밖에 표현할 길이 없는 공포와 혐오가 진작부터 마비시켜 온 그의 정치의식을.

내게 있어서 정치의식이란 선험적인 관념들의 산물 이상 아무것도 아니다. 나는 그 모든 걸 주입당한 게 아니라 어머니로부터 유전받았다. 내 정신은 어렸을 적부터 공산주의 또는 사회주의에 대한 혐오와 부정 속에 자랐다. 어머니의 기억 속에 남은, 이념과 현실의 괴리에서 비롯된 여러 가지 자질구레한 증거들과 반공 교육이 호들갑스레 늘어놓은 끔찍한 사례 같은 것들이 후천적인 강화를 도왔겠지만, 그것만으로는, 내 완강하기 그지없는 혐오와 부정을 다 설명하지는 못한다. 이 땅의 젊은 정신들이 너무도 쉽게 떨어지는 그 사상에 대한 이론적인 매혹을 솔직히 나는 한 번도 경험해 보지 못했다…….

마찬가지로 의회주의의 간교함과 대중 선거의 불합리, 그리고 경제적 평등의 바탕이 없는 정치적 자유의 공허함에 대해서도 내 지식은 거의 선험적이다. 나는 그 뒤 10년에 걸쳐 공민(公民), 일반사회(一般社會) 같은 교과목을 통해 자유민주주의의 논리를 배웠지만, 습관적인 승인 이상의 설득은 느껴 보지 못했다.

그 바람에 내 젊은 날의 대부분은 극우 파쇼에 가까운 군사정부의 통치 아래 흘러갔지만, 나는 절실한 저항감을 느껴 봄 없이 보낼 수 있었다. 때로는 차가운 방관자의 눈으로 조소까지 띠며 여러 가지 투쟁들을 구경했고, 때로는 아예 등지고 앉아서 이제는 거의 정치적 이념으로는 힘을 잃은 아나키즘에 취해 지내거나 '지식인 폴리스' 같은 망상에다 정신을 쏟았다. 그러다가 정히 필요에 몰리면 애매한 휴머니즘이나 턱없이 확대된 민족주의의 연막 뒤로 슬그머니 숨어들 뿐이었다…….

하지만 진리가 어느 쪽에 있건 지난 이삼십 년은 그 두 개의 사상에 바탕한 우리 의식의 일대 발흥기라고 할 수 있을 것이다. 그 뿌리에 관계없이, 그릇된 권위와 뒤틀린 제도에 대한 지식인들의 저항은 때로 경탄스러운 데가 있었고, 정의와 진리에 대한 용기와 열의는 어쩔 수 없이 나를 감동시키기도 했다. 그리고 이제는 제법 그 피와 땀의 열매를 움킬 듯한 가능성까지 보여 주고 있다. 어쩌면 우리 사회는 이번 선거를 계기로 밑바닥부터 꼭대기까지 새로운 개편을 겪게 될지 모른다는 관측이 생겨날 만큼.

그런데도 내 정신은 여태껏 그런 일에 이렇다 할 동요를 느껴 보지 못했다. 어쩌면 모든 게 일시적인 의식의 유행일지 모른다는 의심이 일고, 오히려 변화에 대한 사람들의 경박한 들뜸이나 천박한 이해타산이 역겹기조차 하다. 정권이나 사회구조의 변화에도 유지에도 나는 본질적으로 아무런 이해관계를 느끼지 못한다. 이게 부끄러움이 되어야 하는가 불행이 되어야 하는가.

그로부터 27년 뒤에 있게 된 어떤 대통령 선거 전날 밤, 철은 그렇게 자신에게 문의하고 있다. 새벽 네 시까지 잠 이루지 못하고 흘려 쓴 것으로 보아 자신의 말처럼 동요를 전혀 느끼지 않은 것은 아닌 듯하지만 그것이 어린 날에 빠져든 잠과 마비에서부터의 깨어남이란 증거 또한 뚜렷하지는 않다.

뭉뚱그려 잠이라 표현된 정치사회 쪽으로의 또 다른 무관심은 주로 다른 대상에 대한 과도한 탐닉과 집착에서 비롯된 것인데 — 뒷날에는 그 대상이 여러 가지로 바뀌었지만 저 어린 날 그 밤의 잠은 아마도 운명적인 그의 첫사랑으로부터 왔던 듯싶다. 어머니는 다짐이 끝나자 문득 잊고 있었다는 듯 영희 누나 쪽을 돌아보며 말했다.

"집 쫌 치와라. 영남여객 아주무이가 올 끼다."

그 말에 철은 느닷없는 기대로 가슴이 뛰기 시작했다. 어쩌면 저번처럼 명혜를 데리고 올지도 모른다 ─. 그런 기대에 빠져들면서 조 박사의 죽음 같은 것은 그의 의식에서 씻은 듯 사라졌다.

새벽 어스름 속에서

……널리 알려진 바와 같이 이승만은 대한민국 제1공화정 수립 과정에서 과도하게 친일 세력에 의존하였다. …… 그는 약간의 예외는 있으나, 독립운동 세력을 배제하고 일제의 관료를 중심으로 자신의 기반을 구축해 나갔다. 그 한 예로 경찰을 지적해 보자. 조사에 따르면 1960년의 경우, 일본 경찰 출신이 총경의 70%, 경감의 40%, 경위의 15%를 차지했으며 전국 경찰관 약 3만 3천 명 가운데서 사복 경찰의 약 20%와 정복 경찰의 10%가 일본 경찰에서 일한 경력이 있었다. …… 비단 경찰뿐이 아니었다. 자유당의 고위 간부들과 내각의 핵심적 인물도 예외 없이 일제의 판검사와 경찰관 및 관료를 지낸 사람들로서, 권력을 잡은 사람들에게 맹목적으로 추종하는 것밖에는 다른 길을 선택할 줄 몰랐다. 동시에 권력을 유지하기 위해서는

민중의 지지가 아니라 억압적인 힘에 의존해야 한다는 식민 통치적 사고의 연장선 위에 서 있던 사람들이었다. 이러한 지도층의 하부에는 또 그들과 비슷한 경력과 성향의 인사들이 관직의 대부분을 차지하고 있었다.

여기서 지적되어야 할 것은 이들이 반공이라는 정치적 상징을 권력 투쟁 또는 권력 장악의 중요한 무기로 악용한 측면이 있다는 점이다. …… 바꿔 말해 이들은 반공의 명분을 걸고 사실상 강압력 또는 폭력을 조직화하여 이승만의 집권 과정에서 중요한 도구로 기능했으며, 이로써 이승만 체제가 출발부터 민중의 회의의 대상이 되도록 했던 것이다.

……돌이켜 보면, 이승만은 집권과 더불어 일제의 유산을 청산하고 민족 정기와 민족주의 및 민주주의에 입각한 진정한 새 나라를 건설하는 길을 걸었어야 했다. 그러나 그에게는 그것이 대단히 어려운 길이었다.

미국의 냉전정책에 미국이 원하는 수준 이상으로 충실했던 그에게 민족주의의 길이란 '불그스름한' 길로 비쳤다. 민주주의의 길도 마찬가지였다. 이 왕가(李王家)의 후예라는 긍지가 대단했던 그에게는 '평화적 정권의 교체'라든가 '자유롭고 공정한 선거'란 모두 거추장스러운 장애물이었다. '그래도 이 대통령은 지방자치제를 했다'고 말하는 이가 있으나 그는 반대파가 장악하고 있는 국회에 외적 압력을 가하는 수단의 하나로 지방의회의 구성을 서둘렀던 것이다.

여러 증거가 보여 주는 바와 같이 이승만 정권은 민주주의와 어긋

나는 길을 걸었다.

1952년 여름의 부산 정치 파동과 1954년의 사사오입(四捨五入) 개헌은 그의 지울 수 없는 반민주적 과오다. 그뿐만 아니라 자유당 정권 아래에서의 선거에는 대부분 갖가지 부정이 뒤따랐다. 행정력과 경찰력이 개입되었으며 정치 폭력배의 협박과 난동이 뒤따르기도 했다. 1958년의 신(新)국가보안법 파동에서 보이듯이 국회와 국회의원을 폭력으로 다뤘으며, 1959년 《경향신문》 폐간에서 나타나듯이 공공연한 언론 탄압도 주저하지 않았다. 이러한 일련의 사건들은 자유당 정권이 정당성을 잃었음을 의미하는 것이었다. 집권자가 정당한 방법으로 권력을 장악했고, 또 정당한 방법으로 권력을 행사한다고 믿을 때 그 권력은 정당성을 갖는다. 여기서 중요한 것은 '국민이 믿을 때'라는 대목이다. 이것은 뒤집어 말하면, 국민들이 그렇게 믿지 않는 경우에는 권력이 어떠한 절차를 밟아도 정당성이 강화되기 어렵다는 점이다. 이러한 시각에서 볼 때 자유당 정권은 확실히 정당성을 잃고 있었으며, 이른바 '정당성의 위기'에 빠져 있었다.

정당성을 잃은 권력은 유효성(有效性)으로 자신의 약점을 보강해야 한다. 그러면 유효성이란 무엇인가. 한 정치체제의 업적이 정치체제 내부의 시민들과 집단의 요구를 충족시킬 때 권력의 효율성은 성립된다. 저널리스틱한 표현을 쓴다면, 유효성은 국민의 물질적 생활에 대한 권력의 실용적 보상에서 나온다. 특히 독재 체제는 정당성이 약한 만큼 국민 생활의 향상이라는 보상을 증대시키고자 노력하며, 이것을 '유상(有償) 독재'라고 부른다.

그러나 자유당 정권은 유효성도 대단히 약했다. 그도 그럴 수밖에 없었던 것이 자유당 정권의 지주의 하나인 관료는 대개 일제 관리와 일제 은행 간부 출신들로서 다시 냉전 체제에 안주했던 인사들인 만큼, 경제 개발이라든가 사회 개발에 대한 개념이 거의 없었다. …… 변화에 대해서는 부정적이고, 시간적 정향(定向)은 회고적인 '도피형' 관료가 대부분이었다. 사회개발, 경제개발, 근대화 등을 용공시하던 사회적 분위기도 자유당 관료들로 하여금 국민의 생활고에 대해서 체념하게 만든 요인이었다. 따라서 자유당 정권의 독재는 아무런 물질적 보상도 없는 일종의 '무상(無償) 독재'였다고 하겠다.

…… 이처럼 정당성과 유효성이 결여된 자유당 정권의 후기에 한국 사회는 많은 변화를 경험하고 있었음이 또한 지적되어야 할 것이다. 조사에 따르면 1960년 현재 29세 이하의 연령층이 전체 인구의 68%를 차지하고 있는데, 이것은 분명히 '낡은 사회, 젊은 나라'의 한 징표였다. 교육 수준도 높아져, 1960년 현재 20~29세의 연령층에서 대학 교육을 받고 있거나 받은 인구는 40~49세 연령층의 그것에 비해 7.5배에 이르고, 50~59세 연령층의 그것에 비해서는 스무 배에 이른다. 특히 이 젊은 층은 민주주의 교육을 받은 만큼 지배층의 정치적 가치 규범과는 대립되는 입장에 있었다. 도시화의 수준도 높아졌다. 조사에 따르면 5만 명 이상의 도시에 살고 있는 인구는 1952년 현재 전체 인구의 17.1%에 지나지 않았으나 1960년에는 28%로 늘어났다.

이러한 사회적 변화를 적절히 관리할 안목(퍼스펙티브)과 능력을 정당성과 유효성을 결여한 자유당 정권은 갖고 있지 않았다. 따라서 자유당 정권은 점차 권력의 강압성에 일방적으로 의존하게 되었다. 잘 알려진 바와 같이 정치권력은 친화적(親和的) 권력과 실용적 권력 및 강압석 권력 셋으로 나눠진다. 친화적 권력은 명분에서 나오는 권력으로, 바로 정당성에 바탕을 둔 권력이다. 실용적 권력은 보상적 권력으로, 바로 유효성에서 나오는 권력이다. 한편 강압적 권력은 친화력(정당성)과 보상성(유효성)을 상실한 정권이 마지막 단계에 의존하는 권력이며 여기에는 물론 '벌거숭이 권력'인 폭력이 포함된다.

자유당 정권의 말기는 이 강압력에의 의존으로 특징지어진다. 폭력 또는 강압력의 조직화와 체계화를 지향했으며(반공청년단이 그 한 보기이다.), 정치 폭력배의 공공 정치 세계로의 노출이 나타났다. 국민을 그들의 테러로써 굴복시키고자 했으며, 이 국면에서도 조공(造共) 기술자들은 반공의 이름을 원용했다…….

인용이 좀 자의적이고 길었지만, 그때부터 꼭 22년 뒤의 어떤 잡지에서 한 정치학자(김학준, 「4·19 혁명, 오늘의 의의」,《신동아》, 1982년 4월호)는 그렇게 우리 현대사의 한 경이였던 그해 4월의 정치적 경과를 요약했다. 어떤 일은 그 일이 벌어졌을 당시에는 그 의미가 명확하나 세월이 지나면서 차츰 애매해지고, 어떤 일은 그 당시에는 애매했다가도 세월이 지나면서 오히려 명확해진다.

그해 4월의 일은 처음에는 누구에게도 그 의미가 명확해 보였다. 그러나 채 그 한 해가 지나기도 전에 수상쩍은 문의가 일기 시작하더니 30년이 가까워 오는 지금은 거의 애매함에 가까운 해석의 편차를 드러내 보이고 있다. '그림 같은 민중의 승리'와 '우연히 한판 잘 맞아떨어진 역사의 복권(福券)'이란 양극단 사이에 '미완(未完)의 혁명', '옆으로부터의 혁명', '학생 의거', '민중 항쟁' 같은 말들이 촘촘히 늘어서 있다. 아마도 역사적·집단적 사건이 갖는 의미의 복합성 때문이리라.

그러나 명훈에게는 그 당시도 그 뒤도 그해의 일은 애매함으로만 이해되었다. 비록 살아가는 동안의 필요가 이런저런 해석에 동조하게 만들었으나, 그의 내심은 끝내 하나의 해석에 정착하지 못했다.

그해 3월 초순도 그랬다. 4월 19일을 혁명의 한낮으로 본다면, 그때는 적어도 새벽 어스름쯤은 되었다. 2월 28일 대구에서 고등학생들이 들고일어난 뒤로 자유당의 선거 탄압에 대한 항의는 소규모나마 이미 전국적으로 잇따르고 있었다.

어디서는 입대 장병들이 '장면 부통령 만세'를 외쳤고, 어디서는 대학생들이 '민주주의 만세' 혈서를 썼다는 등 뒤숭숭한 소문이 들렸다. 명훈은 황이나 김 형과 아직 함께 기거하고 있어 그런 소문에 더욱 밝은 편이기까지 했다.

하지만 명훈에게는 그런 일들이 사회에서 일어나고 있는 크고 작은 사건들, 예컨대 강도나 살인 또는 일가(一家) 동반 자살 같은 것들과 조금도 다를 바 없었다. 아니, 오히려 어떤 때는 그보다 더 작고 무의미한 일로 비치기까지 했다. 정치적 저항은 물론 정치에 관계된 의사 표현 자체가 하나의 특권으로만 보이는 그에게는 당연한지도 모를 일이었다.

그해 3월 초순의 어느 날 — 아마도 5일쯤 됐으리라 여겨지는
데 — 명훈이 아침부터 마신 낮술도 그런 의식의 연장에서였을 것
이다. 그날 늦잠에서 깨난 명훈은 집을 나설 때부터 울적한 감상
에 젖어 있었다. 그 무렵 들어서 거의 잊고 지내던 경애가 간밤 내
꿈속에서 아물어 가던 마음의 상처들을 헤집어 놓은 탓이었다.
거기다가 날씨까지 궂어 2년 전 경애와 처음 만난 날을 연상시켜
그냥 버텨내기 어려웠다.

김 형이 곰살맞다기보다는 오히려 자상스럽다는 표현이 알맞
을 만큼 밥상을 차려 두고 갔지만, 명훈은 입맛이 당기지 않아 언
덕 아래 시장 골목의 해장국집으로 갔다. 그러나 전날 몇 잔 걸치
기는 했어도 해장술까지는 생각 않고 있었다. 아침부터 술을 마시
기도 뭣했거니와 그보다는 오후의 소집 때문이었다.

"내일 오후 두 시까지는 애들 싸그리 몰아 가지고 시장 옆 금란
다방으로 와 있어. 너 알지? 거 왜 포목점 들어가는 골목 어귀. 니
네들 아홉 다 와야 돼. 쌔끼들이 운동장에서 선거 연설인가 뭔가
지랄 떠는 모양인데 확 때려 엎어 버려야지. 그 쌔끼들 장충단공
원 때 본 맛을 하마 잊어버린 모양이야……."

그 전날 단부 지프를 끌고 명훈이 사는 골목까지 찾아온 배석
구는 명훈을 불러 심각한 얼굴로 그렇게 말했다. '쌔끼들'이라면 민
주당을 가리키는 말임에 틀림없었으나, 명훈은 특별한 감정 없이
그의 말을 받아들였다. 민주당 선거 연설 방해가 가지는 의미를

헤아리기보다는, 내일 한판 있겠구나 하는 짐작에서 온 육체적 각오와 결의를 서둘렀을 뿐이었다.

그런데 해장국 뚝배기를 다 비워 갈 무렵 갑자기 세차진 빗줄기가 그때까지만 해도 그런대로 버틸 만하던 명훈의 불안한 정서를 여지없이 휘저어 놓고 말았다. 갑자기 2년 전의 그 출근길이 떠오르고, 어른스레 자신을 부르던 경애의 목소리가 귓속 가득 울려 왔다. 때마침 해장국집 앞을 지나는 검은색 박쥐우산이 그런 명훈을 더욱 못 견디게 했다.

"아주머니, 여기 막걸리 한 대포 주쇼."

그 검은색 박쥐우산의 주인이 정말로 경애가 아닌가 싶어 문밖까지 나가 확인하고 돌아오던 명훈은 저도 모르게 불쑥 소리치고 말았다. 갑자기 되살아난 세찬 그리움과 또 그 그리움만큼 과장된 상실감이 무슨 날카로운 발톱처럼 그의 심장을 할퀴어 왔다.

"학생이 아침부터 웬일이야? 아직 열한 시도 안 됐는데……."

해장국집 아주머니가 왠지 떨떠름한 얼굴로 대포 사발을 내밀었다. 명훈은 숨 한 번 내쉬는 법 없이 대포 한 사발을 다 들이켰다. 그리고 다시 한 사발을 더 청하는데, 헌책방 아저씨가 절름거리며 국밥집 안으로 들어왔다.

"아주머니, 여기 쏘주 한 병 주쇼."

그도 어지간히 목이 말랐던지, 들어오자마자 목로 앞으로 의자를 당기며 술을 청했다. 명훈에게 내줄 두 번째 대포 사발을 들고 나서던 아주머니가 반갑잖은 듯 통을 놓았다.

"또 누굴 욕 얻어먹이려고 아침부터 이래요? 아줌마 허락 맡고 오셨수?"

"쓸데없는 소리……."

그는 별로 탄하는 기색 없이 그렇게 우물거려 놓고 그제야 실내를 돌아보았다.

"이거, 저 위 명훈 학생 아냐?"

"안녕하셨어요?"

명훈은 까닭 모를 반가움으로 머리까지 꾸벅하며 인사를 건넸다. 언젠가 황에게서 독각선생이란 호칭과 함께 그가 대단한 사람이란 소리를 들은 적이 있어 더욱 그랬는지도 모를 일이었다. 그도 꽤나 반가워하는 눈치였다.

"웬일이야? 요즘 통 보이지 않더니……. 대학 입시가 가까워 그런가 보다 싶어도, 궁금했지. 그래 학교는 졸업했어?"

"예, 그럭저럭."

"시험은 어느 대학에 봤어? 잘 쳤어?"

"제가 어디 시험 치고 자시고 할 주제가 되나요? 봐서 줄만 서면 되는 대학 2차쯤이나 가야죠."

명훈은 왠지 솔직하고 싶어 그렇게 털어놓았다. 그때 다시 그의 가슴을 쿡 찔러 오는 게 있었다. 실은 그 자체가 애매하게 되어 버린 대학 진학 때문이었다.

그가 서울로 옮겨 온 뒤 삶의 가치와 목표는 대학 진학으로 대체되었다 해도 지나친 말이 아니었다. 대학교 졸업장은 그를 정신과 배움의 사람으로 결정지어 주는 마지막 증명서이며, 그의 삶에 풍요와 합법을 동시에 보장하는 부적이었다. 말할 것도 없이 처음에는 학문적인 노력을 전제로 한 것이었지만 ― 나중에 그 노력이 포기된 뒤에도 그 같은 대학의 의미는 크게 달라지지 않았다. 오히려 배석구 밑으로 들어갈 때는 이름만의 대학 졸업장도 한 유혹이 되었는데, 그 무렵 들어서는 갑자기 진학 자체가 불안한 일이 되어 버리고 말았다.

얼마 전까지만 해도 대학 걱정은 말라고 되풀이 큰소리치던 배석구는 어찌 된 셈인지 정작 입학철이 되면서부터 거기에 대해 입을 다물었다. 1차 대학 입학 시험 공고가 나붙기 시작하면서 답답한 명훈은 몇 번 넌지시 물어보기까지 했으나 대답은 영 시원치 못했다.

"서두를 거 없어. 어차피 시험 쳐 들어가는 대학도 아니고…… 때가 되고 갈 만해지면 가게 되겠지."

그게 알 듯 말 듯 한 그의 대답이었다. 그렇다고 이제 와서 어머니에게 기댈 수도 없는 일이었다. 어머니는 어린 삼 남매와 살아가기조차 고달프다는 걸 잘 아는 데다, 그동안 자신이 쳐 온 큰소리도 거둬들일 길이 없었다.

그러자 대학 문제가 또 다른 종류의 울적함으로 술에 대한 명훈의 갈증을 키웠다. 거기다가 헌책방 아저씨가 소주병을 끼고 명훈 맞은편에 와 앉으면서 낮술은 제법 본격적이 되었다.

그런데 참으로 알 수 없는 것은 헌책방 아저씨였다. 한동안은 좋은 술 동무가 되어 긴하지도 않은 세상 얘기를 주고받던 끝에 화제가 궁해진 명훈이 시국 문제를 꺼냈을 때였다. 무슨 큰 기대를 했다기보다는, 깊이 알지도 못하고 나이도 손위인 사람에게 낯 간지러운 경애와의 사랑 얘기나 어려운 집안 사정 얘기를 할 수 없어서였는데, 그 반응이 너무 급작스럽게 세찼다.

"정치라면 나는 아무것도 몰라. 나는 애들한테 헌책이나 빌려주고 푼돈이나 몇 푼 뜯어 마셔 대는 술꾼이야, 그저 술꾼일 뿐이라고."

그가 오만상에다 두 손까지 휘저으며 소리쳤다. 억울하기 짝이 없는 누명을 쓰고 항의하는 사람 같았다. 그러나 정말 몰라서 그런 게 아닌 것은 그런 그의 반응에 머쓱해 다음 말을 못 잇고 있는 명훈에게 덧붙인 몇 마디 때문이었다.

"학생도 그새 먹물이나 들었다고 또 그쪽이야? 아서, 마. 넘치는 건 때로 모자라는 것보다 훨씬 나빠. 그런데 가만히 보니 또 넘치게 생겼어. 머잖아 세상이 또 그놈의 정치로 철철 넘치고 거기 빠져 숱한 놈 다리몽둥이 날아갈 날이 오겠어……."

명훈은 놀랍기도 하고 어이없기도 해서 멍하니 그를 쳐다보았다. 말을 끝내기 바쁘게 자기 술병을 집어 들고 절름거리며 목로로 되돌아가는 그의 온몸에서 대상을 알 길 없는 적의가 뚝뚝 듣는 것 같았다. 분명 명훈 자신을 향한 것만은 아닌 듯했지만, 설령 그렇다 해도 사과나 변명의 여지가 전혀 안 보이는 격렬한 적의였다.

거기서 명훈은 잠시 어색함과 겸연쩍음을 잊고 진작부터 그에 대해 품어 왔던 상상을 되살렸다. 예사 아닌 배움과 지적 연마를 거친 사람, 화려한 과거를 지녔으나 무엇 때문인가로 참담하게 몰락해 버린 사람, 하지만 언젠가 때가 오면 그만큼 빛나게 솟아오를 사람…… 한창 싸구려 연애소설에 미쳐 그의 헌책방을 드나들 때 명훈은 그런 추측을 해 본 적이 있었다. 이따금씩 어울리지 않게 세련미를 내비치는 그의 말투도 그러려니와, 책이란 책은 모조리 읽어버린 듯 어느 책을 뽑아도 그 내용과 질을 금세 말해 줄 수 있는 그의 박식은 진작부터 명훈에게 경이였다. 거기다가 얼마 전 황까지 그를 '독각(외다리) 선생'이란 이름으로 추켜세우고 나서자 그에 대한 추측은 은근한 확신으로까지 번져 갔다.

하지만 적어도 그날의 명훈에게는 그 모든 게 곧 터무니없어 보이기 시작했다. 목로로 돌아가 앉자마자 명훈과의 일을 씻은 듯이 잊고 대폿집 아줌마와 시시덕거리는 그는 아무리 보아도 초라한 헌책방 주인아저씨일 뿐이었다. 그들을 속인 것은 어쩌다 주워들은 풍월 몇 마디를 술김에 흘린 것일 뿐, 달리 대단한 무엇은 전혀 있을 성싶지 않았다. 그러다가 미처 그 술 한 병을 다 비우기도 전에 그의 젊은 아내가 뛰어듦으로써 그에 대한 추측은 한층 더 어이없는 끝장을 보고 말았다.

"이눔의 영감쟁이, 아침부터 가게는 비워 놓고 여기 와서 무슨 지랄발광이야? 어서 따라와. 술로 흐물흐물 녹아 빠지던 걸 주워다 살려 놨더니 또 그눔의 술이야? 질리지도 않았어?"

그의 젊은 아내는 다짜고짜 그의 멱살부터 잡고 그렇게 표독스레 몰아붙이며 끌어냈다. 취한 데다 한쪽 다리까지 없어 힘에 부친 탓인지, 아니면 명훈이 모르는 저항 못 할 또 다른 까닭이 있는지, 그는 거짓말처럼 순순히 젊은 아내에게 먹살을 잡힌 채 끌려나갔다. 그러면서 흘리는 백치 같은 웃음에는 틀림없이 참담한 인내가 깔려 있었지만, 명훈의 눈에는 그것조차도 참담함 그 자체로밖에는 비치지 않았다.

그게 또 까닭 모를 쓸쓸함을 보태 명훈은 앞에 놓인 대폿잔을 황급히 비웠다.

하지만 홀로 대폿집에 남겨지자 명훈의 상념은 다시 그 비 오던 날과 경애에게로 돌아갔다. 이어 시간의 흐름을 따라 감미롭게 더듬어 가던 추억은 그녀와의 마지막 밤에 이르고, 명훈은 다시 분노인지 슬픔인지 분간이 안 가는 감정에 대포 몇 잔을 더 걸쳤다. 한 시쯤 되어 일어나며 셈해 보니 낮술로는 과하게 대포가 일곱 잔이었다.

명훈이 금란다방으로 들어선 것은 두 시가 훨씬 넘은 때였다. 동대문 근처에 이르기는 두 시 전이었으나, 머리라도 감아 술기운을 좀 없앤다고 이발소에 들어간 게 탈이었다. 머리 감고 나니 면도, 면도하고 나니 고데, 해서 한 시간 가까이 잡아먹고 말았다.

그제야 시간엔 꽤나 엄격한 배석구를 떠올리며 걱정스레 다방 문을 연 명훈은 갑자기 술이 확 깨는 듯한 낭패감에 빠졌다. 배석구의 말대로라면 안면 있는 주먹들로 가득 차 있어야 할 다방이 뜻밖에도 한산한 까닭이었다.

벌써 다들 운동장 쪽으로 몰려갔는가 싶어 명훈은 급히 돌아섰다. 그런데 그때 문득 다방 구석에 죽치고 앉은, 눈에 익은 얼굴 하나가 보였다. 언젠가 '풍차'의 짱구에게 놀러 갔다가 인사를 나눈 적이 있는, 4가 쪽의 겨우 잔챙이는 면한 주먹이었다.

"어떻게 된 거요?"

명훈은 얼른 그의 성이 기억 안 나 그 앞에 다가가면서 앞뒤 없이 불쑥 물었다. 그가 힐끗 명훈을 보더니 겨우 알은체를 하며 되물었다.

"뭘 말이오?"

"돌개 형이 여기들 모이라고 했는데, 두 시까지……."

"아, 그거? 그냥 깨졌소(흩어졌소). 큰형님들 생각이 바뀐 모양이야."

"뭐요?"

"비도 오고 사람도 많이 모일 것 같지 않으니까 그냥 두고 보기로 했거나, 아니면 옛날 장충단공원 뒤의 말썽이 걱정됐던 게지. 두 시 반쯤 전화가 와서 모두 제 갈 데로 갔소. 민주당 쌔끼들 꿈 잘 꾼 거지 뭐. 지금쯤 사람 여남은 명 모아 놓고 악을 쓰고 있을걸……."

그 말에 갑자기 명훈은 힘이 빠졌다. 늦게 온 걱정이 풀어진 까닭도 있지만 한편으로는 딴 종류의 은근한 안도도 있었다. 옳고 그름이야 어찌 됐건 한 정당, 그것도 제일 야당의 선거 유세를 폭력으로 방해하는 역할에 그는 기실 본능적인 두려움과 거북함을 느껴 오던 중이었다.

　명훈은 퍼질러 앉듯 빈자리에 앉아 커피 한 잔을 시켰다. 뜨거운 커피가 오히려 그때껏 억눌려 있던 술기운과 함께 오전의 감상을 되살렸다. 다방 안을 흥건히 적셔 오는 듯한 구성진 경음악 가락과 창틀을 타고 내리는 빗물도 적잖은 감상을 보탰다.

　다방을 나와 길가에서 산 종이우산 위로 후드득 떨어지는 빗소리를 들으면서 명동 쪽으로 걸을 때까지도 명훈은 여전히 애절하면서도 달콤한 감상에 젖어 있었다. 자신이 주먹으로 휘어잡고 있는 골목을 둘러보러 가는 것이 아니라 그곳에서 그를 기다리는 경애를 만나러 가는 착각까지 들 정도였다. 그리하여 나중에는 머릿속으로 시구까지 다듬게 되면서 그는 오랜만에 한 가능성 있는 서정 시인으로 돌아갔다. 하지만 그 시인은 평소 그들 패거리가 본부처럼 쓰고 있는 다방 안으로 명훈이 발을 들여놓으면서 끝장났다. 먼저 명훈의 감정을 절제하게 만든 것은 불안정하나마 그래도 한 패거리를 거느리고 있는 새끼 오야붕으로서의 위신이었다. 명훈은 그 안에서 기다릴지 모르는 깡철이와 아이구찌에게 나약하게 뵈기 싫어서라도 감상을 떨쳐 버리지 않을 수 없었다.

　명훈은 한 차례 심호흡을 하고 짐짓 굳고 차가운 표정을 지은 뒤 다방 문을 열었다. 예상과는 달리 안에는 마지못해 반색하는 마담과 레지 아가씨 하나뿐 낯익은 얼굴이 하나도 없었다.

　"다 어디 갔어?"

　되도록 무거운 몸가짐으로 구석 자리에 앉은 명훈이 엽차를 따라 주는 어린 레지에게 물었다. 특별한 볼일이 있어서가 아니라 누구든 만나는 대로 그와 아직은 미진한 술이나 한 잔 더 마실 생각에서였다.

"몰라요. 모두 점심 먹고는 안 보이는데……."

레지가 성의 없는 말투로 그렇게 말끝을 흐리다가 문득 생각난 듯 덧붙였다.

"참, 깡철인가 하는 그 사람만 한 반 시간 전에 왔다가 나갔어요. 웬 아가씨하고……."

"웬 아가씨?"

명훈이 그렇게 반문했으나 그때만 해도 건성이었다. 깡철이가 이런저런 계집애들을 만나는 건 드문 일이 아니었다.

"그래요. 예쁘장하던데요……."

그런 레지의 대꾸를 흘려들으며 명훈은 다방을 나섰다. 날도 궂고 하니 곰보 아줌마 집쯤에 몇 녀석 몰려 있을 것 같아 그리로 가보기 위함이었다.

하지만 거기 역시 아무도 없었다. 오전에 도치와 호다이가 대포 한잔씩을 걸치고 간 뒤로는 아무도 못 봤다는 게 곰보 아줌마의 말이었다.

'아직 동대문에서 돌아오지를 않은 모양이구나.'

명훈은 그렇게 생각하고 거기 그대로 주질러앉았다. 그리고 대폿잔이나 비우며 녀석들을 기다리려는데 문득 문이 열리며 또복이가 고개를 디밀었다. 명훈네 패가 그 골목에 자리 잡은 뒤에 주

위 들인 똘마니로 근처 '천안여인숙'에서 쪼바(잔심부름꾼) 노릇을
하는 녀석이었다.

"얀마, 뭘 해? 들어오지 않고."

명훈이 꿩 대신 닭이라는 기분으로 그렇게 불러들였다. 별로 거
칠게 말한 것 같지 않은데도 또복이가 움찔 굳어지더니 머뭇머뭇
안으로 들어왔다. 여차하면 뒤돌아서서 뛸 궁리를 하면서 마지못
해 다가드는 것 같은 태도였다. 하지만 그때까지도 좀 전의 감상
에서 놓여나지 못해 다른 쪽으로는 신경이 무디어져 있던 명훈은
그런 녀석의 태도에서 별다른 느낌을 받지 못했다. 오히려 녀석이
라도 말벗이 되어 준다는 게 반가워 사기대접 가득 술잔을 따라
주며 자기 앞에 앉혔다.

"날도 축축하고 한잔 생각 있어 왔단 말이지? 여인숙에도 대
낮부터 끼고 뒹구는 것들은 없을 테고……. 좋아, 내 한잔 사지."

명훈이 목소리를 한층 부드럽게 해서 그렇게 말하자 녀석의 태
도도 좀 풀어지는 듯했다. 명훈의 짐작이 대강은 맞은 듯 받은 술
잔을 달게 마셨다. 그러나 잔을 내려놓고 명훈을 바라보는 눈길에
는 무언가를 재고 있는 것 같기도 하고 망설이고 있는 것 같기도
한 내면의 동요가 내비쳤다. 이번에는 명훈에게도 그런 녀석의 알
지 못할 관찰과 망설임의 눈길이 느껴졌다.

"너, 무슨 일이 있구나. 왜 그리 안절부절못해?"

"아, 아녜유. 그저……."

녀석이 그렇게 부인하며 얼른 눈길을 돌렸다. 명훈도 군이 녀석

의 마음속까지 캐 보아야 할 필요까지는 느끼지 않았다.

"짜식, 아침부터 악바리 아줌마한테 귀쌈이라도 한 대 얻어 걸친 모양이구나. 알았어. 술이나 한잔 더 해."

그렇게 지레짐작하면서 자신의 감정으로 돌아갔다. 또복이도 그제야 마음을 놓은 듯 명훈이 주는 대로 술을 받아 마셨다.

그런데 이런저런 시답잖은 얘기로 막걸리 한 주전자를 다 비워 갈 무렵이었다. 차츰 오르는 술기운 탓일까, 언제부턴가 전과는 달라 보이는 이유로 다시 망설임을 보이기 시작하던 또복이가 마침내 참지 못하겠다는 듯 불쑥 물었다.

"형, 저…… 하나 궁금한 게 있는데유……."

"뭐야?"

명훈이 별 긴장 없이 되물었다.

"그 여자, 학생이유? 똥치(창녀)유?"

"그 여자? 그 여자, 누구 말이야?"

녀석의 말에 뚜렷한 설명이 있던 것도 아닌데 명훈은 느닷없이 모니카를 떠올리며 이번에는 약간 긴장해 물었다. 그런 명훈의 눈길이 부담이 되었던지 녀석이 다시 움츠러들며 목소리를 떨었다.

"거 왜, 형하고 이따금 우리 여인숙에 오는 단발머리 말이에요. 접때는 파란 나일론 수건을 쓰고 왔지, 아마……."

틀림없이 모니카를 가리키는 말이었다. 비로소 명훈은 무슨 날카로운 섬광에 아프게 머릿속을 찔린 듯 불길한 예감으로 몸을 움찔했다. 그러나 먼저 겉으로 드러난 것은 울컥 치미는 분노였다.

스스로는 모니카를 창녀같이, 백치같이 마구잡이로 다뤘지만, 남의 입을 통해 더러운 이름으로 불리는 걸 듣자 참을 수가 없었던 것이다.

"이 새끼가. 얌마, 너 뭘 보고 하는 소리냐? 걔는 엄연히 학생이라고. 이제 겨우 여고 3학년으로 올라갔단 말이야."

실은 모니카의 신분이 그 어머니가 꼬박꼬박 내는 공납금과 몇 달에 한 번씩 담임선생에게 갖다 바치는 돈 봉투로 유지될 뿐, 공부에서도 품행에서도 그녀는 이미 학생이 아니라는 게 더욱 명훈의 말투를 거칠게 했다. 일순 또복이의 얼굴에 가벼운 후회의 그늘이 스쳤다. 그걸 알아본 명훈이 더욱 험악하게 다그쳤다.

"새꺄, 바로 말해. 너 뭘 보고 하는 소리야?"

"아뇨, 그저 형하고 다니는 게…… 학생이 그렇게 아주……."

"그건 마(인마), 내 애인이니까 그렇지. 학생이 연애한다고 똥치가 되냐?"

명훈은 그렇게 목소리를 높이면서도 또복이가 그런 말을 한 까닭이 그뿐이기를 빌었다. 여인숙의 잔심부름을 하면서 대낮부터 자신과 모니카가 함께 방 안에서 뒹구는 걸 몇 번 본 적이 있는 데서 온 잘못된 추측이기를. 그러나 명훈이 그렇게 비는 자체가 마음속에 아직 또 다른 불안이 남아 있는 까닭이기도 했다.

"그건 아니지만유……."

명훈의 기세에 눌렸는지 또복이가 그렇게 말끝을 흐렸다. 이어 다시 무슨 까닭에서인가 망설임에 빠져든 듯하더니 오래잖아 불쑥 물었다.

"그런데 형하고 깡철이 형하고는 어떻게 되는 거유?"

무슨 엄청난 일이 벌어지더라도 궁금한 건 물어봐야겠다는 결의 같은 것까지 풍기는 말이었다. 깡철이란 이름을 듣자 이제는 단순한 예감이 아니라 참혹한 단정이 머릿속을 후리면서 명훈은 잠시 아찔한 현기증마저 느꼈다.

"깡철인가 하는 그 사람…… 웬 아가씨하고 나갔어요……. 예쁘장하던데요……."

그런 그의 귓전을 얼마 전 흘려들은 다방 레지 아가씨의 말이 토막 져 왱왱거리며 떠다녔다. 하지만 그것도 잠시, 곧 음험하고도 잔인한 침착이 명훈의 이를 사리물게 했다.

"깡철이, 그야 내 친구지."

"그럼 둘 중에 오야붕은 누군감유?"

"꼬붕, 오야붕, 그런 건 없어. 우리는 그저 함께 살고 함께 죽기로 한 의리의 사나이들이라고."

명훈이 조금 전 잠시 아찔해 있었던 걸 어떻게 해석했던지, 또복이 녀석은 그런 명훈의 과장스러운 말을 그대로 믿는 것 같았다.

아니면 서울하고도 명동의 뒷골목 거리에 끼어들어 벌써 몇 해째 밥을 빌어먹고는 있어도 천성이 미련해서 아직 제대로 눈치를 익히지 못한 탓이었으리라. 녀석이 이번에는 머뭇거림도 없이 불쑥 말했다.

"저어 형들, 형들은 한패가 되면 여자까지도 나눠 가지셔유?"

그 말에 명훈은 자신도 모르게 두 눈을 질끈 감으며 주먹을 불끈 쥐었다. 따다닥 하며 몇 군데 손가락에서 관절 꺾이는 소리가 들렸다.

'틀림이 없구나……. 역시…….'

참으로 알 수 없는 일이었다. 그때까지 명훈에게 있어서 모니카는 언제 떠나도 무심할 수 있을 듯싶은 하찮은 존재였다. 그는 잘해야 그녀를 여동생의 친구였던, 아주 못쓰게 망가져 버린 도시의 아이들 가운데 하나로 여겼을 뿐이었고, 심하게는 화대가 들지 않으면서도 얼굴이나 몸매가 아주 괜찮은 창녀로 대접하기까지 했다.

물론 명훈도 가끔씩 그녀를 가슴 저린 연민과 동정으로 보았고, 어떤 때는 드디어 자신도 그녀를 사랑하게 되지 않았는가 의심해 보기도 했다. 그렇게 자주 경멸의 말을 내뱉고 때로는 육체적인 학대조차 서슴지 않았지만, 부르기만 하면 언제나 백치 같은 웃음을 흘리며 안겨 올 때가 그랬으며, 자신이 원한다는 걸 알면 무엇이든 들어주려고 안간힘을 다해 애쓰는 때가 그랬다.

특히 명훈과 몸으로 어울릴 때 — 실은 그게 그들 사랑의 유일한 내용이겠지만 — 그녀의 정성과 노력은 애처롭게 느껴지는 데까지 있었다. 명훈의 비뚤어진 욕정에서 비롯된 온갖 변덕스러운 요구와 가학적인 탐닉을 그녀는 참을성을 다해 받아 주었고, 더러는 그 이상을 위해 걸맞지 않은 노력과 정성을 쏟기까지 했다. 어떤 늙은 갈보에게 들었거나 못된 도색잡지에서 읽은 듯한 성의 기교를 어설프게 흉내 내는 게 그런 노력과 정성의 대표적인 예였는데 — 처음 명훈은 달아오르던 욕정마저 식어 버릴 정도로 그녀의 그 같은 짓거리에 화를 냈으나, 실은 그와의 성합(性合)에서 그녀는 아무런 즐거움을 느끼지 못한다는 고백을 들은 뒤로는 까닭 모르게 그녀가 가여워지기도 했다.

하지만 그런 동정과 연민도 끝내 사랑으로는 전화되지 못했다. 백치 같은 웃음과 엉뚱한 열중으로 특징지어지는 그녀의 망가짐과 뒤틀림보다는 명훈의 걸맞지 않은 자의식 탓이 컸을 것이다. 일부는 아직 군데군데 생생한 빛으로 되살아나는 어릴 적의 추억에서 왔고, 일부는 핏줄로 전해진 것이겠지만, 그의 의식 밑바닥에는 그 어떤 환경에서도 떨쳐 버릴 수 없는 자존심 또는 자신의 타고난 품격에 대한 믿음 같은 게 강하게 살아 있어 그녀를 진정으로 받아들이기를 거부하고 있었다. 경애를 잊기를 여태껏 거부하는 것처럼. 그리고 모니카에게 어쩌다 희미한 정애(情愛)를 느끼게 될 때도 그걸 육체적인 어울림에서 생겨난 동물적인 감정으로 여겨 전보다 한층 굳게 마음을 닫아 버리기까지 했다.

그런데도 그 모니카가 — 때로는 떼어 던져 버리고 싶을 만큼 거추장스럽고 창피하게까지 느껴지던 그 한심한 영혼이 — 깡철이와 무슨 일을 벌이고 있다는 소리가 그렇게도 무서운 분노와 격정을 유발하는 것은 무엇 때문이었을까. 아주 오래 뒤에는 뚜렷이 깨닫게 되지만 그때까지만 해도 명훈은 갑자기 자신을 사로잡

는 그 분노와 격정이 스스로에게도 낭패스러울 만큼 까닭을 알
수 없었다.

"혀엉, 아니 형, 왜 그래유?"

그런 명훈의 얼굴이 어떻게 비쳤는지 또복이가 조금씩 풀려 가
던 눈을 커다랗게 뜨고 놀란 목소리를 냈다. 그게 걷잡을 수 없는
분노와 까닭 모를 낭패감으로 잠시 망연해져 있던 명훈에게서 갑
작스러운 움직임을 끌어냈다.

"그것들 지금 니네 여인숙에 있어?"

자리에서 벌떡 일어난 명훈이 벌써 어느 정도 몸에 밴, 격분할
수록 차게 가라앉는 목소리로 물었다. 아마도 또복이 녀석은 그
직전까지도 명훈의 마음속을 크게 잘못 읽고 있었음에 틀림없었
다. 그제야 자신의 실수를 알고 놀라 떨어뜨리듯 술잔을 내려놓고
명훈을 따라 몸을 일으켰다.

"형님, 저…… 내 말을 더 듣고……."

"묻는 말에 대답이나 해. 아직 있어, 없어?"

"저번에 왔을 때는 둘이 꽤나 심하게 다투는 것 같았는데 오늘
은 조용히 들어들 가길래……. 형님은 또 여기서 천연스레 술을
마시고 계시고……."

"그래, 그년은 내가 깡철이 짜식한테 이미 넘겼다. 어쨌든 지금
거기 있어, 없어?"

"그 중간에는 또 형님하고 왔길래…… 나는 깡철이 형과 형님
두 분이서…… 같이…… 나눠……."

"야, 이 새꺄!"

명훈이 더 참지 못하고 조금 목소리를 높였다. 그리 크게 지른 소리는 아니었는데 그 어조가 어땠는지 저만치 조리대 있는 데서 설거지를 하던 곰보 아줌마가 설거지하던 그릇을 개숫물 통에 툭 떨구며 겁먹은 눈길을 보내왔다. 제법 불그스레 술이 오르던 얼굴에서 핏기가 싹 가시며 또복이가 가볍게 떨기 시작했다.

"너 죽고 싶어? 왜 대답을 안 해?"

"지금…… 있시유. 아직은 있을 거여유. 그렇지만 깡철이 형한테는…… 내가 그랬단 소리를…….'

"알았어."

명훈은 그 말과 함께 그대로 뛰어나가고 싶은 충동을 억지로 누르고, 술값까지 치를 만큼 침착을 과장하며 곰보 아줌마 집을 나왔다. 막 문을 밀치고 길가로 나서는데 어디서 아이구찌와 도치가 빗속을 뛰어오다 부딪칠 듯 명훈 앞에 섰다.

"어딜 가? 여기 있을 줄 알고 나도 한잔 빨러 왔는데……."

도치가 그렇게 떠들다가 명훈의 얼굴을 힐끗 보더니 놀란 표정으로 물었다.

"무슨 일이야? 어딜 가는데?"

"몰라도 돼."

명훈은 차갑고 억지로 지어낸 가라앉은 목소리로 그렇게 대답하고 떨치듯 두 사람 사이를 빠져나갔다. 잠시 조용히 서 있는 것 같던 둘이 다급한 발소리와 함께 등 뒤에서 소리쳤다.

"어이 간다, 우리도 같이 가야 되는 거 아냐?"

"따라오지 마!"

명훈이 뒤도 돌아보지 않고 낮게 으르렁대듯 말했다. 발소리가 그친 것으로 보아 그런 식의 의사 표현이 효과를 본 듯했다.

빗발은 봄비 같지 않게 거세었다. 그러나 명훈은 거의 빗발을 느끼지 못하고 천안여인숙 쪽으로 걸음을 재촉했다. 머릿속이 텅 빈 듯 아무런 계획이 떠오르지 않았다. 다만 뒤에서 자신을 바라보고 있을지도 모르는 도치와 아이구찌 때문에 볼썽사납게 뛸 수 없는 게 괴로울 정도로 다급할 뿐이었다.

천안여인숙에 이르니 날이 궂은 때문인지 안내 창구는 안에 사람이 있는지 없는지조차 알아볼 수 없이 어두웠다. 명훈이 손가락으로 작은 미닫이 창문을 두드리자 어두운 복도 쪽에서 악바리 아줌마가 무엇에 뒤틀렸는지 잔뜩 찌푸린 얼굴로 나오다가 명훈을 보고 눈길이 실쭉해졌다.

"웬일이야? 오늘은 아주 맞교대를 하는 거야?"

악바리 아줌마가 그런 소리로 빈정거릴 때만 해도 명훈은 아직 이렇다 하게 정리된 생각이 없었다. 분노와 격정에 막연히 들떠 미처 아줌마의 말뜻을 알아듣지 못하고 다급하게 물었다.

"깡철이 어딨어요?"

"저 안쪽 끝 12호실."

악바리 아줌마가 그렇게 대답해 놓고 다시 빈정거렸다.

"사내들이란 그저⋯⋯. 하지만 고 아가씨도 어지간한걸. 나이도 몇 되지 않을 것 같던데……."

그제야 명훈은 그 아줌마가 무슨 소리를 하고 있는지 알아들을 수 있었다. 갑자기 그대로 돌아서서 달아나고 싶을 만큼 치욕감이 일더니 이미 터질 듯 부풀어 오르던 분노와 더불어 맹렬하고 앞뒤 없는 공격 심리로 변했다. '용서할 수 없다! 그냥 두지 않겠어…….' 그런 결의로 이를 악문 채 화다닥 복도 안쪽으로 뛰어간 명훈은 방 안의 두런거림을 엿들을 것도 없이 세차게 방문을 열어젖혔다. 문고리를 걸지 않았던지 요란한 소리와 함께 미닫이가 열리며 방 안의 광경이 한눈에 들어왔다. 아직 이불 속에 누운 채 벽 쪽으로 돌아누워 있던 모니카와 이제 막 내의 윗도리에 목을 꿰고 있던 깡철이가 한꺼번에 돌아보았다.

채 가려지지 못한 깡철이의 허리께 허연 맨살이 그때껏 정해지지 않았던 공격의 순위를 순간적으로 결정케 했다. 명훈은 구두를 신은 채 방 안으로 뛰어들어 깡철이를 덮쳤다.

"어? 간다…… 명……."

깡철이가 그런 다급한 비명 같은 소리를 내지르며 앉은 채로 주춤 몸을 뒤로 뺐다. 두 손까지 휘젓고 있었지만 저항의 결의나 위협의 뜻은 얼굴이나 표정 어디에도 없었다. 평소 싸움에서든 공격에서든 방어에서든 그렇게 표독스럽고 재빠르던 그라, 눈길에 서린 막연한 애원의 빛과 무엇 때문인가로 마비된 듯한 몸이 이미 뒤집힌 명훈의 눈에도 이상스레 비쳤다.

하지만 그때 이미 명훈의 몸은 치욕감과 분노의 상승 작용으로 미쳐 버리기 시작한 정신의 무시무시한 흉기에 지나지 않았다.

명훈은 방 안에 뛰어든 것과 거의 이어진 동작으로 그런 깡철의 가슴패기를 걷어찼다. 새로 맞춰 신은 단화를 통해 묵직한 충격이 전해지면서, 투둑 하는 소리와 함께 깡철이의 몸이 거짓말처럼 두어 자는 날아 벽에 부딪혔다가 그대로 방바닥에 널브러졌다.

시시한 나와바리 싸움 때의 명훈 같았으면 상대방의 그런 반응에 생사부터 먼저 걱정했을 것이다. 그러나 그때 명훈을 몰아대고 있는 것은 살의나 다름없는 격분이었다. 오히려 어떻게 깡철이 숨통을 빨리 끊어 놓을까를 궁리하듯 거의 저항 없는 깡철이를 모질게 짓이겼다.

얼마나 지났을까, 언제부터인가 튀기 시작한 피로 완전히 미쳐 날뛰는 명훈을 누군가가 뒤에서 껴안으며 소리쳤다.

"뭐 하는 짓이야? 애 죽이겠어."

"그만들 해! 그만."

그제야 정신을 가다듬은 명훈이 잘 맞춰지지 않는 초점을 맞추려고 애쓰며 돌아보니 어느새 도치와 아이구찌가 방 안으로 뛰어 들어와 말리고 있었다. 방 한구석에는 모니카가 백치 같은 얼굴로 겉옷을 걸치고 있었고 문께에 파랗게 질린 또복이의 얼굴과 함께 잔뜩 찌푸린 악바리 아줌마도 보였다.

"놔! 이것 못 놔?"

그래도 아직 격분에서 깨어나지 못한 명훈은 몸을 비틀어 자기를 껴안은 도치와 아이구찌에게서 빠져나오려고 했다. 팔 힘이 세

기로 이름난 도치에다 아이구찌까지 거들어서인지 쉽게 빠져나올
수가 없었다. 이제는 거의 꼬붕처럼 부리게 된 그들에게 잡혀 꼼짝
할 수 없다는 게 생각보다 빨리 명훈을 앞뒤 없는 격분에서 빠져
나오게 했다. 원래 있었던 것인지 그 몇 달 사이에 길러진 것인지
모르지만, 그 무렵엔 제법 자리 잡기 시작한 작은오야붕 기질이 지
켜야 할 품위 같은 것을 문득 떠올리게 한 덕분이었다.

"이것 놔."

한동안 몸에 힘을 빼고 굳은 듯이 서 있던 명훈이 긴 한숨과
함께 목소리를 가라앉혀 그렇게 말했다. 등 뒤에서 도치가 떨리는
목소리로 사정하듯 받았다.

"안 돼. 더 손대면 잰 죽어."

그제야 명훈은 발밑에 구겨진 듯 쓰러져 있는 깡철이를 보았
다. 얼굴이며 찢긴 내의 속에서 피가 흐르는데, 이미 의식을 잃었
는지 몸에는 작은 움직임도 없었다. 그런 그의 오른손에는 어떻
게 간신히 꺼내기는 했으나 미처 써 볼 틈이 없었던 이발소용 접
는 면도칼이 꼭 쥐어져 있었다. 여간해서는 꺼내지 않는 그의 숨
겨 둔 무기였다.

날이 반쯤이나 열린 그 면도칼을 보자 명훈은 새삼스러운 위
기감을 느꼈다. 금방이라도 깡철이가 일어나 자신을 갈가리 찢어
놓을 것 같은 불안에 오싹해하며, 1초라도 빨리 도치와 아이구찌
로부터 벗어나려고 명훈은 다시 힘을 다해 버둥대기 시작했다. 그
러나 도치와 아이구찌가 명훈을 놓아 준 것은 마침내 명훈이 힘

보다는 머리에 의지하기로 마음을 바꾼 뒤였다.

"야, 이 새끼들아, 니네들은 눈깔이 없어? 저 새끼 병원에 안 데려갈 거야? 이대로 피를 쏟다가 뒈지게 버려둘 거냐고."

명훈이 자유로운 다리 하나를 뻗어 깡철이 쪽을 발끝으로 가리키며 그렇게 소리치자 그들도 비로소 그쪽으로 눈길을 돌렸다.

명훈의 고함이 그저 한번 해 보는 소리가 아니라 중요한 깨우쳐 줌이라 여겼던지 먼저 도치가 명훈을 놓아주고 깡철이에게로 다가갔다. 이어 아이구찌도 명훈의 팔을 놓고 깡철이에게로 가서 널브러져 있는 깡철이를 부축해 세워 보려 했다. 깡철이는 뼈가 없는 사람처럼 두 사람이 일으켜도 자꾸 몸이 접히며 허물어져 내렸다. 그러나 간간 약한 신음 소리를 내는 것으로 보아 아주 죽은 건 아닌 듯했다. 갈비뼈가 여러 대 나갔거나 허리를 심하게 다친 것임에 틀림없었다.

"안 되겠다. 업혀 줘."

도치가 넓적한 등을 들이대고 방바닥에 앉으며 그렇게 말했다. 아이구찌도 그 수밖에 없다고 생각했던지 힘을 다해 깡철이를 일으켜 도치의 등에 업혔다. 그러는 과정에서 어디 심하게 다친 곳이 건들렸던지 깡철이가 의식을 잃은 중에도 작은 비명 같은 외마디 신음 소리를 냈다.

도치가 깡철이를 업고 아이구찌는 그 뒤를 떠받쳐 주는 형국으로 수선스레 여인숙 방을 나간 뒤에야 명훈은 아직도 그 방 안에 모니카가 있다는 데 생각이 미쳤다. 명훈이 모니카에게로 눈길을 돌리자 그새 겉옷까지 걸치고 파랗게 질린 채 방 한구석에 서서 굳어 있던 그녀가 파르르 몸을 떨었다. 명훈의 무자비한 공격에 대한 육체적 공포 때문인 것처럼 보였으나 그게 아니었다.

"오빠, 잘못했어……."

그녀는 육체가 받을 위해에 대해서는 아무런 방비나 움츠림의 자세를 보이지 않은 채, 떨리는 목소리로 그렇게 말했다. 아직 격분에서 다 깨어나지 못한 가운데도 명훈은 그런 그녀의 반응이 어이가 없었다.

'잘은 모르지만 뭔가가 잘못된 것 같군요. 잘못된 게 있다면 용서해 주세요. 그게 뭔지는 모르지만…….'

그새 어느 정도 모니카의 표정을 읽을 수 있게 된 명훈은 그녀의 말을 그렇게 들었다. 그녀가 떨고 있는 것도 죄의식이 아니라 명훈이 깡철이를 공격할 때 보인 무지막지한 폭력 그 자체에 대한 것임이 분명해 보였다. 적어도 그때의 그녀에 관한 한 명훈의 그런 해석은 정확한 것에 가까웠다.

잠깐 할 말을 잊은 명훈의 침묵을 어떻게 받아들였던지 모니카가 이번에는 좀 자신을 얻은 목소리로 자신을 변명하기 시작했다.

"접때 오빠를 만나러 가니까 오빠는 없고…… 저 사람이 오빠가 여기서 기다린다고 가자길래 모르고 따라왔다가…… 억지로…… 정말이에요. 억지로 그랬어요. 따귀를 때리고 목을 조르고…… 말을 듣지 않으면 꼭 죽을 줄 알았어요……."

"……."

"그담에는 서로 없었던 일로 하기로 하고…… 딱 한 번이니까…… 나도 오빠에게 이르지 않고, 그 사람도 아무한테도 말하지 않기로 했는데…… 오늘 오니까, 또 그러자고, 말 안 들으면 접때 일 모두 오빠에게 일러바친다고……."

"……."

"정말이에요. 딱 한 번만 더 들어주면 다시는 지분거리지 않겠다길래, 오빠한테는 영원히 입을 다물어 주겠다길래……."

"시끄러, 이 쌍년아!"

마침내 더 참지 못한 명훈이 꽥 소리를 질렀다. '딱 한 번'이란 말을 무슨 영험한 부적처럼 되풀이 쓰는 게 갑자기 역겨움을 일으킨 탓도 있지만, 그보다는 여태껏 문께에 붙어 서서 벌벌 떨며 귀를 모으고 있는 또복이 녀석 때문이었다. 아무리 형편없는 뒷골목 똘마니라지만, 모니카의 그런 백치 같은 고백을 더 듣게 해서는 안 될 것 같았다.

그런데 참으로 알 수 없는 것은 모니카였다. 그녀는 마치 그 두서없는 고백으로 이미 속죄의 의식을 끝냈다고 믿었던지 오히려 명훈의 그런 격렬한 반응에 어리둥절해하는 눈치였다. 거의 습관적인 교태인 울상을 지어 보인 것도 잠시, 이내 투정 조가 되어 감겨 왔다.

"오빠, 또 왜 그래? 막 고함을 지르고…… 나 다 말했잖아. 그래도 모르겠어? 또 그 사람도 실컷 두들겨 패 줬잖아? 그래도 여태 속이 안 풀려?"

그런 그녀의 말이 어이없어 명훈은 말문이 다시 막혀 버렸다. 한층 기가 살아난 모니카가 이번에는 제법 달래듯 말했다.

"나도 이제 다시는 그런 속임수에 넘어가지 않을 거야. 그 사람도 그만큼 혼이 났으니 다시는 추근대지 않을 거고…… 이만큼 하고…… 이 일은 없었던 걸로 하자. 그 대신 앞으로 오빠한테 더욱 잘할게. 오빠만 좋다면 뭐든지 할게……"

'정말로 어쩔 수 없는 애로구나……'

명훈은 머릿속의 어떤 부분을 들어내 버린 듯한 그녀의 말에 분노나 미움보다는 알 수 없는 착잡함에 빠져들며 자신도 모르게 속으로 가만히 한숨을 내쉬었다. 갑자기 모니카가 죄 없고 가여운 동물처럼 보이며 그때껏 가슴 한구석에서 거친 숨을 몰아쉬고 있던 격분이 씻은 듯 사라졌다.

'예쁜 내 집 고양이가 도둑괭이 수컷과 교미했다고 해서 음란하고 불결하다고 나무랄 수는 없지 않은가……'

하지만 그런 감정의 전개가 반드시 용서나 둘의 관계를 유지해 나간다는 쪽과 연관되는 것은 아니었다. 오히려 격분이 가라앉으면서 차갑게 굳어 가는 결심은 그쯤에서 모든 걸 끝내야 한다는 쪽이었다.

명훈은 순식간에 냉철함을 회복한 머릿속에서 그런 자신의 결심을 전달할 방도를 찾아보았다. 자존심이나 그와 비슷한 감정의 섬세한 작용과는 담을 쌓은, 아무래도 알 수 없는 모니카의 둔감과 마비를 오래 경험한 그에게는 그 방도가 막연했다. 그 바람에 한참을 망연히 서 있던 명훈이 마침내 의지하기로 작정한 것은 그녀의 망가진 정신에 감정적인 충격을 주기보다는 육체적인 공포를 안겨 주는 쪽이었다. 그때껏 방바닥에 떨어져 있던 깡철이의 면도칼이 준 암시 덕분이었다.

명훈은 무언가 좋은 결과를 기다린다는 듯 말뚱히 자신을 쳐다보고 있는 그녀를 무섭게 노려보며 양복 겨드랑이에 숨겨 둔 주머니에서 잭나이프를 꺼냈다. 그 무렵에는 몸에 지니고 있을 때가 많은 칼이었다. 손잡이에 달린 단추를 누르자 그라인더에 갈고 보드라운 샌드 페이퍼로 희게 닦은 날이 튕겨져 나오며 이상하게 싸늘한 빛을 내쏘았다. 명훈은 그 칼날을 모니카의 볼에 바짝 들이대며, 뒷골목의 피투성이 싸움 때나 쓰는 허세가 잔뜩 밴, 그러나 듣기에는 메마르기 그지없는 말투로 낮게 속삭였다.

"너, 잘 들어. 앞으로 다시는 내 앞에 낯짝 내밀 생각하지 마. 알지? 다시 내 앞에 그 쌍판을 보이는 날에는 이걸로 그 낯가죽을 확 벗겨 놓을 거야."

일견 명훈이 찾아낸 그 방도는 매우 효과적으로 보였다. 갑자기 얼굴이 창백하게 일그러진 그녀가 양 볼을 두 손으로 싸안고 무너져 내리듯 주저앉았다. 그러나 명훈이 바란 대로의 효과는 아니었다.

"오빠, 결국……."

그렇게 울먹이는 것으로 보아 그녀에게 충격을 준 것은 잭나이프의 날카로움이 준 공포가 아니라 다시는 눈앞에 나타나지 말라는 말 때문임에 분명했다. 결국 그녀의 두터운 둔감과 마비의 벽을 뚫은 것은 칼날보다는 절교 선언이었던 셈이다.

그러나 명훈은 무엇이 그녀에게 충격을 주었는가를 굳이 따져 보지 않았다. 어쨌든 자신은 자신의 뜻을 명확히 밝혔고, 그녀는 그녀대로 그 뜻을 충분히 알아들었다는 데 만족하며 소리 나게 칼을 접고 돌아섰다. 오랫동안 익숙하게 안아 오던 육체가 괴로움에 떨며 조그맣게 웅크리고 앉아 있는 게 퍼뜩 안쓰럽게 비쳤으나 우선은 그저 그곳을 떠나고만 싶었다.

그런데 명훈이 미처 한 발짝을 옮겨 놓기도 전에 무엇인가가 바짓가랑이를 잡아당겼다. 이어 바지 천을 건너서도 뭉클하게 닿아 오는 게 있어 힐끗 돌아보니 모니카가 두 팔로 다리를 싸안고 있었다.

비록 몇 겹의 천을 사이에 두고 있다고는 하지만 모니카의 살이 자신의 몸에 닿자 명훈은 견딜 수 없는 불결함과 오욕감을 느꼈다. 끈끈한 체액으로 뒤덮인 추악한 파충류가 온몸을 휘감고 기어다니는 것 같았다. 그리고 그런 느낌은 조금 전에 언뜻 스쳐 간 안쓰러움으로는 감당하지 못할, 소름 끼치는 혐오감으로 급변했다.

"놔!"

명훈은 조금도 과장하는 기분 없이 모질게 다리를 빼며 소리쳤다. 모니카가 몸 전체로 다리에 매달려 끌려오며 울먹였다.

"안 돼, 오빠. 다시는 안 그럴게요. 그건 꼭 내 잘못도 아니잖아……. 이제부터는 정말로 잘할게요."

만약 평소 같으면 명훈은 모니카의 그런 모자람 또는 일그러짐에 틀림없이 어쩔 수 없는 연민을 느꼈을 것이다. 그러나 그때는 몸서리쳐지는 혐오감에 눈과 귀는 물론 마음까지 닫혀 있었다. 후두둑, 바짓가랑이 터지는 소리를 들으면서 세차게 다리를 뽑아 낸 뒤, 스스로도 무엇을 하고 있는지를 느끼지 못하면서 다시 다가드는 그녀에게 모진 발길질을 보냈다.

　아, 하는 짧은 비명과 함께 모니카가 앞으로 폭삭 고꾸라졌다. 쫓기듯 방을 나온 뒤 힐끗 돌아보니 왼쪽 볼을 싸쥐고 있는 모니카의 손가락 사이로 피가 흘러내리고 있었다. 그러나 명훈은 아직도 그 몸서리쳐지는 혐오감에서 빠져나오지 못한 채 차가운 다짐만을 내뱉었을 뿐이었다.

　"또다시 내 앞에 나타나면 그때는 죽을 줄 알아!"

　명훈이 도망치듯 그 여인숙을 빠져나와 거리에 나서니 그새 비는 봄비 같지 않게 폭우로 변해 있었다. 명훈은 찬 빗발도 느끼지 못하면서 너풀거리는 바짓가랑이로 터덜터덜 거리를 걸었다. 혐오감이나 분노에서 비롯된 격정에 가려져 있었지만 그의 가슴속 또한 적지 않은 상처를 입은 것임에 틀림없었다.

　어디가 어딘지 모를 길로 빗속을 헤매던 명훈이 문득 정신을 차린 것은 화신(和信) 앞 네거리에서였다. 무언가 성난 사람들의 외침이 들리는 것 같아 이미 하나둘 불이 켜지기 시작하는 종로 쪽을 보니 한 떼의 사람이 구호를 외치며 몰려오고 있었다.

　"공명선거 보장하라!"

"장면 박사 다시 밀어 민주주의 지켜 내자!"

"못 살겠다, 갈아 보자!"

명훈이 걸음을 멈추고 풀어진 눈길에 힘을 주어 그쪽을 살펴 보았다. 군중의 태반은 고등학생이었지만 군데군데 머리띠를 두르고 섞여 있는 민주당원들로 보아 운동장의 선거 유세 끝에 몰려 나온 것 같았다.

흥분한 군중이 내뿜는 열기가 헝클어져 있던 명훈의 의식을 조금씩 제자리로 돌아가게 했다. 그러나 워낙 뒤틀어져 있는 다음이라 그의 의식은 끝내 온전한 상태로 돌아가지는 못했다.

'재일교포 북송 반대'니 '반공 궐기 대회'같이 데모라기보다는 정부의 동원에 가까운 행사밖에 참여해 본 적이 없는 그라 그 같은 학생들의 자발적인 반정부 데모가 신선한 충격일 수도 있었지만 거리를 휩쓸고 지나가는 시위 군중의 뒤통수에 대고 명훈이 속으로 뇌까린 말은 이랬다.

'씨팔놈들, 육갑 떨고 자빠졌네…….'

어쩌면 그런 반응은 정치적 성격을 띠는 시위에 참여하는 것 자체가 무슨 특권처럼 보이는 의식 상황 속에서 소년 시절을 보낸 명훈에게는 당연할 수도 있었다.

그런데도 그날 그의 의식이 온전한 상태가 아니었다고 말하는 것은 뒷날 그가 보여 주는 몇 가지 성격상의 특징들 때문이다. 부정적으로든 긍정적으로든 암시, 특히 대중 선동의 암시에 잘 이끌리고, 군중의 열기에 쉽게 함몰하는 그 특징들은 그의 삶 곳곳에서 불리(不利)를 입히다가 마침내는 너무 이르고 불행한 형태의 죽음으로까지 인도하게 되건만 그날만은 냉담한 방관자의 눈길로 보고 있었다.

그 밖에 그날 명훈의 의식이 정상적이지 못했다는 또 다른 근거로는 그날의 나머지가 거의 기억에 없다는 점도 들 수 있을 것이다. '풍차'로 가서 짱구의 눈총을 받으며 다시 술을 퍼마시기 시작한 것으로 그의 기억은 끊어져 버리는데, 그런 앞뒤 없는 폭음은 모니카의 일로 받은 충격의 여진 때문임에 틀림없었다.

그런 그에게 그날의 시위가 저 4·19의 서곡들 가운데 하나임을 알아듣기를 어떻게 바랄 수 있겠는가.

병원으로 업혀 간 깡철이의 부상은 생각 밖으로 심했다. 갈비뼈가 석 대나 부러지고 두 대가 금 간 데다가 장기도 몇 곳 상했다는 게 명훈이 다음 날 전해 들은 의사의 진단 내용이었다.

명훈을 단부 건물 옥상으로 끌고 가 호된 몽둥이찜질을 했지만, 배석구는 후견인으로서의 역할을 충실히 해 주었다. 그가 어떻게 어르고 달랬는지 석 달 진단을 받아 병원에 누웠으면서도 깡철이는 경찰을 통한 앙갚음은 하지 않았다.

또 배석구는 적지 않을 깡철이의 치료비 얘기를 명훈에게 한마디 꺼낸 적도 없고, 그 일로 은근히 명훈에게 반발하는 도치네 패까지 어떻게 단속했는지 그 골목에 그대로 붙어 있게 했다. 다만 마음에 걸리는 게 있다면 모진 몽둥이질로 엉덩이가 찢겨 병원에 누워 있는 명훈에게 술병을 들고 찾아온 그가 한 말이었다.

"나라가 군대를 기르는 것은 오직 한순간을 위해서다. 우리도 마찬가지, 우리는 이승만 박사와 자유당의 별동대야. 거기서 우리를 필요로 한다면 나라를 위해 모든 것을 내던질 각오가 돼 있어야 해. 그것만 기억하고 있으면 다른 것은 아무 문제 없어."

불만의 계절

남녘의 봄은 빨랐다. 3월 중순이라면 서울은 아직 쌀쌀했던 것 같은데 밀양은 봄기운이 완연했다. 기껏해야 열흘 안팎인 절후의 차이일 테지만, 마지막으로 서울을 떠난 게 늦겨울이어서인지 영희는 밀양의 봄이 서울보다 한 계절쯤 빠른 것처럼 느껴졌다. 펌프가에서 세수를 마치고 얼굴을 닦는 영희의 눈에 들어온 이웃집 목련 꽃봉오리가 금세 껍질을 터뜨리고 하얗게 피어날 것만 같았다.

집 안은 조용하기 그지없었다. 어머니는 일찍 시장의 헌옷 가게로 일 나갔고 인철과 옥경이도 학교에 간 지 오래였다. 주인집 내외도 가까운 밭머리에 온상 일을 보러 나가 집 안에는 영희 혼자였다. 실은 영희가 펌프가로 세수를 하러 나온 것 자체가 집 안에 혼자뿐이기 때문이었다는 편이 옳았다.

영희가 거의 문밖을 나오지 않는 것은 마음에 받은 상처보다는 집으로 돌아온 날 밤 어머니에게 잘린 뒤 아직 제대로 자라지 못한 머리칼 때문이었다. 머리에 수건을 써서 감추기는 해도 워낙 머리숱이 없어 누구든 자세히 보면 금세 이상한 걸 알아챌 만했다. 그 바람에 처음 한 달은 거의 방과 부엌만을 들락거릴 뿐 대낮에는 툇마루에조차 나앉는 법 없이 보냈고, 수건을 써서 겨우 눈가림을 할 만큼 머리칼이 자란 뒤에도 주인집 내외가 있을 때는 마당에 나서는 것조차 되도록 피해 왔다.

방 안으로 들어온 영희는 습관처럼 작은 앉은뱅이 거울 앞에 앉으며 머릿수건을 벗었다. 남자애들의 상고머리를 겨우 면한, 올올이 선 머리칼이 보기 흉하게 드러났다. 어머니가 마구잡이로 가위질을 해 길이마저 들쭉날쭉한 게 한층 눈에 거슬렸다.

'이건 어머니도 뭐도 아니야. 머리칼만 자라면……'

영희는 새삼스러운 원한으로 이를 사리물었다. 그러자 굳어진 거울 속의 얼굴이 짧고 들쭉날쭉한 머리칼과 어울려 어떤 험상궂은 남자가 자신을 노려보고 있는 듯 느껴졌다. 그게 영희의 원한을 더욱 음험하고 뿌리 깊은 것으로 몰고 갔다.

'맞았어. 그때부터 그 여자는 이미 내 어머니가 아니었어. 나를 무슨 천한 짐승처럼 학대해 왔지……'

영희가 되뇌고 있는 '그때'는 전쟁 전해, 그러니까 그녀가 여덟

살 때의 어느 날이었다. 영희의 홍역이 유난히 늦어 국민학교에 입학한 뒤에야 그걸 치르게 되었는데, 영희가 누운 지 며칠 안 돼 다시 세 살 터울의 남동생이 이름 모를 병으로 앓아누웠다. 철이의 바로 손위 형뻘인 명욱이라는 이름을 가졌던 사내아이로, 어릴 적의 기억에도 달덩이처럼 환하게 느껴지던 얼굴이었다.

한꺼번에 남매가 앓아눕게 되자 어머니는 둘을 딴 방에 뉘고 안절부절못하며 두 방 사이를 오락가락했다. 아버지가 무슨 일인가로 경찰에 잡혀가 벌써 한 달째 돌아오지 않고 있을 때의 일이었다. 나중에 들은 일이지만, 어머니는 명욱이의 병을 감기쯤으로 알았다. 그때만 해도 홍역으로 목숨을 잃는 경우가 많아 그 때문에 어머니는 그 유별난 남존여비 사상에도 불구하고 명욱이보다 영희의 방에 더 오래 있었다. 그러다가 영희의 홍역이 막바지에 이르러 어머니가 영희 곁에서 밤샘을 하는 사이에 일이 터지고 말았다. 겨우 한 고비를 넘기고 잠든 영희를 놓아두고 어머니가 명욱의 방으로 갔을 때 전날 초저녁 때까지만 해도 그저 좀 칭얼댈 뿐 대단찮아 보이던 명욱이 가쁜 숨소리와 함께 불덩어리처럼 되어 혼절해 있었다.

그제야 놀란 어머니는 명욱이를 업고 그 무렵 갓 개업한 진외오촌 아저씨네 병원으로 허둥지둥 달려갔다. 하지만 이튿날 조금씩 병줄에서 놓여난 영희가 미음을 마시고 있을 때 넋 나간 사람처럼 돌아온 어머니는 혼자였다.

"아이고, 어머님예. 인자 명욱이는 이 세상 아아가 아입니더……"

어머니는 그 무렵은 좀체 쓰지 않던 사투리로 그렇게 말해 놓고 영희를 보살피다 궁금한 얼굴로 그녀를 맞는 할머니를 쓸어안으며 한동안을 목 놓아 울었다. 그러나 영희에게 일생에 지울 수 없는 기억으로 남은 것은 어머니의 그다음 행동이었다. 한동안을 섧게 운 어머니가 갑자기 핏발 선 눈으로 영희가 있는 방 쪽을 노려보더니, 우르르 방 안으로 달려와 아직도 영희의 손에 쥐어져 있는 미음 양재기를 빼앗아 마당에 내동댕이쳤다.

"이년, 죽어야 할 꺼는 닌(넌)데, 다부(되레) 아까운 아아(아이)를 자(잡아)먹고오. 니까짓 년 홍역이 뭐라꼬, 달딩이 같은 아(아이) 지프테리(디프테리아)로 숨넘어가는데 약 한 첩 몬 써 보게 하고오."

그러면서 금세 잡아먹을 듯 덤벼드는 어머니의 모습에 고비는 넘겼다 해도 아직은 홍역 중이던 영희는 그대로 까무러치고 말았다. 뿐만이 아니었다. 어머니는 그 뒤로도 영희가 완전히 병줄에서 놓여날 때까지 단 한 번도 그 방 문턱을 밟지 않았다. 명욱이를 잃은 데서 온 상심이나 몸에 밴 남존여비 사상만으로는 다 설명할 수 없는 어머니의 증오였는데, 그 일은 아주 오래 뒤까지도 영희의 가슴에 서늘한 기억으로 남았다. 어쩌면 그들 모녀를 일생 동안 괴롭힌 애증의 악순환은 바로 그때 시작된 것인지도 모를 일이었다.

그 후 1년도 채 안 돼 터진 모진 전쟁 동안에 모녀 사이를 깊이 갈라놓았던 감정의 골은 어느 정도 덮인 것 같았다. 연이은 엄청난 일들과 시간이 지남에 힘입어 어머니는 이미 죽은 명욱이에

대한 미련에서 벗어나는 대신 살아 있는 아이들을 지나치다 싶을
만큼의 보호 본능으로 감싸 안게 되었다. 그러나 전쟁이 끝나고 삶
이 조금씩 자리를 잡아 가자 영희에 대한 어머니의 까닭 모를 증
오는 되살아나기 시작했다. 대체로 딸에게 엄격하고 인색한 건 그
때의 다른 어머니들에게도 있는 공통점이었지만, 영희는 그 이상
거의 학대를 받는 느낌으로 자라야 했다.

어린 시절 내내 영희는 한 번도 어머니가 자신을 향해 따뜻하
게 웃는 걸 본 적이 없었다. 한 번도 어머니가 자신을 기쁘게 해
주려고 노력하는 것을 느껴 본 적이 없었으며, 떼를 써 조르지 않
고 어머니에게서 무얼 얻어 본 기억이 없었다. 그녀의 필요는 언제
나 더 견딜 수 없을 때에야 겨우 최소한으로 채워졌고 심하게는
그마저도 거절되기 일쑤였다.

그러다가 더욱 결정적으로 그들 모녀를 갈라놓은 것은 학교였
다. 오빠 명훈이 영희를 학교에 보내자고 말을 꺼냈을 때 어머니
는 펄펄 뛰며 반대했다. 그리고 명훈이 우겨 억지로 학교를 시작
한 뒤에도 영희가 어머니에게서 받은 것은 겨우 방해가 아닐 정
도의 도움이었다.

어머니는 영희가 쓰는 연필 한 토막 공책 한 장을 아까워했고,
옷차림에 대해서는 거의 광적일 만큼 엄격했다. 그렇게 입고 싶던
서지 스커트를 영희가 처음 입게 된 것은 명훈이 미군 부대에서
일하게 된 뒤의 일이었다. 명훈이 얻어 온 미군 장교복 바지를 뜯

어 만든 스커트 덕분에 3년이나 입어 온 검은 물 들인 무명 교복 치마를 면할 수 있었다. 자락이 빤질빤질 닳고 허옇게 물 바랜 그 끔찍한 교복 치마……. 또 영희는 어머니 앞에서는 한 번도 밥상 위에 밥그릇을 얹어 놓고 먹어 본 적이 없었다. 온마리 생선은 말할 것도 없고 새로 썰어 온 김치 포기에조차 먼저 젓가락을 대서는 안 되었다.

어머니가 인철과 옥경을 데리고 밀양으로 내려갈 때까지 영희의 밥상은 언제나 명훈과 어머니와 인철이가 받고 있는 밥상머리 방바닥이었고, 밥과 반찬도 누룽지가 절반인 보리밥과 뜨고 남은 된장 냄비가 전부였다.

어머니의 매질은 보는 이웃이 모두 혀를 내두를 만큼 매웠다. 어머니로 보아서는 사 남매 모두에게 차별 없었다고 말할 수 있을지 모르나 영희가 보기에는 자신에게만 유달리 심한 것으로 여겨졌다. 오빠인 명훈은 이미 나이로 매질의 범위를 벗어났고, 옥경은 어린 데다 유복녀란 점이, 그리고 인철은 그 자신의 유순함으로 매 맞는 일이 드물었다. 그러나 영희는 서울로 옮기기 전만 해도 거의 하루 한 번은 무언가로 얻어맞은 기억이 있었다. 서울로 옮겨 와서도 어머니는 여전히 매질을 멈추지 않았는데, 이번에는 매질이 드물어진 대신 한번 매를 들면 전에 없이 길고 모질었다. 이성 문제에서 특히 그래서, 재작년인가 형배의 쪽지를 들켰을 때는 한나절 가죽 혁대로 매질을 당했다. 나중에 옷을 벗고 거울에 비춰 보니 온몸에 수십 마리의 구렁이가 감긴 듯 멍이 들어 있었다. ……회상이 그렇게 번져 나가자 영희는 갑작스레 끓어오르는 증오로 온몸이 후끈 달아올랐다. 어쩌면 영희의 억센 기질은 타고난 것이 아니라 그런 어머니에게 반발해 오는 동안 은밀히 자라난 것인지도 모를 일이었다.

하지만 냉정히 살펴보면 그런 그들 모녀의 갈등은 어느 한쪽만 탓할 수가 없다는 편이 옳았다. 한창 피어나던 잘생기고 똑똑한 아들과 한창 성가시던 고집 세고 못생긴 딸의 생사가 자신의 어처구니없는 판단 착오로 뒤바뀌게 된 데 대한 자책이 영희에 대한 어머니의 기본 감정에 나쁜 영향을 끼친 것은 틀림없었으나, 영희가 단정하는 것만큼 그리 심각한 것은 아니었다. 더구나 전쟁이 터지고 이어 겪은 여러 가지 참담한 일은 솔직히 어머니의 기억을 네 살 때 가엾게 죽은 아들의 일에 언제까지고 매달려 있게 버려 두지 않았다.

영희가 학대라고 느끼게 된 어머니의 행동들은 오히려 생각보다 단순한 동기에 있었다. 어머니가 다정한 미소를 보내지 않은 것은 영희에게뿐만 아니라 세상 모두에게였고, 유난스러워 보인 인색도 꼭 영희만을 향한 것이라기보다는 어린 사 남매를 데리고 어렵게 살아가는 홀어머니의 절약과 검소에서 비롯된 것이었다. 영희가 딸아이였기 때문에 그 적용이 한층 엄격하기는 했지만, 그렇다고 학대의 고의 같은 것은 애초부터 없었던 듯하다.

어머니 쪽에서 보면 언제나 신경을 거스르고 사람을 앞뒤 없이 격분하게 만드는 것은 오히려 영희 쪽일 수도 있었다. 어떤 엄청난 일을 저질러 놓고도 잘못을 비는 법이 없는 그 영문 모를 뻗댐이나, 이를 악물면서도 신음 소리 한번 크게 내지 않고 매를 받아내는 억센 기질이 말로 나무랄 일에 매를 들게 하고, 또 매를 들면 처음 생각보다 훨씬 모진 매질로 몰아가게 했다. 영희의 감정을 알지 못하고 알려고 하지도 않는 어머니에게는 그 모든 게 다 되잖은 반항으로만 느껴질 뿐이었다.

그런 불행하고도 운명적인 모녀간의 뒤틀림은 영희와 박 원장의 일로 이제 그 절정에 이르렀다. 어머니는 영희의 머리를 깎는 것으로 용서의 의식을 마감하려 했다. 그러나 영희에게는 머리를 깎임으로써 자신의 잘못 그 자체가 없어지고 말았다. 박 원장을 향한 또 다른 원한뿐, 자신에게는 애초부터 속죄해야 할 그 무엇도 없다고 단정되는 대신 어머니의 가혹한 징벌만 두고두고 억울하고 분할 뿐이었다.

'그래, 이 머리만 자라면……'

영희는 당장은 아무런 구체적인 계획도 없으면서 다시 이를 사리물며 그 가혹함에 대한 복수를 거듭 다짐했다.

"편지요."

갑자기 바깥에서 그런 나직한 외침과 함께 무언가가 툇마루에 툭 떨어지는 소리가 났다. 퍼뜩 정신을 차린 영희가 문을 열고 보니 툇마루에 누런 편지 봉투 하나가 떨어져 있었다.

자신에게 편지를 보낼 사람이 없으리라는 걸 잘 알면서도 영희는 까닭 모를 설렘으로 봉투의 앞면을 살폈다. 갑작스러운 예감대로 거기 쓰인 이름은 자신의 것이었다. 영희는 불쑥 모니카를 떠올리며 봉투를 뒤집었다. 그런데 뜻밖에도 편지를 보낸 사람은 형배였다. 지난 가을밤의 쓸쓸한 만남 뒤로 이제는 모든 게 끝났다고 생각했는데, 그에게서 다시 편지가 왔다. 봉투를 찢자 안에서는 정말로 눈에 익은 글씨로 된 긴 편지가 나왔다.

영희에게

이 무슨 미련일까. 이미 모든 게 끝난 줄 알면서도 이렇게 펜을 든다. 네 주소를 알기 위해 바친 내 노력만으로도 이 글을 끝까지 읽어줄 줄 믿는다.

요즈음 서울은 연일 데모로 뒤숭숭하다. 대강 들어 알겠지만, 지난 15일 마산 사태는 아무래도 마산의 일로만 끝날 것 같지 않다. 우리는 아직 개학을 안 해 나서지 못하고 있어도 모든 항의를 어린 중고등학생에게만 맡겨 둘 수 없다는 게 대학가를 떠도는 공기다. 4월이 되면 한층 더 시끄러워질 것이다.

결국은 연서(戀書)의 일종일 수밖에 없는 편지에 첫머리부터 데모 얘기를 꺼내는 게 너는 어쩌면 이상하게 여겨질 것이다. 하지만 내가 어렵사리 네 주소를 알아내 글을 띄우게 된 게 바로 그 때문이라면 너는 이해할 수 있을는지……. 이 무슨 엉뚱한 예감인지 모르지만 나는 요즈음 세계가 점점 종말을 향해 다가가고 있는 듯한 느낌이 든다. 기껏해야 몇백 명씩 떼 지어 다니며 외치는 철부지 까까머리들이나 압살 직전에서 몸부림치는 야당 의원들의 침묵 데모 따위로 드러나는 징표가 아니라, 이 사회의 전반을 무겁게 채워 가고 있는, 억눌려 있으나 음험한 열기를 더해 가는 어떤 폭발의 조짐이 내게 주는 예감이다.

그리하여 한번 그것이 터지는 날에는 모든 게 끝장나, 그때는 다시 네게 이런 글을 띄울 기회도 없을 것 같아 이렇게 서두르는 것인지도 모르겠다.

영희.

그러나 내가 여기서 하고 싶은 말이 그리 길지는 않다. 새삼스럽겠지만 나는 먼저 너는 내 첫사랑이었고 또 마지막 사랑일 것이라는 걸 밝혀 두고 싶다. 나에 대한 너의 감정이 어떠한 것이었건 나는 성실하고 순수하게 너를 사랑했고, 사랑할 것이라는 뜻이다. 그다음 덧붙여 말하고 싶은 것은 인간은 평범해도 행위는 평범하지 않을 수 있다는 것이다. 네가 말한 평범이 무슨 뜻인지 아직도 명확히 이해되지는 않지만, 그리고 과연 나는 평범하기 짝이 없는 삼류의 몸과 정신인지 모르지만, 비범한 상황이 비범한 행위를 요구할 때는 얼마든지 나를 내던질 각오쯤은 가지고 있다.

하지만 영희, 나는 얼핏 들으면 거창하고 허황된 약속 같은 이 말로 이미 끝나 버린 우리 사랑의 부활을 애걸하려고는 하지 않는다. 다만 이제 다시 우리가 만나게 되지 않는다 하더라도 네 기억 속에 남은 나는 지금보다 좀 더 모양새와 품위를 갖추게 되기를 바랄 뿐이다. 이 무슨 부질없는 바람이겠는가만 무언가 지금 말해 두지 않으면 안 될 것 같은 느낌이 들어 이렇게 두서없이 이 돌연스럽고 선뜻 이해 안 될

내 바람을 전한다. 부디 이해가 있기를, 연민이 있기를.

1960년 3월 20일, 형배

추신: 어쩌면 이게 앞머리에 들어가야 할 질문인데 늦었다. 왜 갑자기 서울을 떠나게 되었는지, 그리고 그곳의 생활은 어떤지?

재추신: 모니카의 얘기를 들으니 여태껏 서로 연락이 없었던 모양인데, 걱정스러운 그 애의 소식을 하나 전해야겠다. 고모님 말씀을 들으니, 그 애는 한 보름 전 뺨을 서너 바늘 꿰맬 만큼 찢겨 온 뒤로 일절 바깥 나들이를 않고 있다 한다. 다니는 둥 마는 둥하던 학교도 아예 그만두겠다고 뻗대 고모님이 몹시 속상해하더라. 내가 그 애를 만나 물어보았으나 그 애에게는 어울리지 않게도 침묵으로만 답했다. 한번 알아보기를.

어딘가 본문과 추신이 뒤바뀐 듯 좀 엉뚱하고, 내용도 과장된 감정으로 들떠 있었지만 적어도 그때의 영희에게는 묘하게 감동을 주는 글이었다.

영희는 형배의 편지를 두 번 세 번 거듭 읽었다. 전에는 한 번도 느껴 본 적이 없는 애틋한 감정이 일며 수더분한 형배의 얼굴이 눈앞에 환하게 떠올랐다. 그때만 해도 별로 절실하지 않았던 절교의 구실 — 평범 — 이 그에게 그토록 깊은 상처를 주었다는 게 새삼 놀랍고 미안했으며, 좀 엉뚱스럽기는 해도 그가 느끼고 있는 종말의 예감 또한 섬뜩함으로 영희에게 다가왔다.

만약 그곳이 서울이고 머리칼이 정상이었다면 영희는 당장이라도 달려 나가 형배를 만나고 싶었다. 그녀가 보낸 괴롭고 쓸쓸한 나날 탓으로만 돌리기에는 너무도 세찬 감정이었다.

그때만은 박 원장과의 일도 아무런 문제가 되지 않았다. 아니, 그것은 전혀 일어나지 않았던 일처럼 영희는 형배와의 새로운 시작을 그려 보기도 했다.

반성이나 참회 같은 과거 지향적 감정에 무딘 것은 영희가 가진 성격의 또 다른 특징의 하나였다. 과거에 짓눌리는 법이 없고 그 상처로 괴로워하지 않는다는 점에서 그런 영희의 특성은 삶에 여러 가지로 유리했다. 그녀의 전반생(前半生)은 남이 보기에도 불행하고 가혹하기 그지없는 것이었지만 그녀 자신에게는 그렇게 괴롭지 않았으리란 추측을 하게 하는 어떤 대범함 같은 게 그랬다.

그러나 과거에 대한 대범함은 또한 미래에 대한 맹목으로 이어짐으로써 그녀의 삶에 치명적인 불리도 입힌다. 뒷날 진창과도 같은 삶에서 벗어나면서 그녀도 미래에 대해 조금씩 준비할 줄 알게 되지만, 그 미래는 사실 현재의 일부에 지나지 않았다. 이를테면 뒷날 그녀는 부(富)의 증식과 관련해 많은 전망과 계획을 가지게 되지만, 엄격히 따져 보면 그것은 미래를 향한 것이라기보다는 현재를 위한 것이라는 편이 옳았다. 그리하여 그런 현실에의 지나친 집착은 종종 그녀의 삶을 가치와 의미로부터 갈라놓았다.

그 같은 영희의 특성은 그날도 스스로를 돌아보고 뉘우치거나 후회하는 것보다는 그녀가 현재 빠져 있는 상태로 자신을 몰아넣은 구체적인 원인에다 원망을 집중시켰다. 영희는 다시 한 번 어머니를 향해 이를 갈고, 이어 오빠 명훈에게까지 원한을 품었다.

'오빠도 옛날 오빠가 아니야. 무엇이든 나를 감싸 주고 위해 줬는데 이젠 달라졌어. 박 원장 일을 끝내 어머니에게 일러바친 것도 그렇고 내 머리칼이 이 모양이 되도록 팔짱 끼며 구경만 한 것도 그렇고…… 이젠 오빠와도 끝났어. 나는 내 길을 갈 거야.'

그녀는 자신의 길이 무엇인지도 모르며 그렇게 중얼거리다가 비로소 앞날에 대한 구체적인 계획을 떠올렸다. 정말로 앞날을 위한 것이라기보다는 괴로운 현재에서 빠져나가기 위한 것임에 지나지 않는 그녀 특유의 계획을.

'그래, 머리칼이 자라면 서울로 가자. 가서 내 힘으로 일자리를 구하고 학교를 마치자. 형배와도 다시 시작해 봐야지. 까짓 박 원장 따위는 잊어버리는 거야. 어머니나 오빠와 인연을 끊고 박 원장도 다시 만나지 않는다면 누가 알겠어. 나만 입 다물면 그 일은 일어나지 않았던 게 되고 말 거야. 아니, 나도 아예 잊어버려야지. 모든 걸 새로 시작하는 거야. 그리고 모두가 놀라도록 성공해 보여야지. 좋아, 머리칼만 자라면 서울로 가는 거야. 머리칼만 자라면……'

결심이 그렇게 서자 이번에는 원망 대신 갑작스러운 희망과 기대로 가슴이 부풀어 왔다. 영희는 그 시작의 준비로 먼저 형배에게 따뜻한 답장을 낼 생각을 했다. 그녀가 그와 새로 시작하려는 게 실은 정신적인 타락이며 간교한 자기기만이 될 수도 있다는 것은 거의 느끼지 못했다.

영희는 방구석을 뒤져 아이들이 남긴 몽당연필과 빈 노트를 찾아낸 뒤 방바닥에 엎드렸다.

아이들이 오면 편지지와 펜과 잉크를 사 오게 해 정서를 할 작정이었다. 그러나 의례적인 문안과 거짓으로 꾸며진 자신의 근황을 써 놓고 나니 갑자기 글이 나가는 걸 가로막는 게 있었다. 바로 형배의 편지에서 말한 '지난 15일의 마산 사태'였다. 신문도 보지 않고 라디오도 없는 데다 어머니까지 바깥일을 입에 담지 않아 영희는 그날 마산에서 무슨 일이 일어났는지 알 길이 없었다. 그날이 정·부통령 선거일이었다는 것뿐, 여기저기서 고등학생들이 데모를 하고 있다는 것도 형배의 편지에서 처음 알게 된 일이었다.

마산 사태가 무엇인지를 모르고는 답장을 써 나갈 수가 없어 연필만 만지작거리고 있는데 마침 철이 학교에서 돌아왔다. 아침에 도시락을 싸 주었기 때문에 일찍 돌아온 게 이상했다.

"오늘 오전 수업만 하고 대청소를 했어. 내일 교육감 시찰이 있대."

철이 묻기도 전에 그렇게 까닭을 말한 뒤 책보를 방바닥에 팽개치고 다시 뛰어나가려 했다. 그때야 잘 안 풀리는 편지에서 빠져나온 영희가 그런 철을 불러 세웠다.

"얘, 잠깐 서 봐."

"왜?"

막 문고리를 잡고 문을 밀려던 철이 귀찮다는 듯 돌아보았다. 학교 동무들과 무슨 약속이라도 있는 듯했다.

"저…… 말이야. 3월 15일 날 마산에 무슨 일이 있었지? 뭐 들은 거 없어?"

"15일? 마산? 무슨 소릴 듣긴 들었는데…… 아니, 난 몰라."

철이 그런 대답과 함께 방문을 밀었다. 정말로 몰라서가 아니라 영희에게 붙들려 동무들과의 놀이에 늦어지는 게 싫어 모르쇠로 나오는 게 분명했다.

"잠깐 서 보라니까."

영희가 급한 김에 자신도 모르게 목소리를 높였다. 철이 움찔하며 방문을 되당기고 돌아보았다. 워낙 거센 누나라 깔보지 못하는 데다 목소리까지 높이니까 약간 겁을 먹은 듯했다.

"걸 알아서 뭐 하려고 그래?"

"하여간 아는 대로 말해 봐."

"음…… 마산에서 큰 데모가 있었대. 뭐 부정선거를 했다고. 투표함을 부수고 파출소를 불 지르고 총도 쐈대. 사람도 죽고. 그런데 선생님은 빨갱이들이 그랬대."

"뭐 빨갱이들이?"

빨갱이란 말에 영희가 갑자기 긴장해 되물었다.

"그렇지만 어른들이 수군거리기는 경찰이 지어낸 말이래. 누가 진짠지 모르겠어."

철이 자신 없는지 그렇게 덧붙였다. 그 말에 영희는 더욱 알 수가 없었다. 잠깐 생각하다 목소리를 부드럽게 해서 말했다.

"철아, 너 내 심부름 하나 안 해 줄래?"

"싫어, 애들이 둑에서 기다려. 빨리 가야 해."

영희의 목소리가 부드러워지자 철이 다시 그렇게 뻗댔다. 영희가 그런 철을 달랬다.

"20환 줄게. 문방구에 좀 갔다 와."

"문방구가 얼마나 먼데? 학교 앞까지 가야 해. 그새 애들은 딴 데 가 버릴 거야."

계속 뻗대기는 해도 돈을 주겠다는 말에 조금은 귀가 솔깃해진 것 같았다.

"그럼 30환 줄게. 좀 갔다 와. 애들한테는 심부름 가는 길에 가서 기다려 달라고 하면 되잖아?"

영희가 그 말과 함께 백 환짜리 한 장을 내밀었다. 철이 못 이기는 체 받으며 물었다.

"뭘 사 오라는 거야?"

"응, 편지지하고 봉투, 그리고 잉크, 펜대, 펜촉……."

"그거면 돼?"

"또 있어. 어디 가서 신문 좀 구해 줘. 어제오늘 거 다 좋아."

"신문을 어떻게 구해?"

"지국(支局)에 가서 남은 걸 사 오든지, 문방구 아저씨나 약방 아저씨한테 한번 졸라 봐."

그러자 철은 신문만은 자신 없다고 한참을 더 뻗대다가 신문 한 장에 30환을 쳐 주겠다는 말을 듣고서야 돈을 받아 들고 나 갔다.

철이 다시 돌아온 것은 영희의 짐작보다 훨씬 오랜 시간이 걸 린 뒤였다. 돈 안 들이고 신문을 얻으려고 영남여객 사무실까지 갔다 온 까닭이었다.

하지만 그날 영희에게는 미처 그 신문조차 다 읽을 시간이 없 었다.

신문 한 장을 다 읽기도 전에 어머니가 느닷없이 방문을 연 게 일의 시작이었다.

"이기 뭐한다꼬 이 난리로? 꼴같잖게 신문을 처억 피 들고서 는……."

어머니는 대뜸 그런 타박부터 내뱉고 급히 옷을 갈아입었다. 어 머니가 가진 나들이옷 중에서 가장 아끼는 연두색 뉴똥(명주로 짠 옷감) 치마저고리였다.

영희는 황급히 신문을 걷어치우면서도 어머니가 갑자기 어딜 가려고 날품 일도 치우고 들어와 서두르는지 궁금했다. 그때 다시 마당 쪽에서 발소리가 나며 영남여객 댁 아주머니가 열린 방문 안 으로 고개를 디밀었다.

"옥경이 어무이, 빨리 가입시더. 하마 두 시 반이 다 돼 갑니더. 하이야(택시)가 두 시 반꺼정 뱃다리거리로 올라 안 캤습니꺼?"

"인자 다 됐임더. 맘 같아서는 세수라도 했으믄 싶구마는……."

어머니가 그렇게 대답하고는 앉은뱅이 거울을 들어 옷매무새를 살펴본 뒤 방을 나갔다.

"아들 저녁해 믹여라. 그리고 영남여객 댁에서 누가 찾아오거든 그기(그게) 언제라도 우리가 방금 같이 나갔다 캐라."

어머니는 전에 없이 영희에게 맞대 놓고 그런 말을 했다. 그 말을 다하기도 전에 버선 신은 발을 고무신에 꿰고 영남여객 댁 아주머니와 종종걸음 쳐 나가는 게 여간 급하지 않은 눈치였다. 영남여객 댁 아주머니의 옷차림도 눈에 띌 만큼 화려한 게 묘하게 영희의 궁금증을 일으켰다.

'어딜 가는 것일까?'

영희는 어머니가 남긴 말 중에서 뒤에 덧붙인 부탁을 새삼 이상스레 여기며 총총히 골목길로 사라지는 두 사람의 뒷모습을 바라보았다. 끝내 함께 놀기로 한 아이들을 찾지 못했는지, 시무룩해 돌아오던 철이 그런 영희에게 물었다.

"어머니 어딜 가신대?"

"몰라. 택시 타고 어디 좀 멀리 나들이 가는 모양이던데……."

"택시 타고?"

"그래, 그리고 영남여객 댁에서 누가 와 찾으면 그게 언제라도 이제 방금 나갔다고 거짓말해 달라던데……."

그 말에 철이 이상한 표정으로 고개를 갸웃거렸다. 무언가 짐작 가는 데가 있는 모양이었다.

"왜, 그러니까 어디 가는지 알 것 같아?"

때로는 놀랄 만큼 조숙함을 보이는 철이 그러는 게 이상해 영희가 넌지시 물어보았다. 철이 머뭇거리다가 더듬더듬 대답했다.

"어쩌면…… 그 화가 아저씨…… 하고 어디 가는 건지도 몰라."

"화가 아저씨라고? 그게 누군데?"

"그런 어머니 친척 동생 하나 있어. 화가라는데 몸이 아파 여기 와서 쉬고 있대. 접때 우리 집에도 두 번 온 적 있어. 우리 집에서 만나면 좋을 건데……."

"그건 왜?"

"과일이랑 과자랑 맛난 걸 실컷 얻어먹을 수 있거든. 고급 과자랑 케이크랑…… 고기도 굽고 전도 부쳐."

철은 아직도 그 맛을 못 잊겠다는 듯 침을 꿀꺽 삼켰다. 그리고 무심결에 덧붙였다.

"명혜를 데리고 오기도 하는데……."

"명혜, 아, 네 애인 말이지? 옥경이가 그러는데 넌 개한테 홀딱 반했다면서?"

영희가 잠깐 짓궂은 맘이 생겨 그때까지의 궁금증을 잊고 그렇게 놀렸다. 철의 얼굴이 새빨개지더니 이어 아이 같지 않게 성을 냈다.

"그눔의 기집애가 또 그딴 소리를……. 요시(좋아), 이 기집애 집에 들어오기만 해 봐라."

공연히 철의 심술을 건드려 궁금한 걸 못 듣게 될까 봐 걱정이 된 영희가 얼른 말을 바꾸었다.

"아냐, 그건 농담이야. 그저 한번 해 본 소리야. 그건 그렇고……
그래 여기 와선 뭣들을 해?"

"몰라, 내가 어떻게 알아?"

벌써 비뚤어질 대로 비뚤어진 철이 그렇게 어긋매끼(어깃장)로
나갔다. 그 말과 함께 돌아서려는 철의 손목을 잡으며 영희가 한
층 더 진지하게 물었다.

"잘못했어. 그러지 말고 본 대로 말해. 그 화가하고 아주머니하
고 어떤 사이 같든?"

"모른대도. 우린 밖에 나가 노니까."

철은 그 말과 함께 영희의 손을 뿌리치고 집 밖으로 뛰어나
가 버렸다. 그러나 영희는 그것만으로도 대강의 상황이 짐작됐다.

거기서 상상되는 여러 가지 광경이 잠시 영희에게서 편지 쓸
일을 잊게 했다. 그러다가 겨우 다시 신문을 펴 드는데 이번에는
징 박은 구두 소리와 함께 굵직한 남자의 목소리가 문밖에서 들
려왔다.

"계십니꺼?"

"누구세요?"

영희가 문을 열고 보니 뜻밖에도 영남여객 댁 아저씨였다. 지난
여름에 왔을 때 몇 번 만난 적이 있어 금세 알아볼 수 있었다. 그
러나 그의 표정은 지난여름에 보았던 그것이 아니었다. 그때의 따

뜻함과 부드러움은 간 데 없고 대신 금방이라도 터질 듯한 분노와 광기로 번쩍거리는 눈길이 영희를 오싹하게 할 뿐이었다.

"니 영희구나. 언제 왔제? 느그 어무이는 어디 가셨노?"

억지로 고함을 억눌러 뒤틀린 목소리와 힘들여 지은 미소로 영남여객 아저씨가 물었다. 영희는 자신도 모르게 떨리는 목소리로 대답했다.

"방금 나가셨어요. 아주머니하고……"

"으음 그래? 그럼 그년하고 같이 나간 게 정말로 느그 어무이란 말이제?"

그가 찌푸린 얼굴로 신음하듯 말했다. 그러나 까닭 없이 질린 가운데도 끊임없이 살피는 듯한 영희의 눈길을 의식했음인지 더는 딴소리를 않았다.

"그래…… 알았다."

그 말과 함께 비틀거리듯 돌아서 걸어 나가더니 그래도 혹시 하는 투로 한마디 던졌다.

"어디 간다꼬 말 안 하더나?"

"아뇨, 그저……"

"하기사 니한테 말할 택이 있나……"

그는 그렇게 말끝을 흐리며 대문 쪽으로 나갔다. 우두둑 이 가는 소리가 방문에 붙어 선 영희의 귀에까지 들렸다.

'기어이 일이 났구나. 아저씨가 모든 걸 알아챘어……'

영희는 제풀에 다급해지면서도 한편으로는 고소했다. 어머니가 어떤 식으로 관계되어 있는지는 모르지만 어쨌든 그런 칙칙한 일에 아주머니와 같이 행동하고 있다는 게 왠지 그녀에게 자신을 주었다. 자신과 박 원장의 일에 대한 어머니의 미친 듯한 분노는 어떤 면에서는 그런 쪽에 대한 그녀의 행실이 깨끗하고 단정하기 때문에 승인될 수 있었다. 그런데 이제 어머니가 실제로는 그렇지 않을지도 모른다는 의심의 근거가 생긴 셈이었다.

어떻게 된 것일까. 어머니도 어떤 남자가 있어 아주머니와 함께 만나러 다니는 것일까. 아니면 아주머니가 화가라는 그 남자와 만나는데 그저 들러리만 서 주고 있는 것일까.

하지만 그 어느 쪽이라도 영희에게는 상관없었다. 어머니의 개결함으로 확보되었던 성적인 방면에서의 권위는 그 정도만으로도 벌써 심하게 흔들리고 있었다. 나중에는 자신이 당한 형벌이 터무니없이 가혹했다는 생각에 새삼 이가 갈리기까지 했다.

그 바람에 신문을 다시 펴 들어도 활자가 영희의 눈에 잘 들어오지 않았다. 마산 사태에 관한 것이면 무엇이든 눈여겨 읽었지만 머릿속에 남은 것은 철에게서 들은 것보다 더 많지가 못했다. 무언가 형배에게 멋있는 격려의 말 같은 걸 써 보내는 게 목적이었던 영희는 하는 수 없이 답장을 다음 날로 미루고 당장 궁금한 영남여객 댁 아주머니와 어머니의 행적 쪽으로 관심을 돌렸다.

어머니와 아주머니는 날이 어둑할 무렵에야 돌아왔다.

"안직 저녁도 안 하고 뭐 하노?"

어머니는 방으로 들어서자마자 그런 편잔으로 영희를 부엌으로 내몰았다. 그러나 방 안에서 곧 수군거림과 웃음소리가 흘러나오는 걸로 보아 밖에서의 일이 특별히 불쾌했던 것 같지는 않았다.

영희는 간간이 문틈에 귀를 대고 두 사람의 수군거림을 들어 보려 했으나 워낙 목소리를 낮춘 데다 철이와 옥경이가 어울려 떠드는 바람에 잘 알아들을 수가 없었다. 그저 아주머니 쪽이 약간 더 들떠 있는 듯한 것과 그들이 간 곳이 어디 야외 한적한 물가 같다는 것 정도를 알아냈을 뿐이었다.

그사이에도 영희는 몇 번인가 영남여객 아저씨가 다녀간 일을 말해 주려 했다. 그러나 부엌 쪽으로 난 쪽문을 열고 고개를 디밀 때마다 경계의 눈빛과 함께하던 이야기를 멈추는 두 사람의 하는 짓이 얄미워 미루고 있는데 일이 터지고 말았다.

갑자기 마당 쪽에서 귀에 익은 구두 소리가 나더니 이어 뒤틀린 남자의 목소리가 들렸다.

"보자아, 병우 어마이 여 있나?"

그게 영남여객 댁 아저씨의 목소리라는 것을 알아듣고서야 영희는 아차했다. 그가 낮에 다녀갔다는 것을 작은 감정으로 감춰 버리기에는 어머니와 아주머니 둘 모두에게 너무도 중대한 정보였음을 그때야 퍼뜩 깨달은 것이다. 그러나 이미 때는 늦은 뒤였다.

"이기 누구 목소리고?"

아주머니의 놀란 목소리에 이어 방문 열리는 소리가 나며 이어 어머니의 높고 떨리는 목소리가 들렸다.

"아이고, 이기 누굽니꺼? 아자씨가 우얀 일로……."

"와, 나는 여게 오믄 안 됩니꺼? 동영이가 있었으모 문지방이 닳아도 여러 번 닳았을 낀데……."

아저씨가 여전히 뒤틀린 소리로 그렇게 받아넘기고 다시 찬바람 도는 소리로 이었다.

"니는 여다서 잘 놀았나? 오후 내도록 이 쫍고 캄캄한 방에서 뭐 하고 놀았노? 날이 가고 해 지는 줄 모리도록 깨 쏟아지는 일이 있었는 갑제?"

"아이, 병우 아버지, 그기 무신 소린교? 생전 안 오던 집까지 사람 찾아와 가지고는……."

그때쯤에야 정신을 수습한 아주머니가 시치미를 떼며 오히려 시비조로 그의 말을 받았다.

"이 집은 니 호믄차만(혼자만) 대절 냈나? 하이야 대절 내드키로(내듯이)……."

"저 양반 보래이, 그건 또 뭔 소린교? 백지로 짜 들고 와 가지고는……."

아주머니가 다시 그렇게 맞받았다. 그러자 아저씨의 참을성도 더는 버텨내지 못했다. 갑자기 목소리를 높여 그의 입에서 뱉아낸 말이라고는 믿을 수 없을 만큼 야비한 말로 소리쳤다.

"뭐라꼬? 째진 주딩이라꼬 막 씨부리나? 뭔 소린중 모른다꼬? 야, 이 호양년아, 어서 빨리 몬 나오나?"

"옴마야, 저 양반 입 험한 거 보래이, 알라들 다 듣고 있는데……."

"그래, 좋다. 내 좋은 말로 하꾸마. 니 젊은 놈하고 하이야 택시 대절내 진늪 갔다 온 거는 읍내가 다 안다. 그라이 발뺌할 생각 말고 퍼뜩 나온나."

"차암 내, 뭣 가지고 이래 쌌노 캤디, 그 얘기구나. 글치만 어느 미친 기 물밑 들여다보듯 훤한 이 바닥에서 대낮에 택시 대절 내 호양질하겠습미꺼? 옥경이 어무이 친정 동생이 밀양 구경 씨게 달라 캐 쌌길래 서이(셋이) 같이 한번 가 본 걸 가지고……."

아주머니가 제법 빈정거림까지 섞어 그렇게 눙치려 들었으나 어림없었다. 아저씨가 다시 목소리를 높였다.

"빨리 안 나오나? 꼭 머리끄댕이 잡혀 끌려 나와야 되겠나?"

"아자씨요, 아무래도 뭔 오해가 있는 갑십니더. 실은 그게 아이고…… 지(저)하고……."

어머니가 그렇게 아주머니를 거들고 나섰으나 소용없었다. 아저씨는 귀에 딴소리가 들어오지 않는 사람처럼 연신 아주머니만 을러 댈 뿐이었다. 당장 방 안으로 뛰어 들어가 아주머니를 끌어내지 않는 것만도 용하다 싶을 정도였다.

"좋아예. 나가자 카믄 나가지 뭐. 내가 무신 죽을 죄를 지었다꼬……."

마침내 아주머니가 찬바람 도는 얼굴로 가볍게 이를 악물고 방에서 일어났다. 뻔한 일 같은데 끝까지 뻗대는 게 영희의 눈에 참으로 기이하게 비쳤다.

아저씨는 대문께를 나설 때에야 비로소 어머니를 향해 한마디

했다. 목소리는 조금도 높지 않았으나 곁에서 듣기에도 으스스할 만큼 차고 비정한 어조였다.

"세상이 다 썩었다 캐도 아주무이까지 이리 될 줄 몰랐습니더. 동영이가 여기 있다 카믄 절대로 용서하지 않을 낍니더. 우째 몇 살이라도 손위 되면서 말리지는 않고 다부 방패막이가 됐습니꺼? 인자는 마 모든 기 끝났습니더. 동영이하고 인연 이만 일로 끊기는 뭣합니더만, 인자 앞으로는 내 집에 발길 들여놓지 마이소. 뒷날 세상이 좋아 동영이를 다시 만나게 되더라도 내보고 너무했다 소리는 안 할 낍니더."

어머니는 그 말에 몹시 충격을 받은 모습이었다. 얼굴이 핼쑥해진 채 온몸이 굳어져 떠나는 그들에게 인사말조차 잘 건네지 못했다. 어두운 마당에는 영남여객 내외의 독기 어린 응수만 점차 멀어져 가며 흘러들 뿐이었다.

"사람이 그저 속은 알라(어린애) 손바닥만치도 안 돼 가지고……."

"시끄러버!"

"명색 배왔다는 사람이 뭘 알아보지도 않고 남새스럽구로……."

"주딩이가 광주리 궁기(구멍)라도 할 말이 없을 낀데, 뭐시라? 남새시럽다꼬?"

나중에 알게 된 것이지만 사실 그 일은 그날 아저씨가 그렇게 자신만만하게 단정한 만큼 더럽고 칙칙한 치정이 얽힌 것은 아니었다. 여전(女專)에서 음악을 전공했지만 부호의 아들과 일찍 결혼하는 바람에 나이 마흔도 되기 전에 돈 많고 할 일 없는 안방마님이 되어 버린 아주머니가 마침 신병(身病)으로 고향에 돌아와 쉬고 있는 한 젊은 화가를 상대로 자신이 끝내 채워 보지 못한 예술적인 허영을 위로해 보려 했을 따름이었다.

그 젊은 화가도 뒷날 국전(國展)의 초대 작가로까지 자란 것으로 보아 단순한 육욕이나 다른 어떤 음험한 의도로 아주머니와 만났던 거 같지는 않았다. 그러나 워낙 서로가 빤한 소읍이라 둘의 만남은 금세 사람들의 입에 오르내리게 되었고, 특히 그날은 몇 대 안 되는 그곳의 택시를 대절해 교외로 나가는 바람에 마침내 아저씨의 귀에까지 들어가고 만 것 같았다.

그들 내외가 떠나간 뒤 집 안은 잠시 정적에 휩싸였다. 그 정적을 깨뜨린 것은 이윽고 정신을 차린 어머니의 신경질적인 꾸중이었다.

"멀 그리 뻐꿈히 내다보고 섰노? 어데 뭐, 큰 구경났나? 어른들 일에 아아들이 알분(아는 성)시럽구로……."

어머니는 부엌문으로 내다보고 있는 영희에게인지 방 안에서 마당을 내다보고 있는 인철과 옥경에게인지 구별 안 가게 쏘아붙여 놓고는 방 안으로 들어왔다.

그 뒤 한동안 어머니는 "내가 미쳤제. 그게 뭔 좋은 기라꼬 어예 말리지 않고……." 그렇게 스스로를 나무라다가는 "글치만 그 순한 양반이 설마 그만 일로……." 하며 스스로를 안심시키기도 했다.

그러나 그날의 일은 영희에게는 물론 대강의 윤곽을 아는 인철

190

에게도 깊은 인상을 남겼다. 영희는 4·19 말만 나오면 엉뚱하게도 그 일을 떠올렸고, 인철의 기억은 나중 그 일을 훨씬 확대해서 이해해 제법 사회와 변혁에 대한 암시 담긴 중얼거림으로까지 발전했다. 혁명의 전야까지도 사람들은 다만 작은 이해관계와 애증으로 끊임없는 다툼에 빠져 있다…….

영희는 그날 결국 형배에게 답장을 하지 못했다. 저녁 설거지를 마치고 방 안으로 들어갔을 때 그때껏 줄곧 골똘히 생각에 잠겨 있던 어머니가 불쑥 내던진 말 때문이었다.

"그래, 인자 여다서 사는 것도 끝이다."

그리고 이어 스스로를 격려하듯 말했다.

"뭐, 우리가 언제는 할애비 콩죽 얻어먹고 살았나? 영남여객 댁도 이만하믄 우리한테 할 만큼 했으이, 욕시러븐 꼴 보기 전에 딴 구처(방도)를 내자. 여다 있어 봤자 삼시 세 끼 입에 풀칠하기도 어려운 판에 무신 영광 보겠다고……. 내일모레쯤 돌내골 가 볼란다. 그카이(그러고 보니) 글타(그렇다)마는 하마 10년이나 지냈는데, 인자 저가 우얄 끼고? 가서 위토(爲土)든 동 선산(先山)이든 동 남아 있다믄 돈 되는 거는 야지미리(모조리) 팔아 장사 밑천이라도 맹글어 봐야겠다. 부자가 망해도 3년 먹을 꺼는 있다꼬, 뭔 동은 모리지만 남은 게 있을 끼다. 그때는 한머리에서 아직 싸움을 하는 중이라 옳게 챙겨 보지 못해 글체……."

"정말 돌내골에 가도 될까요?"

그 모진 고생을 하면서도 고향에 돌아가는 것은 호랑이 굴 들어가는 만큼이나 겁을 내던 어머니가 스스로 고향으로 가겠다고 나서는 게 신기해 영희가 지신도 모르게 빈문했다. 어떤 의미에서는 두 달 만에 처음 이루어지는 모녀간의 대화이기도 했다. 그 총중에도 영희가 제법 상의 조로 반문하는 게 놀라웠던지 어머니가 한참 영희를 바라보며 무언가를 망설이다가 결심한 듯 말을 받았다.

"아무리 경찰이라도 인자 저그들이 어예겠노? 거기다가 작년 여름 일로 우리가 여다 있다 캐도 벌써 저그 손바닥 안에 있는 꼴인데, 거기나 여기나 무슨 차이가 나겠노?"

이제는 할 수 없으니 너하고라도 의논하는 수밖에 없다는 듯한 말투였다. 그게 고까워 영희가 다시 침묵으로 대꾸를 대신하는데 어머니가 결연히 말했다.

"뭐든지 구처가 날 때까지 니가 아아들 데리고 쫌 있거라. 우선 되는 대로 양식 말이나 받아 놓고 거다 가서 다시 돈 맹글어 부쳐 주꾸마. 어디 점방이라도 하나 낼 만큼 팔아 모을라믄 시간깨나 걸릴 끼다."

"……"

"명훈이 일도 꿈자리가 뒤숭숭한 게 우예 걱정된다. 지 힘으로 등록금 장만하고 대학 갈 끼라꼬 큰소리사 쳐 쌌지마는 아무래도 그기 수상시럽다. 요새 무신 직장이 뭉칫돈으로 대학 등록금까지 대 주미 사람 쓰는 그런 데가 있겠노? 나이가 들었다 캐도 아(아이)는 아라. 뭐가 잘못돼도 크게 잘못되기 전에 가서 끼고 보징겨야(보살펴야) 될따."

"그럼 다시 서울로 옮기시려고요?"

영희가 이번에는 어머니가 서울로 되돌아갈 뜻을 비치고 있는데 마음이 움직여 조금 전의 고까움도 잊고 다시 물었다. 무엇 때문인지 어머니가 잠깐 낯빛을 흐리다가 말끝을 사렸다.

"꼭 그런 거는 아니지만…… 못 갈 것도 없제. 어예튼 그동안 아아들 잘 살피고 살림 여물게 살아라. 대올라지(막돼 먹고 억센 사람) 같은 짓 이제 고만하고……."

그 문(門) 안

담장은 없으면서 대학의 정문만은 쑥돌까지 입혀 번듯하게 세워져 있었다. 폭만 해도 한 발은 될 듯싶은 그 정문 기둥에 풀로 붙인 모조지 안내문이 한 귀퉁이가 떨어진 채 바람에 펄럭였다. 휘갈겨 씌어 있지만 한눈에 보아도 아주 달필이었다.

문리대 신입생 오리엔테이숀 — 본관 뒤 소강당.

'오리엔테이숀' 위에는 글자마다 붉은 동그라미를 겹으로 그려놓은 게 몹시 중요함을 강조하는 듯 보였다.

명훈은 버스 종점에서 1킬로미터가 넘는 야산 비탈을 바삐 올라오느라 거칠어진 숨결을 잠시 고르며 잠시 걸음을 멈추고, 이제 자신의 마지막 모교가 될 대학 캠퍼스를 가만히 둘러보았다. 입학 원서를 사러 왔을 때와 등록금을 내러 왔을 때를 합쳐 두 번이나 와 본 적이 있지만 신입생이 되어 돌아보니 역시 조금은 새로웠다.

야산 중턱을 깎아 세운 본관 건물은 정문에 걸맞게 지어지고 있었지만 아직 완공된 게 아니었다. 3층까지 지어진 건물 옥상에 굵은 철근들이 숲을 이루듯 뻗어 있었다. 운동장인 듯싶은데 아직 제대로 닦이지 않아 가까운 야산 등성이와 비슷하게 마른풀들이 바람에 쏠리고 있는 본관 앞 평지는 황량하기 그지없었다. 그 본관을 가운데 두고 훨씬 작지만 완공된 시멘트 건물이 두 동(棟) 마주 보고 있었는데 그중 왼편이 대학 본부였다. 소강당은 본관 뒤로 한 모퉁이 빼죽이 내밀고 있는 붉은 벽돌 건물인 성싶었다. 명훈은 자신도 모르게 한심해지는 기분을 애써 누르며 천천히 소 강당 쪽으로 걸음을 옮겼다. 아직 본격적인 개강이 시작되지 않아서인지 학생들은 그리 자주 눈에 띄지 않았다.

"아직 등록 못 했지? 넉넉하지는 않겠지만 이걸로 한번 돌아봐. 사립대 중에는 원서 접수 기간이 넘어도 받아 주는 데가 있을 거야. 하지만 아무래도 간판이니까 잘 골라서 가야 해. 야간부라도 좋고, 청강생이라도 좋으니 받아만 주면 간판이 그럴듯한 걸 골라잡아야 된다고."

배석구가 갑자기 명훈을 '풍차'로 불러 큰 선심이라도 쓰듯 돈뭉치를 던지면서 그렇게 말한 것은 3월 말이었다. 2차 대학 원서 접수가 끝나도록 대학에 대해 말이 없는 그에게 은근한 배반감까지 느껴 오던 명훈은 그 갑작스러운 호의에 의심부터 일었다. '또 무슨 일이 생겼구나, 내게 시킬 힘든 일이 있구나.' 하는.

그런데 그게 아니었다. 배석구가 그런 명훈의 마음을 읽은 듯이나 덧붙였다.

"말은 안 했지만 실은 나도 은근히 애가 탔다. 선거 끝나고는 어디선가 한 뭉터기 나올 줄 알았는데 이건 뭐 꿩 궈 먹은 소식이야, 마산 일 때문에 정신들이 없나 싶었는데 그것도 아닌 거 같단 말이야. 자유당 그 사람들 이거 우리한테 이래도 되는 건지 몰라. 뭐니 뭐니 해도 이번 선거엔 우리가 일등 공신인데……."

그 말에 제법 솔직함이 풍겨 명훈의 의심은 줄어들었으나, 이번에는 그 돈에 대한 악의 어린 해석이 그 빈자리를 채웠다. '그래, 3월 15일의 일당이 이제야 나왔구나……'

그 말썽 많은 제4대 정·부통령 선거 날 명훈네 패거리는 자유당의 완장 부대로 동원되어 청량리 쪽 투표소로 갔다. 얼굴이 팔린 제 바닥 주먹들을 완장 부대로 썼다가는 자유당 인상을 그르칠지 모른다는 계산에서 같은 계파끼리는 서로 나와바리를 바꿔 나간 때문이었다.

맡은 일이 바로 유권자에게 주먹질을 하는 게 아니라서 그날 명훈은 비교적 부담 없이 그리로 갔다. 과연 오전은 자유당이라 쓴 완장을 차고 투표소 주위를 떼 지어 돌아다니며 이승만·이기붕 지지 구호나 외쳐 대는 것으로 지나갔다. 엄밀한 눈으로 보면 이미 그것만으로도 중대한 부정행위가 되겠지만, 그 정도로 죄의 식을 느낄 만큼 예민하지는 못한 명훈이었다.

그런데 오후가 되면서 사정이 달라졌다. 아무리 서울이지만 자유당 지지율이 다른 투표구에 비해 지나치게 낮아질 것 같아 초조해진 이웃 투표구에서 지원 요청이 온 때문이었다. 자유당 완장을 벗고 그리로 이동해, 악착을 떠는 민주당 참관인들을 끌어내 달라는 게 그쪽의 주문이었다.

아무리 자유당 세상이지만 대낮에 여러 유권자 앞에서 마구잡이로 야당 참관인을 끌어낼 수 없어서 명훈과 아이구찌는 머리를 짰다. 그 무렵 아이구찌는 깡철의 빈자리를 차고 앉아 악역을 도맡았는데, 그쪽으로는 머리가 잘도 돌아갔다. 그 결과 나온 게 두셋씩 조를 이뤄 각기 다른 이유로 참관인을 끌어내는 것이었다.

아이구찌와 멍게는 채권자를 가장해 지지도 않은 빚을 떼먹고 달아난 나이 든 야당 참관인 하나를 끌어냈고, 명훈과 도치·호다이는 누이동생을 농락당한 오빠와 그 친구들이 되어 억울한 난봉꾼이 된 좀 젊은 야당 참관인 하나를 끌어냈다. 나머지 야당 참관인은 깡철이가 떠난 뒤로 한패가 되다시피 한 날치와 명구가 맡기로 했지만, 손을 쓰기도 전에 낌새를 알고 제 발로 투표장을 뛰쳐나가 버렸다.

명훈은 그 모든 일이 너무도 쉽게 처리돼 그날 밤 출처도 모를 술에 곯아떨어질 때까지도 자신이 한 일이 그렇게 심각하고 큰일인지 몰랐다. 그런데 이튿날 깨어 보니 일은 크게 달라져 있었다.

신문들은 한결같이 그 일을 부정선거의 대표적인 사례로 들고 있었고, 마산에서는 바로 그런 부정선거 때문에 폭동이 일어 사람까지 죽었다는 보도가 있었다.

그제야 명훈은 자기들이 너무 헐값에 팔렸다는 생각이 들며, 뒤에서 그 모든 일을 시킨 배석구에게 미심쩍은 눈길을 보냈다. 특히 그런 쪽에 밝은 아이구찌는 노골적으로 드러내 놓고 불평했다. 니미, 재주는 곰이 부리고 돈은 중국 놈이 먹는다더니……. 늙은 이 박사가 죽으면 대통령 자리는 절로 굴러 들어오게 되었으니 무엇보다도 이기붕이가 가만있겠어? 돌개 형님, 서장 한 자리는 따논 당상이지. 하지만 우린 뭐야? 멀건 국밥 식권 두 장에 탁배기 몇 잔으로 떨어지란 말이지…….

그러나 배석구는 그 뒤로 며칠 얼굴조차 내비치지 않았다. 전 같으면 한턱을 써도 크게 쓸 일인 듯한데 오히려 전보다 더 입 싹 닦고 시치미를 떼는 게 섭섭하기까지 할 정도였다. 그리고 얼마 뒤 두어 번 명훈네 골목에 얼굴을 내밀었을 때도 그 일로는 수고했다는 말 한마디 없어 대학 문제로 명훈이 은근히 품기 시작한 배반감을 더욱 키웠다.

"그런데 어디서 이 많은 돈을……."

명훈이 애써 마음속의 의심을 감추며 넌지시 물어보았다. 갑자기 배석구의 눈길이 날카로워졌다. 그러나 목소리는 변함없이 모든 걸 털어놓는다는 투였다.

"내가 좀 뭉쳐 봤지. 여기저기서."

"형님께서? 그럼 형님이라도 어디로 나가게 됩니까?"

조심한다 조심한다 하면서도 명훈은 저도 모르게 불쑥 묻고 말았다. 그만큼 아이구찌의 의심에 깊이 동조하고 있었다는 뜻이기도 했다. 마침내 배석구의 목소리에까지 날이 섰다.

"형님이라도……라니? 그리고 내가 나가긴 어딜 나가?"

"어디 작은 읍에 경찰서장쯤으로 나가시는 거 아닙니까?"

"뭐야? 누가 그래?"

배석구가 그렇게 되물을 때에야 명훈은 아차, 싶었으나 이미 내친김이었다.

"사람을 부려 먹었으면 일당을 내놔야죠. 우릴 그만큼 써먹었으면 형님이라도 그쯤 내보내 줘야 하는 거 아녜요? 이번 선거 이긴 게 다 누구 덕인데……."

"그으래? 그럼 한번 물어보자. 너 15일 날 왜 거기 나갔니?"

"우선이야 형님이 가 보라 하셨으니까……."

"그리고 한편으로는 뭔가 있을 거라는 기대도 했겠구나."

"까놓고 말해 없었던 건 아니죠. 식권 두 장에 탁배기값만 받고 누가 그런 험한 짓 맡고 나서겠어요?"

"험한 짓이라면 나쁜 짓을 말하는 거냐? 옳지 않고 더러운 짓."

"꼭 그런 건 아니지만 제대로 치렀으면 떨어질 선거를 힘으로 뒤집어 놓는 게 잘한 짓이야 되겠어요?"

"그럼 이 박사와 자유당은 당연히 물러가야 할 나쁜 놈들이겠구나."

"저야 뭐, 정치 같은 건 모르지만, 사람들이 다들 그렇게 생각하는 것 같던데요. 자유당도 그걸 알고 우리 주먹을 산 거 아닙니까?"

"그럼 결과적으로 나쁜 놈들한테 주먹을 판 셈이군. 셈은 내가 쳐서 받아 줄 줄 알고."

"말하자면 그런 셈이죠. 까놓고 말해서……."

명훈이 마음 한구석으로는 떨떠름하면서도 거기까지 대구했을 때 느닷없이 눈앞이 번쩍했다. 순간적으로 보니 어느새 거둬지는 배석구의 주먹이 희뜩 비쳤다. 그의 장기(長枝) 가운데 하나인 '망치질'이었다. 앉은 채로 아무런 예비 동작 없이 주먹으로 상대의 얼굴을 찍듯이 내리치는 것인데 그 위력은 웬만한 사람도 그대로 폭삭 고꾸라질 정도였다. 명훈도 그 타격을 견디지 못하고 의자에 앉은 채 뒤로 넘어졌다. 그 요란한 소리가 더욱 명훈을 정신 없게 했다.

"너 이 새끼 꿇어앉아!"

겨우 정신을 가다듬고 일어서려는 명훈 앞에 어느새 다가온 배석구가 산악처럼 버텨 서서 소리쳤다. 잘 닦인 그의 단화 콧등이 금세 턱이나 가슴패기로 날아들 것만 같았다. 명훈은 얼결에 무릎을 꿇었다. 그의 발길질이 두려웠다기보다는 여간해서 내지르지 않는 그 특유의 고함 소리에 휘몰렸다는 편이 옳았다.

하지만 타고난 자존심이랄지, 그래도 무릎을 꿇는 순간 울컥 솟는 굴욕감만은 어쩔 수 없었다. 명훈은 본능적으로 사방을 둘러보았다. 다행히 아직 영업시간이 안 돼서인지 손님은 없고 술병을 들고 나오던 어린 웨이터 하나만 찔끔한 눈길로 바라보고 있을 뿐이었다.

"명훈이 너 이 새끼, 정말 깡패가 다 됐구나."

다시 눈길을 제자리로 돌리는 명훈의 머리 위에서 낮고 차가운 배석구의 목소리가 쏟아졌다. 그제야 명훈은 무엇이 배석구를 이토록 성나게 했는지 궁금해졌다. 그러나 당장은 그 궁금증보다 배석구가 온몸으로 뿜어내고 있는 분노에 대한 두려움이 더 컸다.

"나는 말이야, 이 새꺄, 20년에 가깝도록 이 바닥을 굴러도 주먹을 팔아먹어 본 적은 없어⋯⋯."

"⋯⋯."

"그런데 너 이 새끼, 여기 온 지 몇 달 됐다고 주먹 장사 흉내야?"

"⋯⋯."

"잘 들어. 내가 그 사람들에게 한 뭉치 기대한 건 사실이야. 그러나 너절한 주먹값은 아니었어. 틀림없이 내 신분에 대해서도 이런저런 상상을 해 봤지. 하지만 그것도 나나 너희들의 주먹값으로는 아니었어. 기대한 것은 다만 옳은 일에 주는 상이고 의리에 대한 보답이야. 그게 그것 같지만 그 차이는 하늘과 땅이지. 기대한 게 무엇이었던가에 따라 하나는 깡패가 되고 하나는 협객이 되는 거야. 그런데 너 이 새끼, 가만히 보니 넌 처음부터 그 꼴같잖은 주먹을 헐값에 팔아 치우려고 나선 깡패 새끼 아냐? 빤히 나쁜 짓인 줄 알면서 돈 몇 푼 얻어먹자고 부를 때마다 나갔단 말이지?"

"그건 아닙니다만 어쨌든 잘못했습니다, 형님."

명훈은 아직도 그가 그토록 성내는 까닭을 분명하게 알 수는 없었지만 왠지 그쯤에서 그래야 할 것 같아 무턱대고 빌었다. 그러나 배석구는 조금도 풀어지는 기색이 없었다.

"넌 말이야. 날 어떻게 보는지 모르지만 난 그렇게 썩은 놈 아냐. 주먹으로 빼앗아 먹은 적은 있어도, 주먹을 팔아먹지는 않았다고. 이 박사 자유당도 그래. 내가 그 사람들 위해 뛰어 주는 건 그래도 그 사람들을 믿기 때문이야. 아니, 안 믿을지도 모르지. 좋아, 안 믿는다 치자. 그러나 그 상대편도 미덥지 않기는 마찬가지야. 민주당, 내게 뭐 그리 낯선 사람들인 줄 알아? 10년 전만 해도 함께 뛴 사람들이야. 물밑 들여다보듯 훤하다고. 그 사람들 입만 떼면 정의고 민주주의지만 정작 불평이 뭔지 알아? 한몫 안 끼워 주는 거야. 자유당만 해 먹는 게 배알 틀린다 이거지. 나도 자유당이 옳고 깨끗하지만은 않다는 걸 알아. 솔직히 말해서 해 처먹어도 더럽게 해 처먹고 있지. 그러나 이제는 모두 그럭저럭 배에 기름들이 차 가. 어지간히 배가 부르면 정치의 모양새도 생각하겠지. 기특하게 역사와 민족까지 떠올려 줄지 몰라. 그런데 민주당으로 갈리면 어떻게 되는지 알아? 그 사람들은 여러 해 굶주려 허기진 사람들이야. 나라를 차지하고 들어앉으면 한동안 허겁지겁 처넣는 데 정신없을 거라고. 지금 자유당만큼 체면 차리고 옆 돌아볼 만큼 배가 부르려면 다시 10년이 더 필요하단 말이야. 알아? 내가 자유당을 민 건 그래서야. 푼돈 몇 푼 쥐거나 쥐꼬리 같은 벼슬자리 하나 얻어걸리자고 그런 게 아니란 말이야……."

거기까지 듣고 나니 명훈도 배석구의 전에 없던 흥분의 원인이 어렴풋이 짐작은 갔다. 그의 말을 곧이곧대로 받아들여서라기보다는, 감정이 거기까지 이른 경위가 육감으로 짚여 온 것이었다. 아마도 그는 무언가 다른 일에 이미 격해 있었던 것 같았다. 그런데 명훈이 그걸 모르고 그가 아파하는 어떤 부분을 다시 건드린 것임에 틀림없었다.

명훈은 비로소 배석구가 내민 돈을 잠자코 받지 않은 걸 후회했으나 당장은 어찌해 볼 도리가 없었다. 그저 죄송스러움을 과장해 되풀이 잘못을 빌 뿐이었다. 그러다가 배석구가 계속해 몰아대자 갑자기 정의로운 협객 행세를 하려 드는 그가 오히려 조금씩 역겨워지기 시작했다.

"좋아. 일당 받기가 그렇게 원이었어? 그럼 이거 일당으로 받아. 네 짐작대로 자유당에서 나온 거 큰 몫은 내가 떼먹고 남은 자투리야. 하지만 요새 세상에 적은 돈도 아니니까 이거 받고 꺼져! 다시는 형님 어쩌고 하며 내 앞에 얼씬거리지 마!"

배석구가 그 말과 함께 돈뭉치를 명훈의 무릎 앞에 패대기치고 풍차를 나가 버릴 때는 '빌어먹을, 정말……' 하는 충동까지 느꼈다.

끝장까지는 몰라도 자칫 험하게 틀어져 버릴 뻔한 둘 사이를 제자리로 돌린 것은 때마침 돌아온 짱구였다. 명훈이 참담한 기분으로 앉아 있는 사이 웨이터에게서 그간의 경위를 들은 짱구가 대뜸 명훈을 나무라고 나섰다.

"얀마, 니가 심했어. 돌개 형님 그 돈 만들려고 어쨌는지 알아? 어젯밤 여기서 상열이 형님하고 대판 했다고. 나는 돌개 형님이 갑자기 왜 저러나 싶었는데, 이제 보니 바로 이 돈 때문이었어. 결국 이걸 어디서 끌어냈는지는 모르지만……. 그런데 니가 엉뚱한 소리로 부아를 질러 놨으니 화 안 나게 됐어? 딴 놈들은 몰라도 너는 그러면 안 돼……."

그리고 그때야 뒤늦은 감격에 젖어 있는 명훈에게 넌지시 일러 주었다.

"돌개 형님 성질로 봐서 어디 만만한 곳에 틀어박혀 혼자 푸고 계실 거야. 한번 찾아봐. '은성' 골방이나 '자매집', 아니면 '화통집' 같은 델. 가서 정말로 잘못했다고 빌어. 돌개 형님 이 바닥에선 그리 흔치 않은 사람이야."

짱구의 말대로 배석구는 '화통집'에 틀어박혀 목소리가 커서 기차 화통(火筒) 소리 같다는 과부 아주머니와 퍼마셔 대고 있었다. 어떤 면에서는 뜻밖으로 순진하고 여린 데가 있는 사람이었다. 그런 배석구와 이미 꽤나 감격해 달려간 명훈의 화해는 오래잖아 이루어졌다. 틀어질 대로 틀어진 배석구에게 명훈이 제법 눈물까지 질금거려 끌어낸 화해로, 그 때문에 그들의 인간적인 결속은 오히려 더한층 굳어지게 되었다.

이튿날부터 명훈은 배석구의 충고에 충실하게 이름 있는 사립

대부터 돌았다. 그러나 조금이라도 그럴듯하다 싶은 대학은 야간부뿐만 아니라 청강생까지도 정원의 몇 배로 차고 넘쳤다. 절반은 단념하고 있던 대학이라 그런지, 서너 군데서 퇴짜를 맞고 변두리의 신설 사립대로 밀려나게 되자 명훈은 갑자기 자신이 하고 있는 짓이 허황되게 느껴졌다. 학문에 대해서는 아무런 야심이 없는 대학, 그런데도 그 대학 생활을 계속하기 위해서는 앞으로 또 어떤 희생이 요구될지 모른다…….

하지만 성적이나 품행은 어찌 됐건 돈뭉치를 들고 찾아온 학생을 마다하는 대학은 그 당시만 해도 명훈이 주관적으로 느낀 만큼 많지는 않았다. 그날 하루 해를 넘기기도 전에 명훈은 홍릉 쪽 야산 중턱에 건물만 덩그렇게 올라앉은 어떤 삼류 대학의 청강생으로 등록을 마칠 수 있었다. 짧은 기간이나마 명훈의 최종 학력이 있는 곳이자 뒷날에도 대학 중퇴라는 학력으로 어설픈 지성인 흉내를 낼 수 있게 해 준 학교였다.

명훈이 선택한 전공은 국문학이었다. 그때는 이미 끼적거리는 일조차 없어졌지만, 그래도 이따금씩 무슨 아련한 향수처럼 가슴속을 찔러 오는 시가 무의식중에 그 과를 고르게 한 것임에 틀림없었다. 그러나 한편으로는 언제나 담벼락을 마주하는 것 같은 영어, 수학 모르고 할 수 있는 학과라는 것도 명훈이 국문과를 고르게 된 이유가 되었다.

그런데 알 수 없는 것은 등록이 명훈에게 가져온 심경의 변화였다. 돈뭉치를 디밀고 사다시피 한 대학 배지였으나 그걸 옷깃에

꽂자 세상이 갑자기 새로워진 듯한 느낌마저 들었다. 정말로 대학생이 되었다는 게 실감 나면서 예전에 품었던 환상들이 되살아났고, 자신이 뒹굴고 있는 뒷골목의 진창도 틀림없이 빛나게 되어 있는 앞날을 더욱 빛나게 보이도록 해 줄 어두운 배경에 지나지 않는 것처럼 여겨졌다. 어울리지 않게 장황한 입학 안내문에 쓰인 '상아탑'이니 '진리의 추구'니 '가치 있는 삶'이니 하는 말들이 지닌 무게도 그런 감정의 전환을 거들었는지 모를 일이었다.

"뭐 네가 입학을 했다고?"

이틀 만에 돌아간 자취방에서 만난 황은 빈정거리면서도 축하해 마지않았다. 밤늦게 돌아온 김 형도 제 일처럼 기뻐했다.

"나는 요즈음 명훈이가 집에도 안 들어오고, 길거리에만 나도는 것 같아 걱정했지. 그냥 막 가는가 싶어……. 잘됐어. 정말 잘됐어. 그 대학, 그래도 괜찮은 대학이라고. 더구나 이제는 전공뿐이니까 기초는 큰 문제 안 될 거야. 국문학이라면 그 방면의 기초는 명훈에게도 넉넉할걸. 열심히 해 봐."

그리고 그날 밤의 작은 잔치. 함께 생활한 지 넉 달 만에 처음으로 명훈도 열등감에 짓눌림 없이 그들과 취하고 떠들었다.

뒷골목에서도 한바탕 소동이 있었다.

"씨팔, 나도 한 뭉치 싸 들고 줄 서 볼까 보다. 그게 진짜 대학 배지란 말이지?"

아이구찌 같은 녀석이 그런 악의 섞인 농담으로 명훈의 속을 긁어 놓기도 했지만 패거리의 대부분도 사심 없이 축하해 주었다.

하기야 대학 때문에 쓸쓸해지는 일이 아주 없는 것은 아니었다. 먼저 무엇보다 명훈을 쓸쓸하게 하는 것은 경애가 곁에 없다는 것이었다. 경위야 어찌 됐건 대학 배지를 달고 있는 명훈을 보면 경애도 틀림없이 기뻐해 줄 것 같았다. 난데없지만 모니카도 그랬다. 등록을 마치고 돌아나오는 명훈의 귓전에 그녀의 캘캘거림과 함께 백치 같은 말투가 쟁쟁거렸다.

"어머, 오빠가 진짜 대학생이 되었다고요? 그럼 이제 나도 대학생 애인이 생겼네. 아이 좋아. 기집애들에게 자랑해야지."

명훈은 자신이 모니카와 나눈 게 몸뿐이며, 남은 것도 손끝과 피부에 남은 육감적인 기억뿐이라고 믿어 왔다. 그런데 어찌된 요술일까. 그날 갑자기 경애를 잃었을 때에 못지않은 상실감과 공허가 무슨 쓸쓸한 바람처럼 그의 가슴을 쓸고 갔다.

'어쨌든 오늘 아침까지도 내 기분은 모든 것에 긍정적이고 희망에 찬 것이었다. 그런데 이 한심한 느낌은 무엇 때문일까.'

명훈은 자신의 갑작스러운 감정 변화를 스스로도 이상하게 느끼며 '신입생 오리엔테이숀장(場)'이란 안내 벽보가 붙은 건물 입구로 들어섰다.

제법 의자를 원형으로 배치해 둔 강당 안으로 들어가자 생각보다는 좀 많은 학생이 이미 들어와 앉아 있었다. 습기 머금은 샛바람에 몰리어 건물 안에만 처박혀 있다 보니 밖에는 사람 그림자가 드물어져 버린 듯했다.

"무슨 과요?"

입구에 의자를 내놓고 앉아 있던 교직원 하나가 두리번거리는 명훈을 보고 물었다.

"국문과입니다."

명훈이 공연히 위축돼 공손히 대답했다. 그러나 그는 명훈의 말투나 태도에는 관심 없다는 듯 턱짓으로 강당 왼편을 가리키며 사무적으로 말했다.

"국문과면 저쪽이야. 앞에 팻말이 있으니 되도록 과별로 앉아요."

명훈은 희미하게 되살아난 환상과 자신의 경험에 새로운 세계가 시작된다는 데서 온 긴장감으로 쭈뼛거리며 지정된 좌석을 찾아 통로로 들어섰다. 명훈을 그런 쭈뼛거림에서 벗어나게 해 준 건 어두운 강당 구석구석에서 빠알갛게 빛나는 담뱃불이었다. 대학의 첫 소집일 몇 시간을 못 참아 담배를 빨아 댈 정도의 골초 신입생들이라면 그들의 고등학교 시절 품행은 뻔했다. 한둘 예외야 있겠지만 틀림없이 명훈 자신과 다름없는 학생 깡패거나 어찌해 볼길 없는 농땡이들이 돈뭉치만 디밀고 몰려든 것 같았다.

거기 이어 다시 명훈에게 제법 자신까지 되찾게 해 준 것은 화장품 냄새였다. 흰 종이를 붙인 팻말에 '국문과(國文科)'란 먹글씨가 쓰여 있는 걸 겨우 알아보고 그쪽으로 걸음을 옮기던 명훈은 문득 코를 찌르는 듯한 향수 냄새에 습관적으로 걸음을 멈추었다. 이따금씩 모니카에게서 풍겨 오는 향수 냄새였기 때문인데, 그러나 코앞에 앉은 것은 모니카가 아니었다. 제법 돈 들여 맞춰 입은 듯한 양장에 머리까지 지진 여학생이었다.

'여고를 졸업한 지 며칠 됐다고, 머리 볶고 화장까지 했으면 너도 알 조로구나……'

명훈은 그런 짐작으로 대담해져 그 여학생에게 눈까지 찡긋해 주고 푯말 쪽으로 갔다. 등록 마감일이 지나고도 열흘 가까이 되었을 때까지 빈자리가 남아 있던 과였으니 그곳이라고 다를 게 없었다. 얕보기 시작해 그런지 여학생 쪽은 정숙해서라기보다는 머리가 모자라거나 워낙 못생긴 얼굴 때문에 하는 수 없이 얌전해진 꿔다 놓은 보릿자루들 사이에 좀 전에 본 것처럼 야한 차림과 화장의 후랍빠(플래퍼)들이 틈틈이 박혀 있는 듯한 구성이었다.

남학생들도 그녀들과 크게 차이 져 보이지는 않았다.

양복 차림에 제법 넥타이까지 늘여 빼고 머리칼에 포마드를 뒤집어쓴 날라리에, 부모의 성화로 밀려 밀려 오다 보니 거기까지 와서 앉게 되었다는 듯 눈만 껌벅거리고 앉아 있는 변두리 머저리들을 합치고, 거기다가 통로 쪽 벽에 붙어 서서 담배를 빨며 공연히 허세를 부리는 녀석들을 웃기로 삼은, 막 차린 민촌 제삿상 같은 형국이었다.

한번 쓰윽 훑어본 것으로 그들의 성분을 그렇게 단정한 데는 그들의 차림이나 태도 못지않게 명훈의 뒤틀린 의식도 한몫을 단단히 했다. 서울로 옮겨 오면서부터 그 무슨 아름다운 이상향처럼 그려 온 대학을 그런 마뜩잖은 돈과 타락한 방식으로 찾아들게 된 스스로에 대한 분노와 혐오가 몇 가지 구실을 얻게 되자 곧 장 악의에 가까운 그런 단정을 낳은 것임에 틀림없었다. 타고난 자부심의 사람들이 종종 몰락한 자신을 방어하는 데 쓰는 방법 의 하나였다.

"아니, 이게 누구야? 명훈이 아냐?"

앞으로 과우(科友)라는 이름으로 묶일 그들이 까닭 없이 싫어 져, 그들이 덩어리져 앉은 곳으로부터 서너 의자 건너에 자리 잡 은 명훈의 등을 치며 누군가 반가움을 과장했다.

"……?"

명훈이 돌아보니 바로 통로 곁에 몰려 담배를 빨아 대던 녀석 들 가운데 하나였다. 어디서 많이 본 얼굴인데 누군지가 얼른 기 억이 나지 않았다.

"야, 그새 동창 얼굴도 잊었어? 3반 유만하(柳萬夏), 정말 모르 겠어?"

그가 이번에는 섭섭함을 과장하며 그렇게 자신을 설명했다. 그 제야 명훈은 그를 알아보았다. 워낙 3학년 2학기 출석이 부실했 던 데다 서로가 반이 다르고 또 녀석은 머리까지 길러 얼른 알아 보지 못했지만, 사실 명훈에게는 깡철이네 패를 빼면 가장 인상 깊은 동창생일 수도 있었다.

명훈이 유만하를 기억하는 것은 대강 두 가지 이유에서였다. 그 하나는 녀석이 고등학교 때 속해 있던 그룹 때문인데, '이글스'

인가 뭔가 하는 그 그룹은 말 그대로 깡패인 깡철이네 패와는 달랐다. 그들도 가끔씩 패싸움을 벌이고, 주먹으로 급우들 위에 군림했지만 그들로부터 무얼 뺏거나 까닭 없이 그들을 괴롭히는 일은 없었다. 거기다가 그 그룹에는 주먹뿐만 아니라 반에서 1, 2등을 다투는 공부꾼도 두엇 끼어 있어, 학교서도 은근히 호의로 보아주는 패거리였다.

말할 것도 없이 그런 그룹이 깡철이네 패에게 곱게 보일 리 없었다. 그들 때문에 자기들의 나쁜 점이 더욱 돋보이게 되는 것만도 은근히 부아 나는 일인 데다 주먹 실력도 만만치 않아 때때로 자기들의 횡포에 제동을 거는 역할까지 했기 때문이었다.

깡철이네 패가 된 뒤에 명훈도 여러 번 깡철이와 도치가 '이글스'인가 뭔가 하는 그들 그룹을 벼르는 소리를 들은 적이 있었다. 한번은 제법 구체적인 기습까지를 의논하다가 그만두기까지 했는데, 까닭은 주먹에서 용케 이긴다 해도 뒤끝이 켕겨서였다. 그들의 태반은 바로 그 고등학교가 있는 동네의 같은 토박이였고 아마추어 싸움꾼들에 가깝기는 해도 꽤 만만찮은 동네 건달들을 후원자로 삼고 있었다.

그러나 그보다도 명훈이 유만하를 더 잘 기억하게 해 준 것은 그 전해 가을 무슨 바람이 불었는지 어울리지 않게 교내에서 열린 적이 있는 백일장 때문이었다. 그날 명훈은 도무지 그런 데 나갈 기분이 아니어서 못 본 체하다가 우연히 명훈이 시를 쓴 일이 있다는 걸 알게 된 호다이 녀석이 부추겨 뒤늦게야 몽당연필 한

자루를 들고 나가게 됐다.

삼류 공고라 그랬는지 명훈은 어렵잖게 시부에서 장원을 하게 됐는데, 그때 산문부에서의 장원이 바로 유만이었다. 나중에 듣기로는 시와 산문에 양다리를 걸쳤다가 명훈에게 시를 **빼앗겼다고** 했다. 주먹의 주도권 싸움이 엉뚱하게 백일장에서의 재주 겨룸으로 번진 셈이 되어 깡철이네 패는 더욱 그를 미워하게 되었으나 명훈은 그날부터 그를 남달리 보게 되었다. 이상한 동료 의식 때문이었는데, 그것은 상대도 마찬가지인 듯했다. 소속한 패거리가 달라 터놓고 오가지는 않았으나 어쩌다 마주치게 되는 녀석의 눈빛은 언제나 따뜻하기 그지없었다.

"그럼, 너도 이 학교엘…… 무슨 과야?"

"국문과, 이제 보니 너도 한 과가 된 것 같은데?"

"나야, 나 같은 농땡이야 그렇지만 너는 어쩌다 이런 따라지 대학으로……?"

명훈이 애석함과 안도를 아울러 느끼며 물었다. 녀석은 '이글스' 패거리 가운데서도 싸움패보다는 공부꾼에 가까운 축으로 알려져 있었다.

"응, 간 크게 고대(高大)에 덤볐다가 미역국을 먹었지."

녀석은 그렇게 대답해 놓고 이어 정색을 했다.

"그런데 그게 무슨 소리야? 일껏 돈 내고 들어와 놓고 따라지라니? 앞으로 우리 모교가 될 학곤데……."

"아무리 모교라도 따라지는 따라지지 뭐."

명훈이 그렇게 받았으나 갑자기 마음속이 편치 않았다. 불평이 뒤바뀌었다는 깨달음에 슬몃 속이 뒤틀린 까닭이었다. 그러나 잠시 정색을 하기는 했어도 만하 녀석 또한 오래 그 화제에 잡혀 있고 싶지는 않은 눈치였다.

"어이, 이리 와."

만하가 갑자기 통로 쪽을 향해 아직도 담배를 빨고 서 있는 두 녀석을 불렀다. 가까이 오는 걸 유심히 보니 또한 낯익은 얼굴들이었다.

"너희들 알지? 이명훈이, 거 왜 2반 도치네 패를 혼자서 맞푸레이(맞장) 논 친구……."

"반가워. 여기서 다시 만나게 돼서."

두 녀석 중에 하나가 시원스레 손을 내밀며 다가왔다. 1년 남짓 먼빛으로 보며 함께 다녔을 뿐이지만 동창이란 말이 묘한 힘으로 마음을 끌어 명훈도 기꺼이 손을 내밀었다.

"쟤는 사학과고 쟤는 철학과라나. 이제 이놈의 나라 역사하고 철학은 난리 났지……."

유만하가 그렇게 놀림 섞어 말했으나 두 녀석은 별로 탓하는 눈치가 아니었다.

"얀마, 그래도 우리는 소신 지원이야. 너처럼 여기저기 줄 섰다가 밀려온 게 아니라고……."

의미 모를 웃음으로 그렇게 받아넘긴 뒤 누구에겐지 모르게 말했다.

"야아, 이거 모아 놓으면 동창이 꽤 많겠어. 동창회 한번 하고 이놈의 학교 확 휘어잡아 버리는 게 어때?"

그때 삐익— 하며 마이크가 작동하기 시작할 때의 귀에 거슬리는 이음(異音)이 그들의 눈길을 강단 쪽으로 끌었다. 보니 한 젊은 교직원이 마이크를 잡고 성능을 시험하고 있었다.

"아아, 마이크 시험 중입니다. 아아 —."

그 뒤 무대 위에 놓인 빈 의자에도 교수인 듯한 사람들이 하나둘 나와 자리를 잡기 시작했다. 성능 테스트를 마친 교직원이 짜증 난 목소리를 실어 보내기 시작했다.

"신입생들은 각기 정한 자리로 가서 앉으세요. 남학생들 담뱃불 꺼요! 여학생들은 껌 뱉고……."

"이따가 봐."

두 녀석이 마이크 소리에 쫓기듯 저희 자리로 돌아갔다.

명훈도 새로운 긴장으로 전면 무대 쪽에 눈과 귀를 모았다. 이어 두 시간 남짓은 잠시 대학의 품위가 되살아나는 듯했다. 갓 생긴 학교 같았는데, 일제시대의 무슨 전문학교에서부터 이어 온 전통 — 실은 어거지거나 날조에 가까웠지만 — 이 꽤나 깊었고, 잘 알아들을 수 없는 말로 된 학칙 요약도 제법 삼엄하게 들렸다. 속에야 뭐가 들었건 소개되는 학과장이나 교직원 들의 면모도 하나같이 그럴듯했으며, 거창한 가사로 된 새 교가를 배울 때는 뭉클한 감동까지 느꼈다.

하지만 학과별 상견례가 시작되면서 명훈의 실망은 다시 시작되었다. 개강 뒤의 신입생 환영회에 앞서 신입생들과 주임교수 및 조교 한 사람 간의 간단한 상견례는 학교 밑 마을의 대폿집에서 벌어졌는데, 명훈에게는 그 대폿집부터가 마음에 들지 않았다. 「황태자의 첫사랑」이란 영화에서 본 맥줏집의 멋과 낭만은커녕 겨우 움막을 면한 그 하코방 대폿집은 청강생 포함 신입생 쉰 몇 명이 몰려들자 금세 터져 버릴 것 같았다.

마침내 후드득거리기 시작한 빗발에 젖은 탓인지 주임교수도 조금 전 멀찍이 무대 위에서 보던 그 근엄한 학자는 아니었다. 조교가 '국문학계의 태두'에다 '문학에 길이 남을 작품'을 가진 '불후의 시인'이란 과장된 찬사까지 덧붙였지만, 턱 앞에 두고 보는 그는 생활과 술에 함께 찌든 평범한 중늙은이에 지나지 않았다. 거기다가 철없는 신입생들의 막걸리잔 공세에 금세 흐물흐물해져 곁에 앉은 여학생들에게 게게 풀린 눈길로 웃음을 흘려 보낼 때는 까닭 모를 울화까지 치밀었다. 머릿속이 차 있지 못해 사람을 겉모습으로 판단한다고 명훈만을 나무랄 수는 없을 정도였다.

그것도 무슨 멋이라고 턱없이 큰 놋 양푼을 돌려 가며 억지로 마시고 건들거리는 남학생들과 턱없는 새침이나 안 어울리는 애교로 바보 아니면 기생처럼 보이는 여학생들도 마음에 들지 않기는 마찬가지였다. 유만하를 빼면 처음 강당으로 들어서면서 내린 단정 그대로였다. 그들이 무슨 대단한 멋처럼 흉내 내고 있는 게 실은 명훈이 일상으로 빠져 있는 뒷골목 생활에 가까운 데다 명훈 자신도 심사가 뒤틀어진 채 술이 취한 뒤라 더욱 그렇게 느껴졌는지 모를 일이었다.

하지만 학과별 상견례가 끝나고 유만하와 둘이서만 시내의 술집에 미주 앉게 되자 명훈의 기분은 또 한 번 달라졌다. 음울하고 성가신 일상을 깨끗이 잊고, 자신 없는 대로 시와 예술을 얘기해 가는 동안 대학은 새로운 가능성으로 되살아나기 시작했다. 특히 자신이 찾아낸 말의 특별한 질서와 그 효용에 대해 유만하가 사심 없는 감탄과 격려를 보낼 때는 새롭고 힘찬 결의까지 솟구치는 것이었다.

'그래, 대학이 따라지면 어떠냐. 내겐 시가 있고, 또 어쨌든 나는 '그' 문 안으로 들어섰다······.'

거슬러 부는 바람

누군가가 끊임없이 소곤대고 있는 것 같은 소리에 명훈이 잠을 깨니 동남쪽으로 난 봉창에 햇볕이 눈부셨다. 소곤대는 소리는 다름 아닌 김 형의 영어 회화 레코드 소리였다. 생각보다 일이 빨리 진척되어, 김 형은 9월에 미국으로 가게 되어 있었다. 제너럴 톰슨이 정말로 파파 노릇을 하기로 작정했는지, 김 형의 졸업을 기다려 주지 않고 서둘러 9월 학기부터 동부의 어떤 대학에 편입되도록 주선한 덕분이었다.

김 형의 회화 실력은 보일러 맨들뿐만 아니라 하우스 보이, 영내 식당 웨이터를 통틀어 가장 나았다. 사투리가 심한 검둥이 사병은 물론 고급장교들과 제법 심각한 토론도 할 수 있을 정도였는데, 유학 날짜를 받자마자 전에 없이 회화 공부에 극성을 떨었다.

정신 차려 들으면 명훈조차도 대강 그 뜻을 알 수 있는 일상의 대화까지 몇 번씩 되풀이 들으며 소리 죽여 되뇌었다.

"젠장, 어디 미국 유학 못 가는 놈 기죽어 살겠니? 제발 그놈의 축음기 좀 꺼. 아니면 혼자만 들을 무슨 장치를 하거나. 첫새벽부터 귀가 느끼해 견딜 수 있어야지."

황이 수건으로 얼굴의 물기를 닦으며 방 안으로 들어서더니 반드시 농담만은 아닌 듯한 말투로 김 형을 몰아댔다. 그래도 김 형은 못 들은 척 레코드 소리에만 신경을 쏟고 있었다. 황이 더는 못 참겠다는 듯 김 형 앞에 놓인 축음기를 덥석 집어 소리 나게 스위치를 끄며 짜증을 냈다.

"우리 곧 나갈 테니 제발 좀 꺼 두자고."

그러자 김 형이 멀거니 황을 쳐다보다 사정하듯 말했다.

"왜 그래? 밥은 벌써 뜸까지 들여 놨고, 이제 비지찌개만 끓으면 되는데……."

"어쨌든 못 견디겠어. 이것 아주 패대기쳐 부숴 버리기 전에 대강 해 두란 말이야."

황이 그렇게 한 번 더 짜증을 부리자 비로소 김 형도 얼굴이 굳어졌다. 들고 있던 책을 천천히 덮으며 목소리에 언짢은 기분을 실었다.

"너, 요즘 참 이상하더라. 왜 그렇게 사람을 무참하게 몰아대?"

"이상한 건 오히려 너야. 도대체 이런 시국에 영어 회화라니? 그것도 기본적인 의사소통이 안 될까 봐 걱정되어서라면 몰라. 교양

있고 예절 바른 상류사회의 말솜씨를 익히려고 학교도 안 가고 하루 종일 축음기만 끼고 앉았단 말이야?"

"시국? 시국이 뭐 어때서?"

무슨 까닭에선지 그렇게 되묻는 김 형의 목소리에서 갑자기 힘이 빠졌다. 황이 단순한 짜증 이상의 적의까지 내비치며 한층 소리 높여 되쏘았다.

"정말 몰라서 물어? 정말로 그게 네가 말한 그 변경인(邊境人)의 합리적인 태도야?"

명훈은 그제야 황이 무엇 때문에 그러는지 뚜렷이 짐작이 갔다. 그는 3월 초부터 어떤 고급 공무원 집에 가정교사로 입주했다. 숙식에 잡비 6천 환까지 있는, 그때로는 흔치 않게 좋은 조건이었다. 그런데 선거 바로 다음 날 그는 미련 없이 그 집을 뛰쳐나와 다시 자취방으로 돌아왔다.

"그눔의 집구석에 있다가는 나도 흐물흐물 같이 썩어 문드러져 버릴 것 같아. 또 그 집 밥을 얻어먹으면서 아마도 그 집 주인이 깊이 관여한 듯한 부정선거를 규탄하는 데모에 나서는 것도 그렇고……."

그게 황이 가정교사를 때려치운 이유였다. 이따금씩 교복 차림으로 가방에 노트 몇 권과 연필 두어 다스를 넣고 집집마다 돌며 구걸하듯 팔아 생기는 수입 외에는 전혀 외부로부터 송금이 없어 숙식을 거의 김 형과 명훈에게 의지하다시피 하는 황이었다. 그러나 그 무렵 이래저래 마음이 허전해 전에 없이 꼬박꼬박 자취방으로 돌아와 자던 명훈에게는 오히려 그런 황의 객기가 부러웠다. 김 형도 지나가는 말로 몇 마디 빈정거렸을 뿐 그런 황을 별로 짐스러워하지는 않았다.

하지만 그때 이미 황에게는 단순한 객기 이상 어떤 확고한 행동의 결의가 있었던 듯했다. 남은 3월을 어디론가 부지런히 뛰어다니더니 개학을 하기 바쁘게 데모와 그 비슷한 종류의 모임으로 학교 생활을 대신하는 눈치였다. 그러다가 유학 날짜가 잡히면서 학교에도 잘 나가지 않고 회화 공부에만 몰두하는 김 형과 그런 식으로 충돌했다.

황이 적의까지 내비치며 몰아대자 김 형도 더는 그 말을 눙치거나 회피해 버릴 수 없다고 생각한 것 같았다. 다시 정색을 하며 깐깐하게 받았다.

"결국 그 얘기야? 좋아, 그럼 오늘은 짚고 넘어가기로 하지. 너 아까부터 시국, 시국 그러는데 그것부터 한번 물어보자. 그래 요즘 시국이 어떻다는 거야?"

"정말로 홍몽천지(鴻濛天地) 같으니 내 말해 주지. 첫째는 오래전부터 언론과 야당이 예측하고 경고해 온 대로 국민의 신성한 주권 행사인 정·부통령 선거에 대규모의 조직적인 부정이 저질러졌어. 그리고 둘째는 남쪽 마산에서의 일이지만 그 부정에 항의하던 한 고등학생이 눈알에 최루탄이 박힌 끔찍한 시체로 바닷물 속에서 떠올랐어. 그러나 무엇보다 중요한 것은 셋째, 이제는 항의가 한 계층 또는 어떤 특수 집단에 국한된 게 아니라 일반 시민에게까지 확산되었다는 거야. 시민도 드디어 항의에 가담하게 된 거지. 그런데 그게 지적이고 합리적인 변경인에게는 대수롭지 않은 사건에 지나지 않는단 말이지? 제국(帝國)의 핵심에서나 통용될 언어의 교양과 예절을 익히는 게 훨씬 중요하단 말이지?"

황은 오랜만에 옛날의 기세를 회복해 개 몰 듯 김 형을 몰아댔다. 함께 생활하게 된 뒤로는 별로 본 적이 없는 일이었다. 김 형은 그런 황을 곤혹스럽게 바라보며 할 말이 없어서가 아니라 무언가를 망설이듯 입을 다물고 있었다.

'정말로 이게 무엇일까?'

그새 잠에서 완전히 깨어난 명훈은 갑자기 그런 의문에 빠지며 김 형의 엷은 입술을 바라보았다. 3월 15일의 정·부통령 선거와 뒤이은 마산 사태에 관한 요란한 보도에다 눈에 띄는 서울 거리의 술렁거림에도 불구하고, 아직 명훈의 의식에는 이렇다 하게 와 닿는 게 없었다.

"사전(事前) 투표를 좀 해 두라고 해서 리승만·리기붕이 찍힌 투표 용지를 한 뭉치 안고 투표장에 갔더니…… 놀라지 마. 아직 투표를 하기 전인데도 투표함이 벌써 꽉 차 있더라고. 거기다가 뒤미쳐 온 연락이 뭔지 알아? 사전 투표가 너무 많이 되었으니 오히려 이미 들어가 있는 투표 용지를 절반쯤 빼내라는 거야. 참 기가 막혀서……."

자신이 그날 직접 겪은 것은 물론, 어떤 하코방 동네의 투표소를 맡았던 살살이의 그런 킬킬거림을 들었을 때도 명훈은 그게 정치의 한 당연한 과정으로만 여겼고, 마산 사태가 신문과 라디오를 통해 요란스레 알려지며 고등학생들이 거리로 쏟아져 나오기 시작한 뒤에도 마찬가지였다.

"쌔끼들, 일은 벌써 시마이(마감, 끝장)됐는데 이제 까까머리 고등학생들을 내세워 어쩌겠다는 거야?"

"선거 뽀이꼬트 좋아하네. 안 될 성싶으니 뻔한 걸 가지고 개기는 거지……."

그런 배석구의 말에 자신도 모르게 동조적이 되어 철없는 고등학생들 뒤에 숨어 있는 듯한 야당만 한심하고 초라하게 느껴질 뿐이었다. 더 있다면 '공산분자' 또는 '불순분자'의 개입 어쩌고 하는 당국의 서슬 퍼런 발표를 들을 때마다 느끼는 까닭 모를 섬뜩함 정도일까.

하지만 며칠 전 김주열이란 고등학생의 시체가 마산 앞바다에서 떠오른 뒤로는 명훈에게도 무언가 와 닿는 게 있었다. 3월 15일의 사태로 사람이 몇 죽었다는 것은 이미 들어 알고 있었지만, 그게 풍문이거나 활자로 된 보도일 때는 그리 실감이 나지 않았다. 그러나 그의 시체가 물 위로 떠오른 사진을 보자, 갑자기 유년에 본 여러 주검의 형상들과 연결이 지어지며 거의 충격에 가까운 실감으로 다가왔다.

'사람이 죽었다……. 실연이나 생활고를 비관한 자살도 아니고 살인강도가 든 것도 아닌데. 전쟁도 없었고. 굶거나 얼어서도 아닌데…….'

그렇게 그 죽음을 더듬어 가다 보니 나중에는 어렴풋하게나마 정치와도 이어졌다.

'경찰은 빨갱이들 짓이라지만, 내 기억 속의 그들과 이 아이들은 다르다. 그들은 가진 자와 못 가진 자에 대해서 주로 떠들었는데 이 아이들은 그 문제에 관심이 별로 없어 보인다. 그들은 평등을 더 자주 내세우는 것 같았는데 이 아이들은 오직 자유만을 외친다. 거기다가 더욱 뚜렷한 차이는 선거에 대한 양쪽의 태도다. 어렸을 적 정부 수립 때 그들이 벌인 싸움은 이러한 선거 자체의 거부였다. 그런데 지금 이 아이들은 오히려 그 선거를 올바르게 지키기 위해서 들고일어났다……'

하지만 거기서 그뿐, 그런 일들이 명훈의 정치의식을 자극하거나 사회 상황의 인식으로 이끌지는 못했다.

"개새끼들, 어쩌다 재수 없어 뒈진 학삐리(학생) 하나 앞세우고 되게 지랄 떠네. 하기야 이제는 이 박사가 돌아가셔도 만송(晩松) 선생이 떠억 이어받게 되었으니 발악할 만도 하지. 시체 아니라 뭔들 이용하려 들지 않겠어?"

그런 배석구의 풀이 탓이라기보다는 아버지를 통해 핏줄로 이어받은 듯한 어떤 적(敵) 개념과 전쟁 뒤 어머니가 은연중에 길러 준, 순정(純正)한 자유민주주의를 내세운 테러에 대한 공포에서 비롯된 혼란이거나 마비였다. 뒷날까지 변함없었던 명훈의 고정관념 중에는 남한의 어떠한 정치 세력도 자신의 편일 수는 없다는 것과 체제가 자유민주주의에서 멀어질수록 아버지의 사상에 대해서는 관대하리라는 것 같은 게 있었는데, 명훈이 그해 4월에 진행되고 있는 일들을 냉정하고 무감동하게 바라볼 수 있었던 것도 그런 고정관념 때문이라 볼 수 있었다. 거기서 어떤 국외자 의식이 생기고, 따라서 이따금씩 가슴 뭉클한 감동을 느끼면서도 그런 상황의 총체적인 의미는 그의 의식에 그리 절실하게 와닿지가 않았다.

하지만 그렇다고 해서 명훈이 온전히 불문(不問)으로만 그해 4월을 맞은 것은 아니었다. 우선 명훈에게는 호전이라고 해도 좋을 몇 가지 사정의 변화가 있었다. 좋든 나쁘든 대학에 입학하게 됐고, 고향으로 간 어머니에게서도 어쩌면 큰 산 하나가 팔리게 될지 모른다는 희망에 찬 소식이 왔다. 지난달의 그 비 오는 날에 마지막 불꽃을 빛내며 타올랐던 경애의 추억도 더는 고통으로 되살아나는 법이 없었고, 시작과 끝이 느닷없었던 데 비해 생각 밖으로 큰 공허와 상실감에 빠져들게 했던 모니카의 일 또한 차츰 의식의 밑바닥으로 가라앉아 갔다. 그리하여 그 모든 호전에서 온 여유일까, 명훈도 무언가 심상찮은 예감을 자아내는 거리의 시위에 대해 최소한의 이해는 가지고 싶어졌다.

특히 대학 입학과 함께 뒷골목 생활이 조금씩 심드렁해져 다시 소설이나 시집을 뒤적이게 되면서부터 명훈의 그런 욕구는 더욱 절실해져 갔다. 그는 몇 번인가 김 형이나 황에게 방금 거리에서 벌어지고 있는 사태의 진상과 의미를 터놓고 물어보려 했다. 마침 그 무렵은 배석구네 패거리와 싸구려 여관방에서 뒹구는 것도 싫어져 되도록 잠은 셋이 함께 쓰는 자취방으로 돌아가 잘 때라 그들을 대할 기회가 전에 없이 많을 때였다. 그러나 이미 말했듯, 김형은 난데없는 영어 회화에 열을 올리느라 말 붙일 틈을 주지 않았고, 황은 황대로 대우 좋은 가정교사 자리까지 팽개치고 무언가에 열중해 밤늦게까지 쏘다니다 들어와 진득하게 얼굴 맞대고 앉을 겨를이 별로 없었다.

'정말로 지금 거리에서 벌어지고 있는 일들이, 아니, 이 나라에서 일어나고 있는 일들이 무엇일까? 아무래도 끝까지 나와 무관할 수 있을 것 같지는 않은데, 그렇다면 이게 어떤 의미로 내게 다가올까?'

명훈은 그렇게 마음속으로 되뇌며 기대에 차서 김 형의 대답을 기다렸다. 자신이 물은 것이 아니라서 그들 나름의 공방으로 끝나고 말 테지만, 이제는 어느 정도 그들의 어휘나 논리에 익숙해진 명훈이었다. 시원스러운 풀이까지는 바랄 수 없다 해도 어느 정도의 상황 인식은 가능할 것도 같았다.

"네가 굳이 듣고 싶어 하니까 말해 주지. 나도 지금 벌어지고 있는 일이 꽤나 심각하고 경우에 따라서는 엄청난 결과가 나올 수 있다는 것쯤은 알아. 하지만 또한 그래 봤자 그것은 결국 제국의 변경을 불어 가는 한바탕 회오리에 지나지 않으리라는 것도 알아. 곧 이 땅을 규정하고 있는 몇 개의 기본적인 구조 그 자체에는 아무런 변화를 가져오지 못하는……."

"뭐야? 불어 가는 한바탕 회오리일 뿐일 거라고? 집권당이 바꾸고, 한 체제가 무너질지 모르는데도?"

"그래, 집권당이 바뀌는 것은 가능하겠지. 그렇지만 체제는 아니야. 체제라는 것은 사회의 기본 구조와 연관을 맺고 있는 것이라는 내 이해가 틀린 게 아니라면, 이런 제국의 변경에서 한번 자리 잡은 체제는 그리 쉽게 무너지는 게 아냐. 제국의 핵심부에 어떤 큰 변화가 오기 전에는."

"그럼 자유당 정권이 무너지고 민주당 정권이 들어서도 체제가 바뀌는 건 아니란 말이지? 이 부패한 권위주의와 독재가 타파되고 진정한 자유민주주의의 나라가 선다고 해도?"

"그리 되기도 힘들겠지만, 그리 된다고 해도 체제의 문제는 아니라고 봐. 역시 전에 한번 말한 적이 있지? 어떤 사회 변화가 혁명적이 되려면 다른 체제를 예비하고 있는 수권 세력이 자라 있어야 해. 그런데 너도 당연하게 그 역할을 맡으리라 생각하는 민주당은 그런 수권 세력이 아니야. 이념이 아니라 이해가 달라서 갈라졌을 뿐인 자유당과 민주당은 큰 차이 없는 그들의 정강 정책에서 보여 주듯, 체제를 달리하고 있는 정치 세력은 아니라고. 그들이 다른 것은 기껏 동일한 체제와 이념의 운영 방식 또는 실천 방안 같은 것일 뿐이란 말이야."

"그 얘기는 나도 들었어. 하지만 그들을 뒷받침해 주는 국민적 욕구가 그렇지 않다면 그들의 체제 구상에도 본질적인 변화가 올 수 있지. 만약 그들이 이 거대한 국민적인 욕구를 종합적으로 수용하지 못하면 제3의 수권 세력이 나타날 수도 있고…….

그런데 그걸 세상살이에서 익힌 눈썰미만으로 함부로 단정해 말할 수 있어?"

"눈썰미라고? 그래, 정말로 정확한 표현이야. 내가 의지할 논리적인 지식이라고는 네가 강요해 읽은 몇 권의 얼치기 정치 이론서와 조잡한 혁명사 정도뿐이니까. 하지만 그래서 오히려 보고 느끼는 게 더 자유로울 수도 있겠지. 네가 말하는 기존 야당의 체질 변화나 제3의 수권 세력도 그래. 도대체 너는 이 세계를 양분하고 있는 두 개의 초강대 제국과 그들에 의해서 부여된 분단이란 이 땅의 엄혹한 현실을 인식하면서도 그것들을 기대할 수 있다고 생각해? 그들이 남북에서 강요하고 있는 체제 이외에 또 다른 선택이 있을 거라고 믿는 거야?"

그 무렵 들어서는 황과의 입씨름뿐만 아니라 신문까지도 애써 외면하는 것 같던 김 형이었다. 뻔한 일에 나까지 들떠서는 곤란하지…… 그런 평계와 함께 얄미울 만큼 제 일에만 몰두하던 그였는데, 실은 나름대로 황과의 그런 맞닥뜨림에 대비해 오고 있었음에 분명했다. 공격을 시작한 건 틀림없이 황이었지만, 어느새 논쟁의 주도권은 김 형에게로 넘어가고 있는 듯 보였다.

"또 그놈의 결정론과 역사적 허무주의 설교야?"

황이 격한 목소리로 한몫 보려는 듯 그렇게 목소리를 높여 놓고, 다시 빈정거리는 말투로 뒤를 이었다.

"우리의 체제는 미·소가 부여한 둘 중 하나의 선택일 뿐이다. 그리고 그 선택도 우리의 의지보다는 그들의 실세에 따라 결정된

다. 이쪽이냐 저쪽이냐 외에 제3의 길은 없으며, 논리적으로는 가
능하다 해도 현실적으로는 그들 두 제국의 협력에 의해 가장 비참
한 결말에 이를 뿐이다. 역사적으로도 두 개의 제국 사이에 끼어
있던 변경 국가를 봐라. 둘 중 하나의 선택 외에 달리 생존에 성공
한 나라가 있던가……."

"결정론이니 뭐니 하는 거창한 이름 말고는 대체로 정확하게
내 말을 기억하는 셈이군. 당분간이라는 단서가 빠져 있기는 하
지만……."

김 형이 조금 긴장하는 빛을 띠며 그렇게 말을 받았다. 황이 거
기 힘을 얻은 듯 전에 김 형이 한 말을 빈정거림으로 되풀이하기
를 계속했다.

"물론 민중의 혁명 의식이 국민적 합의 형식으로 성숙된다면
제3의 길도 가능하겠지. 하지만 거기까지는 꽤 많은 세월이 흘러
가야 한다. 이 땅의 진보적 의식들은 10년 전의 그 무자비한 불
과 피의 세례로 일소당했다. 간혹 땅속 깊이 남아 있는 뿌리가 있
을지 모르지만, 그때의 참혹한 기억이 얼음처럼 두껍게 덮여 있어
다시 싹틀 날은 멀었다. 있다면 눈앞의 절실한 이익과 자극적인
선동에 들뜬 유사(類似)의식과 유사혁명뿐이다. 기껏해야 지도자
의 이름과 통치 방식의 일부 변경 및 풍성한 말의 잔치를 혁명이
라고 믿는……."

"하나 더 있지. 위장된 선택의 변경."

"아 참, 그걸 빠뜨렸군. 그래, 또 하나 제3의 길로 착각될 수 있

는 것으로는 변경으로 위장된 전술적 선택이 있다. 겉으로는 이쪽 제국이 부여한 체제의 세련과 성숙을 지향하는 척하면서 기실은 저쪽 제국의 체제를 받아들여 분단의 극복을 지향하는 것. 이를 테면 자유민주주의의 구호를 내세워 아메리카 제국의 핵심을 안심시켜 놓고, 궁극으로는 소비에트 제국의 체제를 지향하는 방식. 하지만 이 방식에는 한계가 있다. 부르주아 혁명은 프롤레타리아 혁명의 싹이 된다는 걸 역사가 자주 보여 줘 온 까닭에 그런 방식에 대한 경계 또한 만만치 않을 것이기 때문이다. 오히려 그런 기도는 부르주아 혁명마저 불가능한 극우·반동의 체제를 생산할지도 모른다……."

"좋아, 됐어. 이번에는 그런데도 우리가 모두 거리로 뛰어나가야 할 이유나 말해 봐. 며칠 전부터 틈만 나면 내게 권유하려고 별러 온……."

김 형이 이제는 까닭 모르게 초조한 빛까지 띠며 황에게 물었다.

황도 문득 빈정거리는 말투를 털어 버리고 신중하게 그 말을 받았다.

"나도 과거에 대한 너의 이해나 현실에 대한 인식 일부는 승인한다. 하지만 너의 현실에 대한 대응이나 미래에 대한 전망에는 솔직히 불만이 많다. 어쩌면 너의 들을 만한 역사 이해나 상황 인식이 실은 그런 네 태도를 합리화하고 정당화할 구실로 교묘하게 구성된 것이 아닌가 하는 의심이 들 만큼.

너를 정치적 허무주의자라고 몰아치지 않고 합리적인 개량주의자로 보아 준다 해도 이런 상황에서 우리가 싸늘한 눈길로 방관만 하고 있어서는 안 된다는 주장은 충분히 성립된다. 비겁한 자여, 그대 이름은 방관자니라, 식의 몰아치기가 아냐. 네가 말한 대로 지금 익어 가고 있는 이 변혁의 기운이 기실은 유사(類似) 의식 또는 일시적인 집단 히스테리에 지나지 않고, 우리가 얻을 수 있는 것 또한 지도자와 통치 방식의 교체에 불과하다 해도 지금의 움직임은 지속되고 성취돼야 해. 체제 자체는 그대로라 할지라도 자유당 정권이 지금까지 자행해 온 비리와 부패와 폭력이 추방될 수 있다면 그건 틀림없이 진보고 개량이야. 비록 모든 것을 한꺼번에 다 얻지는 못한다 할지라도 얻을 게 있다면 얻어 두어야 하지 않겠어?

둘째로 환기시키고 싶은 것은 민족주의적 입장이야. 네가 가진 일종의 결정론적 사고 방식의 약점은 역사는 물론 미래까지도 화석화(化石化)하는 점이지. 민족주의에도 결정론적 요소가 없는 건 아니지만, 미래에 대한 전망에서는 크게 달라. 어쩌면 그것은 논리나 이념을 초월해 열려 있다고 볼 수도 있어. 너는 전에 국민적 합의 형식으로 성숙된 혁명 의식이 우리에게는 불가능한 것처럼 말했으나 지금 극도로 위축돼 있는 우리의 민족주의가 소생하면 꼭 안 될 것도 없지. 인류의 진보, 특히 정치적 진보에 대해 역사는 많은 비관적인 실례를 보여 주고 있기는 해. 그러나 그 못지않게 그림 같은 성취를 보여 주기도 했어. 그중에서도 민족주의가 일으킨 여러 정치적 기적은 그런 비관적인 실례를 덮고 남을 만해.

그다음 특히 너에게 경고해 주고 싶은 것은 너와 같은 형태의 사고(思考)가 역사와 사회에서 수행하는 기능이야. 비관적인 전망이나 막연한 개량주의가 저지르는 죄악 중에서 가장 큰 것은 그것이 부조리한 기존 체제를 유지하려는 불의한 세력의 논리적 기반이 되거나 때로는 옹호의 수단으로까지 악용되는 점이지. 생각해봐. 너도 모르는 사이에 너의 논리나 태도가 이 추악한 자유당 정권의 유지를 도와주고 있다면 너무 끔찍하지 않아?"

말뜻은 앞서의 그 어떤 때보다 공격적인 듯한데 목소리는 오히려 차분한 설득 조였다. 그런 황의 물음에 김 형은 한동안 대꾸가 없었다. 언뜻 이맛살에 졌다 지워진 골 깊은 주름과 가늘게 떨리는 손끝이 적지 않은 마음속의 동요를 짐작게 할 뿐이었다. 하지만 김 형의 침묵은 오래가지 않았다.

"나도 나 같은 사람들의 견해가 불의한 권력의 유지·옹호에 악용되는 게 괴롭고 씁쓸하다. 또 나의 그런 견해가 내 개인적인 가족사에 불필요하게 얽매인 결과이며, 지금은 더욱이 내가 애써 확보한 삶에서의 유리한 위치 때문에 다분히 자기방어적인 데가 있음도 솔직하게 고백한다. 이 1960년대 벽두의 남한에서 내가 손에 넣은 미국 유학의 특전은 내가 이 땅으로 돌아오든 돌아오지 않든 앞으로 나의 개인적인 삶에 예사 아닌 자산이 될 것임에 틀림이 없다. 하지만 그렇다 해도 나는 구태여 그 부분에 대해서 사람들의 이해를 구하거나 변명을 하려고는 않겠다. 내 의도가 그렇지 않은데 내가 가진 견해가 악용된다면 그것은 악용하는 사람의 잘못이다. 또 이데아와 달리 이데올로기는 그 말 자체가 그것을 선택하는 개인의 신분이나 계급, 이해관계 같은 구체적이고 현실적인 동기들에 바탕하게 되어 있다."

그렇게 말하는 김 형의 목소리에선 조금 전에 언뜻 내비쳤던 마음속의 동요는 자취도 보이지 않았다. 황 또한 조금 전의 여유를 조금도 잃지 않고 그 말을 받았다.

"나도 굳이 너를 비난하고 싶지는 않다. 하지만 너의 생각에 어떤 위험한 요소가 있다면 적어도 너 자신에게는 그것이 인식되어 있어야 해. 그런 인식 없이는 자칫 구제 받을 길 없는 반동의 길로 접어들고 말리라는 경고를 해 주고 싶었을 뿐이야."

그런 황의 마지막 말이 김 형을 자극할 만했는데도 김 형은 애써 반발을 보이지 않았다. 조용히 몸을 일으키며 지나가듯 몇 마디 받을 뿐이었다.

"고맙다. 그 보답으로 나도 하나 충고하지. 지금의 분위기로 보아 순수한 자유민주주의적 개혁 — 부르주아 혁명이라 해도 될는지 — 까지는 가능할지도 모르겠다. 그러나 억눌려 있던 욕구가 한번 분출되기 시작하면 그걸 제어하기는 불가능하다. 반드시 과격한 변혁의 욕구와 무분별한 민족주의가 이 사회를 휩쓸 것이다. 그때를 경계해라. 그게 저편 제국의 체제를 이 땅에 가져오는 것으로 결말이 나든, 극우 반동의 대두로 이편 제국이 우리에게 강요한 체제를 더욱 공고한 것으로 만들든, 너희들 같은 이상주의자들이 설 땅은 없을 것이다. 가장 조악한 형태로 실현되고 있는 이 땅의 정치적 허무주의가 우리 세대에게 다시 답습되는 것은 정말로 보고 싶지 않다……."

그러고는 가만히 몸을 일으켰다. 먼저 일어나 밥을 짓고 반찬을 장만한 뒤라 상을 차려 오는 것은 명훈에게 시켜도 되었으나 굳이 부엌으로 나가는 것으로 보아 김 형은 그쯤에서 얘기를 끝내고 싶은 듯했다.

황도 그 뜻을 순순히 받아들여 굳이 그의 말꼬리를 잡고 늘어지지 않았다. 서둘러 이부자리를 개는 명훈을 거들어 밥상 받을 채비를 했다.

군내 나는 김치 한 보시기를 밑반찬으로 뜨거운 밥에다가 비지찌개와 버터 한 숟갈, 그리고 왜간장을 떠 넣어 비벼 먹는 아침 상머리는 한동안 어색한 침묵으로 까닭 없이 무거워졌다. 그걸 견디다 못한 명훈이 무언가를 골똘히 생각하며 밥을 씹고 있는 황에게 물었다.

"정말 그쪽 대학은 모두가 들고일어나는 거야? 맨손으로 경찰과 싸울 각오들이 되어 있냐고?"

"니네 학교는?"

제 생각에서 얼른 빠져나온 황이 대답 대신 그렇게 되물었다. 명훈은 갑자기 야릇한 부끄러움을 느끼며 더듬거렸다.

"우리야 뭐, 따라지 대학에다 야간부니까…… 주간부는 몇몇이 울근불근거리며 거리로 뛰쳐나가 본 적이 있어도 야간부는 아직 데모하러 나가잔 소리가 없던데."

"그럼 네가 일하는 거리 쪽은 어때?"

명훈이 아직도 극장에서 기도 일을 보고 있는 줄 알고 있는 황이 다시 그렇게 물었다. 명훈이 더욱 움츠러들며 심하게 더듬거렸다.

"거기야 맨 장사꾼들뿐이니까……. 장사꾼들이 뭐…… 경찰이나 공무원 눈 밖에 나려고 그러겠어? 다방이나 술집 손님들 중에는 더러 민주당 같은 소리로 떠드는 사람도 있지만 명색 점포라고 가진 사람이라면 그저 수군수군일 뿐이야. 그것도 눈치 보아가면서……."

"아직도 그 정도야?"

명훈의 말에 약간 실망한 듯한 얼굴로 그렇게 대꾸한 황이 그때까지 맛나게 퍼먹던 밥숟가락을 내려놓으면서 한숨 섞어 말했다.

"하기야 이 나라의 수재들이 모였다는 대학도 발 벗고 나서는 녀석들은 아직 절반이 안 되니까. 보기에 심정적으로는 모두 동조하는 것 같은데도 거리로 뛰어나가자면 영 아니거든. 워낙 관제 (官制) 데모만 하며 자라 온 아이들이라 선뜻 나서지 못하는지도 모르지만……."

그런 황의 얼굴은 무언가 갑작스러운 걱정거리라도 생긴 사람 같았다. 김 형은 다시 그런 화제에 끌려드는 게 싫어서인지 둘의 대화를 못 들은 척 열심히 숟가락질만 했다.

처음에는 몇 가지 궁금한 것을 물을 작정으로 그 얘기를 꺼냈으나 명훈도 이내 마음을 바꾸었다. 자칫하면 자신의 그즈음 행적이 드러날 것 같아서였다. 야당의 시국 강연회 청중을 흩어 버리려고 황금다방에 모였던 것이나 선거일 날 야당 참관인을 두들겨 내쫓은 것 따위, 그때는 이렇다 할 느낌 없이 시키는 대로 충실히 따르기만 했던 일들이 새삼 죄의식으로 가슴속을 눌러 왔다. 김 형과 황 둘 모두가 제 일에 골몰해서인지 아침상을 물린 뒤에도 대화는 일상적인 것을 넘지 않았다.

"밥상은 그대로 놔둬. 어차피 나는 오늘도 학교 안 갈 거니까."

요리에는 워낙 소질이 없어 함께 밥을 끓여 먹은 뒤에는 흔히 설거지를 도맡는 명훈이 주섬주섬 빈 그릇을 챙기는 걸 보고 김 형이 말했다. 뒷골목으로 돌아가면 작은우두머리로서 오히려 남의 섬김을 받는 편이었지만 셋의 생활에서는 스스로 서열을 맨 끝에 두는 명훈이었다. 한두 살 많은 나이보다는 언제나 아득하게만 느껴지는 그들의 지식이 은연중에 내리누르는 힘 때문이었다. 더욱 정확히 분석하면, 삶이 그런 것에서 멀어져 갈수록 더욱 치열해지는 명훈의 지성에 대한 동경 때문이라는 편이 옳았다.

"그것도 직장인데 어서 시형이 말대로 하지. 데모대에라도 걸리면 턱없이 늦어질 수도 있으니까. 벌써 아홉 시가 넘었어."

김 형에게 설거지까지 맡기는 게 미안해 그대로 그릇들을 양철 바께쓰에 쓸어 담고 있는 명훈에게 황이 다시 그렇게 말했다. 어찌 된 셈인지 황은 밥을 짓는 데도 설겆이를 하는 데도 당연스럽게 빠졌다.

"맞아. 석현이 말대로 해. 오늘 아침 빨래할 것도 있고. 그때 한꺼번에 해치우지. 어서 가 봐."

김 형이 나른한 듯 기지개를 켜며 한 번 더 명훈을 재촉했다. 그 바람에 명훈도 마지못해 외출복으로 갈아입었다. 세수와 면도는 자신의 골목으로 돌아가면 절로 해결될 이발소가 있었다.

그 하루 전날

대문을 나서니 밖은 화창한 봄날이었다. 이웃집 울타리에 막 피기 시작한 개나리꽃이 눈부실 만큼 화사했다. 명훈은 문득 음침한 뒷골목에 움츠리고 있는 사이에 봄이 다 지나가 버릴 것 같아 엉뚱한 조바심과 쓸쓸함이 아울러 일었다.

하지만 곁에서 걷고 있는 황은 그런 바깥 풍경이 눈에 들어오지 않는지 무언가를 골똘히 생각하는 표정으로 말이 없었다. 그러다가 언덕길을 다 내려갔을 무렵 해서 불쑥 말했다.

"나는 오늘 독각 선생한테 좀 들러야겠어. 먼저 가."

아마도 저만큼 보이는 헌책방이 갑작스레 그런 생각을 들게 한 것 같았다. 그러나 지난달의 그 비 오던 날 해장국집에서 본 그를 떠올린 명훈은 별생각 없이 물었다.

"책방 아저씨한테? 거긴 또 왜?"

"며칠 전 시형이가 한 말이 아무래도 마음에 걸려. 독각 선생은 어떻게 생각하는지 들어 봐야겠어."

"그 사람한테…… 정말 그런 능력이 있을까? 황 형, 뭘 잘못 보고 있는 거 아냐?"

"그렇지 않아. 시치미를 떼고 있어도 분명히 그에게는 어떤 곰삭은 이념가의 냄새가 나. 틀림없이 이 방면의 대선배야. 뭘 알고 있는 사람이야."

황은 그렇게 자신 있게 말했지만 명훈은 도무지 알 수가 없었다. 그가 전력이 의심스러운 젊은 아내에게 참담한 꼴로 끌려가는 걸 본 뒤로 명훈이 그에게서 느끼는 것은 이미 정신 분열 증상까지 보이는 알코올중독뿐이었다. 이따금씩 무언가 엄숙하게 들리는, 그러나 잘 알아듣지는 못할 구절들을 읊조리기는 했지만, 명훈이 기껏 믿을 수 있는 것은 좋은 독서 안내인으로서의 책방 주인 정도일까. 그러나 '어떤 곰삭은 이념가'란 황의 말이 다시 갑작스러운 흥미를 일으키면서 명훈의 발길을 멈추게 했다.

"이념가라고…… 그럼 빨갱이?"

"빨갱이라면 빨치산 대장쯤 하다 전향한 사람일 거야. 하지만 공산주의만이 이념은 아니지. 어쩌면 우리가 모르는 또 다른 이념 쪽일 수도……"

명훈이 걸음까지 멈추고 흥미를 드러내자 그렇게 대꾸한 황이 그제야 아 참, 너도 대학생이었지, 하는 표정으로 물었다.

"왜, 명훈이 너도 궁금한 게 있어?"

"실은……."

명훈이 잠깐 망설이다가 속을 털어놓았다.

"나도 지금 벌어지고 있는 일이 무엇인지 알고 싶어. 아니 이때 우리가 어떻게 해야 하는지 무척 궁금해. 황 형이 워낙 굳게 믿는 것 같아 다시 마음이 흔들린 거지만, 만약 정말로 그에게 그만한 식견이 있다면 한번 들어 보는 것도 좋겠지. 실은 며칠 전부터 황 형이나 김 형에게 한번 조용히 묻고 싶었는데……."

"그래? 그럼 일단 같이 가. 네가 그에게서 본 게 무언지 모르지만 먼저 독각 선생 얘기부터 들어 보지. 우리끼리는 나중에 얘기해보기로 해."

황은 그 말과 함께 끌 듯 명훈을 데리고 헌책방으로 갔다. 명훈은 그래도 아직 황이 미덥지 않았지만, 호기심이 일어 못 이기는 척 따라갔다. 책방 문은 평소처럼 열려 있었다. 서너 평 되는 공간에 출입문 쪽을 뺀 삼면의 벽은 모두 서가로 덮여 있고, 거기에는 대부분 누렇게 손때 묻은 잡동사니 소설책들이 금세 쏟아질 듯 꽂혀 있었다. 신간의 울긋불긋한 표지는 왼편 입구 쪽의 서너 줄 뿐이었다. 책방 아저씨는 그쪽으로 놓인 긴 나무 의자 위에 앉아 있었는데, 분위기가 왠지 평소 같지 않았다.

"어, 학생들이 이 좋은 봄날 아침부터 여긴 웬일이야?"

그러면서 불편한 다리로 일어서는 그 곁에는 안주도 없는 소주병이 둘이나 얹힌 찌그러진 양은 쟁반이 놓여 있었다. 그것도 한

병은 벌써 거지반 비어 있는 채였다. 언제나 물을 뿌려 깨끗이 쓸어 놓던 시멘트 바닥도 부옇게 앉은 먼지에다 휴지 조각이 나뒹구는 게 며칠은 비질을 않은 것 같았다. 그의 젊은 아내가 보이지 않긴 해도 그 모두가 전에 없던 일이었다.

"선생님의 고견을 좀 들을 일이 있어서요."

황이 변죽을 울리는 법 없이 바로 용건을 말했다. 책방 아저씨의 맘씨 좋아 뵈는 술꾼 같은 표정에 가벼운 긴장이 스치더니 이내 술꾼 특유의 너털웃음으로 돌아가 빙글거렸다.

"고견? 나 같은 장바닥 술꾼에게 무슨 고견이야? 더구나 학생 같은 명문 대학의 수재에게 들려줄 만한 게."

"그러지 마시고 이념의 선배로서 한마디만 들려주십시오. 좋은 참고가 될 겁니다."

황이 찌그러진 양은 쟁반 곁의 빈자리에 엉덩이를 내려놓으며 진득하게 말했다. 책방 아저씨가 엉거주춤 서 있는 명훈에게 어이없어하는 눈길을 보내더니 소리까지 내어 웃으며 황의 말을 받았다. 둘 사이에 무슨 일이 있었던지 전에 명훈을 대했던 것과는 말투부터가 전혀 딴판이었다.

"허, 이 사람 봐라. 누굴 잡으려고……. 이념의 선배라니? 학생, 착각을 해도 이만저만이 아닌 것 같은데."

"무어라고 하셔도 저는 못 속이십니다. 접때 취해서 말씀하신 중에 몇 마디는 바로 『혁명가의 서원(誓願)』에서 나온 것이라는 사실을 최근에 알았어요. '일생을 가슴속에서만 타오르다 사그라져 갈 이데아의 광휘'란 말도 기억나는군요."

그러자 책방 아저씨의 얼굴에 일순 낭패한 기색이 스치더니 이내 어설픈 실소로 바뀌었다. 그것 역시 명훈에게와는 딴판인 관대함이었다.

"아하, 그래서 저번에는 술병까지 들고 찾아왔었구먼. 그렇다면 영 잘못 짚은 건데. 내가 설령 그런 소리를 지껄였다 해도 그건 그저 술주정이나 술꾼의 음흉한 연기였을 뿐이야. 내가 젊었을 때 잘난 척하는 것들에겐 그런 따위 위험하고 불온스러운 구절을 외는 유행이 있었지. 그런 걸 몇 마디 기억했다가 술주정 속에 슬쩍 끼워 넣었거나 학생들을 상대로 무슨 실패한 이념가 같은 연기를 해 지금의 내 초라한 삶을 변명하려 든 것일 게야. 잘 기억나지는 않지만…… 학생은 거기 넘어가도 오지게 넘어갔어. 혹 그때 내 다리 얘기는 하지 않던가? 절름발이가 된 내력을 거창하게 떠벌리지는 않던가 말이야?"

그런 그의 말에 명훈은 적지 않은 충격을 받았다. 꼭 자신을 빈정대는 말처럼 들린 까닭이었다. 그러나 황은 별다른 기색을 보이지 않았다.

"그런 일은 없었는데요."

"그럼 다음번 내가 고주망태가 되어 있을 때를 노려 보게. 한층 감동적인 것이 있을 테니. 하지만 미리 경고해 두는데 속지 마. 간혹 살이에 실패한 인간들 중에는 있지도 않은 화려한 과거를 조작해 자신의 실패를 호도하려 드는 수가 있지. 특히 알코올중독자 중에……."

책방 아저씨는 그 말과 함께 보아란 듯이 소주병을 들어 꿀꺽 꿀꺽 마셔 댔다. 3분의 1 가까이 남아 있던 술병을 단숨에 비우고 입가를 닦으며 히죽 웃는 그는 어김없이 중증의 알코올중독자였으나 명훈에게는 어느새 그가 달리 보였다.

"전에는 두 병이면 하루 종일 견딜 만했는데, 요즈음은 턱없이 달려(모자라). 해도 기울기 전에 다 비우고 말거든."

책방 아저씨가 이로 남은 한 병의 마개를 까며 한 번 더 자신의 주량을 과장했다. 명훈은 그걸 더 얘기하고 싶지 않다는 그의 의사표시로 보고 황에게 나가자는 눈짓을 보냈다. 그러나 황은 무얼 믿는지 쉽게 물러설 기색이 아니었다. 잠자코 책방 아저씨가 하는 양을 살피다가 오히려 더 확신에 찬 목소리로 말했다.

"당연히 그럴 겁니다. 피부에 닿아 오는 변혁의 분위기가 가슴 깊이 묻혀 있는 이념의 불씨를 쑤석이는 거겠지요. 이미 지나가 버린 자신의 시대에 대한 향수와 회한에 부대껴서인지도 모르고……."

뜻밖에도 그런 황의 말은 효과가 있었다. 서둘러 두 번째 술병을 입에 대던 책방 아저씨가 무엇 때문인가 움찔하더니, 술 한 모금으로 그치고 병을 내려놓았다. 그런 그의 얼굴에는 이미 웃음기가 사라져 있었다.

"나가게. 내게는 이제 그런 종류의 심문을 견딜 만한 정신력이 없어. 나를 어떻게 생각하든 좋으니 여기서는 이만 나가 주게."

그러자 황이 한층 여유 있는 말투로 받았다.

"좋습니다. 본의 아니게 선생님의 묵은 상처를 건드렸다면 사과드립니다. 하지만……."

"묵은 상처? 내게 그런 건 없어!"

책방 아저씨가 드디어 전에 명훈에게 보인 적이 있는 그 특유의 까닭 모를 적의까지 보이며 그렇게 소리쳤으나 황은 움쩍도 하지 않았다.

"격변의 시대를 먼저 사신 분의 경험에 묻습니다. 제 친구 하나는 지금 이 변혁의 기운이 최대로 이룰 수 있는 것을 이미 설정된 체제 안에서의 케이스별 개선이라고 단언했습니다. 두 개의 강력한 세계 제국에 의해 분단된 이 땅에서 그 이상 가는 것은 기껏 이편 제국에서의 이탈과 저편 제국으로의 편입이라는 결과를 가져오거나 반동을 부를 뿐이라는 거지요. 그런데 선생님께서는 어떻게 보십니까?"

"몰라, 내가 살아 본 세월은 모두가 돌계집[石女]의 헛구역질 같은 것이었어. 애도 안 가졌으면서 집안만 들뜨게 만드는……. 자, 이젠 가. 나가라고."

"언뜻언뜻 내비치던 이념의 광휘 뒤에 기껏 그런 철저한 허무주의가 있었을 뿐이라니 정말 뜻밖입니다. 그럼 지금 진행되고 있는 모든 것도 돌계집의 헛구역질로 보신다는 뜻입니까? 이게 온전히 불임(不姙)의 세월일 뿐인가요?"

"불임이든 회임(懷妊)이든 난 모른다니까. 이만 했으면 어서 나

가. 멱살을 잡아 끌어내기 전에."

갑작스레 험악해진 말투와 함께 책방 아저씨는 정말로 황을 끌어내기라도 할 듯 불편한 몸을 뒤뚱거리며 다가왔다. 명훈이 전에 한 번 본 적이 있는 그로 온전히 되돌아간 듯했다. 그제야 황도 더 버티지 못하고 일어났다.

"무엇이 선생님의 심기를 건드렸는지 모르지만 죄송합니다. 너무 나무라지 마시고 앞으로도 잘 지도해 주십시오."

그러고는 머리까지 꾸벅하며 출입문 쪽으로 갔다. 말없이 두 사람의 대화를 듣고만 있던 명훈도 덩달아 머리를 꾸벅하고 따라나섰다. 황이 뻑뻑한 출입구 미닫이를 힘들여 열고 있는데 책방 주인아저씨가 문득 명훈을 불렀다.

"학생, 잠깐."

"네?"

"저런 얼치기를 따라다니지 마."

"……"

"얼치기의 특징은 서두르는 것이지. 그러다가 결국은 일을 망치고 자신도 당해."

"……"

"그게 어떤 종류든 젊은 날에 아름다운 이념을 품는 것은 좋은 일이지. 그러나 그보다 더 중요한 것은 그 실현을 서두르는 것보다 변하지 않는 일이야. 어떠한 세대건 기다리다 보면 그들의 세월이 오지. 그때까지 변하지만 않으면 그들이 이념을 혁명이나 유혈 없이 실현할 기회도 함께 와. 20년 또는 30년이 걸릴지 모르지만 서둘렀다가 좌절하고 변질되는 것보다는 훨씬 나아."

책방 아저씨는 명훈이 거의 대꾸할 틈도 없이 그렇게 말을 이어 나갔다. 마치 지난번에 자신이 명훈으로부터 받게 된 오해를 한꺼번에 풀겠다는 듯한 말투였다. 명훈이 어렴풋하게나마 그 말을 이해하게 된 것은 그 뒤로도 10년은 훨씬 더 지나서였지만, 그때도 가슴을 서늘하게 만드는 감동만은 느낄 수 있었다. 그를 함부로 판단했던 것에 대한 말 못 할 부끄러움과 함께였다. 그러나 황은 달랐다.

"틀림없이 저 영감쟁이야말로 얼치기였을 거다. 함부로 날뛰다가 된통 당하고 다리몽둥이가 날아간……. 이승만 정부는 저런 얼치기들의 세계에 대한 비관과 체념 위에서 성립이 가능했을 거야."

거리로 나서면서 이번에는 황이 더할 나위 없는 경멸을 섞어 그렇게 내뱉었으나 명훈의 머릿속은 아직도 책방 아저씨의 말들을 꿰어 맞추느라 그런 황의 말이 비집고 들 틈이 없었다.

명훈이 패거리의 연락처로 쓰는 다방에 이른 것은 오후 세 시경이었다. 마담이 명훈을 보자마자 달려 나오듯 말했다.

"빨리 배 사장님에게 연락해 봐요. 오후에 두 번이나 전화로 간다 씨를 찾았어."

"돌개 형님이? 무슨 일이랍디까?"

배석구는 전에 종로 4가 쪽에 작은 술집을 하나 가진 적이 있었는데 그때부터 그를 알고 있는 마담은 언제나 그를 배 사장이라고 불렀다. 모르긴 해도 마담의 물장사 경력은 꽤나 되는 듯했고, 따라서 뒷골목 세계에도 명훈 이상으로 밝아 보였다. 이제 겨우 서른을 넘었을까 말까 한 나이면서도 어쨌거나 한 골목을 휘어잡고 있는 명훈에게 스스럼없이 반말 짓거리를 하는 것도 그런 경력의 은근한 과시임에 틀림없었다.

"몰라, 급히 단부 사무실로 연락해 달라던데……"

그렇게 말해 놓고 제자리로 돌아가는 마담을 따라 카운터 쪽으로 간 명훈은 얼른 단부로 전화를 걸었다. 기다렸다는 듯 배석구가 소리쳤다.

"얀마, 어딜 갔더랬어? 이 중요한 판국에……"

"아, 네. 저 학교에……"

명훈이 까닭 없이 죄진 기분이 되어 그렇게 말끝을 흐렸다. 배석구가 한층 목소리를 높였다.

"학교? 한가한 소리 하고 자빠졌네. 그건 그렇고 다른 쌔끼들은 다 어디 가 자빠졌어?"

"방금 와서…… 하지만 찾아보면 근처 어디 있을 겁니다."

"그럼 빨리 찾아. 되도록 많이 모아 중앙청 앞 본부로 가라고. 거기 가면 살살이와 백구두네 애들이 모두 와 있을 거야. 걔들과 함께 행동해."

"무슨 일인데요?"

명훈이 어리둥절해 그렇게 묻자 배석구가 "햐, 이 새끼……" 하며 답답해하다가 이내 마음을 바꾼 듯 설명 조로 말했다.

"그 쌔끼들 아무래도 손 좀 봐줘야겠어. 데모하는 쌔끼들 말이야."

"그럼 대학생들을요?"

"그래, 상부의 정식 허가가 떨어졌어. 단장님(신도환)께서 우리 구단(區團) 훈련부장님에게 전화를 주셨고, 구단장(임화수)님도 동의하셨다고. 아주 묵사발을 만들어 놓으라는 거야. 이건 반공 투쟁 차원에서 하는 거니까 뒷일 같은 건 걱정 안 해도 돼. 지금 본부 단장실에는 오야붕들이 모두 모여 그 일을 의논하고 있을 거야. 나도 곧 여기 애들 있는 대로 긁어모아 그리로 갈 테니 먼저 가서 준비들 하고 있으라고."

전화는 그렇게 일방적으로 끊겼다. 비록 수화기를 통해 들려오는 목소리지만 풍기는 분위기가 어찌나 삼엄한지 명훈은 스스로에게조차 반문해 볼 틈도 없이 배석구가 시키는 대로 했다.

도치와 호다이는 당구장에서, 아이구찌와 꺽다리는 새로 생긴 이발소에서 노닥거리고 있었다. 거기다가 날치가 난데없이 끼어들어 명훈은 일행 여섯을 한 택시에 싣고 중앙청 쪽으로 달려갔다.

서두른 덕분에 명훈 일행이 반공청년단 본부에 이르렀을 때는 아직 네 시가 되기 전이었다. 건물 마당 여기저기에 이 골목 저 골목에서 몰려온 주먹들이 술렁거리고 있었다. 중간 보스들도 두엇 눈에 띄었고, 배석구 또래의 형들도 여럿 이른바 '동생들'을 이끌고 나와 무리 지어 서성대고 있었다. 줄잡아 백5십 명은 돼 보였다.

특별단부 소속 단원들은 경기도청 쪽 마당에 몰려 있었다. 백구두가 무언가를 신문지에 싸고 있다가 명훈을 보고 알은체를 했다.

"어이, 간다. 왜 이리 늦었어?"

그러면서 마지막 부분을 신문지로 싸 여미는 걸 보니 자반[尺半]길이쯤으로 자른 쇠 파이프였다. 패싸움에서 흔히 사용하는 개인 병기인데 그걸 신문지로 감싸 왼쪽 소매 속에 감추고 있다가 필요할 때 빼내 휘둘렀다.

그리고 보니 백구두뿐만 아니라 그가 데려온 꼬붕들도 모두 무언가 무기가 될 만한 것들을 몸에 감추고 있었다. 자전거 체인, 쌀가마를 나를 때 쓰는 쇠 갈퀴, 곤봉 따위였다.

급하게 녀석들을 끌어모아 달려오는 데만 정신이 팔려 있던 명훈은 그런 흉기들을 보고서야 비로소 번쩍 정신이 들었다. 자신은 지금 대여섯 정도의 패거리끼리 후닥닥 붙어 해치우는 게 아니라 수백 명이, 어쩌면 수천 명이 될지 모르는 데모대와 흉기를 가지고 맞붙게 되는 큰 싸움을 앞두고 있었다. 거기에 대한 긴장이 그때껏 남아 있던 명훈의 술기운을 확 쏠어 내며 문득 이제 자기가 끼어들게 될 일이 무슨 일인가를 생각해 보게 했다.

'데모하는 대학생들을 습격한다. 이게 무슨 일일까?'

명훈은 얼마 전 학교에서 들썩거리던 급우들을 떠올리고, 만약 그들과 휩쓸렸더라면 자신도 바로 그 데모대에 섞여 있었을 거란 점에서 먼저 묘한 거부감이 일었다. 자신이 그들을 외면하고 학교를 빠져나온 것은 그들의 대의(大義)가 그리 절실하게 가슴에 닿아 오지 않아서였지만, 끈끈한 동료 의식을 느꼈던 것만은 사실이었다. 그런데 어쩌면 바로 그들을 공격해야 될지도 모른다는 상황에 빠지고 나니 이제는 단순한 동료 의식 이상 꽤나 다급한 보호 의식까지 느껴지는 것이었다.

"뭐 하는 거야? 멍청하게…… 너희들도 어서 준비를 하라고."

"준비?"

명훈이 아직도 자기 생각에서 빠져나오지 못한 채 기계적으로 되물었다. 백구두가 비웃듯 말했다.

"짜샤, 그럼 돌멩이가 날고 몽둥이가 튀는데 난쟁이 좆 기럭지만한 아이구찌 들고 설칠 거야? 돌개 형님도 참…… 저런 햇병아리들을 불러 모아 무얼 한다고……."

자신을 완전히 깔보는 그 말투에 명훈은 퍼뜩 그때까지 빠져 있던 물음에서 깨어났다.

"돌개 형님이 그냥 애들 모아 이리로 달려가라고만 해서……."

그렇게 변명하자 백구두가 턱으로 건물 한쪽 구석을 가리키며 일러 주었다.

"그럼 저기로 가 봐, 쇠 파이프나 각목 토막 남은 게 있을지 모르겠어. 장갑이나 붕대도 얻어 오고……."

"붕대를?"

"짜샤, 우리끼리는 무슨 표식이 있어야 할 거 아냐? 가뜩이나 쪽수가 부족한데 우리끼리 치고받는 불상사가 벌어지면 어쩌려고 그래? 손에 붕대를 감거나 장갑을 끼고 있으면 모두 우리 편이란 말이야. 그렇지 않은 녀석들만 무조건 조지는 거야. 알아듣겠어?"

그러는 백구두는 차림도 평소 때외는 아주 달랐다. 별명이 되었을 만큼 애용하던 백구두 대신 끈을 단단하게 졸라맨 워커를 신은 데다 옷도 검은 물 들인 군용 작업복이었다. 그의 왼손에는 자신의 말대로 흰 붕대가 두껍게 감겨 있었다. 그 빈틈없는 채비가 명훈으로 하여금 이상한 위압감을 느끼게 하여 군말 없이 그의 명을 따르게 만들었다.

백구두가 가리킨 곳에 가니 정말로 철근 토막과 각목 무더기가 있었다. 근처의 공사장에서 함부로 쏠어 온 것인 듯했다.

명훈은 마음 내키지 않는 대로 각목 하나를 집어 들었다. 끝에 굵은 대못이 박혀 있는 게 마음에 안 들어 시멘트 벽에 부딪혀 가며 빼고 있는데 누군가가 어깨를 두드렸다.

"그걸 뭣 땜에 억지로 뽑아? 그대로 두면 훨씬 나을 건데……"

명훈이 돌아보니 살살이였다. 무슨 무기를 감추고 있는지 겉보기에는 빈손이었다. 공연히 뻐기면서 사뭇 꼬붕 취급을 하려 드는 백구두보다 대하기가 좀 만만한 그에게 그곳의 사정을 물어보려고 명훈이 좀 애매한 웃음으로 그 말을 받았다.

"그러는 형은 빈손 아니오?"

"사나운 짐승은 원래 발톱과 이빨을 감추는 법이야. 나중에 보라고. 엉성한 각목 토막 따위하고는 다를걸."

스스로 살살이란 별명보다는 '구찌빤찌(말 펀치)'라는 별명으로 불리기를 더 좋아하는 그답게 허풍을 떤 살살이가 불쑥 물었다.

"그런데 돌개 형님은 왜 안 보여?"

"곧 오실 겁니다. 애들 좀 더 긁어모아 오시겠다던데요."

"언제? 상황 끝이 된 뒤에?"

그 말을 싸움이 임박했다는 뜻으로 알아들은 명훈이 새삼 긴장하며 물었다.

"상황 끝이라니요? 그럼 곧 싸움이 시작되는 건가요? 이쪽에는 데모대가 안 보이는데요?"

"그러니까 상황 끝이라는 거지. 원래 우리가 여기 모인 것은 새끼들이 경무대로 몰려들까 봐였어. 그런데 새끼들은 곧장 국회의사당으로 몰려가 버렸거든. 벌써 거기서 두 시간째나 연좌 농성을 벌이고 있다는 거야. 꿈 잘 꾼 거지."

"어디 애들인데요?"

명훈이 혹시나 해서 그렇게 물어보았다.

"고대 쌔끼들이야. 부모 잘 만나 대학까지 갔으면 됐지, 뭐 잘났다고 정치까지 아는 척 나서는 거야, 나서길……."

자신이 등록한 대학은 아직 거리로 나오지 않았다는 데 한결 마음이 가벼워짐을 느낀 명훈이 물었다.

"그렇지만 거기서 이쪽으로 몰려올 수도 있잖아요? 까짓 거, 몇 발짝이나 된다고……."

"조금 전 전화로 연락해 봤는데 그럴 생각까지는 아닌 모양이야. 지금 유진오 총장하고 장택상이가 말리는 중인데, 잘하면 그대로 흩어질 것도 같다더군……."

"학생들 말고 딴 사람은 없다던가요? 모두 은근히 학생들 편인 것 같던데."

아무래도 마음에도 없는 싸움에 휩쓸리는 게 싫은 명훈은 마지막으로 걱정되는 걸 물어보았다.

"일없어. 구경꾼이 꽤 몰린 모양이지만 경찰 바리케이드에 막혀 그야말로 구경꾼일 뿐이래. 우리는 신(辛) 단장 폼만 나게 해 주고 헛다리품이나 팔기 십상일걸……."

부디 그런 살살이의 말대로 되기를 빌며 명훈은 그때껏 각목 더미 주위에 서 있는 도치네 애들에게로 눈길을 돌렸다. 살살이와 명훈의 대화를 귀담아듣고 있었는지 도치가 방금 찾아든 각목 토막을 휙휙 소리 나게 휘두르며 서운한 듯 말했다.

"씨팔, 오늘 팔 좀 푸는가 했더니, 영 김 새는데……."

"맞아, 새끼들 걸리기만 하면 깨강정을 만들어 놓는 건데……."

아이구찌가 곁에서 도치를 거들고 나섰다. 어딘지 모르게 명훈의 속마음을 알아차리고 그 나약함을 비웃는 듯한 말투로 느껴졌다. 깡철이가 없어진 뒤 눈에 띄게 명훈에게 도전적이 되어 가고 있는 녀석이었다. '깡철이에겐 두 손 들었지만, 너에겐 아냐, 너 같은 풋내기는 언젠가 한번…….' 명훈은 녀석의 눈길에서 종종 그런 마음속의 소리를 읽곤 했다. '오냐, 걸리기만 해 봐라.' 명훈도 속으로 그렇게 벼르며 경계를 늦추지 않고 있었지만, 모질고 독한 인간에게서 느껴지는 섬뜩함만은 떨쳐 버리지를 못했다. 그 섬뜩함이 짜증이 되어 애매한 도치에게로 쏟아졌다.

"새꺄, 넌 마 그래도 명색 대학 배지를 달고 다니는 놈 아냐? 아무리 축구부에 끼어 허구한 날 공이나 차는 곁다리라도 그렇지. 같은 대학생 처지에 무슨 큰 원수 졌다고……."

그러자 도치가 불끈하며 받았다.

"그 새끼들 고대생이라며? 명훈이 넌 쓸개도 없냐? 좆도 아닌 새끼들이 헛폼만 잡고……. 그런 새끼들은 한번 바짝 태워야 돼. 즈이가 알면 얼마나 알고, 배웠다면 얼마나 더 배웠다고. 통 눈꼴시어서 원……."

무디어 뵈는 외양과 달리 녀석에게는 소위 일류대에 건달들이 흔히 품는 까닭 모를 증오가 꽤나 큰 듯했다. 명훈이 좋은 대학과 지성에 느끼는 무조건의 동경이나 위압감과는 또 다른 종류의 감정이었다.

"얀마, 그렇다고 걔들이 네 깔치를 꼬셔 갔냐? 혼인길을 막았냐? 아니꼬우면 너도 박 싸매고 공부해 고대 들어가지."

그렇게 눙치기는 해도 그 또한 마음속으로는 갑작스레 희미한 동조를 느꼈다. 그로부터 몇 시간 뒤 명훈이 휩쓸리게 된 앞뒤 없는 격정과 투지의 밑바닥에는 그때 느꼈던 그런 동조의 감정도 한몫을 하지 않았는지 모르겠다.

배석구는 네 시 반이 지나서야 그곳에 이르렀다. 어디서 끌어냈는지 육발이(바퀴 여섯 개) 트럭에 여남은 명의 시장 똘마니를 태우고 건물 뜰로 들어서자마자 직계라 할 수 있는 백구두, 살살이,

명훈이부터 찾았다.

"어떻게 됐어?"

살살이의 호들갑스러운 부름에 명훈이 애들을 데리고 트럭 쪽으로 가자 배석구는 누구에게랄 것도 없이 물었다.

"다 준비됐습니다, 형님. 새끼들 이리로 오기만 하면 골통을 까 놓겠어요."

백구두가 왼손 소매에 숨긴, 신문지에 감긴 쇠 파이프를 비죽이 꺼내 보이며 그렇게 대답했다. 배석구가 거기 모인 여남은 명을 하나하나 살피더니 만족한 듯 말했다.

"좋아, 내 올라갔다 오지."

그리고 잰걸음으로 건물 안으로 뛰어 들어갔다. 약간 흥분한 표정이었는데 그의 차림 역시 평소의 정장과는 달리 몸을 움직이기에 간편한 작업복 바지와 점퍼 차림이었다.

금세라도 모두를 휘몰아 밖으로 뛰어나갈 것 같던 배석구가 잠시 뒤에 가지고 나온 소식은 명훈조차 실망스러울 만큼 뜻밖이었다.

"모두 돌아가. 오늘은 아무래도 별일 없을 것 같다는 판단이다. 너무 남의 눈에 띄지 않게 적당히 흩어져. 대신 내일 다시 여기 모인다. 무슨 일이 있을지 모르니 학생들 등교 시간까지는 여기 모두 와 있어야 해."

배석구는 그렇게 말해 놓고 성난 표정으로 트럭 운전대에 올랐다. 트럭을 타고 온 패거리가 우르르 적재함으로 다시 뛰어 올라갔다.

중간 오야붕들이 여럿 나와 다른 패거리에게도 방금 배석구가 한 것과 비슷한 통고를 해 돌려보내고 있었다. 마당 가득 모여 있던 주먹들이 투덜거리며 서넛씩 떼를 지어 흩어지기 시작했다. 정치 깡패로 이름 높은, 동대문 사단의 별동대도 지프에 올라 휑하니 사라지는 게 보였다.

명훈도 약간 맥 빠진 기분으로 도치네들과 청계천 쪽으로 걸음을 떼어 놓기 시작했다. 그런데 미처 구내를 빠져나오기도 전에 누군가가 뒤에서 큰 소리로 외쳤다.

"특별단부 소속 단원들은 모두 남아. 특별단부 소속은 모조리 트럭 앞으로 집합!"

명훈이 돌아보니 꽤 낯익은 중년이었다. 언젠가 '풍차'에서 만났을 때 배석구까지도 그를 형님으로 모시며 굽실대던 걸로 보아 동대문 사단의 꽤 서열 높은 오야붕 가운데 하나인 듯했다.

그러나 그때껏 한 번도 직접적으로 그 밑에서 일해 본 적이 없는 명훈이라 돌아설까 말까 망설이고 있는데 운전석에서 내린 배석구가 손짓으로 그들을 불렀다.

"무슨 일일까?"

명훈이 그렇게 중얼거리며 돌아서자 아이구찌가 뒤따라오며 받았다.

"식권이라도 나눠 주려는 거겠지. 똥개 훈련시키는 것도 아니고, 사람을 불렀다가 그냥 보내겠어?"

도치나 호다이도 그런 아이구찌의 짐작에 동조하는 것 같았다. 되돌아서는 기색이 그리 싫어 보이지 않았다. 그러나 명훈은 왠지 꺼림칙했다. 간신히 빠져나온 수렁으로 되끌려 들어가는 듯한 느낌에다 까닭 모를 불안까지 일었다.

"모두 트럭에 타. 너희들은 따로 할 일이 있어."

트럭 가까이 가자 그 중간 오야붕의 명을 받았는지 배석구가 그렇게 소리쳤다. 명훈처럼 저만큼 갔다가 되불려 온 건달 하나가 배석구에게 퉁명스레 물었다.

"형, 무슨 일이유?"

"차에나 타. 가 보면 알아. 구단장님도 다 아시는 일이야."

"어디로 가는데요?"

"청계천 4가, 여기 이 형님께서도 필요하신 모양이고……."

그런 배석구에 이어 그 중년이 사람 좋아 뵈는 웃음을 흘리며 말했다.

"아우님들, 어서 타라고. 오늘 저녁은 내가 한턱 단단히 쓰지."

적재함이 콩나물시루처럼 사람들로 빽빽이 들어찬 트럭이 멈춰 선 것은 특별단부(반공청년단 동부 특별단부) 사무실이 있는 종로 4가 쪽이었다. 트럭이 천일백화점 길 위에 설 때만 해도 명훈은 단부 사무실로 모이는 줄 알았으나 그게 아니었다.

"아우님들, 저 다방에서 차나 한잔하고 계시오."

운전석에서 내린 그 중간 오야붕이 차에서 내린 사람들을 그 옆 다방으로 끌어들였다. 대지(大地)인가 대지(大志)인가 하는 이름이었는데, 명훈도 전에 배석구를 만나러 왔다가 한두 번 들른 적이 있는 다방이었다.

험상궂은 인상에다 손에 붕대까지 감은 젊은이들이 스무 명 넘게 떼를 지어 몰려 들어가자 다방 안은 갑작스러운 긴장과 동요에 휩싸였다. 풋내기 레지 아가씨들은 말할 것도 없고, 그 방면으로는 제법 이력이 났다는 마담까지도 달라진 낯빛으로 그들을 살폈다. 손님 중에서도 마음 약한 이는 하던 이야기를 덜 마치고 일어서기까지 했다. 긴한 일로 꼭 기다려야 할 사람이 있거나 하던 얘기가 중요한 것이라 몇몇 남아 있는 이들도 틈틈이 불안한 눈길을 그 때아닌 손님들 쪽으로 보냈다.

"야, 여기 차 한 잔씩 돌려. 그리고 주인은 어디 갔어?"

앞장서 들어가 카운터 곁에 자리를 잡은 두꺼비(그게 그때야 명훈이 기억해 낸 그 중간 오야붕의 별명이었다.)가 탁자를 쾅 내리치며 소릴 질렀다. 트럭에서 내린 주먹들을 그곳으로 끌어들일 때와는 판이하게 다른 말투와 태도였다.

"주인아저씨는 조금 전에 볼일이 있어 나가셨어요. 차야 드리죠, 드리고말고. 얘들아, 빨리 차 한 잔씩 올려라."

마담 여자가 억지 아양을 떨며 그렇게 대꾸하고 두꺼비 곁에 앉았다. 두꺼비가 그런 그녀를 거칠게 뿌리치며 한층 엄포 섞인 목소리를 냈다.

"떨어져 앉아! 주인 놈이 버르장머리가 없으니 마담 넌까지 기어 붙는 거야 뭐야? 곱게 보아주려니 영 싸가지가 없어."

얼결에 다방 안까지 쓸려 들어갔으나 아직 거기까지 온 까닭을 짐작 못 해 멍하니 그쪽을 바라보고 있던 명훈이 혼잣말처럼 중얼거렸다.

"뭐야? 마담한테 가오 세우려고 사람을 예까지 끌고 왔나?"

그러자 아이구찌가 옆에서 냘름 그 말을 받았다.

"마담한테가 아닌 것 같은데. 아마 다방 주인이 상납을 제대로 않는 모양이야. 여긴 저 형님 나와바린데 주인 새끼가 뭘 믿고 까불었지?"

그 말로 미루어 아이구찌도 줄곧 두꺼비 쪽을 보고 있었던 것 같았다. 명훈이 듣기에도 아이구찌의 해설은 그럴듯했다. 그런 종류의 시위는 뒷골목에서 흔히 있는 일이었다.

그 바람에 명훈은 그때껏 마음 한구석에 남아 있던 불안에서 헤어났다. 데모 학생들과 난투극을 벌이는 일만 아니라면 굳이 빠져나가야 할 이유가 없었다. 그러고 보니 진작부터 두꺼비의 그런 속셈을 알고 있는 녀석들도 있었던지, 몇몇은 두꺼비보다 한술 더 떠 설쳐 댔다.

"이 쌍년이 눈깔이 삐었나? 왜 남의 발을 밟고 지랄이야?"

레지 아가씨가 지나가는 통로에 슬며시 발을 내놓고 있다가 발등을 밟히자 그렇게 욕설을 퍼부어 대는 녀석이 있는가 하면, "야, 누가 네 뒷물 맛 같은 커피 가져오랬어? 위티(위스키 티) 가져와, 위티!" 그렇게 드러내 놓고 행짜를 부리는 녀석도 있었다.

"별일도 아닌 것 같은데 적당히 뜨지. 우리 골목도 오늘 하루 종일 비워 둔 셈인데……."

한 차례 소동이 가라앉은 뒤 끼리끼리 떠들썩하게 이야기를 주고받는 걸 보고 명훈이 도치에게 말했다. 두꺼비 때문에 문득 생각난 것이지만 명훈네가 자리 잡은 골목도 그 무렵 상납이 시원치 못했다. 원래가 신통찮은 골목인 데다, 악착을 떨던 깡철이가 없어지자, 이따금 들르는 배석구 보기가 민망할 만큼 걷히는 돈이 적었다. 어떻게든 자신이 얻어 쓴 등록금만큼이라도 배석구에게 빨리 되돌려주고 싶었는데 그게 영 안 되었다.

"꼭 그렇지도 않은 것 같은데. 아까 단부 사무실로 한패가 들어가는 걸 보니 여간 험악한 표정들이 아니었어. 달리 뭐가 있긴 있는 모양이야."

도치가 왠지 축 처진 목소리로 명훈의 말을 받았다. 호다이가 아는 성스럽게 나섰다.

"혹시 거, 옛날에 그랬다는…… 명동을 확 쓸어 버리려는 거 아닐까?"

"머저리 같은 소리하고 자빠졌네. 새꺄, 요새 명동파가 어딨어, 명동파가? 우리가 청계천을 건너가 한 골목 꼽사리 껴도 못 본 척하고 있는데, 그치들을 뭣 땜에 깨? 그것도 광화문에서 바로 쳐들어가지 않고, 4가까지 끌고 와 뜸을 들인 뒤에……."

아이구찌가 그렇게 쏘아붙였다. 아이구찌는 대가 약한 호다이를 아예 제 똘마니 다루듯 했다. 깡철이가 없어져 버린 뒤로는 까닭 없이 아이구찌에게 눌려 지내는 호다이가 머쓱해져 어물거렸다.

"그럼 뭐야? 데모대는 오늘 안 깬다며?"

"네가 어떻게 알아? 아직 고대 새끼들은 국회의사당 앞에 모여 있다지 않아?"

아이구찌가 다시 그렇게 쏘아붙여 놓고 명훈을 향했다.

"명훈이 너 뭐 바쁜 일 있어? 바쁘면 가 봐. 여기는 무슨 일이 있으면 내가 애네들 데리고 어떻게 해 볼 테니까."

겉보기에는 제법 생각해 주는 것 같지만 속셈은 뻔했다. 애들을 데리고 명훈을 대신해 공을 세워 돌개의 눈에 들려는 수작이었다. 그게 명훈을 한층 강하게 그 자리에 붙들어 놓았다. 간신히 버텨 내고 있는 새끼 오야붕의 자리가 흔들리는 것보다는 조금이라도 배석구의 눈 밖에 나는 게 싫어서였다.

"아냐, 돌개 형님이 올 때까지 있겠어."

명훈은 그렇게 대답하고 그 무렵 들어 부쩍 는 담배를 빼어 물었다.

"야, 좀 있다가 저녁들이나 먹고 가라고. 한턱 단단히 살 테니까."

명훈이 말고도 그만 돌아가려고 일어선 녀석들이 있었던지 두꺼비가 다방 구석까지 다 들릴 만큼 큰 소리로 그들을 말렸다. 그때 마침 다방 입구로 배석구가 들어왔다.

"형님, 정말 무슨 일 있어요? 간다는 바쁜 모양인데……."

다방 안을 두리번거리다가 명훈 일행을 찾아내고 다가오는 배석구에게 아이구찌가 몸을 일으켜 차렷 자세를 하며 물었다. 할 일이 궁금하다기보다는 빠져나가려는 명훈을 걸고넘어지는 데 더 큰 목적이 있는 것처럼 보였다.

"안 돼, 조금만 더 기다려."

명훈이 무어라고 변명할 틈도 주지 않고 배석구가 엄한 얼굴로 고개를 저었다. 그때 누군가가 다시 다방 안으로 뛰어들며 소리쳤다.

"온다. 와."

명훈이 보니 경위 계급장을 단 경찰관이었다. 아이구찌가 내준 자리에 엉거주춤 앉으려던 배석구가 벌떡 몸을 일으켜 세우며 나직이 소리쳤다.

"왔다. 모두 일어나!"

카운터 쪽에 앉아 여전히 애매한 마담에게 으르렁대고 있던 두꺼비도 마담을 버려 두고 일어나 고함을 질렀다.

"나가. 모두 거리로 나가!"

그런데 알 수 없는 일은 다방 안에 있던 패거리의 대부분이 누가 오는지를 알고 있는 것 같은 점이었다. 모두 한꺼번에 일어나 입구 쪽으로 우르르 달려갔다. 그들에게 떠밀리다시피 해 얼결에 다방을 나온 명훈이 그때껏 곁에 있는 배석구에게 물었다.

"온다니, 누가 온단 말입니까?"

"누군 누구야? 시건방진 고대 쌔끼들이지. 그런데 넌 왜 아무 무기가 없어? 맨주먹으로 뭐할 거야?"

배석구가 그렇게 핀잔을 주었다. 그리고 이미 어두워지는 주위를 살피다가 무얼 찾았는지 가로수 쪽으로 다가갔다. 마침 가로수에는 손에 잡고 휘두르기에 알맞은 각목으로 울이 쳐져 있었다.

"이걸 써. 잭나이프는 여기선 쓸모없어."

배석구가 가로수 울타리를 부수어 각목 하나를 빼내 주면서 말했다. 기어이…… 하는 기분에 잠시 아뜩해 있던 명훈은 기계적으로 그 각목을 받았다. 그런 명훈의 표정이 이상했던지 배석구가 약간 설명 조가 되어 덧붙였다.

"저런 빨갱이 앞잡이들에게는 몽둥이가 약이야. 해방 직후에도 그랬다고. 경찰, 법 어쩌고 하며 막으려 들다가는 되말리기 십상이지. 우리 반공청년단이란 게 원래가 저런 빨갱이 때려잡으려고 만든 것이니까, 이건 아주 합법적인 투쟁이야. 뒷일 생각할 것 없이 박살을 내 놓으라고."

그러고는 바쁜 듯 길 건너 단부 사무실 쪽으로 달려갔다. 하지만 미처 그가 길을 건너기도 전에 그쪽에서도 수십 명의 단원이 큰길 위로 쏟아져 나왔다. 쇠 파이프, 곤봉, 갈퀴 따위에다 석 자 길이로 자른 쇠사슬까지 절그럭거리는 것으로 보아 한층 준비에 치밀한 것으로 짐작됐다.

"길가에 나와 섰으면 어떻게 해? 골목으로 몸을 감춰!"

누군가가 무리 지어 몰려 있는 단원들에게 그렇게 소리쳤다. 그 소리에 내몰린 듯 모두 가까운 골목에 몸을 숨겼다. 명훈도 그들에게 휩쓸려 천일백화점 옆 골목으로 몸을 숨겼다.

그로부터 오래잖아 몇 대의 경찰 백차를 앞세우고 데모대 행렬이 다가왔다. 경찰 백차가 그들을 이끌고 있는 게 이상했으나 뒤이어 들려오는 그들의 구호 소리가 곧 명훈을 야릇한 흥분 속으로 몰아넣었다.

"민주 역적 몰아내자!"

"기성세대는 자성하라!"

"마산 사건의 책임자를 즉시 처단하라!"

그런 외침과 함께,

"경찰은 학원 출입을 엄금하라."

"오늘의 평화적 시위를 방해 마라."

"우리는 행동성 없는 지식인을 배격한다."

같은 구호도 섞여 있었다.

점점 가까워 오는 그들을 보며 명훈은 먼저 습관적인 부러움에 빠졌다. 그 두려운 정부와 경찰에 대해 그렇게도 당당하게 맞설 수 있는 그들의 신분이 그 어떤 특권보다 더 눈부시게 느껴졌다. 거기다가, 억제당하고 뒤틀려 있기는 했지만 아버지에게서 물려받은 정치적 성향은 멀지 않은 변혁의 예감과 더불어 그런 행렬에 섞이지 못하는 스스로에게 까닭 모를 불안과 슬픔까지 느끼게 했다.

하지만 그런 피동적이고 방어적인 감정도 잠시, 명훈은 곧 능동적이고 공격적인 기분으로 바뀌었다. 누구의 부추김이나 충동질에 의해서가 아닌, 순수한 감정의 전환이었다. '민주'란 말이 귀에 거슬리고, '지식인'이란 말이 아니꼬워지며, '학원'이란 말이 시건방지게 들리면서 명훈은 조금씩 그 목소리의 주인들에 대한 증오와 적의를 길러 갔다. 어둑한 골목 모퉁이에 함께 붙어 선 패거리의 이죽거림이 그런 명훈을 한층 자극했다.

"새끼들, 민주 좋아하네."

"지식인을 패면 몽둥이가 튀나?"

"뭐, 학원 출입 엄금하라, 고? 학원 같은 소리 하고 자빠졌네. 즈이 학교가 무슨 경무대나 된다고."

그 밖에, 의식 표면으로 뚜렷이 떠오른 것은 아니었지만, 반공(反共)과 연결된 민주란 말에 대한 음흉한 복수심도 명훈을 충돌질했다. 너희 민주가 쥐어 준 반공의 몽둥이로 너희 민주를 박살내겠다. 불현듯 떠오른 아버지의 모습과 함께 명훈의 의식 깊은 곳에는 그런 조소까지 깔려 있었다.

"패싸움의 요령은 기세야. 먼저 앞장선 놈부터 인정사정없이 조져. 몇 놈만 재워 버리면 저런 학삐리(학생) 새끼들은 되돌아서 똥줄 빠지게 튈 테니까."

험상궂게 생긴 중간 오야붕 하나가 소매에서 쇠 파이프를 꺼내 쥐며 그렇게 말해 놓고 다시 엄포 삼아 덧붙였다.

"절대로 저것들에게 등짝을 보이지 마! 돌아서 도망치는 새끼가 있으면 그 새끼부터 골통을 바숴 놓을 거야!"

그때 경찰 백차가 천천히 큰길을 지나가고 뒤따라 데모대의 선두가 길을 메우듯 휩쓸고 왔다.

"쳐라!"

"죽여!"

그런 외침과 함께 큰길 건너편 골목에서 여남은 명의 단원이 데모대의 선두를 덮쳤다. 명훈은 잠시 그 싸움의 양상을 지켜보고 싶었으나 그럴 틈이 주어지지 않았다.

"뭐 하는 거야? 어서 나가!"

누군가의 고함 소리에 내몰린 듯 같이 있던 단원들이 우르르 달려 나갔고, 명훈도 무엇에 홀린 사람처럼 그들 속에 섞여 각목을 휘두르며 뛰었다. 마음속으로 키워 온 적개심이나 분노와는 거의 무관한 집단 광기 속으로의 함몰이었다.

그런 집단 광기로 의식이 마비된 것인지, 아니면 난생 처음 겪는 대규모의 마구잡이 패싸움에 질려 순간적인 심신상실 상태에 빠진 탓인지, 그로부터 몇 분간은 명훈의 기억에 거의 남아 있지 않다. 그저 광포한 본능에 몸을 맡긴 채 휘두르고 치고 나간 사실만이 명훈의 기억에 남은 전부였다.

그러다가 명훈이 퍼뜩 정신이 든 것은 첫 번째 부딪침이 가름난 직후의 짧은 정적 때였다. 기세를 돋우기 위한 허세에 찬 함성, 악에 받친 고함 소리, 소름 끼치는 외마디 비명. 그런 것들이 갑자기 딱 멈추어지자 무슨 찬바람 같은 것이 머릿속에 불어 가며 잠시 마비되어 있던 의식이 일시에 되살아났다.

명훈은 섬뜩한 느낌으로 사방을 둘러보았다. 길바닥에 허옇게 쓰러진 동료들을 남겨 두고 데모대의 선두는 허둥지둥 흩어지는 중이었고, 그런 그들의 뒤를 턱없이 독이 오른 동대문 쪽의 단원 몇이 뒤쫓으며 악착을 떨고 있었다.

"뭐 하는 거야? 그대로 밀어붙여!"

누군가가 앞으로 달려 나가며 야구방망이로 명훈의 옆구리를 쿡 찔렀다. 그 충격과 자기 편의 승리를 확인하면서 순간적으로 부풀어난 공격 심리가 명훈을 다시 앞으로 내닫게 했다. 실은 정말로 정적이 있었던 게 아니라 잠시 명훈의 청각이 닫혀 있었을 뿐이었던지, 이내 이쪽저쪽의 함성과 쓰러져 있는 사람들의 무거운 신음이 귓속 가득 흘러들었다.

명훈이 어지럽고 사나운 꿈과도 같은 집단 광기에서 다시 깨어난 것은 피 흐르는 머리통을 싸쥐고 비틀거리는 대학생의 등짝을 각목으로 쳐 주저앉힌 뒤였다.

"억" 하는 비명 소리와 함께 두어 발 앞서 기세 좋게 달려 나가던 단원 하나가 앞으로 푹석 고꾸라졌다. 그때쯤 명훈의 발 앞에도 떨어져 부서지는 것을 보고서야 명훈은 그 단원을 쓰러뜨린 게 시멘트 벽돌이란 걸 알았다.

앞장선 학생들이 당한 걸 전해 들은 데모대의 후미가 가까운 공사장에서 날라 온 것인지 한동안 시멘트 벽돌이 우박처럼 단원들의 머리 위로 쏟아졌다.

"돌아서지 마라. 그대로 밀어붙여!"

"튀는 놈은 죽어! 어서 나가!"

군데군데서 중간 오야붕들이 그렇게 악을 썼으나 그때 이미 단원들의 공격은 끝나 있었다. 이리저리 몸을 비틀어 날아오는 벽돌을 피할 뿐 앞으로 내닫는 단원은 하나도 보이지 않았다. 벽돌이

무서운 것보다는 편싸움의 정석대로 선두를 철저하게 때려 부쉈
는데도 허물어지지 않고 되밀고 들어오는 학생들의 뜻 아니한 투
혼이 준 충격 때문인 듯했다.

그러다가 어느새 가로수 울타리 각목으로 무장한 반격의 제2
파(波)가 밀려오자 단원들은 그대로 무너져 버렸다. 조금 전의 그
좋던 기세는 어디로 갔는지, 모두 낯빛까지 질려 손에 든 무기들
을 내던지고 사방으로 흩어져 냅다 뛰기 시작했다.

"참말로 무섭데. 따지고 보면 그때 머릿수로도 반드시 우리가
불리한 건 아니었는데 각목을 들고 덤비는 학삐리들로 보면 말이
야…… 뭣 때문에 그렇게 무서웠을까? 나는 달아나는데도 오금이
저려 애를 먹었어……."

아주 오래 뒤에 안동에서 다시 만나게 된 날치는 그때 일을 추
억하며 명훈에게 그렇게 물었다. 그러나 실은 명훈에게도 그때 경
험한 공포의 원인은 여전히 의문으로 남아 있을 때였다. 그날 그
는 달아나는 패거리에 섞여 종로 쪽으로 뛴 뒤, 거기서 어디가 어
딘지 모를 골목길을 돌아 자취방으로 돌아갔는데, 나중에 정신을
차리고 보니 제법 바지까지 축축할 만큼 속옷이 쫓길 때 지린 오
줌에 젖어 있었다.

피의 화요일

상아(象牙)의 진리 탑을 박차고 거리에 나선 우리는 질풍과 같은 역사의 조류에 자신을 참여시킴으로써 이성과 진리, 그리고 자유의 대학 정신을 현실의 참담한 박토(薄土)에 뿌리려 하는 바이다. 오늘 우리(의 결의)는 자신들의 지성과 양심을 엄숙한 명령으로 하여 사악과 잔학의 현상을 규탄, 광정(匡正)하려는 구체적 판단과 사명감의 발오임을 떳떳이 선명(宣明)하는 바이다. 우리의 지성은 암담한 이 거리의 현상이 민주와 자유를 위장한 전체주의의 표독한 전횡에 기인한 것임을 단정한다.

무릇 모든 민주주의의 정치사는 자유의 투쟁사다. 그것은 또한 여하한 형태의 전제로 민중 앞에 군림하든 종이로 만든 호랑이같이 헤설픈 것임을 가르쳐 준다. 한국의 일천(日淺)한 대학사(大學史)가 적색

(赤色) 전제와의 과감한 투쟁에 거획(巨劃)을 장(掌)하고 있는 데 크나큰 자부를 느끼는 것과 똑같은 논리의 연역에서, 민주주의를 위장한 백색(白色) 전제에의 항의를 가장 높은 영광으로 우리는 자부한다.

근대적 민주주의의 기간(基幹)은 자유다. 우리에게서 자유가 상실되어 가고 있다는 것을, 아니 송두리째 박탈되고 있다는 것을 우리는 이성의 혜안으로 직시한다.

이제 막 자유의 전장에 불이 붙기 시작했다. 정당히 가져야 할 권리를 탈환하기 위한 자유의 투쟁은 요원의 불길처럼 번져 가고 있다. 자유의 전역(戰域)은 바야흐로 풍성해 가고 있는 것이다.

민주주의와 민중의 공복(公僕)이며 중립적 권력체인 관료와 경찰은 민주를 위장한 가부장적 전제 권력의 하수인으로 발 벗었다. 민주주의 이념의 최저의 공리인 선거권마저 권력의 마수 앞에 농단되었다. 언론, 출판, 집회, 결사 및 사상의 자유의 불빛은 무식한 전제 권력의 악랄한 발악으로 하여 깜박이던 빛조차 사라졌다. 긴 칠흑 같은 밤의 계속이다.

나이 어린 학생 김주열의 참시(慘屍)를 보라. 그것은 가식 없는 전제주의 전횡의 벌거벗은 나상밖에 아무것도 아니다.

저들을 보라! 비굴하게도 위하(威嚇)와 폭력으로써 우리들을 대하려 한다.

보라! 우리는 기쁨에 넘쳐 자유의 횃불을 올린다.

보라! 우리는 캄캄한 밤의 침묵에 자유, 자유의 종을 난타하는 타수(打手)임을 자랑한다. 일제의 철퇴 아래 미칠 듯 자유를 환호한 나의 아버지, 나의 형들과 같이.

양심은 부끄럽지 않다. 외롭지도 않다. 영원한 민주주의 사수파(死守派)는 영광스럽기만 하다. 보라, 현실의 뒷골목에서 용기 없는 자학을 되씹는 자까지 우리의 대열을 따른다.

나가자! 자유의 비결은 용기일 뿐이다. 우리의 대열은 이성과 양심과 평화, 그리고 자유에의 열렬한 사랑의 대열이다. 모든 법은 우리를 보장한다.

그날 서울의 대학교들 중에서 가장 먼저 거리로 뛰쳐나온 서울대학교의 선언문은 대강 그렇게 되어 있다. 출처에 따라 약간의 이동(異同)이 있고, 문장의 흐름이나 어휘의 선택에는 거칠고 투박한 곳도 눈에 띄지만, 적어도 그게 한 사람이 단번에 즉흥적으로 써 내려간 것 같지는 않다. 그 하루 전날 발표된 고대 선언문이나 그밖의 대학 선언문도 그런 점에서는 비슷해서, 그들 대학생들의 데모 계획이 여러 날에 걸친 것임을 쉽게 짐작할 수 있게 한다. 실제로 서울대에서는 그들이 지향할 노선이나 투쟁의 한계에 대한 집단토론까지 있었다고 한다.

하지만 그들의 역량이 4월 19일 그 하루에 폭발적으로 집결될 수 있었던 것은 그 전날 자행된 깡패들의 고대생 습격 때문이었다고 보아도 크게 틀리지 않을 것이다. 그날 아침 조간신문의 1면 머리를 시커멓게 메운 고대생 피습 기사는 학생들뿐만 아니라 일반 시민들까지도 격분시키고도 남을 만했다. 특히 '고대생한 명 피살?'이란 미확인 보도는 유혈의 각오까지 다지게 만들었을 것이다.

그것이 한판 잘 맞아떨어져 준 역사의 복권이건 도도한 민중사의 한 필연이건, 또는 반동의 철권에 좌절되기는 했어도 여태껏 진행 중인 미완의 혁명이건, 감정의 과장과 정신적인 허영에 들떠 용케 손에 넣은 것까지도 되잃게 된 유사 혁명(類似革命)이건, 흔히 '피의 화요일'이라 불리는 그 하루는 우리에게 그저 감동적임을 넘어 경이롭고 전율스럽기까지 하다.

거기서 볼 수 있는 것은 집단 광기와도 흡사한 부정과 불의에 대한 일치된 분노이며, 종교의 어떤 단계에서 나타나는 맹목적인 순교열(殉敎熱)과도 같은 자유와 민주에의 열정이다. 특히 어머니에게 유서까지 남기고 거리로 뛰어나가 산화한 어린 여중생의 경우는 그 광기와 열정의 한 찬연한 결정 같은 느낌까지 준다.

시간이 없는 관계로 어머님을 뵙지 못하고 떠납니다. 끝까지 부정선거(를 항의하는) 데모로 싸우겠습니다. 지금 저의 친구들, 그리고 대학민국 모든 학생들은 우리나라 민주주의를 위하여 피를 흘립니다. 어머니, 데모에 나가는 저를 책하지 마시옵소서. 우리들이 아니면 누가 데모를 하겠습니까. 저는 아직 철없는 줄 압니다. 그러나 또한 국가와 민족을 위하는 길이 어떻다는 것을 알고 있습니다. 저의 모든 학우들은 죽음을 각오하고 나간 것입니다. 저도 생명을 바쳐 싸우려고 합니다.

데모하다 죽어도 원이 없습니다. 어머님, 저를 사랑하는 마음으로 무척 비통하게 생각하시겠지만, 온 겨레의 앞날과 민족의 해방을 위하여 기뻐해 주세요. 이미 저의 마음은 거리로 나가 있습니다. 너무도 조급하여 손이 잘 놀려지지 않는군요.

부디 몸 건강히 계세요. 거듭 말씀드리지만 저의 목숨을 이미 바치려고 결심하였습니다. 시간이 없는 관계상 이만 그치겠습니다.

그런 유서의 말과 정신은 이미 겨우 열네 살 난 여중 2년생의 그것은 아니다. 그녀는 그 무렵 이 땅을 휘몰아간 무언가 알 수 없는 마니아[熱]에 '들린' 것임에 틀림없다.

그같이 '들린' 정신이 연출한 죽음의 미학은 경무대 앞에서 총상을 입은 한 서울대생에게도 아름답게 펼쳐졌다. 그날 그는 복부에 총탄 세 발을 맞아 출혈이 심한 상태에서 수도육군병원 응급실로 옮겨졌다. 그 곁에는 고등학생 여덟 명이 고통을 못 이겨 비명을 지르고 있었다. 군의관은 가장 위독한 그부터 먼저 수술하려 했으나 그는, "제발 저 어린 학생들부터 살려 달라."며, 끝내 수술을 사양하였다. 하는 수 없이 군의관은 고등학생들부터 먼저 돌본 뒤 그를 치료하려 했으나 이미 때는 늦었다. 그사이 상태가 악화된 그는 다음 날 새벽 여섯 시경 군의관과 간호장교 들이 눈물로 지켜보는 가운데 스물한 살 꽃다운 나이로 숨을 거두었다.

그러나 그 경이로운 날의 상세한 경과를 여기서 다 얘기하는 것은 가능하지도 않고 또 꼭 필요한 것도 아니다. 이 장(章)은 명훈에게 바쳐진 것이며, 불행히도 그는 그날까지도 '들린' 정신의 편에 서 있지 않았다. 다만 그의 아이러니컬한 변신의 배경을 설명하기 위해 그가 거리에 나설 때까지의 개략적인 경과가 필요한데, 그것은 당시 대학 2년생으로 그 휘황한 피의 제전(祭典)에 참여했던 어떤 언론인의 기록을 빌리기로 한다(심재택, 「4월 혁명의 전개 과정」).

……오전 아홉 시 이십 분(서울대) 문리대생 2백 명이 교문을 나섰다.(고등학생으로는 이미 한 시간 전에 대광고등학교 학생들이 거리에 나와 있었다.) 바로 뒤이어 법대·미대·약대·수의대·치대생과 나머지 문리대생이 데모에 나섰다. 모두 3천여 명의 서울대 데모대는 우박처럼 돌팔매를 퍼부어 쉽사리 경찰 저지선을 돌파하고 태평로 국회의사당을 목표로 달리기 시작하였다.

거의 같은 시각 동성고생 1천 명이 데모에 나섰고 아홉 시 삼십 분 서울사대 1천 명과 상대 2천 명, 열 시 고려대 4천 명, 열 시 이십 분 건국대 2천 명이 각각 교문을 나섰다.

열 시 삼십 분, 서울대 문리대·법대·미대 등의 데모대가 먼저 국회 앞에 도착하고, 이십 분 뒤 서울대 사대·상대, 건국대가 뒤따라 국회 앞에 도착하였다.

오전 열한 시, 동국대 2천 명, 성균관대 3천 명이 교문을 나섰다. 동국대 데모대는 열한 시 사십 분 의사당 앞에 이르자 "동대(東大)는 경무대로 가자!"고 외치면서 중앙청 쪽을 향해 나갔다. 그 바로 뒤를 서울대 사대와 동성고 데모대가 합류하였다.

이들이 세종로를 지나면서 새로운 구호가 데모 대열 속에서 터져 나왔다. "이승만 물러가라!" "독재 정권 물러나라!" 당초 의사당을 목표로 삼았던 부정선거 항의 데모의 대열이 어느새 경무대를 표적으로 하는 혁명의 대열로 바뀌었다. 경무대를 향한 데모대의 선두에는 붉은 바탕에 흰 글씨로 '동국대학교'라고 쓴 대형 플래카드가 펄럭였다.

낮 열두 시, 연세대 5천 명, 홍익대 1천 명이 데모에 나섰고, 같은 시각 중앙대 4천 명은 한강 인도교를 건넜다. 이즈음 경기대·외국어대·건국대·단국대·국학대·국민대·서라벌예술대가 데모에 나섰고, 서울대 의대·세브란스 의대·가톨릭 의대는 흰 가운 차림으로 데모에 나섰다. 숙명여대와 일부 이화여대생도 데모 대열에 뛰어들었다.

학생들은 마치 장애물 경주를 하듯 경찰 저지선을 무너뜨리며 도심지를 치달렸다. 연도의 시민들이 무더기로 데모에 합세하기 시작했다. 정오 무렵이 되자 동대문에서 신촌까지, 서울역에서 중앙청 앞까지 온통 데모의 대열로 뒤덮여 버렸다.

서울도

해 솟는 곳

동쪽에서부터

이어서 서 남 북

거리거리 길마다

손아귀에 돌,

벽돌 알 부릅 쥔 채

떼 지어 나온 젊은 대열

아, 신화같이

나타난 다비데군(群)들······.

시인 신동문(辛東門)의 노래처럼 거인 골리앗을 돌팔매로 쓰러뜨리려는 '다비데군'의 행진은 시간이 갈수록 열기를 더해 갔다.

한꺼번에 곳곳에서 데모가 일어나자 경찰의 저지선은 맥없이 무너져 내렸다. 경찰 수뇌부는 경무대만이라도 지키기 위해 동원할 수 있는 경찰 병력을 속속 효자동 방면으로 투입시켰다.

내무장관 홍진기를 비롯한 각료들은 오전 열 시께부터 경무대에 모여 경무대 경호책임자 곽영주, 치안국장 조인구 등 고위 경찰 간부들과 함께 대책을 숙의했다.

낮 열두 시 이십 분, 경무대를 목표로 삼은 동국대 데모대가 중앙청 앞의 1차 저지선과 해무청(海務廳) 앞의 2차 저지선을 뚫고 국민대 앞의 3차 저지선까지 진출했을 때 무장 헌병 1백 명을 실은 군 트럭 4대가 데모대를 뚫고 효자동 쪽으로 사라졌다.

오후 한 시께, 시내 대부분의 중고교는 학생들이 집단으로 데모에 나설 것을 우려해 오전 수업을 마치고 서둘러 하교 조치를 취하였다. 그러나 강문고, 경기고, 경성전기공고 학생들은 교사의 만류를 뿌리치고 전교생이 데모에 뛰어들었다. 다른 고교생들과 일부 중학생들도 떼를 지어 데모에 합류하였다. 이때쯤 서울 시내 데모 군중의 숫자는

10만을 훨씬 넘어서 있었다.

　오후 한 시 오 분, 데모대의 선두는 효자동 전차 종점까지 진출했고, 중앙청 쪽에서는 후속 데모대가 꾸역꾸역 밀어닥쳤다.

　한 시 삼십 분, 데모대 선두의 몇몇 학생이 데모 저지용으로 세워둔 소방차 세 대에 올라탔다. 그중 한 학생이 소방차 한 대를 운전, 경무대 언덕길로 천천히 차를 몰았다. 1천여 명이 소방차 뒤를 바짝 따랐다. 경찰은 경무대 정문에서 얼마 떨어지지 않은 언덕길 중간 지점에 최후 저지선을 펴 놓고 있었다.

　오후 한 시 사십 분, 소방차를 앞세운 데모대와 경찰의 간격이 10여 미터로 압축되었을 때 경찰의 총구가 일제히 불을 뿜었다. 4·19 피의 대제전은 그렇게 시작되었다. 삽시간에 경무대 어귀는 수라장이 되고 길 위에는 칠팔 구의 시체가 나뒹굴었다. 경찰은 필사적으로 달아나는 데모대를 뒤쫓아 사정없이 구타하면서 끌고 갔다.

　경찰의 무차별 총격에 쫓긴 데모대는 잠시 후 동국대생을 선두로 대열을 정비하고 다시 경무대 어귀로 육박하였다. 경찰은 거듭 무차별 총격을 가했다. 쫓기던 데모대 가운데 동성고교 등 고교생들은 교모의 가죽 끈을 턱에 걸고 경무대를 향해 다시 돌진하였다. 죽음을 각오한 이들 고교생의 대열에 새로 도착한 연세대 데모대가 합류하였다. 경찰은 또 한 차례 미친 듯 총격을 퍼부었다…….

　버스가 운행되지 않아 동대문에서 걷기 시작한 명훈과 김 형이 종로로 접어든 것은 벌써 경무대 앞 총격의 소문이 거기까지

퍼진 뒤였다.

뒤늦게 데모에 합세하려는 중고등학생들과 어느새 단순한 구경꾼 이상으로 격앙된 일반 시민들로 술렁이는 거리를 그들은 말없이 걸었다. 전날의 기억으로 섬뜩해하며 4가를 지난 지 얼마 안 돼 둑둑둑둑, 하는 총소리가 명훈의 귀에도 희미하게 들렸다.

"총을 쏘는데도 물러나지 않는단 말이지…… 피를 쏟고 죽으면서도……."

총격의 소식을 듣고 난 뒤부터 얼굴이 굳어진 채 생각에 잠겨 있던 김 형이 문득 그렇게 중얼거렸다. 그런 김 형의 변화가 간밤 내내 악몽에 쫓긴 탓으로 흐릿한 명훈의 의식에 야릇한 충격으로 다가왔다.

그 전날 밤 명훈이 자취방으로 돌아간 것은 열 시께였다. 김 형은 부대로 출근했고, 황은 아직 돌아오지 않아 텅 빈 방 안에서 명훈은 한동안 자신이 한 일과 그제야 불길한 조짐으로 다가오는 세상의 움직임에 대해 생각해 보았다. 막연하게 자신이 무언가 줄을 잘못 선 것 같다는 불안뿐, 상황에 대한 뚜렷한 인식이나 구체적인 뉘우침 같은 것은 아직 일어나지 않았다.

'이게 무엇일까? 무슨 일일까……'

명훈은 벌써 달포 전부터 습관이 된 물음을 마음속으로 되뇌면서 황이 돌아오기를 기다렸다. 그가 돌아오면 이번에야말로 솔직하게 방금 진행되고 있는 사회의 음험한 움직임에 대해 묻고 똑똑하게 알아 둘 작정이었다. 필요하면 그 몇 달 자신이 해 온 일

과 그 몇 시간 전에 있었던 고대생 습격까지도 기꺼이 고백할 각
오가 되어 있었다.

그러나 황은 통금 시간이 지나도록 돌아오지 않았다. 그 무렵
들어 부쩍 잦은 황의 외박이었다. 명훈은 통금 사이렌이 울린 뒤
에야 황을 기다리기를 단념했다. 술이라도 한 병 사 두지 않은 걸
후회하며 방 한구석에 밀쳐져 있던 이불을 되펼치는데 그 안에서
펄럭하고 유인물 한 장이 나왔다. 그 밖에도 무언가를 쓰다 만 시
험지 몇 장이 구겨진 채 요 틈에서 나오는 걸로 미루어 황은 그 유
인물을 참고로 무언가를 쓰다가 나간 듯했다.

무심코 그걸 집어 든 명훈은 그 맨 끄트머리에 쓰인 '고려대학
교 학생 일동'이란 글자에 화들짝 놀랐다. 갑자기 거기 쓰인 내용
이 자신에게 온 고대생들의 편지 같은 느낌이 들어 떨리는 손으
로 펼쳤다.

친애하는 학생 동지 여러분!

한마디로 대학은 반항과 자유의 표상이다. 이제 질식할 듯한 기성
독재의 최후적 발악은 바야흐로 전체 국민의 생명과 자유를 위협하
고 있다. 그러기에 역사의 생생한 증언자적 사명을 띤 우리들 청년 학
도는 이 이상 역류하는 피의 분노를 억제할 수 없다. 만약 이 같은 극
단의 악덕과 패륜을 포용하고 있는 이 탁류의 역사를 정화시키지 못
한다면 우리는 후세의 영원한 저주를 면치 못하리라.

말할 나위도 없이 학생이 상아탑에 안주하지 못하고 대사회 투쟁

에 참여해야 하는 오늘의 20대는 확실히 불행한 세대다. 그러나 동족의 손으로 동족의 피를 뽑고 있는 이 악랄한 현실을 어찌 방관하랴.

존경하는 학생 동지 여러분!

우리 고대는 과거 일제하에서는 항일 투쟁의 총본산이었으며, 해방 후에는 인간의 자유와 존엄을 사수하기 위하여 멸공 전선의 전위적 대열에 섰으나, 오늘은 진정한 민주 이념의 쟁취를 위한 반항의 봉화를 높이 들어야 하겠다. 우리들 청년 학도만이 진정한 민주 역사 창조의 역군이 될 수 있음을 명심하여 총궐기하자.

4293년 4월 18일
고려대학교 학생 일동

읽기를 마친 명훈은 자신도 모르게 안도의 한숨을 내쉬었다. 자신이 그들을 습격한 패거리의 하나인 줄 그새 알아차린 고대생들이 보낸 협박장은 아니었기 때문이다. 그러나 거기 쓰인 글이 바로 그들 고대생을 거리로 이끌어 낸 대의라는 걸 알자 이번에는 또 다른 흥미가 일어 명훈은 다시 한 구절 한 구절 음미하며 읽어 나가기 시작했다.

그전과는 달리 조금 실감은 났지만, 아직도 무언가 과장되어 있고 들떠 있는 것 같은 느낌은 버릴 수가 없었다. 솔직히 그런 추상적인 — 적어도 명훈에겐 그렇게 느껴졌다. — 이유만으로는 위험을 무릅쓰고 거리로 뛰쳐나오는 게 잘 이해되지 않았다. 한 가지 그들의 주장이 반드시 일시적이고 부분적인 사회현상 같지만은 않다는 것은 그에게도 느껴져 그게 막연한 대로 어떤 섬뜩함에 빠져들게 할 뿐이었다.

그 바람에 그날 밤 명훈의 꿈자리는 사납고 어지럽기 그지없었다. 서너 번이나 가위에 눌려 잠에서 깨어났다가 제법 창문이 희붐해진 뒤에야 제대로 잠들 수 있었다. 하지만 그 잠도 오래가지는 못했다. 두어 시간이나 잤을까, 그날따라 일찍 교대하고 퇴근한 김 형이 또 그놈의 회화 레코드를 틀어 댄 탓이었다.

"오늘도 학교 안 가?"

레코드 소리에 이미 깊은 잠은 글렀다 싶은 데다 부대에서 가져온 깡통 소시지를 얇게 썰어 굽는 냄새에 더 누워 있기를 포기한 명훈이 짜증을 감추며 김 형에게 물었다. 물 묻은 손을 훔치며 들어오던 김 형이 잘됐다는 듯한 표정으로 말했다.

"마침 일어났구나. 자더라도 아침은 먹고 자."

그러고는 지나가는 소리로 명훈의 물음에 대한 답을 덧붙였다.

"가 봐야 뭐 해? 어차피 공부는 않고 데모할 궁리들이나 할 텐데."

"왜, 형네 학교도 나선대? 오늘 나서기로 했어?"

이야기가 데모 쪽으로 돌자 명훈은 대뜸 긴장해 물었다.

"아마 틀림없을걸. 이걸 봐. 이걸 보고 가만히 있겠어?"

김 형이 그 말과 함께 주먹만 한 활자로 시커먼 조간신문을 턱 짓으로 가리켰다. '고대생(高大生) 귀굣길 피습'이란 글자가 가슴

철렁하게 두 눈을 찔러 왔다. 명훈은 얼른 신문을 집어 기사를 읽어 보았다. 참으로 알 수 없는 일이었다. 기억으로는 한순간의 충돌이었을 뿐인 그 일이 신문 한 면을 채우고도 남는 대사건으로 변해 있었다. 그게 엄청나고 심각한 것일지도 모른다는 예감은 그 전날 골목길로 쫓길 때부터 어렴풋이 느끼고는 있었지만, 막상 신문에 대문짝만 하게 보도된 걸 보니 자기가 가담한 일과 신문에 난 사건은 전혀 별개인 것처럼 느꼈다.

"이게…… 이렇게 큰일일까."

신문을 다 읽은 명훈이 그렇게 혼잣말처럼 중얼거리자 마침 밥 냄비를 방 안으로 들여놓던 김 형이 얼른 그 말을 받았다.

"큰일이지. 어쩌면 자유당 정권이 근래 한 일 중에서 가장 졸렬하면서도 끔찍하고 엄청난 짓일지도 몰라. 아마 오늘 그 값을 톡톡히 치르게 될걸."

표정은 그리 심각하지 않았지만 목소리는 전에 없이 무거웠다.

그런 김 형에게 명훈이 조심스레 물었다.

"그게 어째서 그럴까? 학생들이 정부에 반대하는 세력이라면 그 반공청년단원들은 정부를 지지하는 세력으로 볼 수 있을 테고…… 그래서 서로 의견이 다른 두 세력이 충돌한 것뿐인데……."

그러자 김 형이 잠시 명훈의 얼굴을 가만히 건너보다가 알 수 없다는 표정으로 대꾸했다.

"네 눈에는 이 일이 그렇게 비쳐? 학생과 깡패 들이 그렇게 한 정권의 지지파와 반대파로만 간단하게 분류되느냐고."

"그럼 뭐 어떻게……?"

"첫째는 두 집단의 의지부터 다르지. 하나는 자기들의 양심과 지성에 따른 자발적인 것이고, 다른 하나는 현실적인 이익에 따른 비자발적 동원이니까. 아니 그런저런 것 따질 것도 없어. 정의의 문제만으로도 쉽게 구분되지. 정의의 소재는 거의 논의할 여지조차 없을 정도로 자명하니까."

김 형은 그렇게 말하다가 문득 귀찮아진 듯 말을 서둘러 맺었다.

"어쨌든 권력의 특징은 합법적인 폭력을 보유하고 있다는 점이야. 예컨대 경찰이나 군대 같은…… 그리고 권력이 그것들에만 의지할 때는 사람들의 저항도 대개 법의 테두리 안에 머물지. 그런데 자유당 정권은 비합법적인 폭력, 곧 깡패들을 동원해 사람들의 비합법적 저항을 유발시켰어. 두고 봐. 오늘은 마산 사태보다 훨씬 더 큰일이 터질걸."

그러고는 뒤이어 석쇠에 구운 소시지와 김치 보시기를 방 안으로 들였다.

잠시 홀로만의 생각에 빠져든 명훈은 김 형의 수고에 의례적인 공치사를 하는 것도 잊고 기계적으로 숟가락을 들었다. 그리고 한동안 자신이 무엇을 먹고 있는지도 모르면서 숟갈질을 하다가 다시 불쑥 물었다.

"그럼…… 그토록 자명하게 정의가 학생들 쪽에 있다면…… 왜 형은 가만있어? 함께 거리로 나가 싸워야 하잖아?"

"음, 그거……."

김 형의 표정에 가벼운 곤혹이 스치더니 애써 꾸민 듯한 담담함으로 말을 이었다.

"정의의 소재가 어느 편에 있다는 걸 안다는 것과 내가 거기 가담해 함께 움직인다는 것은 다르지. 행동한다는 것은 결과에 대한 책임을 수반하는 것이니까……."

"어제 데모대의 플래카드를 보니 '우리는 행동성 없는 지식인을 배격한다.'라는 게 있던데 혹시 그거 형 같은 사람들에게 하는 소리 아냐? 학생들이 지금 떠드는 민주니 자유니 하는 그 자체에 문제가 있다면 몰라도, 그게 옳은 게 확실하다면 당연히 가담해야 하는 게 아니냐고."

명훈이 진작부터 김 형에게 묻고 싶었던 걸 불쑥 말했다. 황의 열정을 김 형이 냉담하게 바라보며 빈정거릴 때마다 명훈은 그가 어떤 기본적인 원리나 원칙의 문제에서 황에 대해 우위를 유지하고 있는 줄 알았다. 그게 은연중에 명훈에게 힘이 되어 주었는데, 이제 보니 그런 것도 아니었다 싶자 갑작스러운 실망이 그렇게 표현된 것이었다.

김 형도 그런 명훈의 말에 적지 않이 충격을 받은 듯했다. 유달리 맛이 있어 뵈는 그 특유의 숟갈질을 멈추고 다시 한 번 명훈을 바라보다가 이내 숟갈을 놓고 말했다.

"사실 그럴지도 모르지. 뻔히 알면서도 그 싸움에 휩쓸려 들었다가 입게 될 손해가 겁나 몸을 사리는지도. 특히 어렵게 손에 넣은 미국 유학의 기회가 쓸데없는 객기로 사라져 버릴지도 모른다는 두려움 때문에……."

명훈에게 오히려 송구스러운 느낌이 들 만큼 진지한 어조였다. 뒤이어 어둡게 일그러지는 그의 표정에 까닭 모르게 가슴이 철렁해진 명훈이 황급하게 부인했다.

"아냐, 형이 비겁해서 그러는 게 아니라는 건 누구보다 내가 잘 알아. 실은 형의 마음속을 듣고 싶어 해 본 소리야. 형이 황 형을 몰아붙일 때 거기에는 어떤 원칙 문제에서의 자신 같은 게 엿보였어. 틀림없이 형이 한 발 물러나 있어도 좋을 무슨 까닭이 있다는 것 같았어. 나는 바로 그걸 듣고 싶어……."

그리고 명훈은 자신이 바로 그 고대생들을 습격한 패거리 중에 하나였음을 고백하려다 그만두었다. 어떤 계산에서보다는 감히 그걸 밝힐 용기가 나지 않아서였다.

명훈의 부인에도 불구하고 김 형의 표정은 나아지지 않았다. 더 말하고 싶지 않다는 듯 주섬주섬 밥상을 챙기다가 대답을 기다리는 명훈의 간곡한 눈길에 못 이기는 척 한마디했다.

"자신 있는 것, 그런 게 있었지. 하지만 그건 예측의 부분이었어. 우리 사회의 이런 움직임이 몰아올 미래에 대한 비관적 예측……. 따지고 보면 그보다 더 교활한 자기방어도 없지. 비관하기 위한 비관으로 얽은 결정론 뒤에 숨으려는 수작인지도 몰라. 제국이니 변경이니 하는 있지도 않은 개념으로 한껏 과장스레 비관한 상황 인식에 기대어……."

그러다가 무엇 때문인지 말을 끊고 굳게 입을 다물어 버렸다.

그 바람에 명훈은 더 말을 붙이지 못하고 오전 내내 다람쥐 쳇바퀴 돌듯 제 생각에만 골몰해 시간을 보냈다. 어찌 된 셈인지 그날 김 형은 그 어느 때보다 회화 공부에 열심이었다. 지루하리만큼 같은 레코드를 반복해 듣고 또 따라서 발음했다.

하지만 그도 마음은 명훈과 마찬가지로 거리에서 벌어지고 있을 학생 데모에 쏠려 있었음에 틀림없었다. 산꼭대기 동네 사람들까지 거리의 데모 소식에 술렁거리게 된 점심나절이 되자 김 형은 거의 발작적인 동작으로 축음기를 끄고 일어나며 말했다.

"우리도 나가 보지. 어쩌면 우리 일생에서 가장 인상 깊고 감격적인 사건의 현장을 직접 보게 될지도 모르니까."

명훈은 두말없이 따라나섰다. 무언지 꼬집어 말할 수는 없지만 멀리 시내 중심가에서 차츰차츰 번져 나오고 있는 어떤 심각하고도 끔찍한 분위기가 언제부터인가 그에게 강한 유혹의 손짓을 보내오고 있었다.

세종로에 가까워지면서 거리를 짓누르고 있는 위기감은 한층 강렬하게 명훈의 의식을 휘저어 왔다. 이제는 학생과 거의 한 덩어리가 되어 몰려다니는 시민들의 험악한 기세나 요란한 사이렌을 울리며 거리를 질주하는 구급차도 그랬지만 그보다 더한 것은 두 볼이 발갛게 상기된 여학생들이나 갑자기 새로 나타난 듯 보이는 아주머니들이 연출하는 분위기였다. 물 바께쓰를 들고 나와 낯선 남학생들의 소매를 끌 듯 스스럼없이 바가지를 내미는 여학생들이나 치마폭에 돌을 싸서 데모대에게 날라 주는 아주머니들 그 누구에게서도 이성(異性)으로서의 흥미나 생활에 찌든 티는 전혀 느껴지지 않았다. 대신 말로 표현하기 어려운 앙칼진 열기 같은 것이 또한 짐작하기 힘든 어떤 대파국(大破局)의 예감까지 느끼게 했다.

그 같은 거리의 사태가 변혁에 대한 기대나 들뜸보다는 파국이나 위기의 예감으로 명훈에게 와 닿게 된 것은 무엇보다 자신에게는 그 변혁에 대한 지분(持分)이 없다는 야릇한 소외감 때문이었다. 비록 자발적인 것은 아니었다 하더라도 그 전날까지 그는 그 변혁을 저지하려는 세력 쪽에 가담하고 있었다. 거기다가 아버지의 시대가 남긴 어두운 기억까지 거들어 변혁의 예감은 그대로 파국이나 위기의 불안이 되고 말았다. 변혁과 진보 쪽에 가담했던 아버지도 끝내 이긴 자로 살아남지는 못했다…….

두둑두둑, 하고 좀 전보다 훨씬 가까운 데서 총소리가 들리더니 시민과 학생 들이 한 덩어리가 된 데모대가 밀려왔다. 그들의 악에 받친 고함과 두 눈에서 번들거리는 광기가 명훈을 암담한 무력감에서 끌어냈다. 주위를 돌아보니 먼저 저만큼 화신백화점이 보였다. 그러나 뒤이은 폭음과 함께 태평로 쪽에서 솟는 연기가 이내 명훈의 주의를 그리로 끌었다.

"불이다!"

"국회의사당인가?"

그런 수군거림이 일더니 누군가가 단정적으로 소리쳤다.

"서울신문사다!"

그러자 한 젊은이가 여럿을 향해 외쳤다.

"우리는 반공회관으로 갑시다!"

"맞아, 반공청년단도 싸질러 버려야 해."

누군가, 명훈 곁에 섰던 중년 하나가 맞장구를 치자 울부짖음 같은 함성과 함께 사람의 물결이 그쪽으로 밀려가기 시작했다. 명훈도 그 물결에 떠밀린 듯 그들과 섞여 걸었다. 어디쯤에서 헤어졌는지 김 형의 모습은 보이지 않았다.

반공회관 근처에 이르렀을 때 경무대 쪽에서 총격에 쫓겨난 듯 보이는 학생들이 합류해 데모대는 한층 거칠고 파괴적이 되었다. 부상자들을 나르다 묻었는지 학생들 중에는 피로 얼룩진 옷을 입은 이도 여럿이었다.

"경무대로 갑시다. 경무대로!"

"경무대로 앞은 피바답니다. 죄 없는 젊은이들이 수백 명씩 죽어 가고 있습니다."

"살인 경찰 몰아내고 이승만을 타도합시다!"

그들은 한동안 데모대를 경무대 쪽으로 돌려 보려 했으나 어찌 된 셈인지 선두는 반공회관 쪽을 고집했다. 명훈도 그들을 따라갔다.

나중에 돌이켜 보아 안 바이지만, 그 무렵부터 명훈의 의식은 야릇한 마비에 빠져 있었다. 그러면서도 일종의 귀소(歸巢)본능 같은 것에 이끌려 반공회관 쪽으로 다가간 듯했다. 불을 지르려는 군중에게 동조해서가 아니라 틈을 보아 그 건물 안으로, 더 정확히 말해 그 안에 있을지도 모르는 자신의 패거리에게로 돌아가고 싶었던 것인지도 모른다. 군중의 기세가 커지면 커질수록 더 깊어가는 알 수 없는 외로움까지 느끼며.

"야, 너 동대문이지?"

갑자기 누가 어깨를 치며 그렇게 묻는 바람에 명훈은 퍼뜩 정신이 들었다. 눈길을 모아 그렇게 묻고 있는 쪽을 돌아보니 어딘가 낯익은 얼굴 하나가 불쑥 떠오르듯 다가왔다. 배석구 또래의 시장 쪽 주먹 선배였다. 그는 명훈의 대답을 기다리지 않고 다시 확인하듯 물었다.

"너 돌개 밑에서 노는 애지?"

"아, 네……."

명훈은 이상한 반가움으로 콧등이 시큰해 옴을 느끼며 그렇게 말끝을 흐렸다. 그러자 그는 명훈을 길 한편 구석으로 끌고 가더니 매섭게 다그쳤다.

"넌 짜샤, 뭐 하겠다고 여기서 어정거려? 돌개한테 뭐 들은 말 없어?"

"실은 아직 못 만나서……."

"그럼 빨리 서대문 이 의장(이기붕 국회의장) 댁으로 가. 각하가 계신 경무대 쪽은 경찰이 철통같이 지키니까 필요 없어. 여기서 공연히 날뛰는 애새끼들 틈에 휩쓸려 다니다가 검정 콩알(총알)이나 얻어걸리지 말고……."

그 말을 끝내고 그는 이내 군중 사이에 섞여 들어갔다.

그의 뒷모습이 군중 틈에 섞여 완전히 사라져 버린 뒤까지도 명훈은 그가 한 말을 뚜렷이 알아들을 수가 없었다. '서대문 이 의장 댁'이 어딘지는 얼핏 떠올라도 자신이 왜 거기로 가야 하는지 도무지 알 수 없었기 때문이다.

그러던 명훈이 서대문 쪽으로 걸음을 재촉하게 된 것은 반공회관에서 시커먼 연기가 오르기 시작한 뒤였다. 뒤이어 치솟는 불길을 보고 더욱 광포해지는 데모대에게서 살기에 가까운 적의를 느끼며 그는 비로소 서대문 이기붕의 집으로 왜 가야 하는지를 깨달았다. 거기에는 무엇보다도 우리 편이 있다. 그걸 깨닫자 명훈은 새삼스럽고 절박한 공포까지 느끼며 사방에서 자신을 포위하고 있는 듯한 데모대를 빠져나왔다.

거기서 한번 과장되기 시작한 감정은 명훈의 그런 공포를 점점 키워 나갔다. 처음 소속돼 있던 데모대에서 빠져나와 서대문으로 가는 도중에만도 명훈은 몇 번이고 머리끝이 쭈뼛할 정도의 공포를 경험해야 했다. 새로 국회와 중앙청 쪽으로 몰려나오거나 서대문 쪽으로 밀고 가는 데모대와 만나게 될 때였는데, 그들 중에 자신의 얼굴을 아는 사람이 섞여 있다가 금세라도 소리치며 달려 나와 팔매질을 해 댈 것 같았다.

하지만 그날의 거리는 어차피 사람을 피해 가며 걸을 수 있는 거리가 못 되었다. 저만치 이기붕의 저택이 있다는 동네 부근에 이르렀을 때, 명훈은 어느새 거센 흐름을 이룬 데모대에 휩쓸려 있었다.

이기붕의 저택 근처는 이미 매캐한 최루탄 연기로 뒤덮여 쏟아지는 눈물과 재채기로 앞을 분간하기 어려웠다. 거기다가 선두는 한창 경찰과 투석전을 하고 있어 어떻게 뚫고 나가 보려야 나가볼 수가 없었다. 그 때문에 명훈은 다시 얼마간을 사람의 물결 속에 표류하듯 떠돌아야 했다.

그렇게 얼마나 시간이 흘렀을까, 계엄령이 선포됐다는 수군거림을 들은 것 같은데도 성난 데모대는 흩어질 생각을 않았다. 이기붕 의장 집 앞 공터에는 먼저 도착한 대학생들이 몰려 앉아 시위를 하고 있었다.

갑자기 광화문 쪽에서 소방차 한 대가 사람을 가득 실은 채 질주해 왔다. 경찰 병력이 증원돼 오는가 싶었으나 그게 아니었다. 소방차를 탈취한 데모대가 시가를 돌며 시위한 뒤 그리로 달려오는 길이었다.

그 소방차는 요란한 구호와 함께 이기붕의 집 주위를 한 바퀴 돌더니 다시 집 앞에 이르러 무엇인가를 던져 댔다. 차 위의 데모대가 쥐고 있던 돌멩이거나 벽돌 따위인 듯했다. 갑자기 콩 볶듯 총소리가 들리며 집 앞이 허옇도록 최루탄이 터졌다.

어지간한 학생들도 거기에는 견딜 수 없었던지 흩어져 눈을 비비며 물러 나왔다. 그러나 아주 포기한 것은 아니었다. 명훈이 사람들 틈에 섞여 있는 곳까지 밀리더니 거기서 돌을 주워 경찰에게 던지며 앞으로 되밀고 나갔다.

그런 학생들을 경찰의 최루탄과 공포가 다시 흩고 하는 식으로 밀고 밀리기를 몇 차례인가 거듭했을 때였다. 언제부터인가 그 총중에도 아직은 구경만 하고 있던 나이 든 시민들이 술렁거리는 것 같더니 이런 소리가 명훈의 귓가에 들어왔다.

"깡패들이 데모하는 학생을 잡아갔대."

"동양극장에 죽치고 있던 놈들일 거야. 오늘 아침부터 거기 한 떼서리 몰려 있는 걸 보았어."

"학생들에게 알려. 가서 구해 와야 돼."

깡패란 말에 어떻게든 이기붕의 집 안으로 들어가는 데만 쏠려 있던 명훈의 주의가 동양극장 쪽으로 옮겨졌다. 잘은 모르지만 서대문 쪽 패거리는 오래전부터 명동파와의 싸움에서 동대문 쪽과 함께 움직여 왔다는 말을 들은 적이 있었다. 아마도 그날 '이 의장 댁'은 서대문 쪽이 지키기로 되어 있었을 테지만, 동대문 쪽에서 지원을 왔다니 동양극장 안에 있다는 그 패거리 속에도 명훈이 아는 얼굴이 있을지 몰랐다.

그 바람에 명훈은 사람들 속을 빠져나와 동양극장 쪽으로 가려 했다. 그러나 그보다 앞서 벌써 동양극장 쪽으로 몰려가는 사람의 떼가 있었다. 어느새 소문을 들은 학생들이 몇몇 흥분한 시민들과 함께 잡혀간 동료를 구출하러 나선 듯했다. 이번에도 명훈은 그런 군중의 뒤를 쫓는 꼴이 되고 말았다.

그날은 아예 상영을 안 했는지 극장은 조용하기 그지없었다. 성난 학생들이 잡아간 동료를 내놓으란 외침과 함께 거세게 밀쳐 보았으나 극장 문은 굳게 잠겨 있고 나와 보는 사람도 없었다.

"분명히 이 안으로 끌려 들어갔대. 이 안에 있을 거야."

"문을 부숴 버려. 어서 그 학생을 구해야 돼."

"깡패 새끼들 모두 죽여 버려!"

그런 웅성거림과 함께 출입문에 거센 발길질이 가해졌다. 유리창 깨지는 소리와 판자 조각 찢어지는 소리에 이어 넓은 출입구가 열리고 사람들이 고함 소리와 함께 안으로 밀고 들어갔다.

그렇게 되면 이번에도 그 안에 있는 패거리와 합류하기는 틀린 일이었다. 거기 몇 명이 들어 있는지는 모르지만 그들이 그 많은 학생과 시민 들을 당해 낼 수 있을 것 같지 않았다. 그 때문에 어쩔 수 없이 엉거주춤한 구경꾼이 된 명훈은 극장 문께에 붙어 서서 안에서 들려오는 소리에 귀만 기울였다.

"없다. 아무도 없어."

"벌써 튀었어! 그 학생도 끌고 간 모양이야."

"더 찾아봐. 어딘가 숨어 있을지도 몰라."

"그래, 샅샅이 뒤져. 개구멍 막고."

흥분하고 거친 함성 사이로 그런 외침들이 문께까지 흘러나왔다. 그러다가 다시 무언가를 부수는 소리가 나더니 "찾았다!"란 외침 소리가 들려왔다.

"글쎄, 영사실 안에 넣어 두고 달아났다는구먼."

"얼마나 두들겨 팼는지 이미 가망이 없대, 그 죽일 놈들이……."

뒤이어 그런 수군거림이 안에서부터 흘러나오더니 학생들 몇이 사람들을 헤치며 피투성이가 된 학생복 차림의 젊은이 하나를 떠메고 나왔다. 그들은 가까운 병원을 외쳐 물으며 사람들을 헤치고 급히 사라져 버렸다.

"우리는 이기붕이 집으로 가자!"

"그렇다, 죽은 학생의 원수를 갚자!"

누군가가 그렇게 소리치자 거기 있던 사람들은 "와아!" 하는 함성과 함께 다시 서대문 경무대라 불리던 이기붕의 집으로 몰려들었다. 조금 전과는 비교도 안 될 만큼 달라진 군중이었다. 그때까지는 가끔씩 몸도 사리고 경찰의 반응도 살피던 이들이었으나 그 처참한 린치가 삽시간에 그들을 바꿔 놓은 듯했다. 그들은 그야말로 성난 물결처럼 밀려들었다.

무서운 경찰의 공포(空砲) 소리와 눈을 뜰 수 없을 만큼 짙은 최루탄 연기를 뚫고 군중의 선두는 바짝 그 집 앞으로 다가갔다. 명훈은 여전히 그들 속에 섞여 있었다. 그를 둘러싼 군중과는 달리 그때 명훈을 내몰고 있는 것은 미칠 듯한 공포였다. 살기까지 번득이는 군중의 집단 광기는 만약 자신이 그 대열에서 이탈한다면 금세 자신의 정체를 알아보고 한순간에 자신을 팔매질로 짓찧어 돌무덤 속에 처넣을 것만 같았다.

그래서 거센 물살에 떼밀리듯 나아가던 명훈이 의식적으로 걸음을 빨리한 것은 데모대의 선두가 그 집 대문 앞 10여 미터 앞으로 진출한 걸 본 뒤였다. 명훈은 극심한 공포 속에서도 한 줄기 빛과도 같은 암시를 받았다. 거기서 두 손을 들고 자신의 신분을 밝히면서 경찰 쪽으로 뛰어들면 설마 쏘지는 않겠지. 그래서 그 집 안에 있는 패거리에 합류할 수 있겠지 ─ 그런 생각이 퍼뜩 든 까닭이었다. 악귀처럼만 느껴지는 군중 틈에 있기보다는 어떠한 위험이 따르더라도 자기 편 쪽으로 찾아가 함께 있고 싶었다.

탕탕탕탕……

명훈이 제법 선두에 가까웠다 싶을 무렵 다시 경찰의 일제사격이 있었다. 무언가 전과는 다른 느낌이 든다 싶어 앞을 보니 풀썩풀썩 몇 사람이 쓰러졌다.

"실탄 사격이다!"

"경찰이 학생과 시민에게 총질을 한다!"

그런 악에 받친 외침이 들렸으나 선두는 금세 기세가 꺾여 사방으로 흩어지기 시작했다. 총알이 정말로 자신을 향해 쏟아진다는 걸 알자 명훈은 새로운 종류의 공포에 사로잡혔다.

직접, 그리고 정면으로는 경험해 본 적이 없는 죽음의 공포였다.

명훈은 어디라고 방향을 정할 겨를도 없이 돌아서 뛰었다. 한참을 뛰다 보니 좁은 골목 하나가 눈에 들어왔다. 그제야 무턱대고 앞으로 내닫는 것보다는 사격 범위를 벗어나는 게 급하다 싶어 얼른 그리로 뛰어드는데 왼팔 위쪽이 섬뜩했다.

뒤이어 왼쪽 어깨와 팔꿈치 가운데쯤에 무언가 굵은 몽둥이로 얻어맞은 듯 우릿한 통증이 왔다. 골목으로 숨어들기 바쁘게 오른손으로 그곳을 매만져 보니 어느새 손바닥에 벌겋게 피가 묻어 나왔다. 뒷날 남 앞에서는 언제나 훈장처럼 자랑했지만 혼자서 들여다볼 때는 또한 언제나 부끄러움이었던 명훈의 '의거' 상처는 그렇게 생겨났다.

우릿하던 아픔은 차츰 불에 데인 듯 화끈거리고 쓰려 오기 시작했다. 거기다가 총을 맞았다는 사실만을 알 뿐 총알이 어디를 어떻게 지나갔는지 몰라 그 아픔은 이내 야릇한 요사를 부리기 시작했다. 왼팔이 그대로 마비된 듯 축 늘어지며 정신까지 아뜩해 오는 것이었다.

"저런, 학생이 다쳤구먼……."

미리 그곳에 쫓겨 와 숨어 있던 사람 중에 노동자 풍의 중년 하나가 다가오며 그렇게 말했다.

"형씨, 많이 다쳤소?"

"병원으로 갑시다. 총을 맞았으면 병원으로 데려가요."

대학생 두엇이 다가와 명훈을 부축했고, 한 여학생은 눈물까지 글썽이며 명훈의 상처를 살펴보았다. 피부로 확 느껴지는 듯한 그들의 호의가 얼마 전까지 그들에게 품었던 공포를 이상한 감동으로 바꿔 놓으며 명훈의 콧마루를 찡하게 했다.

"여기는 우리에게 맡기고 동지는 가시오. 가서 안심하고 치료나 받으시오!"

뭔가에 홀린 듯 벌겋게 상기된 대학생 하나가 명훈에게 그렇게 말해 놓고 그곳에 몰려 있는 사람들에게 소리쳤다.

"갑시다. 이 피를 헛되게 하지 맙시다. 불의는 반드시 거꾸러지고 맙니다. 정의의 승리를 믿읍시다!"

그러자 학생들은 다시 함성과 함께 골목을 나섰다. 몇 사람의 일반 시민만이 명훈을 부축해 반대편으로 빠졌다.

명훈이 그 골목길을 거의 빠져나올 무렵, 좁은 샛골목에서 귀에 익은 목소리가 아픔으로 무디어진 청각을 일깨웠다.

"야, 너, 간다 아냐?"

명훈이 그리로 눈길을 돌리니 뜻밖에도 배석구가 걸어 나오고 있었다. 명훈은 반가운 나머지 눈물이 핑그르르 돌았다. 그러나 배석구는 매우 조심스러운 표정이었다. 무언가 뜻 모를 눈짓을 하며 문득 목소리를 높여 딴청을 부렸다.

"넌 마, 학생이 공부는 않고……."

그러다가 문득 명훈이 다친 걸 보았는지 놀란 표정을 지으며 물었다.

"너 다쳤구나, 심해?"

명훈을 부축하고 있던 사람이 명훈을 대신해 대답했다.

"팔을 관통당한 모양인데 빨리 병원으로 데려갑시다."

그러자 배석구가 잠깐 곤혹스러운 표정을 지으며 무언가를 생각하는 눈치더니 이내 마음을 정한 듯 다가와 명훈을 부축하며 그때껏 부축해 온 사람들에게 말했다.

"알았습니다. 하지만 얜 내 동생이니 내가 돌보지요. 여러분이 수고하지 않으셔도 됩니다."

"혼자서 될까? 많이 다친 것 같은데……."

배석구에게 자리를 내주고 물러난 중년이 걱정스레 명훈을 보며 중얼거렸다.

"괜찮습니다. 형님만 계시면 됩니다."

명훈도 그들이 따라와 곤혹스러운 입장이 될까 겁났다. 아픔을 참고 그들에게 사정하듯 그렇게 말했다. 배석구가 눈치 없이 자기들의 정체를 흘리면 그때껏 자신에게 보이던 그들의 호의는 일시에 분노나 실망으로 변할 게 틀림없었다.

명훈이 사양하자 부축하고 오던 사람들도 굳이 고집을 부리지는 않았다. 차라리 잘됐다는 듯 배석구에게 명훈을 넘기고 골목 반대편으로 돌아갔다. 거기에는 또 한 차례의 총격에 쫓긴 학생과 시민 들이 허둥지둥 몰려들고 있었다.

"데모하다 총 맞은 거로 네게 불리한 일이 생길지도 몰라. 좀 괴롭더라도 여기서 멀리 떨어진 병원으로 가는 게 좋겠어. 데모 부상자들이 득실거리는 곳에 갔다가 경찰 리스트에 올라 애매하게 손해보지 않으려면 말이야."

사람들을 모두 따돌린 뒤에 배석구가 소곤거리듯 말했다. 그리고 자신의 점퍼를 벗어 명훈의 어깨 위를 덮어 줌으로써 피 흐르는 왼팔을 감추었다.

배석구가 명훈을 데리고 간 병원은 서소문 근처의 작은 외과 병원이었다. 배석구는 되도록 상처의 원인을 숨기려 했으나 젊은 의사는 한눈에 총상임을 알아보았다.

"다행히도 총알이 스치고 지나갔군요. 상처가 꽤나 깊기는 해도 힘줄이나 뼈가 그리 심하게 다친 것 같지는 않고…… 그러나 화

농은 주의해야 되겠습니다. 입원하시겠습니까?"

의사가 그같이 묻자 배석구는 단번에 고개를 가로저었다.

"입원 않고는 안 되겠습니까?"

"여러 날 통원 치료를 받아야 되겠습니다."

의사는 그렇게 말하고 치료에 들어갔다. 말로는 나타내지 않고 있었지만, 그 또한 명훈에게 예사 아닌 호감을 보이고 있음을 상처를 돌보는 손길 하나하나에서 잘 느낄 수 있었다. 간호원도 그런 점에서는 마찬가지였다. 의사를 거드는 틈틈이 명훈이 대학생인가, 대학생이면 어느 대학에 적을 두고 있는가, 집은 어디인가 따위를 물었다. 단순한 호감을 넘어 야릇한 호기심까지 반짝이는 눈길이었다. 하지만 그 병원이 보여 준 무엇보다도 놀라운 호의는 치료비를 받지 않은 것이었다.

"아무리 정치와는 무관한 의사라 하지만 학생들이 옳은 일을 하다 다친 걸 어떻게 치료비를 받겠소? 앞으로도 그냥 보아드릴 테니 부담 없이 오시오."

의사는 그렇게 말하며 짐작에도 상당할 것 같은 치료비의 액수조차 밝혀 주지 않았다. 거기서 명훈은 다시 알 수 없는 부끄러움과 감동의 교차를 또 한 번 경험했다. 배석구도 꽤나 충격을 받은 듯했다.

"인심이 정말 이렇게 돌았나? 의사 저 새끼 저것도 수상한 새끼 아냐?"

병원을 나오자마자 배석구가 혼잣말처럼 중얼거렸다. 말은 아직 반신반의하고 있는 듯해도 표정은 전에 없이 심각했다.

대단치 않다는 의사의 말을 들어서인지, 배석구가 곁에 있어서인지 상처가 욱신거리기는 해도 처음처럼 정신이 아뜩아뜩할 정도는 아니었다. 택시를 잡기 위해 흥분한 데모대가 들끓는 도심을 빠져나오는 동안 명훈은 거의 부축 없이 걸었다.

"어떻게 된 거야?"

시청 앞에서 퇴계로 쪽으로 빠지면서 배석구가 비로소 물었다. 명훈은 숨김없이 그간의 경위를 얘기하고 난 뒤에 되물었다.

"형님은 어떻게 된 거요?"

"나? 오늘 바빴지. 점심 먹는데 대망이 형이 이 의장 댁으로 애들을 좀 보내라더군. 급한 대로 여남은 명 긁어모아 보내고 다시 애들 모으러 갔다 왔는데 말이야, 벌써 길이 막혀 버렸더라고. 그래서 걔들은 동양극장에 진을 치게 해 놓고 네게도 연락해 보았지. 어찌 된 건지 한 놈도 연락이 안 되더란 말이야. 그래서 다시 이 의장 댁으로 돌아갈 궁리를 하며 형편을 살피다가 너를 만난 거야."

배석구가 그렇게 말해 놓고 불쑥 물었다.

"야, 너는 일이 어떻게 될 것 같아?"

"일요? 그걸 제가 어떻게 알아요? 형님이 높은 사람들과 교제가 많으니 알아도 형님이 더 잘 알지 않겠어요? 그래, 그 사람들은 뭐라 그럽디까?"

명훈이 그렇게 말을 받자 배석구의 얼굴이 갑자기 어두워지며 말끝을 흐렸다.

"그 사람들이야 늘 그 소리지……."

"무슨 소리요?"

"빨갱이들이 끼어들었다. 입만 살아 떠들지 힘으로 내리누르면 곧 가라앉는다……."

"거기다가 계엄령까지 선포되었다면서요? 곧 군인들이 들어올 모양이던데……."

"바로 그거야. 군바리들까지 동원해야 된다는 게 영 맘에 걸리거든."

배석구가 그렇게 말해 놓고 한참 뜸을 들이다가 괴로운 듯 속을 털어놓았다.

"실은 어젯밤부터 무언가가 잘못되어 가고 있다는 예감이야. 오늘 피를 보고 총소리를 듣게 되면서는 더욱……. 너 도리짓고땡 해 봤냐? 이를테면 새벽녘 한창 열이 붙었을 때 같은 때, 그때 활용하지는 못해도 이상한 예감이 발달하게 되지. 패를 딱 짚는 순간 이건 틀렸구나, 하는 예감이 드는 수가 있는데 그게 어김없이 들어맞는단 말이야. 그런데…… 지금이 꼭 그 패를 잘못 짚었을 때의 기분이라고."

그런 배석구가 하도 맥없고 초라해 보여 명훈이 오히려 그의 힘을 돋워 주었다.

"형님이 왜 이러세요? 바짝 얼어 버리신 모양인데 힘을 내십쇼."

"아냐, 이것도 눈치라면 눈치야. 이런저런 눈치 하나로 오늘까지 버텨 온 나거든."

배석구가 고개를 설레설레 흔들며 그렇게 말끝을 흐렸다. 명훈 또한 모든 걸 밝게만 볼 기분은 아니어서 더는 마음에도 없는 소리로 배석구를 위로하려 들 수 없었다.

배석구가 다시 입을 연 것은 마침 명동 쪽에서 빠져나오는 시발택시를 한 대 잡은 뒤였다. 그냥 지나치려다 명훈을 보고 차를 세워 준 듯한 시발택시에 몸을 얹으며 씁쓸한 미소와 함께 배석구가 말했다.

"아냐, 아까는 내가 잘못 생각한 거 같아. 오늘 네가 다친 거 어쩌면 영험한 부적이 되어 너를 지켜 줄지도 모르지. 이제부터 너는 데모를 하다 총을 맞은 대학생이 되는 거야. 집이 용두동이랬지? 뭐 착실한 대학생들과 함께 방을 쓴다며? 그들에게라도 데모대에서 앞장을 서다가 총을 맞은 걸로 하라고. 그리고 며칠 집 안에 누워 있으면서 형편을 보아 나머지 세상 사람들한테도 그렇게 나서도록 하고……. 내 예감을 믿어. 엉뚱한 소리 걔들한테 하지 말고 우리 쪽 골목에도 얼씬 않도록 해. 만약 다행히 이 박사와 자유당이 무사히 버텨 낸다면 그때는 또 내가 있으니 이쪽 오해는 걱정 안 해도 돼."

그런 배석구의 목소리에는 왠지 핏줄의 정 같은 끈끈한 정이 스며 있는 듯했다.

그 봄 하루

"또 수제비야?"

옥경이 사정을 뻔히 알면서도 들어오는 밥상을 보고 투정처럼 물었다. 굵고 질 낮은 멸치를 우린 국물과 구제품 밀가루가 어울려 내는 역한 냄새에 비위가 확 틀어진 철은 숟가락을 들 생각도 않고 주섬주섬 책가방을 챙겼다. 벌써 이틀째 국수 아니면 수제비였다.

"난들 어떻게 해? 어머니가 사 주고 간 쌀은 떨어지고 돈도 한 푼 없는걸."

영희가 좋은 얼굴로 옥경을 달랬다. 그러나 어찌 된 셈인지 옥경은 평소에 두려워하던 언니가 곱게 나오는데도 투정을 멈추지 않았다.

"그럼 국수라도 해야 할 거 아냐? 빵을 찌든가…… 수제비는 밀가루 냄새가 나 먹을 수가 없잖아?"

응석받이긴 해도 기질은 보드라운 옥경이가 성격이 거센 누나를 상대로 전에 없이 덤비는 게 이상해 철은 챙기던 책가방을 놓아두고 그런 자매를 살폈다. 이미 실쭉해진 눈길이었지만 누나는 애써 화를 참았다.

"국수는 아침부터 무슨 국수야? 조금만 참아. 오늘은 틀림없이 어머니가 돈을 부쳐 올 거야. 저번 편지에 한 닷새만 있으면 산이 팔릴 거라 그랬거든."

"그걸 어떻게 믿어? 그 전번 편지에도 곧 보낼 거라 해 놓고 또 닷새를 미뤘잖아?"

"그럼 나보고 어쩌란 말이야? 어디 가서 쌀이라도 훔쳐 올까?"

마침내 영희도 슬그머니 화가 나는지 얼굴을 붉히며 옥경에게 쏘아붙였다. 그래도 옥경은 숙어 드는 기색 없이 맞섰다.

"언니가 쌀을 좀 아꼈으면 됐잖아?"

"뭐야? 요 조그만 기집애가. 그럼 내가 쌀을 막 퍼내기라도 했단 말이야?"

"접때 동동구리무(수제 크림 상표 이름. 판매원이 작은 북을 동동 치고 다녀 그런 이름이 붙음)도 쌀로 바꾸고 럭스 비누하고 마후라도 쌀 팔아서 샀잖아? 떡으로도 바꿔 먹고……."

그제야 철은 옥경이 무엇 때문에 그렇게 자신만만하게 맞서는지를 알았다.

어머니가 모두 싸 간 것 같은데 새 크림 통이 방바닥을 굴러다니고 향기 좋은 럭스 비누가 예쁜 비눗갑에 담겨 있는 것을 철이도 이상스레 여긴 적이 있고, 또 누나가 낯선 머릿수건으로 짧은 머리칼을 감춘 채 골목 밖까지 나다니는 것도 알고 있었지만, 그것들이 어떻게 생겼는지에 대해서는 생각해 본 적이 없는 그였다. 그런데 옥경은 진작부터 그걸 알고 있었던 듯했다.

"뭐? 요 기집애가 아주 못됐어. 그래, 네 말대로다. 빨랫비누밖에 없어 세숫비누 하나 사고, 하도 낯이 조여 크림도 한 통 샀다. 왜? 그리고 너는 이 기집애야, 열아홉 살이나 되는 언니가 선머슴아이 같은 머리칼로 그냥 돌아다니는 게 좋겠어? 나일론 수건 한 장 사서 덮어쓰고 다니는 게 그렇게 눈에 거슬려?"

영희가 옥경의 머리채를 세차게 잡아채며 그렇게 소리쳤다. 영희가 워낙 거세게 나오니까 옥경은 덜컥 겁이 난 모양이었다. 얼굴까지 핼쑥해지며 목소리를 떨었다.

"그건 아니지만…… 쌀이 떨어졌으니까 그렇지. 이거 놔……."

"요 기집애가…… 그래도 말대꾸야? 조그만 게 간섭은 어따 대고 간섭이야? 너 정말 혼 좀 나 볼래? 엄마도 없고 해서 곱게 봐 줬더니……."

영희는 이번 기회에 단단히 길을 들여 놓아야겠다고 생각했는지 옥경이의 머리채를 감아쥔 손에 힘을 주며 남은 손을 쳐들었다. 얼굴이 홱 젖혀진 옥경은 완전히 기가 꺾였는지 대꾸도 못 하고 눈물만 글썽였다. 어머니가 있을 때는 그도 옥경과 자주 다투는 편이고, 이따금씩 놀이에 따라붙을 때는 귀찮아서 구박도 주지만, 그렇게 되자 철은 이내 옥경이 편이 되었다.

"뭐, 듣고보니 누나가 잘한 것도 없네. 괜히 애매한 애한테……."

철이 영희를 쏘아보며 퉁명스레 말했다. 영희가 힐끗 그런 철을 보더니 갑자기 옥경의 머리채를 놓고 철에게 덤벼들어 멱살을 잡았다.

"요 자식 봐, 너 방금 뭐라고 했어?"

"누나가 잘한 게 뭐 있어? 이거 놔!"

철은 아침밥을 거르게 된 원망에다 영희의 서투른 음식 솜씨와 학교만 다녀오면 뭔가 줄곧 부려 먹으려 드는 데 대한 불만까지 곁들여 그렇게 소리치며 세차게 몸을 비틀었다. 6학년이 되어서인지 서울에 있을 때보다는 좀 만만해진 누나였다.

철의 힘찬 몸짓에 영희는 윗몸이 기우뚱했지만 멱살을 쥔 손은 놓지 않았다. 오히려 몸의 균형이 잡히는 대로 한 손을 빼내 찰싹 철의 따귀를 때렸다. 아침도 못 먹고 학교에 가게 된 판에 따귀까지 맞고 나니 유순한 철도 가만히 있지 못했다.

"이 기집애가 왜 때려?"

그런 소리와 함께 몸 전체로 영희에게 돌진하며 두 주먹을 번갈아 내질렀다.

주먹은 뭉클하는 젖가슴에 파묻혀 별 힘이 못 되었지만 누나의 턱을 정통으로 들이받은 머리는 한몫을 단단히 해낸 듯했다. 떠덕, 이 부딪는 소리가 나며 영희는 철의 멱살을 놓고 뒤로 풀썩 주저앉았다. 철은 그 틈을 타 벌써부터 챙겨 놓은 책가방을 들고 잽싸게 방문을 나섰다.

"이 기집애, 임마 오면 다 안 이르는가 봐라!"

고무신까지 꿰어 이제는 붙들릴 염려가 없다 싶자 철은 방 안을 향해 그렇게 소리쳤다. 방문이 열리며 영희가 우르르 달려 나왔다.

"너 거기 서! 서지 못하겠니?"

영희가 그 말과 함께 맨발로 마당까지 쫓아 나왔으나 철은 그때 이미 골목으로 뛰어나간 뒤였다.

이제 더는 누나가 뒤쫓아올 수 없다 싶은 곳에 이르러서야 발걸음을 늦춘 철은 비로소 그 아침의 돌발사에 대해 찬찬히 생각해 보기 시작했다. 처음에는 무언가 엄청난 짓을 했다는 느낌에 으스스하기도 했지만 곧 그에 못지않게 스스로가 대견스럽게 느껴지기까지 했다. 서울을 떠날 때까지만 해도 꽉 잡혀 지내던 억센 누나를 드디어 혼자 힘으로 받아넘긴 까닭이었다. 그러나 미처 학교에 이르기도 전에 철은 가슴 저린 후회에 빠져들기 시작했다. 그 자세한 내막은 몰랐지만 누나가 무언가 힘든 삶의 고비를 넘기고 있다는 것만은 철도 피부로 느껴 오고 있었다.

형과 누나의 갑작스러운 귀가, 그들과 어머니의 으스스한 그 겨울밤 외출, 그리고 참혹하게 가위질 당한 누나의 머리, 거기다가 어머니가 고향으로 가기 전까지의 암울한 두 달…… 물론 어머니가 없어진 뒤로 누나는 어느 정도 미소와 말을 되찾은 것 같았다.

그러나 아직도 지난 두 달의 억눌림과 뒤틀림에서 온전히 깨어나지는 못한 말과 미소였다.

무언가가 꾹 찔러 주기만 하면 금세 터져 버릴 듯한 분노와 원한이 누나의 가슴에 가득 차 있는 듯 느껴지곤 했다. 어쩌면 어머니가 떠나고 난 뒤 철이 더욱 그녀에게 고분고분했던 것은 그 원인 모를 분노와 원한이 터져 나올까 두려워서였는지도 모를 일이었다.

'하지만 어쨌든 누나도 잘못은 했으니까. 게다가 불쌍한 옥경이는 왜 때려……'

어려움에 빠져 제정신이 아닌 누나에게 덤빈 게 어린 마음에 한껏 후회되었으나 철은 이윽고 그렇게 자신을 변호하고 어두운 생각을 털어 내듯 머리를 세차게 흔들었다. 어차피 오래고 심각한 고민은 그 나이에 어울리지 않았다. 더군다나 때는 4월도 다 가는 봄날의 화창한 아침이었다.

아침을 굶은 데다 안간힘에 뜀박질까지 해서 그런지 한번 생각이 현실로 돌아오자 갑자기 허리가 접힐 듯 배가 고파 왔다. 주위를 돌아보니 어느새 교문으로 드는 긴 골목길 입새에 이르러 있었다. 그 앞 중국집 입간판의 '우짜볶잡라돈초울……'이란 글씨가 어느 때보다 선명하게 두 눈을 찔렀다. 우동·짜장면·볶음밥·잡채·라조기 따위를 가로글씨로 위에서 아래로 늘어논 것인데, 그 지점에서 보면 전신주에 그 입간판이 가리어 뒷글자는 안 보이고 머리글자만 세로로 '우짜볶잡……' 하며 늘어서 있었다.

그 글자들이 연상시키는 음식들과 중국집 안에서 풍겨 나오는 듯한 구수한 기름 냄새에 시달리는 게 싫어 철은 다시 걸음을 빨리했다. 하지만 교문에 이르는 골목길로 접어들자 거기에는 더욱 다양하게 철의 허기를 자극하는 행렬이 늘어서 있었다. 아이들의 등교를 기다려 벌써부터 좌판을 벌인 잡상인들이었다.

녹말을 많이 머금어 통통한(아이들은 그걸 알이 뱄다고 표현했다.) 암칡들을 함지박에 가득 담아 놓고 칼이나 톱으로 썰어 파는 아줌마들, 하얗게 닦인 철판 위에다 불에 녹인 설탕물로 나비와 꽃을 그려 굳히고 있는 할아버지, 맞물고 도는 이가 넓은 톱니바퀴 사이에 구운 오징어를 밀어 넣어 넓게 펼치는 아저씨, 박하 엿과 셀로판에 싼 왕사탕 따위를 손바닥만 한 판자 조각에 펼쳐 놓고 앉은 할머니, 바나나 모양의 풀빵 틀 밑 화로에 한창 숯불을 일구고 있는 장애인 부부. 매일은 아니지만 낯이 익을 만큼은 자주 그곳에 나앉는 그들인데도 그날은 무슨 큰 장이라도 선 것처럼 현란하게 느껴지기까지 했다.

모든 것이 닫힌 유리창 미닫이 안쪽에 있어 상상으로만 떠오르는 중국집과는 달리 철은 그 골목길을 걸음을 빨리해 지나칠 수가 없었다. 허기진 배 속에는 거의 고통 같은 자극이 되는데도 오기로만 눈앞에 늘어선 음식물들의 매혹적인 냄새와 선과 색을 외면하기는 어려웠다.

실은 며칠 전 곱삶아 먹던 보리쌀까지 떨어져 옥수숫가루와 밀가루만으로 끼니를 때워 오면서부터 굶주림은 이미 시작되고 있었다. 거기다가 그날은 아예 아침을 걸러 철의 굶주린 넋은 조금씩 허물어지고 있었는지도 모를 일이었다. 기회가 주어진다면 거기 있는 먹을 것들을 훔쳐 달아나고 싶을 만큼.

그런데 뜻밖의 일이 철의 그런 허물어짐을 다잡아 주었을 뿐만 아니라 뒷날까지도 굶주림에는 쉽게 의연해질 수 있게 해 주었다. 처음 밀양으로 와서 형편이 좋을 때의, 마음 내키는 대로 그런 것들을 사 먹을 수 있었던 행복한 기억으로 이제는 차라리 쓰라려 온다는 표현이 옳은 위를 달래며 느릿느릿 그 골목을 지나 철이 마지막으로 교문 앞에 세워진 칡 장수의 리어카 앞에 걸음을 멈추고 있을 때였다. 때마침 우르르 학교에서 몰려나와 칡을 사는 조무래기들 틈에 한 동네 녀석 몇이 끼어 있는 걸 보고 행여나 하며 서 있는데 등 뒤로 여자애들이 재잘거리며 지나가는 소리와 함께 묘한 느낌이 와 닿았다.

평소 같으면 철은 틀림없이 그 여자애들 속에 누가 끼어 지나가는지를 돌아보지 않고도 알았을 것이다. 아니, 그 정도는 못 되더라도 그 묘한 느낌의 원인이 무엇인가를 알기 위해 힐끗 돌아는 봤을 것이다.

그러나 굶주림으로 걸신에 홀린 그날의 철에게는 그럴 여유가 없었다. 하얀 가루 같은 톱밥을 쏟는 칡 장수의 톱질에 눈길이 붙들려 있다가, 다시 그렇게 잘라 낸 칡을 받아 맛있게 베어 무는 아이의 입을 부럽다 못해 괴롭기까지 한 심경으로 바라보느라 등허리에 와 닿는 그 묘한 느낌을 무시하고 있었다.

갑자기 교문 쪽에서 통통통 뛰어오는 발소리가 나더니 눈에 익은 환한 빛무리가 아이들을 헤집고 칡 장수에게로 다가갔다. 그제야 퍼뜩 정신이 든 철이 그 환한 빛무리를 눈여겨보았다. 명혜였다. 책가방은 조금 전 함께 등교하던 애들에게 맡기고 뛰어왔는지 빈손이었다.

"아저씨예, 칡 20환어치만 쟈(저 애) 주이소."

명혜는 한 손으로는 접은 10환짜리 두 장을 내밀고 한 손으로는 철이를 가리키며 그렇게 말했다. 무슨 부끄러운 짓을 하다 들킨 것 같아 얼굴이 확 달아오르던 것도 잠시, 명혜가 한 말을 겨우 알아듣자마자 철의 몸은 얼어붙은 듯 굳어 버렸다.

"아, 아니……."

그러면서 무언가를 말하려고 하는데 명혜가 재빨리 그 곁을 스쳐 가면서 말했다.

"철이 니 꼭 저 칡 받아 가그래이."

"그, 그러지 마…… 필요 없다니까……."

철이 겨우 힘을 모아 그렇게 대꾸했을 때 이미 명혜의 세일러복 옷깃은 교문 안쪽으로 꺾어 든 뒤였다.

철은 그 뜻 아니한 사태에 까닭 모를 굴욕감과 수치심으로 잠시 눈앞이 아뜩하기까지 했다. 그러다가 갑자기 그 굴욕감과 수치심은 맹렬한 분노가 되어 작은 몸을 불태웠다. 배고픔 따위는 이미 그의 정신에 작은 자취조차 남겨 놓지 못한 채 사라지고 말았다.

'기집애가…… 사람의 뒤를 밟고…… 뭐 하는 거야, 나쁜 기집 애……'

그렇게 앞도 뒤도 없는 욕을 속으로 내뱉고 있는데 그새 톱질 을 마친 칡 장수 아저씨가 두툼하게 자른 칡 토막을 몇 개 내밀 며 소리쳤다.

"야야, 이거 받아 가거라이."

"싫어요! 그 기집애나 주세요!"

철은 자신도 모르게 빽, 고함을 치며 애매한 칡 장수를 흘겨보 았다. 철의 눈길에서 무얼 보았는지 멈칫해하던 칡 장수가 이내 너 털웃음과 함께 달랬다.

"하, 고놈아 고거, 몬땐(못된) 소가지(속)하고는. 참한 가시나 친 구가 사 주는 갑는데 뭐시 그리 보골(화)이 나노?"

그리고 쥐어 주듯 칡 토막을 넘겨주었다. 얼결에 받기는 했으 나 이미 그 칡 토막은 조금 전까지도 그렇게 탐나던 먹을 것이 아 니었다.

철은 무슨 징그럽고 더러운 걸 모르고 손에 집은 사람처럼 그 칡 토막들을 리어카 위에 팽개치고 돌아서며 차게 쏘아붙였다.

"싫다니까요. 뭐 내가 거지예요?"

상처받은 자존심 때문에 절로 파들거리는 목소리였다.

"하앗, 고노마, 인자 보이 서울내기네. 소가지도 참 못됐다."

돌아서 뛰는 등 뒤로 그런 칡 장수의 놀림 섞인 빈정거림이 들 렸다.

헐떡거리며 교실로 뛰어가던 철이 막 복도로 올라서는데 명혜가 그새 저희 교실에다 책가방을 놓고 여자애들에게 둘러싸여 맞은편에서 오고 있는 게 보였다. 책가방 외에 비어 있는 철의 손과 얼굴을 번갈아 보던 명혜의 눈길에는 놀라움이 스며 있었다. 그러나 뒤틀어질 대로 뒤틀어진 철에게는 그 놀라움조차 곱게 보이지 않았다. 만난 뒤 처음으로 무섭게 명혜를 흘겨보았다.

그리고 그 무서운 눈길에 명혜가 하얗게 질리는 걸 보고도 입까지 앙다물어 자신의 깊이 모를 분노를 드러냈다.

1960년 4월의 대사건이 터졌을 때 나는 우리 나이로 열세 살이었다. 열셋이란 나이는 그때에 일어난 모든 일에 대해 뚜렷이 기억하는 나이고, 경우에 따라서는 그 일들이 세상에 미치는 영향이나 감춰진 의미에까지도 의식이 닿을 수 있는 나이다. 그런데 불행하게도 그해 4월의 대사건은 몇 개의 단편적인 기억뿐, 내 의식에는 이렇다 할 흔적을 남기지 못했다. 다시 말해 지금 내가 그 일에 대해 품고 있는 관념은 많은 것이 뒷날의 기록과 전문(傳聞)을 바탕 삼아 재구성한 것에 지나지 않는다.

그 이유로 짐작되는 것은 여럿이지만 그중에서도 가장 중요한 것은 아마도 나의 개인적인 불운 탓일 것이다. 그때 나는 내 삶에서 가장 어둡고 괴로운 시기로 접어들고 있었으며, 내가 살고 있던 곳은 그 역사의 태풍 진로에서 약간 비켜선 작은 읍이었다. 거기다가 무슨 천형(天刑)처럼 어릴 적부터 강요된 정치적 무관심은 가능했던 기억과 이해조차 가로막아 버렸다.

만약 그때의 내 삶이 정상적인 열세 살 소년의 그것이었다면, 내가 살던 곳이 그 사건의 부분적인 현장이라도 지켜볼 수 있는 도회였다면, 그리고 내게 라디오나 신문을 통해 전해지는 그 사건을 자상하게 설명해 주는 아버지와 형들이 있었다면, 아니 최소한 거기 대해 정치적인 관심을 자주 주고받는 이웃이라도 있었다면, 4·19에 대한 내 기억과 이해는 지금과 훨씬 달랐을 것이다. 어쩌면 나는 혁명과 유혈에 대해 가슴 두근거리는 추억을 지니게 되었을지도 모르고, 어른들의 들뜸에 휩쓸려 터무니없이 일찍 그런 종류의 들큰한 승리에 맛을 들였을는지도 모른다. 거기서 더 나아가 모든 변혁에 낙관적이 되고, 거기에 기꺼이 나를 내던질 수 있는 어두운 열정을 길러 나갈 수도 있었을 것이다.

하지만 아무리 꼼꼼하게 그 갈피를 뒤져 봐도 내 기억 속의 4·19는 그런 방향과는 거리가 멀다. 그저 한동안은 먼 도시의 종잡을 수 없는 풍문의 일이다가, 어느 날 갑자기(실은 주된 상황이 이미 종료된 뒤에) 무슨 신나는 경축 행사와도 같은 고등학생들의 시위 행렬로 끝나고만 부조리극(不條理劇) 같은 것일 뿐이었다. 그것도 이미 시작된 굶주림으로 모든 것에 시들해진 어린 영혼에게는 몽롱하게만 비치는……

뒷날 철은 그해 4월의 대사건에 대해 그렇게 술회한 적이 있다. 명혜와 그런 일이 있었던 게 바로 그해의 4월 26일 아침이었던 만큼, 그 술회가 반드시 고의적으로 비틀고 과장한 기억에 근거하고 있지는 않은 듯하다.

철이 교실로 들어가니 아이들 몇이 교탁 근처에 둥그렇게 모여 앉아 무슨 얘긴가로 열을 올리고 있는 게 보였다. 그러나 이래저래 참담한 기분이라 철은 녀석들을 알은체도 않고 제자리로 찾아들었다. 5분단 가운데쯤에 있는 자신의 의자에 언제부턴가 천 근 무게로 느껴지던 가방을 내려놓고 털썩 앉는데 교탁 쪽 아이들 속에서 그를 부르는 소리가 났다.

"어이, 이인철, 왜 그래?"

반갑잖은 눈길로 그쪽을 보니 용기 녀석이 앉은 채로 약간 고개를 빼어 자신이 불렀음을 알리고 있었다.

철은 그게 용기라는 걸 알자 그를 화풀이 상대로 삼으려던 생각을 얼른 거두었다.

철은 그 무렵 들어 이른바 우정이란 형태의 새로운 인간관계를 경험하는 중이었다.

사랑처럼 호들갑스럽거나 소모적이 아니며, 피붙이에 대한 정처럼 동물적이거나 눈멀지도 않은 그 특이한 형태의 교류는 오늘날의 사회에서는 그리 대단찮게 여겨지는 듯 보인다. 산업사회가 새로이 설정한 여러 기능에 따라 만들어진 이런저런 집단에서 개별적인 선택 없이 만나게 되는 사람들에게 느끼는 동료 의식이 고색창연한 우정의 개념을 잠식해 간 탓이리라. 하지만 그때만 해도 우정은 오늘날의 이해(利害)를 바탕으로 맺어지는 갖가지 인간관계나 얄팍한 동료 의식과는 달리 전인적(全人的)인 어떤 관계였으며, 때에 따라서는 이성에 대한 사랑이나 혈육에 대한 정보다 훨씬 더 값진 감정으로 여겨지기까지 했다. 놀이의 유년에서 점차 멀어지고 또 어른들의 관계가 서먹해짐과 아울러 명혜를 상대로 한 동화적인 사랑마저 추상화를 겪게 되면서부터 철은 차츰 단순한 놀이 동무나 환상의 소녀 대신 마음의 벗을 구하게 되었는데 그 구체적인 대상 중의 하나가 용기였다.

용기는 말하자면 철이 속한 반의 작은 영웅이었다. 다른 반들과는 달리 철의 반은 모든 권리가 철저하게 지능, 특히 학과 성적의 우열과 비례했다. 그 반에도 싸움 대장이 따로 있고, 또 그 대장을 중심으로 한 세력도 틀림없이 있었으나 그들도 공부 잘하는 아이들과의 충돌은 되도록 피했고, 어쩌다 충돌이 있어도 웬만하면 양보했다. 그런데 용기는 바로 그 공부 잘하는 아이 중에서도 2등과 상당한 격차를 유지하는 1등이었다.

철과 용기의 관계는 처음 서울서 전학 온 아이와 그 반 급장의 덤덤한 사이였다. 아니 어쩌면 용기에게는 지능의 우월을 근거로 한 자신의 권위가 그 새로운 전입생에 의해 도전받을지도 모른다는 우려에서 비롯된 약간의 견제 심리까지 있었을 것이다. 반 아이들 중에는 아무도 서울에 가 본 아이가 없음을 안 철이 서울 얘기에 조금이라도 허풍을 섞으면 용케도 그걸 알아채고 꼬치꼬치 캐물어 철을 어렵게 만드는 게 용기였다.

그러던 그들이 좀 유별난 감정으로 서로를 보게 된 첫 번째 계기는 지난봄 꽃상여 사건이었다. 그날 자신도 모를 감정의 충동질과 야릇한 흥에 취해 거짓말을 하면서도 철은 마음속으로 용기를 제일 두려워했다. 다른 아이들은 다 속여 넘겨도 그만은 그럴 수 없을 것 같았기 때문이었다. 그런데 용기는 그 가장 어려운 고비에서 철을 구해 주었을 뿐만 아니라, 그 뒤로는 까닭모를 우호와 관심의 눈길까지 보내기 시작했다.

"니는 아무래도 우리하고는 뭔강 다른 것 같아. 서울내기라 그런강……"

때로 그런 감탄 비슷한 소리와 함께.

그다음으로 철이 용기와 가까워진 것은 책을 통해서였다. 그 무렵의 시골 아이들이 대개 그랬듯이 철의 반에도 교과서 외에 재미로 책을 읽는 아이는 드물었다. 마땅하게 읽을 만한 책도 흔치 않았지만, 아직은 모든 게 안정되지 못한 사회의 분위기도 아이들이 책 읽기에 재미를 붙일 만하지 못했다. 그저 산과 들에서 뛰놀고 조잡한 놀이에 열중하다가 만홧가게에 끼어들거나 기껏해야 사뭇 꿈같이만 느껴지는 서양의 동화집을 권유에 못 이겨 건성으로 뒤적이는 정도였다. 그런데 용기 녀석만은 달랐다. 철이처럼 깊이 몰두하는 법은 없었지만 틈틈이 다른 책을 읽는 눈치였고 어떤 때는 학교에 가져와 읽기까지 했다.

용기도 자신처럼 책 읽기를 즐겨 한다는 걸 철이 안 것은 그 전해 가을부터였다. 점심시간 용기의 책상 위에 『솔로몬의 동굴』이란 책이 읽다가 엎어 둔 채인 것을 본 순간 철은 알 수 없는 반가움과 함께 은근한 동료 의식까지 느꼈다.

"이거 재미있어?"

마침 밖에서 돌아오는 용기에게 철은 전학 온 뒤 처음으로 먼저 말을 걸었다. 이미 다 읽었다는 말은 안 했으나 표정으로 그걸 알아차린 듯한 용기가 애써 심드렁한 말투를 지었다.

"쪼매. 니는 어떻드노?"

"아주 재밌었어.『타잔』이나『괴도 루팡』보다는 못했지만……."

"『타잔』도 읽었나?"

용기가 그렇게 되물어 놓고 갑자기 말투를 바꾸었다.

"글치만 모든 기 다 꾸며 낸 기라. 말하자믄 말캉 거짓말 아이가? 재밌어 봐야 뭐할 기고?"

어딘가 경멸이 스민 말투였다. 철은 그게 책 읽기에서만은 못 당하겠다는 생각이 든 녀석이 억지를 쓰는 것으로 알았다. 고까움이 이는 걸 같은 취향을 가진 동무를 찾은 반가움으로 억누르며 부드럽게 그 말을 받았다.

"소설을 그냥 거짓말이라고만 우긴다면 국어 책도 절반은 거짓말이게."

그러나 용기도 반드시 억지를 부리는 것 같지는 않았다. 철이 그 뒤로 관찰해 보니 녀석이 정말로 재미있게 읽는 것은 주로 전기류였다.

그때껏 그런 책에는 큰 관심을 가지지 않았으나, 용기 녀석과 공통의 화제를 가지는 기쁨 때문에 철이도 그걸 안 뒤로는 자주 위인 전기를 읽었다. 그 덕분에 책 얘기만 나오면 철은 언제나 그의 주위에 몰려 있는 모든 아이를 제치고 용기를 독점할 수 있었다.

거기다가 6학년이 되어 본격적인 입시 준비에 들어가면서 담임 선생이 고안한 자리 배치도 철과 용기가 가까워질 수 있는 계기를 마련해 주었다. 새로운 담임선생은 하루에도 몇 차례씩 치르는 실력 향상 고사의 성적순에 따라 자리를 배치했는데, 철이도 자신 있는 과목만을 치는 날은 2등까지 올라가 용기와 짝이 되는 경우가 더러 있었다. 그날은 용케 2등까지 올라갔어도 바로 그다음 날이나, 잘 견디어야 사나흘 뒤에는 다시 서너 칸 저쪽 자리로 되밀려 나게 마련이지만, 철은 그렇게 용기와 짝이 되어 있으면 단순한 친밀감을 넘어 짜릿한 기쁨까지 느끼곤 했다.

반드시 철과 같다고는 할 수 없어도 용기 또한 비슷한 감정을 느끼고 있음은 분명했다. 그는 무언가 철에게서 다른 아이에게는 없는 특성을 찾아내고 그걸 높이 사는 눈치였다.

나중에 알게 된 것이지만 그것은 철의 발달한 말(언어)과 어떤 방면으로의 특이한 조숙이었다. 둘 다 뿌리 없이 떠돈 삶의 신산스러움이 철의 영혼에 남긴 흔적으로, 넉넉하지는 못해도 그런대로 안정된 가정에서 자란 용기에게는 경이와 흥미의 대상이 될 만도 했으리라.

하지만 그날 용기는 인사말을 대신한 그 짤막한 물음으로 철에 대한 관심을 마감했다. 짐작으로는 그전에 아이들과 하던 얘기에 너무 열중해 그 물음도 건성이었던 듯싶었다. 이야기에 열중해 있기로는 나머지 아이들도 용기와 다름없어 보였다. 철이 나타남으로 해서 얘기가 끊겼던 것도 잠시, 곧 교실 안은 아이들의 얘기 소리로 시끄러워졌다.

"서울에서는 말이라, 우리 또래 국민학교 아아들도 다 데모를 하는 갑더라."

"수송국민학교라 카지 아매. 뭐 '언니 오빠에게 총부리를 대지 말라' 카든강 우예튼 그런 글자를 크단하게 쓴 베 쪼가리를 피(펴) 들고 있는 사진도 신문에 났드라."

"와 그카는공? 참말로 자유당하고 이 대통령이 나쁜 거 아이 가? 글타믄 우리도 인자 데모 나가야 안 되나?"

"어른들 하는 소리 들으이 이 대통령이 나쁜 기 아이고 이기붕이 나쁘다 카더라."

"아이라, 우리 아부지가 그카는데 나쁜 거는 이 대통령도 아이 고 이기붕이도 아이다 카더라. 그 밑에 있는 놈들이 나쁜 갑더라. 그것들이 살살거리매 거짓말로 오아바치(일러바쳐) 일을 이래 맨들 어 났다 안 카나. 아매 이 대통령은 암것도 모리고 들앉았을 끼라 그라던데……"

"19일 날은 사람도 많이 죽은 갑더라. 서울은 병원마다 시체가 한 마당이라 카든강."

"글나절나(그러나저러나) 일이 우째 되꼬? 인자는 국군 아저씨들 이 탱크까지 끌고 나왔다 카던데……"

"참말로 알 수 없제. 누가 잘못한 기고? 뭐가 우예 된 기고? 어 른들도 이꾸저꾸(이렇게 저렇게) 말해 싸이(대니) 알 수가 있어야제."

"오늘은 이따가 우리 선생님한테 함 물어보자. 뭐가 우째 된 깅 공 말이라."

아이들의 두서없는 이야기는 한동안 계속되었다. 어떤 것은 철이도 아는 얘기였고, 어떤 것은 처음 듣는 얘기였다. 어머니가 집안에 있어 모든 것이 견딜 만할 때 같았으면 철이도 틀림없이 거기 끼어들었을 것이다. 더구나 지난겨울에는 용기 녀석과의 은근한 경쟁 심리에서 어른들이나 읽는 『인간 나폴레옹』과 『영웅 디즈레일리』를 빌려 읽은 적도 있어 녀석들을 기죽일 만한 말들도 많이 늘어 있었다. 그러나 굶주림에 시달리고 명혜 때문에 한껏 상심해 있는 그날 아침의 철에게는 그럴 만한 흥도 힘도 없었다. 딴 나라 얘기처럼 아무런 감동 없이 듣고 있는데 문득 용기 녀석의 야무진 말소리가 결론처럼 들려왔다.

"아이다. 물어볼 것도 없이 뻔하다. 틀림없이 오야지 되는 이승만이가 나쁜 기라."

그 말에 아이들이 놀란 듯 반문했다.

"뭐? 이승만 대통령이?"

"국부 이승만 박사가 말이라?"

"그라믄 지금까정 선생님들이 우리한테 해 준 얘기는 뭐꼬?"

"작년에 단체로 가 본 「독립협회와 청년 이승만」 그 영화는 우예 된 기로? 그마이 뚜디리 맞고 불에 끄슬래 가미 독립운동 한 사람이 우째서 나쁘단 말이고?"

한꺼번에 네댓이 따지듯 그렇게 반문했지만 용기 녀석은 조금도 움츠러드는 기색이 없었다.

"사람이 변할 수도 있는 기제. 아이, 우짜믄 독립운동 얘기도 이승만 박사가 대통령이 됐으이 젊을 때도 그마이(그만큼) 대단하게 만들라꼬 쫄병들이 지어낸 긴지도 몰라."

그 말을 듣자 비로소 철이도 그 화제로 관심이 갔다. 이승만에 대한 용기 녀석의 의심 때문이었다.

어린 날의 철에게는 이승만을 둘러싼 시비처럼 혼란에 빠지게 하는 일도 드물었다. 할머니가 살아 있을 적의 희미한 기억은 온통 이승만에 대한 비난과 험구투성이였다. 이승만이 독립운동 자금으로 만주에서 광목 장사 한 것, 임시정부 대통령에서 쫓겨난 일, 미국에서 조선 왕자 행세한 것, 해방 뒤 친일파와 손잡고 민족주의 세력 몰아낸 것 따위 할머니는 그런 얘기들을 특유의 입담으로 한껏 나쁘게 만들어 어린 손자의 머리에 심어 주려 했는데, 그 일부는 어느 정도 성공을 거두기도 했다.

그러나 한번 국민학교에 입학하고 나자 모든 것은 달라져도 너무 달라졌다. 철이 세 번이나 학교를 옮기며 만난 여러 선생님은 ― 그때만 해도 그들의 말 자체가 그대로 흔들림 없는 진리였던 그들은 ― 이승만을 가장 위대한 독립투사, 가장 훌륭한 대통령으로 기억하도록 철의 어린 머릿속을 주물러 댔다.

거기다가 철의 혼란을 더욱 가중시킨 것은 어머니의 변덕스러운 태도였다. 어떤 때 어머니는 할머니의 말을 그대로 반복하며 이승만을 욕하다가 또 어떤 때는 생명의 은인으로까지 추켜세웠다.

그 중간에 끼인 넋두리에, 그래도 이승만이 한민당보다는 덜 흉악하다던가, 미국 놈 물이 배어 기중 좀 후한 구석이 있다던가 하는 따위가 있었는데 그것도 어린 철에게는 아무런 판단의 기준이 되어 주지 못했다. 필요에 따라 이쪽저쪽에 동조하며 자랐지만 이승만을 진심으로 판단해 보려 들기만 하면 철이 언제나 느끼는 것은 곤혹뿐이었다. 다만 한 가지 겉으로 드러내어 떳떳하게 말하는 사람들의 의견은 거의가 이승만을 추켜세우는 쪽이라는 게 어떤 위압감으로 동조를 강요할 뿐이었다.

그러나 용기의 그런 판단이 준 충격도 그날 아침의 불행에서 비롯된 철의 두터운 무관심의 벽을 끝내 뚫지는 못했다. 아이들 쪽으로 가 어울릴까 하던 희미한 동요는 이내 가라앉고, 철은 다시 굶주림과 참담함 속으로 깊이깊이 젖어 들었다.

그렇게 되고 나니 그 뒤 학교에서 있었던 일도 기억에 남을 리 없었다. 그날 넷째 수업 시간에 들어온 담임선생님이 상기된 얼굴로 한 말도 어쩌면 나중에 재구성된 기억일지 모르는 일이었다.

"조금 전 이 박사가 하야한다는 방송이 있었다. 학생 혁명이 드디어 성공한 모양이라……."

그때 담임선생은 아마도 자신이 말하고 있는 상대가 겨우 국민학교 6학년 아이들이란 걸 깜박 잊은 듯, 하야니 혁명이니 하는 말을 신문에서 읽었거나 방송에서 들은 그대로 되뇌었다. 예기치 않은 역사의 복권이 한 평범한 시골 학교 교사를 멍하게 만든 것일까, 아니면 그림같이 잘 맞아떨어진 한판 승리의 민중극이 오랜

둔감과 무관심의 의식을 들쑤셔 오래 자신의 사회적 계층과 신분을 잊고 살아온 그를 갑작스레 들뜨게 한 것일까.

철이 그날 하굣길에 본 고등학생들의 시위 행렬도 그리 선명하게 기억에 남지는 못했다. 그날따라 오전 수업으로 학교 수업이 끝나 교문을 나서던 철은 교문과 큰길을 이은 골목길 끄트머리에서 한 떼의 고등학생들이 구호를 외치며 큰길을 열 지어 가는 걸 보고 걸음을 재촉했다. 그때는 이미 배고픔을 넘어 가벼운 현기증까지 느끼던 철이었으나 태어나고 처음 보는 시위 행렬이라 반짝 호기심이 인 까닭이었다.

학생들은 역전 쪽에 있는 인문계 고등학생들이었는데, 그들의 기세는 멀리서도 철의 긴장을 불러일으킬 만큼 거칠고 험했다.

"부정선거 원흉을 처단하라!"

"자유당은 물러나라!"

"고문 경관 김봉구를 잡아라!"

붉은색과 검은색 글씨를 번갈아 쓴 그런 내용의 플래카드도 그랬지만, 무엇엔가 홀리고 들뜬 듯한 선두의 고함 소리는 더욱 그랬다. 그중에는 각목이나 쇠 막대를 획획 내젓는 학생이 있는가 하면 공연히 전봇대나 양철 입간판을 툭툭 쳐서 분위기를 한층 더 거칠고 험하게 만드는 패거리도 있었다.

하지만 금세라도 무슨 일이 터질 것 같은 긴장과 흥분도 잠시, 그들은 이내 철의 시야에서 사라져 버렸다. 그들이 지나가자 그들의 행렬에 가려져 있던 맞은편 중국집 입간판이 드러나 보이고,

거기 쓰인 '우짜볶잡라……'만 이제는 거의 고통이나 다를 바 없이 된 철의 공복감을 자극할 뿐이었다.

그 바람에 철은 함께 교문을 나선 반 아이들이 이상스레 여기는 것도 못 느끼고 한동안 걸음을 멈춘 채 큰길 건너 중국집을 바라보았다. 어쩌면 마침 점심때를 만나 그 집 주방에서 퍼지는 요리 냄새가 굶주림에 지친 철의 의식과 근육을 잠시 마비시킨 것인지도 모를 일이었다.

그런데 그때 기적과도 같은 일이 벌어졌다. 중국집 옆 좁은 골목의 전봇대 뒤에서 누군가 무척 낯익다 싶은 여자가 갑자기 나타나 철을 손짓으로 불렀다. 철이 퍼뜩 정신이 들어 살피니 뜻밖에도 누나였다.

철은 대뜸 아침에 자기가 한 짓을 떠올리고 누나의 표정을 유심히 뜯어보았다.

약간 붉어진 볼로 웃고 있는 것이나 화사한 차림으로 보아 아침의 화풀이를 하려고 길목에서 기다린 사람 같지는 않았다.

"철아, 이리 와, 옥경이는 저 안에 있어."

다가오지 않고 가만히 서서 자기를 건너다보는 철을 안심시키려는 듯 영희가 손가락으로 중국집을 가리키며 부드럽기 그지없는 목소리로 그렇게 소리쳤다. 그 소리를 듣자 아직도 뻑뻑하던 철의 머릿속이 눈부시게 돌아가기 시작했다.

'옥경이가 저 안에 있다. 중국집 안에. 어쩌면 우동이나 짜장면을 먹으면서…….'

그렇게 시작된 추측은 이내 머릿속을 찬연한 빛으로 가득 채우는 결론으로 이어졌다.

'엄마에게서 돈이 왔구나. 그래서 누나가 아침을 못 먹은 우리를 기다렸구나. 틀림없어……'

그 순간 철은 아침의 일 따위는 까맣게 잊고 껑충껑충 뛰듯 중국집으로 달려갔다. 먼저 중국집 문에 이른 누나가 문을 열고 기다리다가 한층 다정하게 말했다.

"배고팠지? 집에 가서 밥 지을 때까지 니네들이 못 견뎌 낼 것 같아 우체국에서 바로 이리로 왔어. 옥경이 데리고. 엄마가 돈을 보내셨거든."

그 말과 함께 뒤따라 중국집으로 들어오는 게 원래는 그렇게 문 앞에서 철을 기다렸던 듯했다. 전봇대 뒤에 숨은 것은 갑자기 또래의 남자 고등학생들이 떼 지어 큰길로 밀려들자 얼결에 그리 된 일 같았다.

그러나 철의 귀에는 그런 영희의 말이 거의 들어오지 않았다. 중국집 안으로 들어서자 한층 짙고 자극적이 된 음식 냄새에 취해, 그 구석 어딘가에 앉아 있을 옥경이를 찾기에 바빴다. 옥경이는 안쪽 탁자 앞에 앉아 정신없이 우동 가락을 감아올리는 중이었다.

"내 거는?"

옥경이 혼자 먹고 있다는 게 까닭 없이 불만스러워 철이 퉁명스레 물었다.

"네 것도 시켜 놨어."

먹기에 열중해 얼른 대답을 못 하는 옥경을 대신해 영희가 그렇게 대꾸하고 이어 주방 쪽에서 얼굴을 내미는 중국집 아저씨에게 소리쳤다.

"아저씨. 아까 시킨 우동 곱빼기 어서 갖다 주세요."

"왔어? 왔어해?"

그런 대답과 함께 한동안을 꿈지럭거리던 화교 아저씨가 보기에도 먹음 직한 우동 사발과 단무지 접시를 내왔다. 벌써부터 대젓가락을 뽑아 들고 옥경의 우동 그릇을 넘보던 철은 허겁지겁 자신의 우동 그릇에 덤벼들었다.

그날의 기억 중에서 가장 생생한 부분은 그렇게 허기진 배가 채워진 뒤의 일이었다. 어찌 된 셈인지 한없이 후해진 누나는 우동 그릇을 다 비운 철과 옥경에게 돈까지 백 환씩 나눠 주었다.

그렇게 되자 철은 갑자기 세상이 달라진 느낌이 들었다. 오전까지도 어둠침침하게만 느껴지던 세상은 일시에 밝아지고, 나름대로 비관적이기만 하던 삶은 다시 살아 볼 만한 그 무엇이 되었다.

뒷날 철은 서머셋 몸을 읽으면서 그가 말한 제육감(第六感)에 대해 감탄과 분노를 동시에 느낀 적이 있었다. 돈은 우리의 나머지 다른 오감(五感)이 제대로 움직일 수 있게 하는 여섯 번째의 감각이라고 한 그의 정의는 예리한 관찰, 또는 동정이 가는 경험에서 우러난 것임이 분명하지만, 한 작가로서 그것을 거침없이 드러낸 뻔뻔스러움에 화가 치밀었기 때문이다. 끝내 정신의 사람이고

자 하면서도 어쩔 수 없이 물질에 휘몰려야 하는 스스로에 대한 혐오와 반감이 그렇게 나타난 것인데, 어쩌면 그런 물질의 위력을 철이 가장 아프게 체험한 시기가 바로 그 무렵이 아닌지 모르겠다.

아침과는 달리 세상에서 가장 만족스럽고 다정한 남매가 되어 집으로 돌아간 그들은 곧 각기 자신의 일로 나누어졌다. 옥경은 갑자기 생긴 큰 돈으로 새앙쥐 고방 드나들 듯 구멍가게를 드나드느라 정신이 없었고, 누나는 누나대로 무언가 필요한 품목들을 적어 시장으로 나갔다. 철이도 마찬가지였다. 갑작스레 다가온 명절 같은 날을 그대로 집에 들어앉아 보내기에는 좀이 쑤셔 가방을 방 안에 던져 놓기 바쁘게 밖으로 나갔다.

뱃다리거리에 이를 때까지도 철은 그저 한없이 만족한 기분에 젖어 정한 곳 없이 걸었다.

전에는 슬픈 일을 당하건 기쁜 일을 당하건 맨 먼저 떠올리는 게 영남여객 댁과 명혜였다. 그러나 어른들이 왕래를 끊고 명혜마저 추상화되면서 그 같은 연상의 버릇은 줄어들었다. 그녀를 곱게 곱게 꿈속에서 기르며 자신도 훌륭하게 자라 화려하게 만나는 기대로 순간순간의 그리움을 억누른 결과였다.

하지만 그날은 달랐다. 먼빛으로는 매일 대하게 돼도, 실체는 오히려 그의 환상 속에서 더 생생하던 명혜가 갑자기 그의 현실 속으로 뛰어들어 그를 한껏 참담하게 만든 까닭이었다. 이제는 자신이 그녀가 볼 때처럼 그렇게 굶주려 있지도 않고 주머니가 비어 있지도 않다는 것을 앙갚음하듯 알려 주고 싶었다.

그 때문에 철의 발길은 다리를 다 건너기도 전에 왼편으로 휘어졌다. 그러나 막상 영남여객 댁의 정원 뒷담에 이르자 철은 곧 그 안으로 들어갈 문이 모조리 닫혀 있음을 깨달음과 아울러 어머니의 엄한 목소리를 기억해 냈다.

"너그도 듣거래이. 앞으로는 절대로 그 집에 가지 마라. 카이(얘기하자니) 말이제, 저어가 우예 바로 내 앞에 대고 그런 소리를 할 수 있겠노? 뭐 발도 들여놓지 마라꼬? 내가 암만 잘못이 있다 캐도 그 아자씨가 어예 내보고 대놓고 그런 말을 입에 담노? 우리 여 와서 한 1년 덕 봤다 캐도 안죽은(아직은) 기죽을 꺼 하나도 없다. 처음 여다 와서 점방 채린다꼬 한 7만 환 저그 돈 썼지마는 5만 환은 집세 빼서 돌리췄고 나머지 2만 환도 땅 한 뙈기만 팔믄 갚을 수 있다. 글치만 저그는 그래 간단하게 우리한테 몬 갚을 끼다. 너그 아부지 의병(擬兵: 여기서는 거짓으로 한편이 되어)으로 잠시 동척(東拓) 농장장 할 때…… 에이, 옛날 얘기 하믄 뭐 하노? 우예튼 너그도 인자 그 집에는 발도 디리놀 생각 마라."

그러자 그토록 심각하게는 생각하지 않았던 어른들의 불화가 갑자기 섬뜩한 운명의 예감으로 철의 가슴에 와 닿았다. 그가 읽었던 소설 속의 여러 불행한 연인을 갈라놓던 그 속상하고 얄궂은 운명들이.

거기서 철은 이제 영원히 헤어져야 할 연인에게 마지막 결별의 눈길을 보내는 사람처럼 정원수 사이로 솟은 그 집 2층 창틀께로 눈길을 돌렸다. 처음 그곳을 찾았을 때의 분홍 무지개 대신 그날 따라 낡고 헐어 보이는 흰색 창틀만 크고 공허한 눈처럼 그를 마주 내려보았다.

철이 그 집 앞을 지나 사거리 쪽의 만홧가게로 간 것은 아마도 명혜 때문에 더는 음울해지기 싫어서였을 것이다. 읍내에서 가장 책의 가짓수가 많은 소설책 대본점이기도 한 그 만홧가게에는 아직도 그때그때 철을 폭 빠져들게 할 만한 신간 만화들이 빠짐없이 갖춰져 있었다.

평소에는 그 자리에서 한 번 읽는 데 소설을 집에 빌려 갈 때와 맞먹는 돈이 드는 신간 만화를 잘 읽지 않았으나, 그날은 바로 그 신간 만화들이 보고 싶었다. 거기라도 빠져 어둡고 괴로운 운명의 예감을 잊고 싶었기 때문이었다. 철이 그 집 유리창에 붙은 신간 광고지를 훑어보고 있는데 갑자기 출입구 미닫이가 열리며 용기가 나왔다. 용기의 손에는 그가 그 무렵 들어 첫 권부터 한 권씩 읽어 나가고 있는 『세기의 위인상』이란 성인용 전기물 전집 중 한 권이 쥐어져 있었다. 짙은 청색 표지로 한눈에 그 책을 알아본 철은 문득 부끄러운 느낌이 들었다. 그 바람에 말문이 막혀 우물거리는데 용기가 먼저 말을 걸어왔다.

"철이 니도 여 와서 책을 빌려 보나? 삼문동에도 책 빌려 주는 데가 있을 낀데……."

"거기는 작아서…… 어디 보고 싶은 책이 제대로 있어야지……."

용기의 말에 암시를 받아 철이 그렇게 얼버무렸다. 그 말을 곧

이들은 용기가 은근한 경쟁심이 이는지 정색을 하고 물었다.

"보고 싶은 거라믄 뭐 어떤 거?"

"기미노나와(일본 작가 기쿠다 가즈오[菊田一夫]의 인기 소설)."

조금 대담해진 철이 다시 그렇게 둘러대었다. 언젠가 둑길에서 어떤 예쁘장하게 생긴 처녀가 풀숲에 던져둔 걸 표지만 훑어보고 외운 제목이었다. 그러나 며칠 전에도 한번 누가 그 책을 끼고 가는 걸 본 적이 있어 그 무렵 어른들 사이에서 많이 읽히고 있는 것 같다는 짐작뿐, 그게 무슨 책인지는 전혀 몰랐다. 그저 한글 제목 곁에 달린 일본어 제목이 신기해 그걸 대 보았는데, 그야말로 효과 만점이었다. 용기가 대뜸 철의 분위기에 말려들어 호기심에 반짝이는 눈으로 물었다.

"기미노나와? 그기 뭔데?"

"일본 말인데 '그대 이름은'이란 뜻이래. 요새 어른들이 많이 읽는 모양이더라."

"그럼 어른들 연애소설 아냐?"

용기가 비로소 철에게 있는 약점을 찾았다는 듯 약간 나무라는 투로 물었다. 철은 거드름까지 섞어 그런 용기의 발을 받아넘겼다.

"그럴지도 모르지. 하지만 이제 동화는 재미없어 읽을 수 있어야지. 위인 전기도 그렇고……."

그러는데 시장 쪽 골목에서 아이들이 와 몰려나왔다. 그들 중에는 철과 같은 반 아이들도 두엇 끼어 있었다.

"어이, 조용기, 이인철이. 너그는 귀경 안 갈래?"

"무슨 구경?"

"방금 사람들이 한 떼사리 박창화 집에 몰리갔데이."

"싸그리 박살을 내뿐다 카미……."

"박살이라니?"

"박창화 글마 그거 민주당 하다가 자유당한테 팔리 간 놈 아이가? 국회의원 될 때는 민주당 한다 카미 돼 놓고 며칠도 안 돼 자유당에 넘어 갔뿟는 또디기(멍청이) 말이라."

그런 구경이라면 철이도 마다할 리 없었다. 둘은 이내 그때껏 하고 있던 은근한 겨룸을 그만두고 그 아이들 틈에 섞여 들었다.

그들이 목적한 곳에 도착했을 때는 한창 소동이 벌어지고 있었다. 주인이 없는지 아무런 저항 없는 집을 사방에서 몰려든 사람들이 미친 듯 부수며 욕설과 저주를 퍼부어 댔다. 만약 거기 국회의원이라는 사람이 있다면 그 자리에서 때려죽이기라도 할 것 같은 기세들이었다.

아이들도 이내 그런 분위기에 말려들어 돌멩이질을 하고 시멘트 벽에 어림도 없는 발길질을 해 대기도 했다. 그러나 철은 왠지 움직이고 싶지가 않았다. 선악과 정부(正否)가 어디에 있는지 모르는 대로, 아니 명확하게 그 집 주인이 잘못했다 쳐도, 거기서 미친 듯 설쳐 대는 사람들 편이고 싶지는 않았다.

하지만 한편으로는 은근히 불안한 구석도 있었다. 함께 간 여남은 명 중에서 자신 곁에 남아 구경만 하고 있는 아이들은 서넛도 안 된다는 게 그 주된 원인이었다. 다만 그 속에 용기도 있다는 게 그래도 한 가닥 위로와 격려가 되어 주었다.

"빙신이 같은 손(놈)들. 내낳고(지금까지) 죽은 듯이 자빠져 있다가 인자 이 박사가 물러났다 카이…… 문딩이 손(새끼, 자식)들."

한동안 말없이 구경하던 용기가 야멸찬 소리로 그렇게 중얼거렸다. 아침에 학교에서 이 박사가 나쁘다고 할 때보다 철에게는 더욱 충격적으로 들렸다. 그 충격이 막연하던 철의 감정을 뚜렷한 것으로 바꾸었다.

'야후…….'

그때 철은 문득 『걸리버 여행기』에 나오는 '야후'를 떠올렸다. 말[馬]의 나라에서 천대받는 인간을 가리키는 그 말이 생각난 것은 거기서 읽은 어떤 장면 때문이었다. 쇠약하고 병들어 누운 권력자에게 오줌을 누어 그가 건강하고 힘 있던 때에 당한 복수를 하던 '야후'들의 혐오스러운 모습이 방금 각목을 휘두르고 고함을 질러 대는 어른들과 닮아 보였다.

뒷날 자신이 고른 일과 거기에 잘 맞지 않는 보수적 성향 때문에 줄곧 괴로움을 당하게 된 철은 언젠가 스스로 문의한 적이 있다. 그해 4월의 사건에 대한 것으로는 유일한 것이 된 그 기억이 자신의 보수적인 성향을 길렀는가, 아니면 처음부터 있던 보수적인 기질이 다른 아이들과 달리 그런 기억으로 그날을 대하게 했는가를. 그 답이 어느 쪽이건 철에게는 마찬가지로 불리하기 짝이 없는 기억이었다. '들린' 시대에 '미친 말[言語]'을 몰고 가는 일을 자신의 가치로 선택한 그에게는.

4월의 끝

　다친 곳이 덧났는지 팔이 몹시 욱신거렸다. 어둑한 방 안에 누워 앞뒤 없는 몽상에 잠겨 있던 명훈은 가만히 몸을 일으켜 붕대를 끌러 보았다. 아침에 김 형이 상처를 소독하고 새것으로 갈아 주었는데도 어느새 붕대엔 누런 물이 진득이 배어 있었다. 아무래도 황의 말을 따르는 게 나을 듯싶었다.

　"명훈이, 도대체 왜 그래? 수도육군통합병원이나 메디컬센터에 가면 무료로 치료를 해 줄 텐데 뭣 땜에 이 궁상이야? 이제 4·19는 의거에서 혁명이 됐다고. 그리고 너는 그 명예로운 전선에 자신을 내던진 전사란 말이야. 네게는 당당하게 그 싸움에서 얻은 상처의 치료를 요구할 권리가 있어."

　배석구의 부축을 받으며 자취방으로 돌아가 누운 그다음 날 늦게 돌아온 황은 명훈이 다친 걸 알고부터 줄곧 그렇게 권해 왔다. 배석구의 충고가 아니었더라도 차마 그날의 진상을 말할 수 없어 명훈이 둘러댄 말을 그대로 믿고 하는 소리였다.

그러나 명훈에게는 그럴 마음이 조금도 생기지 않았다. 배석구의 또 다른 충고 — 데모에 가담해 부상당한 것으로 경찰에 오인되면 어떤 불리(不利)를 입을지 모른다는 것 — 에도 불구하고 데모를 하다 다친 게 죄 될 일도 감출 일도 아니라는 것쯤은 명훈도 진작부터 알 수 있었다. 응급치료를 위해 찾았던 개인 병원의 의사나 간호원은 말할 것도 없고 택시비 받기를 망설이던 운전사에게서까지 명훈이 느낀 것은 당황스러울 정도의 호의였다.

처음 한동안 명훈은 그들로 드러나는 사회 전체의 그런 분위기에 우쭐해 이왕 시작한 거짓말의 단 과일을 즐겨 볼까 싶기도 했다. 자신의 자세한 경력이 드러나면 좀 앞뒤가 맞지 않는 데가 있기는 하겠지만 아무도 자신의 마음속을 들여다본 사람이 없는 만큼 그렇게 우겨 안 될 것도 없을 듯했다. 3·15마산 사태 때도 가장 격렬하게 앞장선 패거리는 구두닦이와 양아치들이었다는 말을 들은 적이 있었다.

하지만 인간의 정신에 어떤 품격이 있다면 명훈이 타고난 정신은 적어도 하품(下品)은 아니었던 듯싶다. 명훈은 곧 알 수 없는 부끄러움으로 그런 내심의 유혹을 물리쳤다. 그리고 차츰 스스로에 대한 환멸 비슷한 감정까지 느끼며 자신의 거짓말을 후회하게 되었다. 오히려 진실을 고백하는 데 방해가 된 것은 김 형과 황의 지나친 추켜세움 때문이라는 편이 옳았다.

"뭐야? 서대문 이기붕의 집 앞까지 갔다가 총을 맞았다고? 이 거 정말 놀랐는데. 이명훈 씨, 이제 다시 봐야겠어."

그 이튿날 새벽 부대에서 돌아온 김 형은 그렇게 빈정거림 섞어 말했지만 명훈의 거짓말을 의심하는 눈치는 조금도 없었다. 무언 가 명훈에게서 새로운 가치를 찾아냈다는 듯 새삼스러운 인정(認 定)의 눈길을 보냈고, 황이 돌아왔을 때는 명훈이 입을 떼기도 전 에 자신이 보지 않은 무용담까지 곁들여 명훈이 총상을 입게 된 경위를 대신 들려주기까지 했다.

그날 두어 시간 데모 구경을 하다가 네 시쯤 자취방으로 돌아 와 천연스레 출근한 김 형 자신의 얘기를 할 때와는 말투부터 다 른 게 적지 않은 내심의 동요를 보이고 있었지만, 명훈에게는 그 모든 게 그저 자신에게 표시하는 김 형의 경의(敬意)로만 느껴졌 다.

타고난 기질대로 황의 반응은 더욱 적극적이었다. 그는 김 형 의 말을 듣자마자 덥석 명훈의 성한 팔을 움켜잡으며 감동 받은 목소리로 말했다.

"놀랐어, 명훈이. 언제나 우리가 하는 말을 귀담아듣는 듯하기 는 해도 나는 명훈이가 바로 말 없는 투사인 줄은 또 몰랐지. 국회 의사당이다, 대법원이다, 떼 지어 몰려가도 총질 않는 곳만 골라 다닌 우리하고는 역시 달라……."

그렇게 스스로를 낮춰 가며까지 명훈을 추켜세웠다. 그리고 그

다음 날부터는 바깥에서 돌아오면 명훈이 묻지 않는데도 보고하듯 자세히 데모의 결과를 일러 주곤 했다.

그 바람에 명훈은 자신도 모르게 호랑이 등에 올라탄 느낌으로 거짓말로 버텨 나갔지만, 무료 치료만은 끝내 거부해 왔다.

"국회의원 장관에 대통령까지 위문을 오지 않나, 예쁜 여학생들이 꽃다발을 들고 줄을 서질 않나…… 그뿐이야? 먹을 것 마실 것 흔전만전이고 전국에서 답지한 위로 성금만도 몇천만 환이 된다지 아마……."

나중에 황은 그렇게까지 명훈을 달래 보려 했으나 소용없었다. 기실 명훈에게는 바로 그런 일이 벌어지는 게 가장 두려웠다.

'이러다가 자칫하면 병신이 될지도 몰라. 그런데 정말로 수도통합병원이나 메디컬센터로 가면 될까? 데모하다 다쳤다고 말만 하면 그냥 무료로 치료를 해 줄까.'

명훈은 속으로 그렇게 중얼거리며 옥시풀을 병째 상처에 들이부었다. 조금 시원한 느낌이 들었으나 묵직한 아픔은 그대로였다.

'저녁에라도 황이 돌아오면 어떻게 해 봐야겠다. 이젠 푼돈이 생길 뒷골목도 없어졌으니 개인 병원 치료는 돈 때문이라도 어려울 것이고…….'

이윽고 명훈은 그런 결정을 내렸다. 그러자 며칠 전에 떠난 배석구의 얼굴이 불쑥 머릿속에 떠올랐다.

배석구가 명훈의 자취방을 다시 찾아온 것은 이 대통령의 하야 발표가 있기 하루 전이었다. 그날 오후 늦게 명훈이 혼자 누워 있는데 전에 없이 지치고 초라해 뵈는 모습으로 찾아온 배석구가 긴 한숨과 함께 말했다.

"설마설마했는데 이젠 정말 막판인 모양이다. 다 틀린 것 같아."

방바닥에 털썩 주저앉으며 그렇게 말하는 배석구의 숨결에는 아직 날이 밝은데도 제법 짙은 술 냄새가 배어 있었다. 마침 황과 김이 모두 밖에서 자고 오게 되어 있어 마음 편히 그를 방 안으로 맞아들인 명훈이 정색하고 받았다.

"틀리다니? 그게 무슨 소립니까?"

황을 통해 바깥 소식을 듣고는 있어도 궁금한 게 많은 명훈이었다.

"이젠 교수들까지 나섰어. 뭐, 자유당 정권은 학생들의 피에 보답하라던가."

"교수들 몇 데모했다고 그게 무슨 큰 문젭니까? 까짓 다 합쳐야 몇 백 명 된다고."

그 아침까지도 황에게서 비관적인 쪽으로만 과장된 사태의 경과를 들어온 명훈이 까닭을 알 수 없어 하며 그렇게 받았다.

"머릿수의 문제가 아냐. 그 사람들이 우리 사회에 미치는 영향력을 생각해 보라고. 꼭 무슨 시야게(마무리)질 같아 아주 기분 나빠."

"거 참, 이상하네요. 오야붕(이정재)과 임 단장(임화수)에 큰형님들까지 줄줄이 엮여 들어가도 눈썹 하나 까딱 않더니……."

"그건 다르지. 그 사람들 엮여 들어가는 거야 정치적 쇼일 수도 있잖아? 여론이 나쁘면 서슬 푸르게 잡아들이는 척했다가 좀 가라앉으면 슬며시 놓아주는 식으로. 실제로 그 사람들 중에서 경찰에 잡혀 끌려간 사람은 몇 안 될걸. 모두 제 발로 걸어 들어갔단 말이야. 난처한 자유당과 이 박사 가오(체면) 한번 세워 준다는 기분까지 가지고……."

"그렇지만 대학교수 몇백 명이 떼 지어 나섰다고 무슨 수가 나겠어요? 학생과 시민 수십만이 한꺼번에 들고일어나도 이제까지 버텨 냈는데."

"그렇지 않지. 19일 날 나선 것들이야 머릿수는 많았는지 몰라도 감정은 일시적인 흥분 같은 것이어서 구체적인 목표나 결과에 대한 예측 같은 게 거의 없었지. 그런데 이제 이 대학교 선생 양반들이 모두에게 그걸 생각하도록 한 거야. 옛날의 군(君)·사(師)·부(父)에서 오늘까지 그래도 제법 권위를 가지고 버텨 낸 게 바로 그 사, 곧 선생들이거든. 나 같은 건달에게까지 이건 아주 심각하다, 이젠 좀 생각해 봐야겠다는 마음이 들게 할 정도이니, 그들에게 직접 배운 학생이나 자식을 맡긴 부모는 어떻겠어? 또 여태껏 누르면 누르는 대로 찍소리 못 하던 교수들이 드디어 학생들의 앞장을 서게 되었다는 데서 자유당과 이 박사가 받은 충격은 얼마나 크겠어?"

"그래도 무슨 대단한 일이야……."

"아니지. 너보다 오래 세상을 산 내 눈썰미로는 이제 자유당 세상은 끝장이야. 두고 봐. 모든 건 시간문제일 테니."

배석구는 그렇게 음울하게 말해 놓고 갑자기 불안한 표정으로 바깥의 동정에 귀를 기울이더니 별일 없다 싶자 다시 이었다.

"아울러 우리도 막판이지. 뭐니 뭐니 해도 지난 15년 우리에게는 좋은 세월이었지. 주먹으로 밥 먹으면서 폼까지 잡을 수 있는 세월, 앞으로는 흔치 않을 거야."

그런 배석구의 표정이 얼마나 어둡고 진지했던지 명훈은 잠시 대꾸할 말을 잃었다. 생각해 보면 겨우 1년, 그것도 대개는 시키고 따르는 형태로 유지된 그들의 관계였으나, 둘 사이에 흐르는 정감은 유별난 데가 있었다. 지난가을 명훈이 본격적으로 뒷골목에 자리 잡은 뒤로 배석구가 명훈에게 쏟은 정은 그 세계에서도 흔치 않을 만큼 파격적이었다. 처음부터 골목 하나를 맡긴 것도 그렇지만 그 뒤에 생긴 이런저런 사건 때마다 배석구는 피를 나눈 형제나 다름없이 명훈을 편 들고 돌보아 주었다. 어떤 속셈이 있었는지는 모르지만, 그리 어려울 것도 없는 복종이란 반대급부 외에 딴 것은 한 번도 명훈에게 요구해 본 적이 없는 배석구의 그런 베풂은 명훈에게도 그에 못지않은 정이 우러나게 했다. 바로 그런 정이 이제는 갑작스러운 안쓰러움으로 명훈의 말문을 막아 한동안은 대꾸조차 못 했다.

그새 담배를 붙여 문 배석구가 길게 담배 연기를 내뿜으며 탄식처럼 이어 갔다.

"생각하면 반탁(反託, 신탁통치 반대 운동) 패거리에 휩쓸려 책가

방을 팽개칠 때 이미 나는 길을 잘못 들었는지도 모르지. 사실은 깡패 짓을 하면서도 자신은 애국을 하고 있다고 우쭐거릴 때부터. 그 뒤 한 4, 5년 비록 똘마니 중의 똘마니로 따라다녔지만, 주먹들에게는 한세상이었어, 반공만 내걸면 만사 오케이였지…….

6·25가 나고 빨갱이들이 자취를 감추자 잠시 막막하더군. 국방경비대가 창설된 뒤에 재빠르게 그쪽으로 끼어든 선배들이 부럽기 그지없었어. 하기야 선배들의 상당수는 6·25 때 허무하게 전사하고 말았지만……. 남은 우리는 일제 때 선배들처럼 뒷골목으로 되돌아가 영 거기서 썩는 줄 알았지.

하지만 오래는 안 가더군. 사사오입 파동 때부터 정치가 다시 우릴 쓰기 시작했어. 한강 백사장을 휘젓고 장충단공원을 둘러엎었지. 좀 낡고 억지스러운 대로 반공의 깃발을 휘날리며, 불교 정화에도 한 팔을 빌려 줬지. 반반한 절[寺]치고 대처승 쫓아내는 데 우리 주먹 안 빌린 데가 드물걸…….

동대문 사단(이정재 휘하 주먹 부대)과 서대문 이 의장 댁(이기붕 국회의장 사저)이 연결되면서 나는 새까만 꼬붕 시절에 그토록 화려하게 느꼈던 그 황금시대가 본격적으로 되돌아온 줄 알았어. 주먹이 원하는 모든 것으로 통하는 길인 시대가. 그럴 법도 한 게, 아침저녁으로 모시는 오야붕이 몇억 재산에다 고향 이천 국회의원 자리를 넘겨보고, 그 지역구를 이기붕에게 뺏긴 뒤에도 내무장관 설(說) 치안국장 설이 있었으니까. 또 다른 오야붕이랄 수도 있는 임 단장은 대통령의 수양아들이 되고 나는 새도 떨어뜨린다는 경무대 경호 책임자 곽영주와 형 아우 하며 몰려다니고 있었으니까…….

거기다가 때 맞추어 우리가 솜씨를 보일 기회도 왔어. 우리는 이기붕 씨가 부통령이 되기만 하면 바로 우리 세상이 오는 줄 알았지. 대통령이 여든둘의 고령이라 어쩌면 새 임기 중에 그 대통령 자리를 이어받게 될지 모르는 게 이번 선거의 부통령 자리였지. 곧 단순한 부통령이 아니라 반(半)대통령 자리였던 거야. 그 자리를 우리가 힘써 그대로는 어림없는 사람에게 돌아가게 해 준다면 그게 누군들 우리를 무시할 수 있겠느냔 말이야?

이제니까 고백하지만, 실은 나도 조그만 시골 읍의 경찰서장쯤으로 내 자리를 찍어 두었지. 이번 한 번으로 이 지저분한 뒷골목과는 손을 끊고 싶었어. 한 번 길로 쓸 수는 있지만, 일생을 몸담을 수 없는 게 주먹 세계란 것쯤은 나도 알고 있었거든……."

배석구가 거기까지 말하자 명훈은 그가 지난 선거에 그렇게도 열심이던 까닭을 한층 뚜렷이 알 수 있을 것 같았다. 결국 언젠가 아이구찌가 투덜거리면서 뱉어 냈던 의심은 터무니없는 게 아니었던 셈이다. 그러나 모든 게 끝장이라는 식의 단정은 아무래도 받아들이고 싶지 않았다.

유년의 희미한 기억이지만 남한의 정치사에서는 그보다 더 험한 일도 흐지부지 넘어가는 걸 명훈은 몇 번이고 본 적이 있었다. 아니 그게 인민이든 민중이든 국민이든 도대체가 아무것도 가진 것이 없는 사람들이 들고일어나 세상이 뒤집히는 일이 벌어지리라고는 상상조차 되지 않았다. 아이로니컬하게도, 당시로서는 가장 진보적인 의식 환경이라 할 수 있는 공산주의의 영향 아래 어린 날을 보냈으면서도 그 가혹한 패배의 기억 때문에 그의 의식은 오히려 그지없이 완고하고 반동적이었다.

명훈은 그런 기억과 나름의 막연한 예감에 의지해 어떻게든 배석구를 격려하고 위로해 보려 애썼다. 그러나 배석구에게는 이미 모든 게 끝장난 듯 보였다. 시간이 흐를수록 초조한 도망자의 티를 감추지 못하고 안절부절못하다가 명훈이 사 온 소주 두 병을 더 비운 뒤에야 곯아떨어지듯 잠이 들었다.

만취돼 쓰러진 사람 같지 않게 배석구는 다음 날 아침 일찍 떠났다. 계엄 때문에 통금이 연장되지 않았더라면 아마도 새벽같이 떠났을 것이다.

"이제 어디로 갈 작정이십니까?"

가까운 선술집에서 해장국을 먹으면서 명훈이 묻자 하룻밤 새한층 초췌해진 배석구가 대답했다.

"너만 알아. 강원도 쪽으로 가 볼까 해."

"강원도?"

"옛날에 애들하고 박 터져 가며 뒤를 봐준 절이 하나 있지. 그절을 차지하고 있던 대처승들이 어찌나 악바리들이던지……. 그때 친하게 된 땡초 하나가 지금 주지 노릇을 하고 있다더군."

"안전할까요?"

"거기까지 새 경찰이 찾아오게 된다면 안전한 곳은 아무 데도 없지."

배석구는 그렇게 말해 놓고 문득 명훈의 일을 떠올린 듯 자신의 얘기를 할 때와는 달리 침착하게 당부했다.

"너나 잘해. 어쩌면 너희 같은 송사리들에게까지 그물이 덮어씌워질지도 몰라. 종로고 명동이고 뒷골목 쪽은 되도록 얼씬도 마. 아니, 지금 이대로, 데모하다 부상당한 대학생으로 버티는 거야. 내 말 꼭 명심해."

혁명은 독재 정권의 형상(形象)을 타도하는 것이 아니라 그 본질을 타도하는 것이어야 한다. 정권 타도로 혁명이 성공하는 것이 아니며, 그 정권이 존립할 수 있었던, 또 그와 유사한 정권의 존재를 가능하게 하는 상부구조를 철저하게 파괴하고 새로운 토대를 구축해야 하는 것이다.

그런데 4월 혁명은 독재 정권의 외형만 타도하고 그 실체를 타도하지 못한 점에서는 실패한 혁명이라고 할 수 있다. 운동의 조직과 이론의 빈약으로 말미암아, 학생들은 혁명의 사후 처리를, 자유당과 이념상 다를 바 없는 보수정당인 민주당에 맡기고 의기양양하게 학내로 복귀하였다. 그로부터 한일회담 반대 투쟁에 이르기까지 그들은 방황과 각성을 거듭해 가면서 그들이 범했던 오류를 청산하려고 처절히 몸부림치게 된다…….

『해방 후 한국 학생 운동사』를 쓴 이재오(李在五)는 자유당 정권의 붕괴와 6·3 사태 사이의 학생운동을 그렇게 서술하고 그 장(章)에 '방황과 각성'이란 제목을 달았다. 하지만 그 방황이 '설정된 한계를 인식하면서' 몰두한 모색이었는지, '무한한 가능성 앞의' 망연자실이었는지, 또 그 각성이란 것도 절망적인 자기 투척의 각오일 뿐인지, 드디어 길을 찾아 다지게 된 매진의 결의인지는 쉽게 단정할 수가 없다. 어떤 해석을 하게 되는가는 우리 현대사의 괴로운 족쇄라고도 할 수 있는 분단 구조를 인식하고 이해하는 태도에 따라 달라지는데 그게 사람마다 심한 편차를 보이기 때문이다. 낙관과 비관, 보수와 진보 같은 일견 논리적으로 보이면서도 실은 각자의 기질이나 성향에 더 많이 좌우되는 여러 관점으로부터 갖가지 이데올로기며 국제 역학(國際力學)과 국내 동인(國內動因)의 비교 우위에 따른 편차에다 어쭙잖은 종족주의(種族主義)며 혈통적 신비주의까지 끼어들면 똑같은 낱말이 정반대로 해석되기조차 한다.

그러나 방황이란 말의 상징성이나 포괄성으로 보면, 자유당 정권이 붕괴된 뒤 얼마간 학생들의 의식 상황을 표현하는 것으로 그보다 더 적절한 낱말도 없을 성싶다.

새롭고 구체적인 목표가 설정될 때까지 그들이 보인 정신적 궤적은 앞서의 그 어느 편 해석을 따르든 일관된 방향으로의 무수한 시도였다기보다는 무언가를 찾는 헤맴으로 보이는 까닭이다. 명훈이 우연히 그런 그들의 방황을 엿보게 된 것은 그날 오후 늦게였다. 적어도 그때까지의 학생운동에서는 지도부의 일부를 담당했음에 틀림없어 보이는 학생 몇이 황의 안내로 명훈이 누워 있는 방을 열띤 토론장으로 쓴 덕분이었다. 하지만 그들의 토론을 옮기기 전에 그 오후 명훈이 잠시 빠졌던 야릇한 감회를 먼저 살펴보는 것도 의미있는 일이 되겠다. 오전 내내 상처의 욱신거림에 시달리던 명훈은 두어 시쯤 해서 상처가 곪는 것이라도 막아 볼 양으로 마이신 몇 알을 사러 동네 약방으로 나갔다가 거기서 놀라운 소식을 듣게 되었다.

바로 이기붕 일가가 자살했다는 소문이었다. 황은 전날 밤 돌아오지 않았고, 김 형은 부대에서 퇴근하기 바쁘게 등교해 버려 바깥 소식이 잠깐 끊겨 있는 사이에 일어난 뜻밖의 사건이었다.

간신히 신문 한 장을 구해 그 일의 전말을 대강 알게 된 명훈은 이승만의 하야 성명을 들었을 때보다 더 큰 충격을 받았다. 그제야 한 정권이 무너지고 세상이 바뀌었다는 게 섬뜩한 실감으로 가슴에 와 닿았던 까닭이다.

나는 해방 후 본국에 돌아와 여러 애국애족하는 동포들과 더불어 잘 지내 왔으니 이제는 세상을 떠나도 한이 없으나, 나는 무엇이든 국민이 원하는 것이 있다면 민의를 따라서 하고자 한 것이며, 또 그렇게 하기를 원했던 것이다.

보고를 들으면 우리 사랑하는 청소년 학도들을 위시해서 우리 애국애족하는 동포들이 나에게 몇 가지 결심을 요구하고 있다 하니, 내가 아래서 말하는 대로 할 것이며, 한 가지 내가 부탁하고자 하는 것은 우리 동포들이 지금도 38선 이북에서 우리를 침입하고자 공산군이 호시탐탐 기다리고 있다는 것을 명심하고, 그들에게 기회를 주지 않도록 힘써 주기를 바라는 바이다.

① 국민이 원하면 대통령직을 사임하겠다.

② 3·15 정·부통령 선거에 많은 부정이 있었다 하니 재선거를 하도록 지시하였다.

③ 선거로 인연한 모든 불미스러운 것을 없게 하기 위하여 이미 이기붕 의장을 모든 공직에서 완전히 물러나도록 하였다.

④ 내가 이미 합의를 준 것이지만, 만일 국민이 원한다면 내각책임제 개헌을 하겠다.

명훈이 그런 대통령의 하야 성명을 들은 것은 동네 전파상 앞에서였다. 중대 발표가 있으리라는 예고가 그 아침부터 여러 번 되풀이된 뒤라 라디오가 없는 꼭대기 동네 사람들이 여럿 길가에 내놓은 대형 앰프 곁에 몰려서 있다가 방송이 끝나자 환성을 질러 댔다. 그러나 명훈은 아무래도 그게 자유당 정권의 붕괴음으로는 들리지 않았다. "국민이 원한다면"을 두 번씩이나 앞세운 게 못 미더웠고 "38선 이북에서 우리를 침입하고자 하는 공산군"이라는 구절은 은근한 엄포처럼 들리기까지 했다.

전날도 마찬가지였다. 자유당 중진 의원들이 국회의 의원직 사퇴 권고를 받고, 이기붕·최인규·장경근을 비롯하여 나는 새도 떨어뜨릴 만큼 당당하던 자유당 간부들이 줄줄이 사퇴를 했으나 명훈에게는 그게 모두 한때의 제스처로만 보였다. 이승만과 마찬가지로 세상이 시끄러우니 물러나는 척했다가 때가 되면 슬그머니 제자리로 돌아올 것만 같았다. 어린 날 보았던 그토록 격렬하던 좌익의 도전을 끝내 버텨 낸 그들이었기에 명훈에게 더욱 그렇게 느껴졌는지도 모를 일이었다.

그런데 이제 이기붕 일가의 시체를 찍은 사진까지를 곁들인 신문을 보자 명훈도 더는 그들의 몰락을 의심할 수 없었다. 커다란 충격에 이어 섬뜩한 실감이 가슴에 와 닿고 마침내는 야릇한 감회로까지 이어졌다. 그렇게도 똑똑하고 힘 있어 보이던 아버지와 그 동지들을 그처럼 무참하게 패배시킨 게 바로 그들 우익이었다는 게 문득 떠오른 때문이었다.

'그들은 아버지의 적이었다. 그런데 이제 그들은 또 다른 적에 의해 타도당했다. 이치로 따지면 적의 적은 동지가 된다. 그렇다면 자유당과 이승만을 쓰러뜨린 세력은⋯⋯.'

그러다 보니 느닷없는 기대에 슬몃 가슴까지 부풀어 왔다. 어쩌면 학생들과 그들에게 호응한 시민들이 모두 아버지 편일지도 모른다는 생각이 퍼뜩 든 까닭이었다. 그러나 나날이 기세를 더해 가는 민주당과 그들에게 지지를 보내던 시민들을 떠올리자 명훈은 곧 그게 부질없는 기대임을 깨닫고 씁쓸해했다.

'정말로 악질은 이승만이보다 한민당이라⋯⋯.'

어릴 적 귀에 딱지가 앉도록 들은 할머니의 푸념에다 대개는 죽었지만 그래도 아직은 만만찮은 기세로 민주당을 이끄는 옛 한민당 출신에게 보이던 어머니의 이해 못 할 공포심이 새삼스레 떠올라, 잠깐 기대로 환히던 머릿속을 어둡게 한 까닭이었다.

황이 돌아온 것은 바로 그 무렵이었다. 적의 적이 꼭 동지가 되는 것도 아니구나 — 명훈이 그런 음울한 중얼거림과 함께 그 변혁에 대한 냉담을 되찾아 가고 있는데 갑자기 마당에서 여럿의 발소리가 났다. 이어 누군가가 소리 나게 방문을 열어젖히기에 명훈이 놀라 쳐다보니 바로 황이었다.

"오늘도 하루 종일 집에 있었어? 좀 어때?"

황은 그렇게 건성으로 물어 놓고 다시 마당 쪽으로 돌아서며 소리쳤다.

"이 방이야, 모두 들어와."

그러자 발소리가 가까워지더니 낯선 얼굴 하나가 열린 문으로 고개를 디밀었다가 항의하듯 말했다.

"방에 사람이 있잖아?"

"아, 명훈이? 얘기 안 했던가?"

황이 그렇게 말을 받더니 가벼운 웃음까지 곁들여 그들을 안심시켰다.

"걱정하지 마. 믿어도 좋은 친구야. 같은 대학생일 뿐만 아니라 19일 날은 이기붕이 집 앞에서 총까지 맞았어. 어쩌면 우리보다 더 열렬한 전사라고."

그 말이 어떤 효과를 보았던지 그들도 더는 군소리를 않고 황을 따라 방 안으로 들어왔다. 황을 빼고 모두 셋이었다. 하나는 검정 물 들인 군용 작업복 바지에 흰 와이셔츠를 입은 안경잡이였고, 하나는 서지 학생복 차림인데 날이 꽤 더운데도 윗도리 단추를 목까지 꼭 채운 채였다. 그리고 다른 하나는 허름한 양복 차림인데 팔에 두른 '질서 유지반'이란 완장이 특히 눈에 띄었다.

"자, 서로 알고나 지내지."

세 사람이 자리를 잡자 황이 그들과 명훈을 번갈아 둘러보며 인사를 시켰다. 둘은 황과 같은 적을 두고 있었고, 하나는 다른 대학교의 학생이었다.

"명훈이는 그냥 누워 있지그래. 어째 안색이 영 안 좋아 보이는데."

인사가 끝나자 황은 그렇게 권해 명훈을 다시 눕게 했다. 명훈은 그들이 자신을 믿고 존중해 주는 게 모두 상처 때문이라는 것을 알고 사양 없이 누웠다.

그러나 꼭 상처를 과장하려는 것이기보다는 자기가 끼어들어 무언가 긴요해 보이는 그들의 대화를 잠시나마 겉돌게 하고 싶지 않아서였다.

명훈이 눕자마자 그들은 곧 어디선가 벌이다가 자리를 옮겨 온 듯한 토론을 계속했다. 먼저 안경잡이가 서지 교복을 단정하게 입은 쪽을 몰아내는 것으로 말문을 열었다.

"오면서 쭈욱 생각해 봤는데 무조건하고 학교로 되돌아가야 한다 카는 니 주장은 단순할 뿐만 아니라 무책임하기까지 한 기

라. 여기까지 일을 끌고 와 놓고 인자 다시 그 못 미더운 기성세대에게 모든 걸 맡긴단 말이가? 순수한 이념으로 댕긴 불을 간교한 정상배(政商輩)들에게 지켜 달라꼬 부탁하고 물러선단 말이제?"

"맞아요. 이건 시작이지 끝이 아니오. 정말로 우리가 일해야 할 때는 이제부터요. 우리 학교 쪽은 물러나는 것보다 우리가 마땅히 맡아야 할 역할 쪽으로 논의를 모으고 있소. 지금 하고 있는 질서 회복 운동도 그 하나지만……."

완장이 안경잡이를 거들어 그렇게 말하며 교복 쪽을 살피듯 쳐다보았다. 그러나 교복 쪽은 조금도 몰리는 느낌을 받지 않는 것 같았다. 이미 결정된 일을 새삼 떠들 거 없다는 말투로 둘에게 한꺼번에 대꾸했다.

"질서 회복이라면, 그건 새로 시작하는 것이 아니라 우리가 주도해 온 일의 마무리니 당연히 우리가 해야지요. 그러나 우리가 학교를 떠나 현실에 계속 참여해야 한다는 데는 반대요. 특히 정치는 오랫동안 그걸 자신의 일로 삼아 온 이들에게 맡겨야 한다는 게 내 생각이오. 그리고 너 말이야, 너는 기성세대의 정치인들을 한마디로 간교한 정상배라고 단정했는데, 혹시 그거 무슨 딴 저의가 있는 몰아붙이기 아냐? 새 술은 새 부대에라든가, 어쨌든 정치적 권위의 공백 상태를 만들어 터무니없이 우리의 시대를 앞당기려고 하는 거 아니냐고."

"뭐시라? 그건 또 뭔 소린고?"

"어렵게 어렵게 공부해 고등고시를 뚫고, 다시 계장 과장 하며 수십 년 기다린 뒤에야 이를 곳을 이 판에 어물쩍 질러 가고 싶은 생각이 난 건 아니겠지? 학생 대표로서 입에 발린 칭송을 늘어놓는 야당 의원이나 까닭 없이 굽신대는 경찰 간부들과 어울리는 동안 너무 일찍 권력의 미각에 도취해서 딴생각이 든 거 같아 해 보는 소리야."

"화, 절마 저거 사람 잡겠네. 니 일마, 내이께는 그런 소리 해도 괜찮제, 딴 아들한테 가서 그따우 소리 해 봐라. 바로 대갈빼기 터진다. 사람을 욕 비도(보여도) 분수가 있제……."

안경잡이가 그렇게 언성을 높였으나 그만한 일로 싸움을 벌일 사이는 아닌 것 같았다. 교복이 조금 목소리를 누그러뜨리며 한 발 물러섰다.

"기분 상했다면 취소하지. 아마도 내가 강호연군가(江湖戀君歌)의 전통을 너무 의식하고 있는지도 몰라."

"강호연군가의 전통이라꼬?"

"대수롭잖은 일로 벼슬을 내던지고 산골에 내려가서 노래를 짓지. '강호에 병이 깊어……' 또는 천석고황(泉石膏肓)이 어쩌고 하며 시작하지만 끝은 언제나 '임 그려 우노라.'는 식으로……. 그러다가 조정에서 다시 부르기만 하면 이건 새벽밥 먹고 뛰어가는 꼴이야. 거기다가 더 희한한 일은 그런 강호연군가의 길이 조정에 틀어박혀 허리가 휘도록 굽신거리며 봉사해 온 쪽보다 빠른 출세길이 되는 경우가 많지. 반대하기 위한 반대라기보다는 찬성의 값을 올리기 위한 반대의 성공적인 연출이 되는 셈이야."

그러자 이번에는 완장이 안경잡이를 대신해 불만스러운 말투로 물었다.

"그렇다면 형은 모든 걸 민주당에 넘기고 학교로 돌아가잔 뜻인데, 그게 죽 쑤어 개 주는 꼴이 안 난다는 보장이 어디 있소? 도대체 민주당이라고 하지만 본질적으로 자유당과 다른 게 무어란 말이오?"

"10년이 지나도 변하지 않는다면 그건 바보란 말이 있소. 민주당이나 자유당이나 그 큰 뿌리는 해방 정국의 보수 세력인 한민당에 있다는 건 나도 압니다. 하지만 그들은 나뉜 지 하마 10년에 가깝고, 또 이번에는 불의 세례까지 받았소. 자유당의 행태를 반복하지는 못할 것이오. 거기다가 우리가 배워 온 민주주의가 다수결의 원리를 바탕으로 하고 있다면, 이번 변혁의 전 과정을 통해 국민들이 민주당에 보낸 지지는 또 어떡하시겠소?"

교복의 그런 반론을 안경잡이가 한층 열이 올라 되받았다.

"그게 무슨 놈의 지지고? 그건 단순한 반사이익에 지나지 않는 기라. 강도가 미우이까 사기꾼이 좀 곱게 빈다는 뜻에 지나지 않는다고."

"으음, 그래서 우리 학생들이 정치의 전면에 나서야 한다는 거야? 그들 기성세대의 수십 년에 걸친 체험과 경륜을 순수 하나로 대신할 수 있단 말이지?"

"그건 아무래도 좀 어폐가 있는 말 같습니다. 저기 박 형도 우리가 전권을 장악하고 모든 일을 도맡겠다는 뜻은 아닌 줄 압니다. 배움 있고 때 묻지 않은 우리가 모처럼 찾아온 의식의 봄을 보다 바람직한 방향으로 이끈다는 뜻 정도가 아닐까요? 그리고 그 정도의 역할이라면 우리가 꼭 못 할 것도, 해서 안 될 것도 없을 듯싶습니다만……."

완장이 다시 그렇게 안경잡이를 편들고 나섬으로써 방 안은 한동안 이 대 일의 설전장이 되었다. 그런데 참으로 알 수 없는 것은 황이었다. 김 형과의 입씨름 때는 오히려 격정적이고 직선적이던 그가 그날은 어느 편을 거들지도 몰아붙이지도 않고 가만히 세 사람을 바라보기만 했다. 마치 쌍방의 의뢰가 있어야만 나서기로 마음먹은 노련한 조정자 같았다.

명훈은 말없이 그들의 논쟁을 관망하고 있는 황을 보며 뜻밖이란 기분이 들었다. 그 무렵 들어 김 형과의 입씨름에서는 왠지 황 쪽이 서투르고 철없게 느껴졌는데, 또래의 다른 학생들과 앉고 보니 오히려 황이 훨씬 어른스럽고 생각이 깊어 보였다. 언제나 반대하고 공박하면서도 은연중에 김 형의 의견을 참고 삼아 왔음에 틀림없었다.

황의 그런 새로운 일면은 곧 명훈의 생각을 그 자리에 없는 김 형 쪽으로 돌리게 했다. 실은 함께 생활하기 전만 해도 명훈은 김 형의 정신을 크기에서도 깊이에서도 황에게는 이르지 못하는 것으로 알고 있었다.

둘의 입씨름에서는 그럭저럭 버텨 가기는 해도 그것은 황처럼 두꺼운 책이나 깊은 사색에서 우러나온 논리가 아니라 세상살이에서 익힌 눈치와 상식을 재치 있게 두드려 맞춘 것으로만 알았다. 무엇보다 황은 이 나라 제일의 국립대 학생인 데다 언제나 보기에도 심삭해 뵈는 두툼한 책을 끼고 다녔고, 김 형은 이류 사립대 학생에다 책보다는 영어 회화를 위해 미군 장교들과 어울리는 데 더 열을 올리고 있었기 때문이다.

그러다가 함께 있게 되면서부터 김 형을 보는 명훈의 눈이 전과 훨씬 달라지기는 했다. 그저 매운 눈썰미 정도로 생각했던 그의 식견은 생각보다는 깊은 통찰과 사색에 바탕하고 있었으며, 그의 지성 또한 얄팍한 실용(實用)만을 목표로 하고 있지는 않다는 걸 알게 된 까닭이었다. 하지만 그것도 어디까지나 황보다 뒤지지 않는다는 느낌 정도였지 조금이라도 김 형의 우위를 인정해 본 적은 없었다.

그런데 그날 황이 취하는 태도를 보면서 — 특히 그게 어딘가 김 형을 닮아 있다는 점에서 — 명훈은 문득 김 형이 진작부터 황보다는 한 차원 높은 정신의 소유자였는지도 모른다는 생각이 들었다.

그런 명훈의 느낌을 황이 한층 더 짙게 만들어 준 것은 세 사람의 토론이 한 삼십 분은 좋게 진행된 뒤였다. 점차 격앙되어 가는 그들의 목소리를 진정시키며 황이 말했다.

"자, 그만. 시간이 얼마 남지 않았으니 우선 우리끼리라도 의견을 하나로 모으기로 하지. 양쪽이 다 근거 있는 말이라 절충을 해 보았는데 우리 이렇게 하는 게 어때? 원칙적으로는 학교로 돌아간다. 하지만 기성세대에 대한 감시 기능은 계속 맡고, 우리 신분이 허용하는 범위 내에서는 부분적인 참여도 한다……."

김 형이 그 자리에 있었으면 내놓았을 법한 그런 의견이었다. 안경잡이가 대뜸 쏘아붙였다.

"그기 무신 어정쩡한 소리고?"

"아니, 어정쩡할 것도 없지. 우리가 계속 학교 밖에 남아 사사건건 기성세대를 간섭한다면 우선 여론의 외면을 당할 염려가 있어. 그건 앞으로 더욱 절실하게 필요해질 우리의 대사회 영향력을 상실케 할 뿐만 아니라 자칫하면 이제까지의 기여조차 무시당하거나 부인될 위험까지 있다고. 그래서 일단 외형상으로는 사회의 박수와 찬사 속에 학교로 개선해 돌아가는 거야. 기성세대에 대한 감시 기능은 우리가 학교로 돌아간 뒤에도 가능해. 그리고 부분적인 참여를 통해 우리의 힘을 더 조직화하고 동원 태세를 갖춰 두면 언제든 기성세대의 반동을 억제할 수 있다고 봐."

황이 그렇게 받자 '질서 유지반' 완장이 못 미더운 듯 물었다.

"그런 양수겸장이 어딨소?"

"아직 구체적인 방안은 생각해 보지 않았지만 여럿이 머리를 짜내면 있을 거요. 예를 들면 지금 가동 중인 그 '질서 유지반' 같은 걸 '국민 계몽대'쯤으로 확대해 대학마다 조직을 만드는 것도 생각해 볼 수 있소. 그 조직을 활용하여 의식이 뒤진 벽지의 대중까지 일깨우게 하는 한편 대학 간의 긴밀한 연계로 언제든 쉽게 우리의 역량을 집중할 수 있게 만들어 두는 겁니다. 그리 되면 지금은 일부 대도시로 제한되어 있는 시민 의식을 널리 파급시켜 기성 정치인에 대한 감시 기능이 확대되는 효과를 얻을 수 있을 뿐만 아니라, 필요할 때는 지난 19일의 몇 배 위력으로 우리의 주장을 내세울 수도 있지 않겠소?"

"그라믄 그거 점진적인 혁명론 비슷한 긴 갑네. 글치만 간대로(마음대로) 될 꺼 같나? 민주당 절마들이 얼매나 많고 많은 놈들인데. 일제 때도 해 묵고 이승만이 때도 반은 해 처묵고 한 몇 년 앙알거리다가(불평을 하다가) 인자 다시 또 해 묵을라 카는 능구리(능구렁이)들인데, 그따우 우리 꿍꿍이를 모리겠나? 그라고 또 글타, 원래 혁명이라 카는 거는 그기 철저하게 수행될라 카믄 약간 미친 듯하게 설치는 것도 필요하고, 앞뒤 없이 덤벙대는 것도 있어야 되는 기라꼬. 그라고 지금 사람들한테도 그런 기운이 실실 도는 거 같은데, 우리가 나서 너무 빨리 찬물을 끼얹는 거 아이가? 사람들이 전부 다 지정신이 들어 맨송맨송해 가지고 이거 살피고 저거 재고 하기 시작하믄 물러난 이승만이 또 하겠다고 나서도 넘어가는 수가 있는 기라. 말캉 헛기 되는 수가 있다꼬."

"맞아요. 약간의 비극적인 소모가 있더라도 이 혁명은 보다 과감히 진행돼 나가야 한다고 봅니다. 그 전위(前衛)를 젊고 순수한 우리가 맡아 밀어부쳐 보자 이겁니다. 그런데 그런 미지근한 방안으로는 좀 곤란하지 않소?"

이번에는 안경잡이와 완장이 한꺼번에 그렇게 덤벼들었다. 그러나 황은 김 형과의 논쟁 때와는 달리 쉽게 감정을 드러내지 않았다. 오히려 여유 있는 미소까지 지어 보이며 누구에게랄 것도 없이 되물었다.

"대답하기 전에 묻겠는데 이걸 혁명이라고 치면 끝은 어디쯤 돼? 이미 독재 정권은 무너졌다고 하면 말이야."

"그기사 어디까지 독재 정권이 무너진 걸로 보느냐 카는 기 문제지. 이승만이하고 자유당 쫓기간 걸 독재 정권이 무너졌다고 본다 카믄 벌써 혁명이 끝난 기라꼬도 칼 수 있지만 내 생각은 그런 기 아이라. 다시는 제2, 제3의 이승만이하고 자유당이 나타나지 몬하도록 이 사회의 구조 자체를 바꿔 놔야 한다 이 말이라. 그기 진정한 이 혁명의 완성이라꼬. 왜 그렇노 카믄, 뭔가 우리 사회의 구조가 비틀래 있기 땜에 이승만이도 자유당도 나올 수 있었다 싶거든."

"구조라…… 그렇다면 어떤 구조 말이야?"

"한마디로 비민주적 구조제. 정치적이든 경제적이든 문화적이든."

그런 안경잡이의 말을 받아 완장이 보충했다.

"더 기본적으로는 분단이라는 구조까지. 나는 이 혁명의 완성은 민족의 통일까지 가야 한다고 봐요. 이 모든 왜곡은 바로 그 분단 구조에서 비롯되었다고 믿기 때문이오."

그러자 황의 얼굴에도 긴장하는 빛이 떠올랐다. 그 긴장에는 분명 감탄도 섞여 있는 듯했지만 자신의 주장을 굽힐 생각은 없는 듯 보였다.

"그 문제라면 여기서 잠시 논의를 미룹시다. 아까 말한 그 '트래직 웨이스트', 곧 비극적 소모란 개념과 함께. 언젠가는 우리가 정면으로 대결해야 할 문제이지만 아직은 너무 이른 것 같소. 고전적인 민주조차 성취가 불확실한 이 마당에……. 모든 건 단계가 있소. 각자 생각하는 이 혁명의 완성이 어디까지든 우선은 이 단계에서 우리가 해야 할 일만 결정합시다. 내가 쓸데없는 걸 여러분께 물은 것 같소."

그렇게 일단 화제를 돌리더니 원래의 주장으로 돌아갔다. 하지만 그런 절충안은 교복에게도 그리 만족스러운 제안이 못 되는 듯했다. 이번에는 그쪽에서 이의를 달고 나왔다.

"그런 복귀라면 나도 썩 마음 내키지 않는데. 나는 여기서 우리의 역할이 끝났다고 보고 무조건 돌아갔으면 해. 나중에 우리가 다시 교문 밖으로 뛰쳐나오는 일이 있더라도. 좀 전 네가 말한 것은 전략적인 철수일 뿐이잖아? 실은 돌아간 게 아니라 더 깊이 개입하려는 거잖아?"

거기서 다시 황과 교복의 논쟁이 한동안 이어졌다. 그러나 황은 확실히 명훈이 알던 그와는 많이 달랐다. 이쪽저쪽을 상대로 지루한 설득 끝에 결국은 자기가 주장한 쪽으로 의견이 모이게 했다. 그로부터 한 20년 뒤 이 나라 권력 핵심 언저리에서 한몫을 단단히 할 그의 정치성은 그때 이미 상당한 수준으로 자라 있었음에 틀림없었다.

그들의 관심이 명훈의 상처 쪽으로 쏠린 것은 모든 게 황의 주장에 가깝게 결정된 뒤였다. 그때껏 요를 깐 채 벽에 비스듬히 기대앉아 그들의 논쟁에 귀를 기울이던 명훈은 시작에 비해 좀 싱겁다는 기분이 들 만큼 황의 주장대로 결론이 난 걸 보고 귀에 모았던 신경을 풀었다. 그러자 욱신하고 왼팔이 쑤셔 오면서 그동안 잊고 있었던 신열이 한꺼번에 되살아났다. 그 바람에 자신도 모르게 약한 신음을 흘리며 요 위에 드러눕는데 교복이 그 소리를 들었던지 힐끗 명훈 쪽으로 눈길을 돌렸다.

"아이고, 이 형이라 캤나, 몸이 마이 안 좋은 갑네. 얼굴이 벌긴기 열도 엉간이(어지간히) 있는 갑구마는……."

황도 명훈을 무시한 채 자기들의 논의에만 몰두한 게 새삼 미안스러웠던지 명훈에게 다가와 머리를 짚어 보았다.

"정말이네. 이거 뭐 잘못된 거 아냐? 공연스레 결벽 떨더니……."

명훈의 이마에서 손을 뗀 황이 걱정스레 물어 놓고 다시 명훈의 상처로 덤벼들었다. 오전에 명훈이 한 손으로 풀었다가 엉성하게 되싸매 둔 붕대를 풀자 함부로 옥시풀을 쏟아부어 더러워진 상처가 드러났다. 명훈의 눈에도 벌겋게 성나 보이는 게 오전보다 훨씬 나빠진 것 같았다.

"이거 뭐야? 화끈하네."

조심스럽게 명훈의 상처 주위를 손으로 쓸어 본 황이 놀라 소리쳤다.

"뜨끈하다꼬? 글타믄 곪은 거 아이가?"

"병원에는 다니는 거야? 그냥 소독이나 하고 넘길 상처는 아닌 것 같은데……."

안경잡이와 교복이 동시에 그렇게 거들었고 완장은 제법 따지 듯 황에게 물었다.

"19일 의거로 다쳤다면 왜 지정된 병원으로 보내지 않았소? 무료로 입원도 가능할 텐데……."

"그게 저 친구의 결벽이오. 구경하다 유탄이 스쳤을 뿐이라지만 내 보기엔 그리 가벼운 상처가 아닌 것 같은데……."

황이 변명처럼 대꾸했다. 그러자 완장은 금세 일어날 듯 엉덩이를 들썩거리며 명훈에게 권해 왔다.

"갑시다. 마침 내가 우리 학교 대표로 접촉한 병원이 여기서 멀지않은 사거리 길목에 있소. 가서 의사에게 상처를 보이고 필요하면 입원하도록 합시다."

이미 마음속으로는 그런 길을 생각하고 있으면서도 완장이 그렇게 나서자 명훈은 다시 움츠러들었다. 그런 속마음이 읽히는 게 싫어 짐짓 겸양을 떨었다.

"정말입니다. 황 형 말대로 그냥 구경하다가…… 그리고 상처도 대단치 않아요. 의사 말로는 살갗이 조금 찢겼을 뿐이랍니다. 나보다 훨씬 심하게 다친 사람도 많다던데 나까지……. 괜찮아요. 이제 다 나아갑니다."

"혁명가한테는 바로 그런 구경꾼이 밑천인 기라. 일차적인 군중 동원에는 성공한 셈이거든. 어떤 시위 군중이든지 태반은 그런 구경꾼들일걸. 우야든 전열(戰列)의 앞대가리 몇 빼놓고는 모두 다

구경꾼일지 몰라. 참말로 구경 갔을 뿐이더라도 너무 자격지심을 묵지 마소. 그기 바로 그기이께는."

안경잡이가 그렇게 나오고 교복도 거들었다.

"다른 데서 넘어져 다친 사람도 의거 부상자라고 나서서 설쳐 대는데 무슨 소리요? 일어나요, 갑시다. 확인 수속은 저기 윤 형이 맡아줄 거요."

그러자 황도 오늘은 더 두고 볼 수 없다며 명훈의 허리를 끼고 나섰다.

명훈도 마침내는 못 이기는 척 그들과 함께 집을 나갔다. 뒷날 명훈 자신도 깜박깜박 진실과 혼동하곤 하던 기억의 왜곡이 본격적으로 시작된 것은 그렇게 하여 시작된 열흘간의 입원 기간 동안이었는지도 모를 일이었다.

그해 4월의 기억 중에 마지막으로 선명하게 명훈의 머릿속에 남은 것은 그날 저녁 병원 침대에서 읽은 '4·19 의거 대학생 대책 위원회'란 긴 이름의 단체가 발표한 호소문이었다. 그게 유달리 선명한 것은 거기 함께 발표된 110명의 진행 위원 명단에 황의 이름이 들어 있기 때문이었을 것이다.

4·19 의거를 계기로 하여 일부 정치인은 마치 이번 의거가 자당(自黨)의 이익을 위한 것인 양 여기고 또한 일부 불량한 부랑자들은 방화·상해·파괴 등 난동을 자행하므로 우리는 모두 이를 방지하기 위하여 노력하고 있으니 국민의 적극적인 협조를 바란다.

① 학도는 이제 학원으로 돌아가 진리 탐구에 일로(一路) 매진하기 바람.

② 학교는 공연히 학생 단체를 남조(濫造)하지 말고, 대동단결하여 학도의 위력을 과시하기 바람.

③ 4·19 의거 중 실종된 채 아직 그 행방이 묘연한 자에 대하여 본(本)위원회는 기어이 그 행방을 밝혀야만 되겠으니 모든 국민은 합심 협력하여 주심을 바람.

④ 4·19 의거 당시 사망한 거룩한 영령들을 위로하기 위하여 전국 학도 합동 위령제의 거행과 학도 위령탑 건립을 추진 중임에 전국민은 거족적(擧族的) 협조를 베풀어 주시기 바람.

입원실을 굴러다니는 그날 석간에는 그 며칠 전까지만 해도 하늘같이 올려보아왔던 오야붕들에 대한 기사가 주먹만 한 활자로 중간 머리기사에 실려 있었으나 묘하게도 그쪽은 순간의 충격뿐 기억에는 조금도 새겨지지 않았다. 임화수 범행을 순순히 자백, '데모대(고대생) 습격을 지시,' 이정재와도 상의하고 유지광(柳志光)에게……

(4권에 계속)

변경 3

신판 1쇄 인쇄 2021년 9월 17일
신판 1쇄 발행 2021년 9월 25일

지은이 이문열

발행인 양원석
편집장 최두은 **디자인** 김유진 **영업마케팅** 양정길, 강효경, 정다은, 김보미, 구채원

펴낸 곳 ㈜알에이치코리아
주소 서울시 금천구 가산디지털2로 53, 20층 (가산동, 한라시그마밸리)
편집문의 02-6443-8844   **도서문의** 02-6443-8800
홈페이지 http://rhk.co.kr
등록 2004년 1월 15일 제2-3726호

ISBN 978-89-255-7968-9 04810
      978-89-255-7978-8 (세트)

※ 이 책은 ㈜알에이치코리아가 저작권자와의 계약에 따라 발행한 것이므로
   본사의 서면 허락 없이는 어떠한 형태나 수단으로도 이 책의 내용을 이용하지 못합니다.

※ 잘못된 책은 구입하신 서점에서 바꾸어 드립니다.

※ 책값은 뒤표지에 있습니다.